坐忘山河

刘嘉 —— 著

重庆出版集团
重庆出版社

107	雄关古道风萧萧
121	敬亭山散记
129	跟着同学走伊豆
136	欧洲印象

阅读山河

目录

3　野渡无人

8　萧关何处

13　水路迢迢

23　秦腔畅想

29　风追司马

38　寻根党家村

47　在雎鸠关关飞起的地方

58　雄根北岳

69　性灵南岳

84　川北狂想曲

241	247	251	256
重读玛雅	灵魂深锁话魂瓶	遥远的笛声	凝望

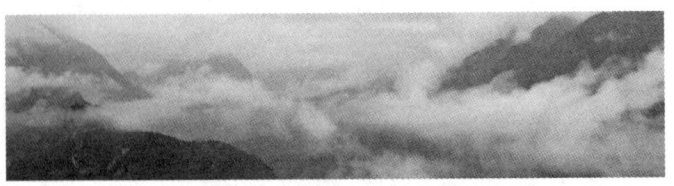

史径

探幽

143　遥远的乡愁

193　冥想首阳山

203　回眸半坡：一次对6000年前的叩访

220　残英飘零的桃花源

236　消失的牌楼

338 雪

343 月色

345 鹤之舞

347 山·水·云

351 念天地之悠悠（代后记）

飘萧韵事

261　桑林交响曲
290　辋川情梦
315　辋川圆梦
324　驶入烟水茫茫的爱之扁舟
326　绥绥狐影
329　烟波上的乡愁
332　千古寂寞七里滩

阅读山河

萧萧的马鸣已然远去,
哀哀的雁唳犹在耳边,
一轮血红的夕阳把古道照得一片通明……

野渡无人

涛声隐隐，风声细细，鸟声啾啾。风吹起层层白浪不断拍打着堤岸，一条孤舟横在水涯，随着浪潮的起伏不停地进退。茫茫水域的对岸，山形影影绰绰出没于云雾中，时隐时现。远方，一记雷鸣闷闷地传过来，似乎拖拽着一条长长的尾巴。

野渡无人。

渡口，在桥梁不断飞架的今天，早已失去了现实意义。即便有那么一两处偶尔保留，也已成为人们寻找记忆的遗踪。然而，在修桥铺路确实不易的时代，津渡，却成为了安宁与漂泊的一处链接，成为流浪与回归的一枚船票。南宋余玠的一首《黄葛晚渡》，就勾起了人们一片浓浓的江乡情怀："龙门东去水和天，待渡行人暂息肩。自是晚来归兴急，江头争上夕阳船。"

野渡，在我心中，是一个悠然向往的地方。站在岸旁，望着一片白浪滔滔的水域，我却早已神驰心往。

流浪，这种愿望大概是我基因中植下的一粒种子，但凡有点阳光便要发芽生长。我真不知自己为何如此痴爱远方——每天都寄身于一片未知世界，看着异域风情慢慢结出奇妙的瓜果，听着不同腔调侃侃

重庆市大渡口区义渡口

谈起他人的故事，品尝烟火里各种味道编织文化，邂逅历史中某个片段回放精彩。置身远方，你才可以暂时卸下肩上的责任，告别那个现实得让人窒息的空间，面对一个真真实实的自己，在一切都事不关己的状态中放飞自我，就像风一样自由自在，不知在哪个方向吹。呃，想想都美得咂巴咂巴嘴唇。

野渡，无疑成了诱发远行的一缕阳光，让我的流浪情怀无限滋长。

然而，野渡的意境，却被一个叫韦应物的人升华了，他把旅行途中偶遇的野渡，与人们内心深处某种情感的呼唤巧妙地对接起来，拨动了人心秘境中一根敏感的琴弦，从文学上升到哲学，从诗意升华为禅意，那弦音从历史传来，经久不息：

独怜幽草涧边生，上有黄鹂深树鸣。
春潮带雨晚来急，野渡无人舟自横。

诗中所有的铺垫，都是为着最后一句：野渡无人舟自横。

春草蔓生，日暮小渡，小鸟啁啾，雨歇潮生，一切都那么宁静安详。来到西涧渡头的滁州刺史韦应物，欲济春波，却呼叫无人应，唯见一条小舟横于野水，随浪起伏。

时光片片飞坠，湍濑生生不息。伫立风中的你，此时会选择一种怎样的人生态度？

复旦大学的骆玉明教授，从禅理的视角进行了选择，以下便是骆先生的文字：

人总是活得很匆忙，无数的生活事件迭为因果、互相拥挤，造成人们心理的紧张和焦虑；在这种紧张和焦虑之中，时间的频率显得格外急促。而假如我们把人生比拟为一场旅行，那么渡口、车站这一类地方，就更集中地显示了人生的慌乱。舟车往而复返，行色匆匆的人们各有其来程与去程。可是要问人到底从哪里来往何处去，大都却又茫然。因为人们只是被事件所驱迫着，他们成了因果的一部分。但有时人也可安静下来，把事件和焦虑放到身心之外。于是，那些在生活的事件中全然无意义的东西，诸如草叶的摇动、小鸟的鸣唱，忽然都别有韵味；你在一个渡口，却并不急着赶路，于是悠然空泊的渡舟忽然有了一种你从未发现的情趣。当人摆脱了事件之链的时刻，这一刻也就从时间之链上解脱出来。它是完全孤立的，它不是某个过程的一部分，而是世界的永恒性的呈现。

是啊，人能够从事件和时间之链中解脱，不再成为一个大循环的一部分，完全切割成一个孤立的自我，那么，呈现给我们的，就是一个不一样的世界。不识庐山真面目，只缘身在此山中，现在我们跳脱出五行世界，则犹如一架升空的航拍无人机，满目青山夕照明。

无论古今中外，真正的文化人都追求着一种自由和闲适，因此，野渡无人而轻舟自横，就成为他们心中的一个境界，这个境界不断催生出艺术形象来，诗、乐、画，无疑是最能表现这种意象的载体。

北宋的徽宗皇帝，做君王稀疏平常，但做艺术家却是世界顶级的人物，其非凡的艺术造诣和鉴赏能力青史流芳。他于翰林院建立了一个画院，欲将天下画才网罗门下。有一次，他招收画工，入门的试题就是以"野渡无人舟自横"作画。

宋代是历史上一个著名的文官治世时代，文人的雅趣充盈朝野。如何能更好表达"野渡无人"的意趣，入试画师们都绞尽了脑汁。这个考的不仅是绘画技能，更考的是胸中丘壑腹里文章，理趣诗意尽在其中。

很多考生都在"横"字上下功夫，"无人"上动脑筋，画一只空船横在水边，周遭水天寥廓，船中空寂无人，丛丛野草萋萋自生。从作诗的角度看，这样构思未免太实，留给人的想象空间大受局促，沦为下品。

有的考生诗情涌动，画一只无篷的空船系于柳岸，空舱上停着一只水禽，不受人打扰，安闲自适。这样既衬托着周边的荒寂，更是以动托静，表现着"无人"的意境。这种以物寓情的手法，在诗意的构思中当属中品。

野渡无人舟

唯有其中一个考生交上来的答卷,让徽宗皇帝捻须微笑。只见画面树遥水阔,层云叠嶂,雨后潮汐初涨。一叶扁舟泊自水岸,舟中独坐一人,蓑衣箬笠,纵箫自吹,怡然自得。身畔水鸟飞飞,柳丝自摇。以有人表现无人,这才是意境的最高体现,达于无人之境,无心之境,这就是禅。

这个创意同样教我怦然心动,是因为我的一次亲身体验。

大四第一学期的那个秋天,我们班走进汉中盆地,开始了毕业前最后一次发掘实习。发掘的地点,在南郑县境一座类似龙头的小山岗上,这里正好位于汉江西畔,清澈的江水日夜不停地从我们脚下淌过。汉江两岸,是一片飘满荻花的芦苇滩,秋风吹过,飘雪纷纷,时而有两只水鸟从雪白的芦丛间滑翔掠过,总给人一种"便引诗情到碧霄"的印象。每当夕阳西下时分,扛着一袋袋陶片收工回营的时候,我们总能见到几只牛犊低头啃食堤上的青草,落日的余晖红红地涂在牛背上,与江心涌起的白浪,两岸翻滚的芦花一起,交织成一幅绚美的图画。

这样的江岸，是我晚饭后不可抵挡的诱惑。或三五成群，或一人独步，只要老天不下雨，我几乎都把傍晚的时光消费在河滩上。

有一次，我独自一人沿着江岸向上游走了很远，意外地在江边发现了一个标准的野渡。津渡很小，隐匿在大片芦苇丛中，芦草中开辟出一条小径，直直地通往渡口，渡口的对岸可通向汉中市区。

渡口周围空寂无人，只有风掠过芦苇时发出沙沙的声响，偶尔从芦丛深处传来两声野鸭的鸣叫。

水边泊着一只小木船，一位摆渡老汉坐在船上，手拿一根长长的烟杆，烟杆头上那点暗红随着啪嗒啪嗒的吸烟声一明一暗地闪烁着。

也许早已习惯了这样的"无人"环境，老汉神态祥和，口含烟杆嘴，望着一江细浪腾腾而下，犹如一尊泥塑。

我不忍打扰老人的凝想，只远远地望着野渡，犹如望着一首诗。

> 江翁炊罢暮云偏，叶落声中一袋烟。
> 野渡风凉无客过，坐看楚浪下秦天。

我留下一首诗，带着一帧永恒的镜像，转身缓缓离开。

这算不算梅林版的"野渡无人"？我不知道。我知道的是，在一个秋日的黄昏，在一条芦花纷飞的江干，我独自一人，在不经意间走入丹青，走入诗韵，走入箫声，走入禅境……

箫声起，木叶下，野渡无人，我在何方？

萧关何处

王维穿越的萧关在哪里？

一首《使至塞上》，给了我诸多误解。开篇一句"属国过居延"，便把我的目光引向了今天中蒙交界处的额济纳，加上随之而来的大漠孤烟与长河落日，这般宏大空廓的长焦镜头，自然就让我联想到中国第三、世界第四的巴丹吉林大沙漠。从祁连山奔腾而下的黑水河（古称弱水）从大沙漠的西北缘穿过，汇聚成一个大泽，这便是居延海。按照诗歌的叙事逻辑，诗人在萧关附近遇上一支大唐的侦察马队，得知了"都护"已移驾到更北方的燕然山，也即今天蒙古国境内的杭爱山，那么当时他处身所在的地方，则更加强化了额济纳的印象。

然而后来发现，我错了，且错得离谱。唐人司马贞在《史记年表注》中说："东函谷，南崤武，西散关，北萧关。在四关之中，故曰关中。"可见萧关是拱卫关中四关中的北关，拱卫着关中地区的西北大门，矗立在陇西进入关中平原的咽喉要冲上。

在中国古代，关中西北方向的威胁主要来自陇西、河西以及青藏高原上的游牧民族，在秦汉时为匈奴，在隋唐时为突厥、吐蕃，在北宋时为西夏党项。"秦时明月汉时关"，可谓是为萧关量身定制。如果把萧关放到额济纳境内，它所拱卫的便不是关中，而是河套了。

六盘山横亘在关中平原的西北方，成为拱卫关中的天然屏障。从陇上进入关中的通道，主要是从西北而来的渭水与泾水等河流穿切而成的河谷低地。渭河河谷山高谷深，不利行走，而泾河河谷则相对平缓，成为古代从陇上进入关中地区的主要通道。

这条古道，也是闻名遐迩的丝绸之路东段的北道。从长安城向西北方向沿着泾河河谷抵达平凉，向西穿越六盘山而后向北，再沿着黄河支流清水河谷一路北上，便进入关中西北锁钥的原州（今宁夏固原），继续沿清水河折向西北，来到须弥山。古道在这里又分出两道，向西进入靖远，渡过黄河后便走进古凉州所在的河西走廊；从须弥山向北，经过同心县可以进入河套地区。须弥山石窟，最早开凿于北魏时期，与云冈石窟开凿的年代相近，这正是西来佛教沿着古丝绸之路东进的有力证据。

因此，探访萧关，就应该从这条古道上寻觅。

关中四关中，散关、武关与函谷关，其位置都相对固定而准确，唯有北方的萧关，其地址游移不定，有陇山关说、瓦亭关说、三关口说、硝河城说、固原城北十里铺说、海原县石硖口说、海原县东部李旺镇说、同心县红古城说、环县朝那驿说等等，至今没有一个公认的结论。想来定然与中原王朝对北方地区的控制不断变化有关，因此，设在边境上的关隘，得随着疆域的变化而变化。

在今固原市境内，沿着西吉、原州（固原）、彭阳，有一条长达174公里的秦代长城遗址，公元前272年，秦人兼并了宁夏东部的西戎诸部，在当地设北地郡，于是在此处修筑长城。这也应是孟姜女哭长城传说的原始地。

在长城一线重要关口上设置的关隘，是长城防卫体系中重要的组成部分，秦代萧关应该就设在这条长城线上。至于它的具体位置，《史记索隐》说："高平有险阻，萧关在其北。"高平即今固原，那么，秦萧关就应该在今天固原城的北边，它牢牢地阻挡着匈奴人南下的脚步。

如果萧关被击穿，游牧人的铁蹄就会沿着清水河与泾河河谷南下，直入关中平原。这样的事件在公元前166年（汉文帝十四年）发生了，匈奴老上单于率匈奴大军攻破萧关，火烧回中宫，兵逼长安，使大汉王朝陷入一片恐慌。

史书记，公元前112年（元鼎五年），45岁的汉武帝首次"翻越陇山（六盘山），西登崆峒，北出萧关"，对安定郡进行巡视；元丰四年（公元前107年）冬，刘彻再次"通回中道，遂北出萧关"。

武帝第一次是从长安沿着泾水河谷向西北而行，经彬州进入六盘山区到达平凉，然后西登崆峒山，进入六盘山以西的泾源县，然后沿着黄河支流清水河道北上固原，在固原北穿过萧关北上同心。武帝第二次北巡则是从宝鸡出发，北上经陇县抵达泾源，这就是所谓的"回中道"，然后在六盘山以西沿着清水河北出萧关。这条线路，正是迎着59年前老上单于南下的路线迎面而上。

那么，王维所穿越的唐代萧关又在哪儿呢？

随着盛唐时代的开疆拓土，可以预测，唐代的萧关肯定比秦汉时代的萧关更加向北或向西移动，因此，同心县的红古城和海原县的李旺镇便进入人们视野，但两种看法各持的证据也都难以服众。

在大唐开元年间的一个秋天，诗人王昌龄匆匆的脚步行走在古老的萧关道上。此时天高云低，厚厚的云层仿佛叠压着群峰之顶，秋风瑟瑟，木叶间传来几声最后的蝉鸣。放眼望去，满目枯黄的芦草摇曳在河谷两岸的坡地上。这塞上的秋色，引发了诗人无尽的诗情。他停下脚步，向着古道两侧无边的秋色高声吟诵：

蝉鸣空桑林，八月萧关道。
出塞复入塞，处处黄芦草。
从来幽并客，皆共尘沙老。
莫学游侠儿，矜夸紫骝好。

"处处黄芦草"，似乎成了萧关道上一道特殊的风景。不敢肯定，萧关的得名，是否因为关隘周围，生长着成片成片的黄芦草在风中萧萧作响，据说今天的清水河两岸，就生长着密密匝匝的黄芦草。不管萧关在何处，沿着清水河谷行走，绝对可称得上是行走在萧关道中。

遗憾的是，我从未踏足过这方土地，无法直觉体验这里的生态地貌情状。然而可以猜想的是，在气候温差雨量相似的情况下，既然清水河谷两岸坡地长满了黄芦草，则西海固地区所有的河流两岸，都可能摇曳着这样的黄芦草。因此，黄芦草绝不可作为地标性物件成为萧关所在的证据。

书生们喋喋不休的考据争论，敌不得地方政府对财政收入的渴望。2009年3月，当地政府果断抡起瓦亭关说的证据，在固原市区以南约46公里的清水河畔瓦亭关原址，斥资修建了"萧关遗址文化园"。

争什么争，就它了！

一锤定音，所以现在很多地图上，萧关终于有了一个属于自己的坐标点。某种意义上讲，我们应该感谢他们。

萧关遗址文化园大门，为仿汉代木制结构砖石汉阙，内有六角重檐亭，亭内立"萧关"石碑。园内还修复了一条长150米的古墙体，在《全唐诗》里搜罗出描写萧关的唐诗30余首尽刻墙上。另外，在墙头还建起了一座高约8米的二层"秦楼"，建筑尽显汉代风韵。登楼远眺，山兀云低，草靡点点羊，风过萧萧树，尽有边塞风情，完全能满足那些好发思古幽情的朋友们的心愿。

诗是艺术的精灵，太过理性的逻辑分析都有损艺术的魅力。面对王维的《使至塞上》，我们应该打散其时间与空间的序列来重新组合，重新得到的逻辑是：诗人在萧关偶逢一队侦察骑队，得知了自己要出使的"都护"已移驾燕然山的消息，遂决定慨然北上。他来到须弥山后，有两条路可供选择：一是经同心北上河套奔赴额济纳，一是沿丝路而行，经靖远渡黄河西进凉州（武威），然后折而北上。有鉴于开元二十四年（公元736年），王维调任监察御史后奉命出塞，担任凉州河西节度使判官的经历，他西走武威的可能性更大。

不管他选择哪条道，他都能目睹大漠孤烟和长河落日的宏伟景观。至于他抵达居延海后，是否继续北上完成使命就不得而知了，对今天的人而言，这已经不重要了，重要的是他留下了那首名垂千古的绝唱：

    单车欲问边，属国过居延。
    征蓬出汉塞，归雁入胡天。
    大漠孤烟直，长河落日圆。

萧关逢候骑，都护在燕然。

可是，面对我开篇提出的疑问——萧关何处？我依旧一脸茫然。

此时，峰峦如聚，波涛如怒，秋风萧瑟，黄芦摇曳。萧萧的马鸣已然远去，哀哀的雁唳犹在耳边，一轮血红的夕阳把古道照得一片通明……

如斯幻影，沉浮如梦，我恍然正行走在萧关道上，那是我不久后即将付出的行动——

萧关道中

朝发崆峒驿，平芜一岳封。
黄芦摇陇阪，青霭压秦峰。
烈马萧关道，秋风塞雁踪。
日斜人独立，京使杳难逢。

水路迢迢

1

古人出行，旱路踞车马，水路登舟船。自宋人南渡后，最发达的中心区域，便是长江中下游的江南地区。这里水网纵横，湖汊交错，形成了天然的水上通途，像蛛网一样联络着大小城镇，串联着远近村舍，只须稍加整治，即可形成四通八达的水路网络，大大减轻了当时政府修路搭桥的麻烦。故而，在此区域中，舟船即成为了主要交通运输工具，这一现象，一直持续到20世纪末叶。

需要特别说明，这样的乘舟出行，不是今天的旅游观光，而是人们来来往往必备的交通配置。鲁迅先生创作于1921年的短篇小说《故乡》，是一篇源于生活高度凝练的文学作品，甚至可视为一篇记事性散文。文中，他谈到了回故乡绍兴时两次乘舟的经历：一次是回家，一次是离家。无论归来还是离去，都必须通过舟船才能完成。

第一次是归乡。这次还乡，为的是永远地离开，因为他是回来帮助母亲处理掉自己幼年居住的老宅，童年的时光将随着祖宅的逝去而永远地割舍掉，因此，一路上心情郁郁，优美的江南水乡也变得阴晦起来。他这样写道：

时候既然是深冬，渐近故乡时，天气又阴晦了，冷风吹进船舱中，呜呜的响，从篷隙向外一望，苍黄的天底下，远远横着几个萧索的荒村，没有一些活气。我的心禁不住悲凉起来了。

阿！这不是我二十年来时时记得的故乡？

第二次是离乡。变卖了老宅及附属的家产后,"我"带着母亲和幼小的侄子宏儿一起离开。正如文中"我"与宏儿有关"出门"的一番对话:

"我们坐火车去么?"
"我们坐火车去。"
"船呢?"
"先坐船……"

可见得离开故乡前往远方,须得先乘舟船来到一个繁华的去处,才能转乘"火车"一类现代交通工具。

我们的船向前走,两岸的青山在黄昏中,都装成了深黛颜色,连着退向船后梢去。
宏儿和我靠着船窗,同看外面模糊的风景。
……
老屋离我愈远了,故乡的山水也都渐渐远离了我,但我却并不感到怎样的留恋。我只觉得我四面有看不见的高墙,将我隔成孤身,使我非常气闷。

离开时依然是一面阴冷的画页。
船儿悠悠,水儿悠悠,江南的湿气濡染了这一抹渐行渐远的乡愁。

2

正是在鲁迅先生描写的这片土地上,我有幸亲历了一次这样的舟路行程。那是一个暮秋的时节,为了毕业论文的写作,我需要一次相关的考察。已分配到四川师大教书的我的大学同学傅傅也背上了行囊,与我一起踏上东征江南的旅途。

我们在会稽山上参谒了大禹陵后，返回绍兴市区的路线有两个选择：一个是沿来路乘公交返回；一个是乘舟走水路直抵市区。

望着石桥畔泊着的乌篷船，我俩几乎没作任何考虑，便选择了费用昂贵且无法报销的水路。

我们就这样漂上了一条悠悠的水路。水道二十到四十来米宽广，在青色的平畴上，随着地势自由地盘屈和伸展。从主道中，不时分出几支网络状的细水道来，这些血管状的细网，把周边的村落连接了起来。那些分出的水道又不断地继续分叉，把条条支脉一直伸进一舍一舍的农家小院中。小院的门前，大都有几梯石阶，阶下便是连接的水道，泊着与我乘坐的一模一样的小船，自然得就好像街市中家家门前锁上一辆自行车。

不断弯曲回环的水道，流经了一个又一个村庄，村庄旁边，就会耸立起一座又一座石桥。小桥流水人家，这已经成为江南的地标性物件，这些形态各异的小石拱桥，主要有曲形和方形两式，绿水悠悠地从桥拱下穿过，我们的小船，也不断迎送着这些小桥，在拱洞中不断穿行而过。

当时的江南大地，依然保持着中国传统的农耕社会经济形态，水道两边是一片植满佳禾蔬果的青色原野，没有乡镇企业的厂房，更不见工业时代浓烟滚滚的烟囱，只在平畴的尽处，起伏着一列一列的丘山，在缥缥缈缈的一层江南的水雾中若隐若现。我相信，我眼中的江南大地，应当与鲁迅眼中的故乡相去不远，应该与千年前宋代的物象大致重合。

我们租乘的小船，是该地区富于特色的乌篷船。篷色曰乌，实至名归。那竹篾编制的篷，在一条舟中可分为三段，中段者略小，前后段者可在中段上自由滑行，由此调节篷舱之大小。舱内篷弧较低，连一人端坐的高度也不够，人在舱中，只能蹲着或趴着，所以，将前后段的舟篷向中段合拢以打开空间就显得意义非凡。

船老大是一位60来岁的大爷，他的头上戴着一顶标志性的黑色毡帽。那个时代，水乡的男人几乎人头一顶，成为一道水乡特色的风景。自我俩登船以后，这顶黑毡帽便成为我和傅傅头上不断轮换的宠物了，看得摇船大爷笑眯眯地默不作声。

乌篷船只需一人之力摇桨，方法是双手摇一支，右脚再摇另侧的一支，手脚配合，娴熟无比。我试着换上去摇了两下，手忙脚乱，船却只在原地打转。

这种观光似的体验，与那些常年借此奔波劳顿者相比较，自是大大地不同。为着生计，为着功名，为着各不相同的理想，在这样的江南水道中，穿梭着怀揣各种身份操持不同口音的南来北往人。他们餐风宿雨地奔波，漫漫长途的寂寞，还有对亲人情人无尽的相思，都会让舟行者鼓胀起难以言说的愁绪和孤苦。张岱是明末清初的文学家，为了打发舟中漫漫的孤寂时光，增加炫耀的谈资，专门为此编写了一部百科全书（类书），取名《夜航船》，他说："天下学问，惟夜航船最难对付。"可见得水路行舟，并不像我和傅傅那般轻松。

我相信，我们乘坐的这种乌篷船，是当地农家的自用工具，昔日专用于载客者，就像《故乡》中"我"乘坐的那种，必会比此船庞大。能亲身体验原汁原味的水乡篷舟，我和傅傅都无比满足。

3

时光回溯到八百多年前，有一组清幽冷寂的情绪变幻，飘荡在除夕雪夜的江南水道中，让我愀然动容。

宋光宗绍熙二年（公元1191年）岁末，除夕之夜，一条舟尾悬着红灯的小船缓缓驶过了吴江夜色中的垂虹桥。船上莺莺燕燕，传来歌女的清唱，一声如怨如慕的箫声随歌而起，在黑夜缥缈的烟波上留下了不绝的余音，袅袅不息。

吹箫者身材颀长清瘦，白衫飘飘，甚是儒雅。他便是被称为继东坡先生后又一位全能型的杰出艺术大师——姜夔。

除夕夜，两岸残雪未消，空气中浮泛着砭骨的寒意。然而，此时的姜夔丝毫未感受到寒气的来袭，他的心里还洋溢着方才华堂宴上的洋洋暖意。

是的，他刚刚离开太湖边范成大那豪华的石湖庄园（今江苏吴江境内），在那里，他为主人留下了《暗香》和《疏影》两词。同样身为诗词大家的范员外把玩再三，爱不释手，令家妓肄习，结果音节谐婉，美妙绝伦。于是，范成大将美丽的歌妓小红割爱相赠。姜夔携手小红登舟，于除夕之夜赶回吴兴（今浙江湖州），与家人团聚。

自作新词韵最娇，小红低唱我吹箫。
曲终过尽松陵路，回首烟波十四桥。

姜夔心中的诗意蓬勃而生，在凛冽的寒风里回荡着热烈的气息。

小舟驶离吴江，驶离了灯火辉煌的垂虹桥，驶向无边无际的夜色中。

人的心情往往就是这样，当两岸的灯火渐渐远去，当黑夜如魔吞噬了光明，岸边的残雪便开始催动起寒意的攻势。

随着小船驶进茫茫的暗夜，姜夔的心情开始渐次蜕变了。

细草穿沙雪半销，吴宫烟冷水迢迢。
梅花竹里无人见，一夜吹香过石桥。

姜夔写下了他今夜注定要名留青史的《除夜自石湖归苕溪十首》中的第一首。

伫立船头，负手极目远方，但见吴宫冷落，荒烟渐起，夜露浓重，寒意袭人。两岸竹林掩映，虽不见梅，但暗香缭绕，依然令人陶醉。

刚才的激情尚未全然消去，诗人的心还不算太冷。

船儿继续向着黑暗深入，姜夔的心走进了历史时空。那六朝的繁盛与粉黛的欢娱，都化为了两岸未消的残雪与冻死的青草，诗人的心渐渐冷却：

美人台上昔欢娱，今日空台望五湖。
残雪未融青草死，苦无麋鹿过姑苏。

那橹篙击冰的声音让人神思一悸，诗人目光回收，再次把注意力放回船上，只见得悬挂于舟尾的红灯乱颤，似有春气涌动。姜夔心中泛起一丝优美的情致，也引来一丝暖意的期盼。于是第三首便脱口而出：

　　黄帽传呼睡不成，投篙细细激流冰。
　　分明旧泊江南岸，舟尾春风飑客灯。

寒夜已深，家家团聚，可自己远在家中的儿女，应该还在眼巴巴期盼着父亲归来吧！姜夔没有看过《白毛女》，但他的心情应与躲债在外的杨白劳是一致的：

　　千门列炬散林鸦，儿女相思未到家。
　　应是不眠非守岁，小窗春色入灯花。

想到家中的妻子儿女，诗人心中不禁涌起一丝隐痛，是抱愧，更是无奈。连大诗人杨万里都说，姜夔的诗文酷似唐代的陆龟蒙，而自己飘零的身世，又何尝不是那位乘舟浪迹天涯的江湖散人呢？罢了！罢了！就在这空旷冷寂的行舟中过一个新年吧，让人和着冰雪洗去衣上的征尘。虽然情趣自适，却难掩心中凄凉：

　　三生定是陆天随，只向吴松作客归。
　　已拼新年身上过，倩人和雪洗征衣。

可舟中的新年又将如何度过呢？盘中无蔬食，棹下有寒声，只有一卷自填的新词，就着微弱的灯火，权作为年夜的佳肴吧：

　　沙尾风回一棹寒，椒花今日不登盘。
　　百年草草都如此，自琢春词剪烛看。

舟子来报，前面已到太湖。姜夔起立一望，但见得白茫茫一湖烟波，涛声盈耳。借着残雪的暗光，隐约可睹湖上有雁影的移动。幽微的天光下面，层层山影环湖而立，雾气缥缈，寒意夺人，在一片空寂虚落中，自己身在的这一叶孤舟可真是渺如微尘啊。

眼前的景象，勾起姜夔对身世的联想。

宋高宗绍兴二十四年（公元1154年），注定是个不平凡的年份。这一年秋闱发榜，一网便兜住了许多名垂青史的历史人物——杨万里，范成大，虞允文，张孝祥……也正是这一年，姜夔出生在饶州鄱阳（今江西鄱阳）一个破落的官宦家庭。

幼小的姜夔一直跟随父亲姜噩漂泊于宦旅之途，14岁时父亲病逝，便寄身姐姐在湖北汉川县山阳村的家中长大。他四次返乡参加科考，却四次名落孙山。从此四海为家，漂泊无定，直到孝宗淳熙十二年（公元1185年），他结识了人生中第一个贵人萧德藻。

这萧德藻酷爱写诗，颇有诗名，对姜夔的才华欣赏有加，遂结成忘年之交，还把侄女嫁与他为妻。次年，萧德藻调任湖州，姜夔决定依附于他前往湖州居住。就在此次迁移中，途经临安城，萧德藻介绍姜夔认识了已名满天下的大诗人杨万里。杨万里同样对姜夔的诗词嗟赏不已，又写信将其推荐给另一位大诗人范成大。范成大读了姜夔的诗词，也极为喜欢，认为他高雅脱俗，翰墨人品酷肖魏晋间人物。当时范成大已辞官归隐于吴江太湖畔石湖别墅，这里距姜夔栖居在湖州苕溪边的家并不遥远，由此开启了二位大诗人间的频繁交往。

姜夔一生，屡试不第，衣食不周，以布衣终老，只能不断寄食于他人。他的身世，与唐代大诗人杜甫类似。当最后能依附的朋友一个一个逝去后，杭州城的住宅又被一把大火烧成白地，暮年的他为衣食奔波于江淮之间，晚景凄凉，这是后话。

此时，眼前的白波茫茫勾起了姜夔的身世之感，于是，第七首便喷涌而出：

> 笠泽茫茫雁影微，玉峰重叠护云衣。
> 长桥寂寞春寒夜，只有诗人一舸归。

"只有诗人一舸归"，在举家团聚的除夕夜，在浩浩茫茫的大泽边，天地孤舟，人渺如芥，这样的浩叹，也只有杜甫的"飘飘何所似，天地一沙鸥"可与相酬了。

小舟缘着曲曲弯弯的水路继续向着家的方向漂去，在黑黝黝的平原间，一点灯火明灭不定，那应是桑间的灯烛，辛劳一岁的农人尚在为蚕桑忙碌，这引起了诗人的家国之思：

> 桑间篝火却宜蚕，风土相传我未谙。
> 但得明年少行役，只裁白纻作春衫。

家国情怀，再度引发姜夔的身世之叹。其时，姜夔的词境、乐境和书境都达到了极高的境地，甚至浙西同人并推其为南宋词坛第一人，可见成就非凡。姜夔自幼便才情不俗，多获赞誉，唯独不善应试之考，难得治世者青睐，落得衣食不周。回望往事，怅然唏嘘，第九首便因此冲腔而出：

> 少小知名翰墨场，十年心事只凄凉。
> 旧时曾作梅花赋，研墨于今亦自香。

长夜漫漫，暮云沉沉，孤舟漂泊，江海寄身，对于一个敏感多情的诗人来讲，无尽的家国忧思和身世零落，多能催生出绝世名句。姜夔也不例外，置身于这除夕夜的迢迢水路中，愁绪飘忽，变幻莫测，但毕竟新春将至，绿柳添黄，正是一轮新希望的开端。"海日生残夜，春江入旧年"，诗人的心灵总能相通，望着两岸黑影重重的柳林，它应该已生出点点鹅黄了吧！想着家中正盼望自己夜归的亲人，恨不能腋生双翼，奔赴那寒夜中的一点窗灯，姜夔心中不觉萌动着一丝春意的温暖：

> 环玦随波冷未销，古苔留雪卧墙腰。
> 谁家玉笛吹春怨，看见鹅黄上柳条。

在一丝丝暖意中，诗人最后挥出了温婉的一笔。

这一组除夕夜漂的组合绝句，在艺术上达到了极高的成就。据说杨万里读到这组文字后，禁不住击节而叹，"以为有裁云缝雾之妙思，敲金戛玉之奇声"（陈振孙《直斋书录解题》）。

在迢迢的江南水道上，一路撒下了诗人变幻微茫的情愫，为中国文化留下了一行行珍稀的鸿泥爪迹。

4

江南春早，水路迢迢，我陷入深深的掩卷沉思中。抬眼窗外，轻岚氤氲着已露鹅黄的枝头，心中涌起的，是从希望的幽微到失落的惘然、从期待的微笑到沉沦的孤寂，一时间，五味杂陈，万般情愫鼓荡于胸。

蓦然间，我脑海中跳出了江南才子戴望舒的那首《印象》来，兴许能拾掇拾掇此时的心境：

> 是飘落深谷去的
> 幽微的铃声吧，
> 是航到烟水去的
> 小小的渔船吧，
> 如果是青色的珍珠，
> 它已堕到古井的暗水里。
>
> 林梢闪着的颓唐的残阳，
> 它轻轻地敛去了
> 跟着脸上浅浅的微笑。

从一个寂寞的地方起来的，
迢遥的，寂寞的呜咽，
又徐徐回到寂寞的地方，寂寞地。

　　　　　　　　　　记于丁酉岁末除夕前夜

秦腔畅想

八百里秦川尘土飞扬，三千万老陕齐吼秦腔。

一个"吼"字，道出了秦腔的真味。

对于秦腔，我是个绝对门外汉，它留给我的唯一印象，就是一种撕心裂肺的吼叫，吼得教人耳鸣嗡嗡不息，吼得让人腹中倒海翻江。后来，读到贾平凹一篇专讲秦腔的散文《秦腔》，文中有这样一段话："外地人——尤其是自夸于长江流域的纤秀之士——最害怕秦腔的震撼；评论说得婉转的是：唱得有劲；说得直率的是：大喊大叫。于是，便有柔弱女子，常在戏台下以绒堵耳，又或在平日教训某人：你要不怎么怎么样，今晚让你去看秦腔！秦腔成了惩罚的代名词。"

贾平凹老师讲得很有些幽默，可是，三千万老陕齐吼秦腔的一个"齐"字，道出了关中人对秦腔的挚爱。

一方水土养一方人，关中平原这片尘土飞扬的黄土地，到底能培育出一声怎样的腔调来？这声让关中以外人士听得堵耳的腔调，到底隐藏着怎样的让秦川儿女"齐吼"的魅力？自踏上这片黄色的土地，我心中就存了这么个挥之不去的念头：怎么也得去听一场正宗的秦腔！

天公作美，让我在西安关岳庙街（今西一路）的易俗社实现了这个愿望。

这是一条比较安静的小巷，相比于小巷外的东西南北四条大街，它甚至可以称得上僻静了。剧院坐南朝北，在仿古建筑四处开花的古城西安，它那斑驳的漆痕，让人真正感受到了一丝古老。

剧院前立有一方石碑，其文漫漶，细读之下，才发现刚才的感觉不谬。这西安易俗社原名"陕西伶学社"，竟然创办于1912年，刚刚度过了百岁寿辰。1924年，鲁迅先生来西安讲学时，曾多次光顾这里看戏，还为它亲笔题写了"古调乱谈"匾额一幅，并将此次来古城讲学的全部收入50元大洋捐赠易俗社以资鼓励。20世纪30年代，易俗社曾两度北上赴北平演出。1937年6月，在北平演出了新编历史剧《山河破碎》《还我河山》等大型剧目以宣传抗战。

走进前厅，正面右侧立着鲁迅先生的等身蜡像一尊，面部细节栩栩如生，周围鲜花簇拥。绕过照壁，便进入了观戏大厅。

观戏大厅的布局一下就让我兴奋起来。这是标准的戏园子，堂上摆满了一张张正方形的木桌，桌边置有两张木背靠椅，桌上放着一只茶壶几个茶杯和几盘瓜子花生类茶点。如果能将穿梭其间的两位身着红衣红裤的妙龄女郎，换成两个肩膀搭条白布毛巾手中拎把长嘴茶壶的茶房伙计，那就更对味了。

女服务员过来查看我的戏票后，径直把我领到二楼，在我惊异的目光中，把我领进了一间隔子包房里。

我这才细细观察这戏院的内部结构，竟然与我在电视剧里见过的戏园

易俗社大厅

一样，分为上下两层。第一层大堂中央摆放块状单元的方桌木椅，最后四排则是四溜一字长凳；二楼左右两侧全是木隔的隔子间，形成一个个单包，前有木栏护围，挂有红布幔帐，后面摆放一张正方形木桌和四把木背靠椅。二楼的后面是木雕隔子屏风，屏风呈圆洞拱门形状，为细雕镂空云纹木饰，木雕屏前形成一条长廊，人在长廊上呈一字排列法坐开。各不同区间收费标准是不一样的。整座戏厅古朴简净，充满东方艺术韵味。

好戏开场，今天不是什么折子戏，而是易俗社和西安另一家秦腔剧团三意社的台柱子们联手为春节献上的一出秦腔清唱，对于票友们来说，这绝对是最过瘾的方式。

秦腔，又称乱弹、梆子腔。演奏的乐器以拉弦的板胡和击节的梆子为主。板胡拉出主调，枣木梆子则不断击节出急促的鼓点，因为不断击出"咣咣"的声点，所以又俗称"桄桄子"。其他的配器，还有扬琴、琵琶、铜铃等等。而秦腔最富特色的，应该是它的唱腔了。

作为一个高纯度的外行，我只能把我感受到的秦腔印象分享给大家。

我认为，秦腔中最富韵味的，是弱音与强音间的转换。秦腔以爆破的强音为主，从胸腔中突然喷发出来，那是郁积在胸口多时的一口气的爆破似喷发，就好似汽车从发动到180码的高速行驶，中间不经历过程，在几分之一秒的瞬间一步完成，那震响山呼海啸，揭瓦震梁。这冲天而起的一吼，让人心中的各种情感一泻千里，不留一丝挂碍，任何企图阻止的力量都是徒劳的。在那一声震吼之后，人的胸臆突然空廓通透了，那些引起负面情绪的一切渣滓都随着那一声吼散向天空。可是你不能想象的是，秦腔中却带有很多绵长而战栗的哭腔，如果仅以我那天的听唱推测，我甚至怀疑秦腔中的剧目以哭戏为主，那绵长而战栗的哭腔，声调一如一团拉面，越扯越细，越牵越弱，成丝成线，直至如一缕淌过瘠坡的弱溪，紧接着就是那惊天一吼，把人的情绪宣泄发挥到极致。这样的转换是没有中间过渡的，也就是说，秦腔拒绝中间，直取两端。而最后，秦腔总是以一声惊爆的震吼戛然而止，我正在凝神屏气等待结尾的一续，就好似等待另一只靴子落下，可场下掌声响起，在雷鸣般的掌声中夹带着票友们"好！""好！"

的高呼声。这种好似没有结束的结束，是秦腔爆破力最后的惊天一击。

说实话，两个半小时的演出，我几乎是屏住气息完成的，当结束的幕布徐徐合拢，我已经有些痴迷了。

万物生长靠太阳，从科学上讲，是真理；然而太阳再好，万物也不可能生长在空中吧，所以，从逻辑上讲，万物生长靠土地，这才是绝对的真理。要寻找秦腔这种独特的唱腔形式，我以为，我们应该把目光投向生长秦腔的这片土地上。

秦腔植根于关中平原，但绝不仅限于关中平原，它在陕、甘、青、宁地区都有蔓延。我仔细察看过地图，发现秦腔传唱的地区，基本与黄土地的分布大致重合。

开篇两句话，"三千万老陕齐吼秦腔"相信大家已经有些明白了，而"八百里秦川尘土飞扬"，相信没有去过的人理解起来还不够深刻。此番秦川之行，我几乎斜穿了整个东府地区，从西安出发，沿京昆高速的西禹段东北而行，穿越过富平、蒲城、白水、合阳、韩城，直抵黄河西岸，像当年的韩信那样，驻马放眼东望，隔着一条浑黄色的水流，山西的土地一目了然。一路走来，一路与黄尘做伴。飞扬的尘土，染黄了道旁的木叶，与成片成片枯黄的玉米秸连成一片。视野尽处一派迷蒙，开始我以为是平原上的雾霭，可在强日光的照射中依然迷茫，后来我才知道，那是黄尘扬起形成了细沙雾障。

这片黄色的土地，土质呈沙粒状，它的吸水性很差，保湿性不佳。雨水一下，泥泞成浆，太阳一烤，则又沙随风走，扬尘四起。它不像南方地区的土壤，温润而保湿，有较强的黏度，在润物细无声的滋养中，只要不是大旱或大涝，它都能始终坚持与绿色站在一起。所以，黄土地的特性，一如秦腔的唱板，拒绝中间，直取两端，绝不含糊。可以说，黄土地是秦腔的摇篮，而秦腔是黄土地的象征。

生长在黄土地上的人，像牛一样憨直而纯朴，也像牛一样有着坚忍不拔的忍耐力和爆发力。爱憎分明是他们的共性，要么就爱死你直到地老天荒，生生死死跟定你；要么就恨死你绝不姑息，直追到天涯海角也要挥刀一快。

陕北有一种被称为"酸曲"的民歌叫信天游，把这种爱的缠绵与坚定表现得淋漓尽致；黄土地上有一种表演叫安塞腰鼓，百人齐跃的鼓点擂动与搅动起来的浑天黄尘一起构成了天地间最强烈的音符。所以，他们的性情也如秦腔唱板一样，把爱与恨这样的情仇两端演绎得风风火火。

黄土地上的人口味偏重，尤其喜欢酸和辣。面食是他们的主粮，拌以面食的是一种由醋、辣椒酱、蒜泥和菜籽油等调和而成的绛红色浆状物质，用以泼面，用以蘸碟，用以凉皮的调和。嚼在口中，那份酸的绵长与辣的燥烈混合一处，直教人如嚼秦腔。

这片土地同样养育了这区的方言，这是秦腔赖以生存的载体。今天的陕西话，虽然各地方音有别，但有一个共同特征，就是尾音多用上声和去声，短促而充满力度。写格律诗的人都知道，它们被归分到"仄"声韵区，以仄声押韵，是对强烈感情的一种表达形式。

在合阳县候车时，我们的票被编排到11号车。一个脸庞白净身材苗条的小姑娘过来问我："这里是11？"我特别注意到，11被她念成"拾匜"。在现代国语发音中，"匜"字是上声，一个短促而下沉的音节后尾音自然上扬，形成一个钩。但小姑娘的"匜"字直接省去了尾音的上扬，就剩一个短促的下沉音，而且还是用喉音发出。我们知道，普通话中"1"读为阴平一声，而古韵中有一种入声字，已经消失在现代汉语中了，被分别置放到四声发音里，可是在写格律诗时使用的《平水韵》，"1"被归为入声"四质"音部，也就是说，小姑娘的发音，仍然保留了古韵的入声读法。难道这是唐音的读法？

在合阳这类县城里，其韵调的变化，应该比人口流动频繁的西安来得慢，它能够保留古声读法的机会要远远大于西安。我突发奇想，假如这就是唐音，那么全国都应该以它为标准，尤其在科举兴盛的时代，殿试是每个学子的最高理想，标准的口音绝对是加分项目。天宝六年，李林甫就以"恐有俚言，污浊圣听"为名干预考试。我想，如果当时就有今天的国语发音存在，那么一定会被认定为，这是哪个不入流的小地方口音，也即"俚言"，殿试的时候，即便那个幸运儿能讲一口央视播音员的标准国语，只怕也只能暂时揣进兜里，向高高在上的皇帝恭恭敬敬地道一声——"拾匝"。

我不禁莞尔。

这种短促有力的喉音，不正是秦腔的特色吗？想当年，文物丰沛的东方六国，不正是在秦人那爆破性的惊天一击中土崩瓦解的吗？在那场惨烈的血拼中，秦国士兵最后发出的声音，也许就是秦腔最后那爆炸性的一声嘶吼——杀！而后，一切归于沉寂，在一种没有终结的状态中结束。

六合一统，掌声雷动！

现在我有些明白易俗社厅前鲁迅先生那一尊蜡像了。没听说过先生还为哪个剧种捐助过自己的薪水，而独独钟爱于秦腔。正是秦腔的特色对了先生的脾味——爱憎分明，不留过渡。"横眉冷对千夫指，俯首甘为孺子牛"，正是秦腔的风格。

风追司马

我一直以为，一个学历史的人，一生中不能不去参谒一次太史公祠，如同一个血管中流淌着炎黄血液的人，一生中不能不去拜祭一次黄帝陵一样。

我是怀着朝圣般的心情走进司马故里的。

早就知道司马故里在韩城，可是这个濒临黄河西岸的小城，对我来讲实在太过遥远了。坐火车要转，乘飞机不达，行舟船无水，自驾又嫌远，就是把电话打到西安的旅行社，也被告知这是一条非常冷僻的线路，公司不接这单业务。

还告诉我，通常只有日本人和韩国人才肯组团前往。

这话让我有点生气。既然没人给力，就只能自己给力点。先到西安，再乘城际交通班车前往。

城际大巴行走在黄尘漠漠的黄土塬上，辽阔的关中平原一眼望不到尽头，因为尽头始终弥漫着蒙蒙的雾气，其实那是尘土扬起的烟障。

正是八百里秦川收获的时节，金黄色的玉米棒子堆满路旁。平畴上，已经枯萎的一人高的玉米秆，在风中瑟瑟作响。有的农人便砍将下来，把它们堆在田野中焚烧，冒起的浓烟加入到漠漠的黄尘中，使平原上的乡村和城市都弥漫在烟熏火燎又灰尘扑扑的尘埃里。

人们眼中，关中平原一望无际，八百里秦塬一马平川，我告诉你，这是虚的。我以飞机上空的鸟瞰和此次陆上穿行的实地经验作证：关中平原实际是一些浮岛。

2011年春夏之交，我从敦煌飞重庆转机西安。就在飞机即将到达咸阳机场降落的前十几分钟，我从机窗向下瞭望，辽阔的八百里秦川完整地呈现在眼前。一片片平整的土地铺满绿色的稼禾，可是那绿色的原野并不连接成片，不规则的深谷浅壑把它们分割成块状。它们就像一座座漂浮在水面的岛屿，上帝用一把平而薄的刀片缘同一水平面削去了岛上嵯峨的峰峦，像横切过的奶酪一样留下了浮岛的平面空间，而剩下的岛根依然漂浮在那里，千沟万壑把它们分离。

现在我正穿行于广袤的平原上，却丝毫感受不到"岛"与"岛"间的分割。人实在是太渺小了，无论置身在哪一块平面上，放眼望去依然是天苍苍野茫茫，所以你会误以为自己身在大平原上。只有当汽车行出一段距离后，你会看到一些纵横交错的沟壑，沟壁上裸出的黄土面上开凿出一孔孔废弃的窑洞，使你仿佛一下进入陕北高原。但当你的意识还来不及做更多思考时，这些沟壑就消失了，你又回到了莽莽的大平原上。高架快速公路抹去了你思维的异想。

人们习惯上把这些"岛屿"叫做"塬"。

司马故里韩城便坐落在韩塬上。这里是陕西省东府地区东北部的黄河西岸，隔着一条浑浊的河水与山西相望。这里又是关中平原同陕北黄土高原的接合部，所以境内地貌复杂多变。

连接南塬与韩塬的是京昆高速上一架长1500余米的高架公路桥，中间的沟壑是黄河切割出的一条长带形冲积扇，车窗东侧，雾蒙蒙的黄河依稀可见。在韩塬壁立的黄土坡上，八个大字远远地扑入人们视野：史记韩城，风追司马。

我终于走进了司马故里。

"看呢，那就是司马庙。"坐在我身旁的一个韩城小伙一指南塬坡面上一组由谷底沿坡脊修建到坡顶的建筑物。

远远地我望着那一坡由祠宇和牌楼组成的建筑组群。在雾尘漠漠的黄土塬上，仿佛隔着一层历史的烟云。

从韩城转小巴来到司马广场，那宏大的气势令我有了几分惊讶。

铺设整齐的司马大道宽大畅亮，两座现代的仿古汉阙建筑分立两厢。大道两侧，以巨石塑造着《史记》记录的历史缩影，起于五帝，历夏、商、周、秦、汉，终于汉武帝的巨型雕塑。

大道正中，一尊司马迁立像如一个巨人矗立在天地之间。老先生手握一卷竹简，双眼凝望着无垠的太空，目光似已穿透了宇宙星空的浩渺。

穿过一座"文史圣域"的现代石牌坊后，展现在我眼前的，是古人留给我们的一座完整的司马墓祠。

司马墓祠伫立在黄河西岸芝川镇的南奕坡上，沿坡而上，牌楼与屋宇层层耸立，构成了一组疏朗的视角空间。墓祠顶部位于一座百丈高崖之上，东濒黄河，西倚梁山，远远望去，枕山眠河，笑对日起日落，淡看云卷云舒，与山河共寿，伴青史长存。这不就是人们对《史记》的评价吗？

据说最早的墓祠，修建于西晋永嘉四年，即公元310年，已有1700年的历史。当时的墓祠一定是一间很不起眼的寒酸的小庙，建于一条商旅不绝的秦晋古道边，极有可能还是民间行为。后来，出于对太史公的景仰，历朝历代不断增建，遂成今日格局。

进入大门前，必须穿越一座明代的石桥芝秀桥，那些铁锭连缀的凸凹不平的石板桥面，显示着岁月的沧桑与古老。而如今看到的山门和寝宫，都是宋代的遗存，元明以来几经修缮，但依然保持着原有规模和风貌。

进入大门，一条侵蚀着岁月痕迹的向上坡道令我动容。这就是司马古道。

这条古道用宽大厚实的石条铺成，粗粝而坚硬，虽经严重风化，但风化处并不松脆，石质依然坚硬，如同经过现代化学技术特殊处理过一般。

这大概是现存最古老的交通

司马广场上的司马迁塑像

司马古道

要道了,据说修建于春秋末年。韩城自古以来便是兵家要地,被称为西河之地。春秋时,最早属秦国,后晋国强起据为己有。韩、赵、魏三家分晋后,此地归魏国管辖,还修筑了魏长城来抵御秦国的攻击,吴起,这位我心中的英雄便驻守于此,令秦人不敢越雷池半步。秦国后来使用反间计让魏王自毁长城驱逐了吴起,公元前362年,又趁魏国与韩、赵作战之机会,发起少梁(今韩城以南)战役攻占庞城(今韩城东南),后商鞅率秦军击败魏国公子卬,尽有西河之地,彻底洞开了通往东方六国的大门。这条古道便是三家分晋后开凿的,是当时一条交通秦晋的要道。在历史上,由于它是秦晋交通的必经之路,因此也成为后来秀才们赴京赶考的必经之路。在这段蚀迹斑斑的古驿道上,有多少毛驴踢出的嗒嗒蹄声承载着学子们的梦想融入黄河的涛声里。当时这一地区文化非常繁盛,因此留下这样一句民谣:"走下司马坡,秀才比驴多。"我走在这坑坑洼洼脚底极不舒坦的古道上,心却沐浴在文物昌盛所带来的融融和风里。

此时,上上下下游人众多,大多数操着本地口音,他们携幼扶老,语笑殷殷,应该是趁着今天的明媚阳光前来游山的韩城市民,因为用本地身份证购买的门票，价格只有我的五分之一，作为游山玩水处，这里是一个不错的选择。一路上，像我这样的外地人确实不多，车上的韩城小伙就善意地告诫我：那地方有啥看头。难怪西安的旅行社不接我的单。

要瞻仰"司马墓祠"，还要登九十九级的石阶。用砖石砌成的九十九级台阶，是修筑司马祠时后人垫沟筑起的，被当地人称为神道。别小看这九十九级数的含意，它取自《易》中的释义，九为数之尊，九九则是至高无上的意思。凡有九十九级台阶的墓陵神道，古往今来都只有帝王才能享用，所以皇上的祖祠被称为九庙。司马迁就是史学中的"至尊"，他享用这个级数，当之无愧。

然而，望着那高高的梯坎，我选择了侧翼绕行的一条便道。这同样是一条砖砌的小路，但中间已塌陷，形成一道沟渠状的中低侧高的形态。它没有梯坎，缘山而上，山下的郁郁葱葱映着攀登者的面孔，从黄河吹来的风顺着沟壑而至，给人以几分清凉。这条路弯弯绕绕，最后与石阶相接，在那座书有"史笔昭世"的牌坊处会合，然后穿越牌坊继续进入"九十九级"的最后一段，再穿过一座石牌坊"河山之阳"，终结于"太史祠"门楼前。

这是一座两幢一井的祠院。院内古木森森，幽静安详。祠院里并无一般庙堂的雕梁画栋，也无其他铺陈。我想，这正是司马公需要的环境，空寂而素净，枕山而卧水，视野开阔，八面来风。

司马迁坐像前，殿内陈设着历代官员文人题写的碑碣。我粗粗地浏览了一下，其中一方题写于明隆庆六年的石碑给我留下了些许印象，这是一位因言获罪而谪贬合阳的官员的感慨。石碑上题写着一首七律《谒太史公墓》：

大河东去世茫然，司马残碑记汉年。
孤史是非犹白日，龙门踪迹已浮烟。
玉书神护空遗穴，石室云藏有剩编。
国士漂零同感慨，一杯和泪滴重泉。

字迹模糊，颇难辨识，但我很理解这位官员，他们同是因言获罪，同是寄身荒泉。

据说《史记》完成后，司马迁惧怕遭到汉武帝焚毁，便精心包裹起来，贮放于一山间石穴中，赖以保存，这就是诗中所说的"玉书神护空遗穴，石室云藏有剩编"的缘由。直到汉宣帝时，司马迁的外孙杨恽将《史记》献给宣帝，从此才流传天下，为世人所知。还据传说，司马迁去世后，因为受过宫刑，有辱祖先，不能埋入祖茔，他的夫人柳倩娘只得把骨骸运回故里，掩埋在这高岗之上。当时柳倩娘绝对无法想到，青山有幸埋忠骨，这南奕坡因此得以名垂千古。

殿内还有一通石碑，称为"梦碑"。碑文讲，唐人褚遂良在同州（今陕西大荔县）梦见一女子，自称是司马迁侍妾，叫随清娱。司马迁亡故后，她不食不饮，抑郁而死，褚遂良因此作墓志铭以记。如梦如幻，似假还真。

司马迁泥塑像是北宋时故物，须髯数绺，并非宫刑后妇人形象。据说是从芝川乡间访得太史公壮年线描画像塑造的，相传，画像还是出自于司马夫人柳倩娘之手。

绕过祠院，便是司马迁圆形砖砌墓冢。墓冢为蒙古包状八卦墓，是元世祖忽必烈敕命建造的，"以通神明之德，以类万物之情"，非大智大慧者莫得。墓顶有一苍苍柏木分出五杈，形似人的五指，被称为五子登科。可见，司马迁赢得了不同朝代、不同民族的君王和百姓的共同爱戴，享誉至隆，得其所归。

他同《史记》一起，已成

司马迁蒙古包状八卦墓

回望南奕坡上司马公祠

不朽。

参谒至此，司马公墓祠大致可以告一段落了。我稍稍纾解了自跨进大门后就有些战战兢兢的神经，依恃着塬顶上的石栏向远方眺望，一座长长的现代高架路长桥横跨于南塬与韩塬之间，它就是我们来时经过的路。桥上车如奔兽，承载着人们南来北往，上下驱驰。

我心中一动：这是不是冥冥中一种特意安排？因为这条路名叫"京昆高速"。

司马迁年轻时，曾畅游大江南北，后来又做了汉武帝的侍从官，跟随皇帝巡行各地。广泛的游历增长了他的见闻，在《史记》中，他还为一些从未进入中原史家眼中的地区和民族列了传，如著名的《西南夷列传》。

中国广大的西南地区，一直是各种民族杂处交汇迁徙流动的区域，被中原地区视为西南蛮夷，隐没在瘴气弥漫的原始丛林中，远离于历史的视界之外。正是通过《西南夷列传》，中华民族大家庭中的滇、夜郎、昆明、邛都、筰都等被称为"西南夷"的西南少数民族才得以进入中国历史的视野，成为祖国大家庭中的一员，成为了中华文明大河中一条重要支系。今

- 35 -

天，这一条从国家心脏联系西南边陲重镇的交通动脉，在司马迁脚下静静地陪伴着这位史学大师，是不是对他的卓著功勋作出的无言褒奖？

我沉默不语。

回到韩城通往太史公祠的起点——老城南关，这里还有一处值得我前往凭吊的古迹：毓秀桥。

专程前来凭吊，并非我对桥梁有什么研究，而是感动于它的故事。

桥梁修造者是康熙年间的云贵巡抚刘荫枢。刘荫枢，韩城邑人氏。康熙初年，任职期间的巡抚大人回乡省亲，见一条澽水河挡住了乡梓父老的进城通道，于是在一家人的反对声中，拿出毕生所积的数十万两白银修造此桥。数年后刘荫枢再次返乡，发现自己的儿子颇有经济头脑，端着一条板凳，坐在桥头收取过往乡亲的"路桥费"（这是一个让人多么熟悉的字眼啊）。刘荫枢心中非常忧虑，他思忖道：如今我还活着他们就敢这么胡来，将来我死了，还不知会做出什么事来。不行，我得断了他们的念头。于是刘巡抚找来乡里长老，以二两八钱银子的象征性价格把桥卖给乡梓，以契约为凭。因为刘巡抚心中有一个信念：好男不端祖宗碗，儿孙兴旺福泽远。

刘巡抚的这种理念，已经与今天美国社会的自由竞争意识相符合了。美国人对遗产继承者施以高额的遗产税，就是为了让每一个人都能相对公正地平等创业，自由竞争，以个人创业的成功来推动社会向前发展的不断成功。中国有句老话，叫"君子之泽，三世而斩"，又有一句话叫"富不过三代"，给子孙留下丰厚遗产，反倒培养了他们好逸恶劳、不求上进的惰性，到头来最终坑害的还是自己的子孙。刘荫枢先生不仅远远超越了那个时代，也远远超越了今天这个时代的很多人。

司马遗风，香熏故里。

这是一座十孔石拱桥，长约180米，静静地横卧在澽水河上。看得出桥梁已经过多次翻修，桥面石板缝隙间多以铁锭加固，唯有桥栏上的石雕保存着当时的风貌。但是，桥头石栏上蒙古武士打扮的石雕像让我颇费踌躇：这个是康熙年代的建筑吗？抑或这尊雕像是后人移来？

南桥头有木牌坊一座，呈品字形三重歇山顶，五跳斗拱，显系后来修缮。正中牌匾上有刘荫枢亲题的四字行书："示我周行"。这是《诗经·小雅·鹿鸣》中的一句话，"人之好我，示我周行"，大意是说，有人关爱我，为我指明康庄大道。

这座耸立在蓝天下的木牌坊，与15公里外的南奕坡遥遥相望。不惜忍辱偷生的司马迁，不正是以史为鉴，想要为人类指示出一条康庄大道吗？

这是一种悲天悯人的人间大爱！

我漫步在蚀迹斑斑的石桥上，浮想联翩。

这时，一轮夕阳正从桥栏西侧的山塬上缓缓落下，我长长的影子飘在桥面，飘在历史与现实之间。

无水的濝水河谷，晚风吹起。

夕阳下的南关毓秀桥

寻根党家村

大元文宗皇帝至顺二年（公元1331年），虽改元至顺，但天下已经至不顺了。这一年，陕西大旱，朝邑县赤地千里，饿殍盈野。

一个名叫党恕轩的青年农民挥泪埋葬了自己的亲人，挑起一个最简陋的挑子离开了故土。他一路漂泊，这一天来到了今韩城东北泌水河谷北侧一处呈葫芦状的塬底谷地。他放下挑子，擦去额角的汗珠，四面观望了下周围的环境，见这里依塬傍水，避风向阳，是一个不错的落脚之地。于是，他决定不走了，就在这里落地生根。

于是，党恕轩就在原地的黄土壁上动手挖了一孔简易的窑洞，又在窑洞前的一片平地上开荒垦植。经过几年的辛勤劳作，他渐渐积攒了一些家产，于是，娶妻生子，过起了千百年来中国农民梦想中的日子。

党恕轩一共生了四个儿子，成为后来党家村四房大家族的祖先。党氏族人在这里生息繁衍，并给这个荒芜的地方取名叫东阳湾，后来又以自己的姓氏改名党家湾，最后名党家村。

四个兄弟成年以后，除了种田耕地外，同时还经营买卖，于是，党家的家道便渐渐兴旺起来。以中国家族发展的惯性，有了家底就要读书，到明代永乐十年（公元1412年），长孙党真在乡试中一举高中，成为举人。党氏全族虽然没像范进那样兴奋得疯掉，却也是欢天喜地，便开始规划起村落的建设来，今日的党家村雏形初定。

俗话说，种得梧桐好招凤。党家村的兴旺，自然就会引来金凤凰。明弘治八年（公元1495年），党家招了一个叫贾连的金龟婿，生了一个儿子叫贾璋。这贾家虽比不得"贾不贾，白玉为堂金作马"的金陵贾家，家道却也颇有些殷实。这贾氏始祖贾伯通，是在元末明初由山西洪洞县迁居陕西韩城的,现在看来这个贾伯通还算不错,起码教子还算是有方的,要不然他的五世孙贾连怎么也娶不到当地旺姓党氏的女子。作为党氏的甥舅之亲,贾璋在嘉靖四年(公元1525年)定居党家村,从此开始了党、贾两家共建村落、世代通婚的格局。

党家村中,党、贾两家各居村落的一端,互为姻亲,相互帮持,既务农,也经商,日子过得真是好不红火。党家村的建设规模也越来越大,直到今天,留下了125套大大小小的明清四合院和三合院落,成为北方村落民居的典范之作,被列入"国际传统居民研究项目"中,并被陕西省列为"历史文化保护村"。

党家村不但受到中国人关注,外国人也来了。像英国皇家建筑学会的查理教授,在考察完党家村后说:"东方建筑文化在中国,中国民居建筑文化在韩城。"而日本人对中国文化更是情有独钟,还与中方一起成立了一个"中日联合党家村民居调查团",对村中民居古建筑进行了详细考察和实地测量,其中日本人出钱出力,贡献多多。日本建筑学会农村计划委员会委员长、工学博士青木正夫先生还撰文写道:"我曾到过欧、亚、美、非四大洲十多个国家,从来没有见过布局如此紧凑、做工如此精细、风貌

静卧于两塬之间的党家村

如此古朴典雅、文化气息如此浓厚、历史如此悠久的保存完好的古代传统居民村寨。党家村是东方人类古代传统居住村寨的活化石。"日本工业大学教授本田昭四先生，在共同考察期间不幸客逝韩城，"中日联合党家村民居调查团"专为他在党家村口立碑永志纪念。

当我走进党家村景区大门，穿过一片水泥铺成的平坝，便站在了一个黄土塬的边沿，党家村以它不乏恢宏的气度展现在脚下两座黄土塬之间的沟壑谷地中。

脚下的党家村，清一色的悬山两面坡式灰瓦屋顶，鳞次栉比地盛满了视野，那是房连着房、檐挨着檐的村居平面结构图，每一组单元都自成体系，以中国典型的四合院形式为主体，单元与单元之间有细如羊肠的通道相通连。各个单元排列有序，共同组构出一个形如船状的聚落。

在那片错落有致而又连瓦成面的灰色屋顶中，不时突兀起一座形似塔楼或牌坊一类的建筑物，而最能聚焦目光的，是村头那一座高高耸峙的楼阁式砖塔，它成为了"船头"上一根高高竖立的桅杆，引领着村寨之舟航向历史的深处。

强烈的日光洒落在黄土塬上，但俯瞰中的党家村依然轻霭袅袅。因为一路上的黄尘做伴，我不敢肯定那是雾霭还是八百里秦川上飞扬的尘土，但不管怎样，党家村在凝重古朴中又添了些许神秘。

走进党家村，首先看到的是高耸于黑压压的屋脊之上的节孝碑楼，青石基座，悬山两面坡式屋顶，檐上筒瓦包沟、五脊六兽。檐下为仿木砖雕，正中横额上雕有四字："巾帼芳型"。虽不知它的主人有什么感天动地的故事，但它无疑为党家村人树起了一座道德的丰碑。

进村的第一个四合院，被称为最典型和最能代表党家村风格的院落，它是光绪二十五年"同进士出身"的党家子弟党蒙的居所。看起来这位党蒙先生是本村最高学历获得者了，因为党家祠堂的楹联就是由这位党兄弟书撰的。

在皇权思想熏陶了两千多年的中国，老百姓心里凡是同帝王沾上点儿边的都是了不得的东西，想来党蒙兄在村里的地位一定如日中天呢，所以在一对石狮把门的党家祠堂横匾之上，又专门挂上了一幅纵书竖匾——"钦点翰林"。而村的另一端，还有一座贾家祠堂，大概没有出过党家这么高学历的人，所以贾家祠堂的气魄明显不如党家祠堂，门口连一对把门的石狮子也没有。

党蒙的四合院呈丁字形，进了门厅后一个直角拐弯，便是屋舍围抱的中庭了，可是比起望门显户的大院来，这个中庭只是一条狭窄的长方形，与其说是中庭，不如说只是寻常大户人家的一个天井。我曾去过山西灵石县

党家村中的节孝碑楼

静升村的王家大院，那中庭的阔绰程度就不是党蒙兄弟家可比的，可这也正是党家村的价值所在，它是一座明清时代乡村聚落活化石遗址，它与王家大院，还有我没去过的乔家大院一起，在两个不同层面上展示了中国古老聚落的文化魅力。

村里最气派的四合院，肯定属于党家的宗祠了。门口一双石狮把门，跨上石台阶进入两进大院，那院的中庭比党蒙家的宽大了许多。这里是供奉党家列祖列宗牌位的圣地，也是遇有大事党家的长老们议事决策的地方，同时兼具家族法庭的功能，它称得上是党姓族人的中枢要地了，即使是受到皇上钦点的党蒙也不能逾越。这就是中国的宗法制度。

两千多年的封建体制，中央行政的直属管辖和派驻管辖权只能通行到县一级政府，广大乡村秩序的维护就交给地方士绅。地方士绅就是靠宗法制度来维系对地方的管理的，具体表现就是家族祠堂。

家族祠堂的兴起，得力于朱熹的大力推行，《朱子家礼》开篇讲的就是祠堂。他将单一的宗庙祭祀功能，扩大为礼与法的实施场所，并制定了严格的礼法规则。

村中的道路，遗留几抹沧桑

每个家族都有一套严格的家族法规，通称家法，由本家族的长老中最德高望重者担任族长以实施对家族的管理。族长严格要求本族成员执行儒家的道德标准，对像奸淫、乱伦、嗜赌、盗窃等违反道德准则但又够不上国家法律标准者施以惩处，对符合社会道德规范而能光宗耀祖的行为给予奖励，同时也教导族人助人行善、耕读传家；组织力量兴资办学、铺路架桥；还对有困难的族人施以援手，例如1925年韩城大旱，党、贾两姓士绅联手，各自卖掉了部分祖产，在村口搭粥棚赈济乡民。总之，一个家族的族长，就是一个大家长，一个大父亲，对自己的族人施以关爱也施以督察，而族人对他既充满敬畏也充满信任。中国两千多年来的封建社会，就是靠着这种带血缘纽带的宗法制度维系着基层社会的正常秩序。

中国最初的国家形态，带有很强的部落制血缘遗风，表现的最高形式就是对祖宗的崇拜。至少在殷商时代，就已建立了供奉祖先的昭穆制度和祭祀祖先的列鼎制度。在士大夫和平民人家，祭祖也是一年中最大的盛事，而表现在组织形式上，就是宗族制。

宗法制度的基础，是建立在农耕经济体系之上的，它的前提条件就是个人被禁锢于土地，所以它必然会被近代以来建立起来的工业经济体系摧毁。工业经济体系，是要求人们离开土地，进入以城市为代表的大小工厂中进行劳作。不同血缘的人们为了生存共同聚集到一个大工地上，来来往往，流动性极大，那种以血缘为纽带的人与人之间的关系必然被打破，浓浓的血缘之情必然被城市化的熙来攘往所稀释所淡化。

这个变革过程，会带来一系列社会问题，最主要的是道德问题和价值观问题。我一直以为，陈忠实老师的《白鹿原》是一部有资格冲击诺贝尔文学奖的文学作品，它的价值在于，作品深刻揭示了宗法制度瓦解过程中中国人的阵痛，它是一次中国社会结构深度变化过程的历史见证。最近根据《白鹿原》小说改编了一部同名电影，我满怀期望地购票入场观看，结果除了贡献一点票房价值外一无所获，电影完全消泯了原著深刻的社会内涵，变成了纯粹娱乐性地表现一对男女青年的爱恋故事。这类化神奇为腐朽的文化创作行为，在当今的文艺界俯拾即是。

每个大院的大门边,都有门前的"上马石"和"拴马桩"

在党家村,这样的宗法力量随处可见。以宗法的力量维持一方秩序的正常运转,以家族的力量训导子孙遵守道德规范和做人原则。在观览过程中,留给我最深印象的是各家各户的那些传世家训,这里摘录数则以飨读者:

傲不可长、欲不可纵、志不可满、乐不可极;动莫若敬、居莫若俭、德莫若让、事莫若咨。

处富贵之地要知贫贱人的苦恼;居安乐之场要知患难人的痛痒。在少壮之时要知老人的心酸;当旁观之境要知局内的境况。

言有教、动有法、昼有为、宵有得、息有养、瞬有存;心欲小、志欲大、智欲圆、行欲方、能欲多、事欲鲜。

富时不俭贫时悔,现时不学用时悔;醉后失言醒时悔,健不保养病时悔;光阴不惜过时悔,不孝父母老时悔;酒色赌博祸时悔,遇难不帮过时悔。

这些家训内容,教导后人行善尽孝,勤学好思,遵循礼教仪规,当然也包括一些圆滑的处事方式和做人原则,它对礼仪之邦的千年传承和社会的稳定功不可没。

在渭南地区的民居建筑中,有一种让我十分感兴趣的构件,就是家家户户大门上方都要镶嵌一块横额。行旅途中,我一路观察下来,大多是祈福旺家的内容,如"勤和家兴""酬勤旺福"等,也有一些带点风雅的,如"紫气东来""清雅闲居"等,还有古意盎然者,如"敦务修齐""凝祥聚瑞"等。

在党家村的观览中,我发现这是一种古老的传统,这些明清时代的古建筑上也有类似的横匾,但内容稍有不同,也带着宗族教育的影子,如"孝弟慈""诗礼第""枕善居""耕读"等等,它与我在王家大院见到的"诗礼传家"一类匾额内容一脉相承。虽然贵贱不同,虽然地域各异,但共同的文化价值把二者牢牢地系在了一起。

那座"船头"上的桅杆——文星阁,是党家村的乡贤们为激励本族子孙勤勉读书而建立的,今天,这座院落已成为了党家村小学的校址,他们没有让祖先们失望。

这是一座楼阁式砖塔,第一层门额上题有"文星阁"三个大字,门外两侧悬挂一副木制对联:

配地配天洋洋圣道超千古;
在左在右耀耀神灵保万民。

楼阁内供奉的都是读书人的祖宗,他们是孔子、孟子、颜渊、曾参和子思,他们是文昌帝君、魁星爷。这个建筑物,寄托着党家村的长老们对后生晚辈的无限期望,我认为,它也是祖辈们对我们这个民族薪火永传、文脉长存的殷切期盼!

时至中午,前来观光的游客熙熙攘攘。

在工业化的大潮中,城市化进程已遍及华夏大地的每一个角落。城镇的发展,则意味着乡村的失落,三千年的农耕文明已经在每一个华夏儿女心中烙上了深深的印记。刚刚跨进城市门槛的"乡下人",由于眼前的生存

大门上的古牌匾"孝弟(悌)慈"

压力暂时还来不及回望那片已经远去的土地，但已经在城市站稳脚跟或在城市已经生活了一代两代的"城里人"——昔日的"乡下人"们，他们心中却都有一个挥之不去的"寻根"情结。

我们的根到底在哪里？乡村已经荒芜，祠堂已经颓圮，夕阳下村头那棵老槐树下的温馨故事昨日不再。城里的生活紧张而又浮躁，生存的压力沉重而又孤独，于是，人们就更加渴望乡村的怀抱。这种渴望，并不是想要放弃多年的奋斗成果去重拾乡下已经生锈的犁锄，只是想在祖先生存过的地方，倦倚在草木的芳香里让灵魂安睡个午觉；在祖脉兴旺的泥土中，像儿时捉鱼抓蟹一样重新找回失去的锐气；在曾经拥有的杀猪烹羊舞狮斗龙的年节氛围下，于七大姑八大舅的杯盘铿锵里寻找一份归宿感。

可是，我们风前拈蝉的树林已经矗立起幢幢高楼，我们月下游泳的塘堰已经冒出了浓浓的黑烟。我们无处可去，无处可逃。就在茫茫人海中不经意地一回头，我们发现了党家村，作为传统村寨文化代表的"活化石"，为我们送来了一缕熟稔的炊烟。

于是人们从四面八方会集到这里，我们顶着各式各样的姓氏，我们操着各种不同的口音，我们与党家、与贾家的血缘八竿子打不到一块，但这并不影响我们寻根的迫切心情，因为我们有着一个共同的身份——失去家园的城市流浪者。

还因为，我们拥有一个共同的根。

村口那条古老的石板路上，老族长那伛偻的身躯已经远去

在雎鸠关关飞起的地方

1

带着一路风尘,我们乘坐的中巴徐徐驶入洽川黄河湿地时,一轮红日正从西方的天柱山顶缓缓降落。圆圆的落日,玫瑰色的天宇,山峰上立塔的剪影,共同织成一幅诗意的锦绣——这就是洽川留给我的第一印象。

是个好兆头!我跳下车后,第一反应就是手忙脚乱地从背包里掏相机,我要用我的佳能D60留住这份诗意。

那轮太阳陨落得实在太快了,从我视线的角度,几根零乱的电线着实破坏画面的纯净。已经没有时间供我重新选择了,我赶紧蹲下身来,连续摁动快门,留下了几张略带遗憾的纪念。

洽川湿地,是我此行最向往的一个地方,因为网上都说,这里是情诗

日落天柱山

的源头，是《诗经》的摇篮。

韩城的沉重已抛到身后，《诗经》的轻盈正向我招手。为了不再像昨日那样手忙脚乱，今天我特意起了个大早，我要以从容的心态和节奏，去细细抚拭《诗经》的书页。

景区8点开始入场，我提早了半个小时便来到了处女泉广场。远远地，两尊巨大的塑像，以东方冉冉升起的太阳为背景伫立在广场正中央。那是周文王姬昌与他妻子太姒的塑像。两尊巨像肩披着一缕柔和的霞光，面目祥和地注视着我缓缓来到他们脚下。

我把镜头对准了他们，可是太逆光了，正面望过去只能看到两人身形的剪影。于是我慢慢绕行到他们身后，在阳光的正面直射下，他们背部的衣褶清晰可辨。我看到，姬昌已经从《周本纪》的神坛上走了下来，他用右手轻轻扶住太姒的纤腰，轻柔而温婉。这时候的姬昌，只是一个深情款款的情人，一个细心体贴的丈夫，一个呵护有加的男人，一个漫步在芦苇丛边的你我他。

洽川的蒹葭与河洲的鸟鸣改变了一个男人的形象。

环视广场，到处都能找到《诗经》的踪影。那边，塔影耸立的山石上，镌着"窈窕淑女，君子好逑"；这里，亭阁翼然的水池旁，掠过"执子之手，与子偕老"。说实话，对这些因功利性目的而刻意渲染出来的所谓"文化氛围"，我向来是不怎么关注的。但是，我脚下的这片土地实在是太厚重了，厚重得我不得不对这里的一草一木、一土一石都肃然起敬。

处女泉广场上的姬昌与太姒塑像

黄河从青藏高原一路走来，在中段向北，流经宁夏平原和内蒙古河套平原，在拐成一个"几"字形弯后急转南下，把同属于黄土地的陕西和山西分隔。也许是壶口的澎湃已经耗尽了它的体力，因此浑浊的黄河水翻涌过禹门口后，在合阳境内一下变得宽阔安静起来，显露出它细腻温柔的一面，在黄河西岸的洽川区域，形成一片165平方公里的泽国湿地。这里有黄河流域最大的芦苇荡，15万亩浩浩荡荡迎风起舞的芦苇丛，成为了野生鸟类的天堂。

我们从黄尘扑扑的黄土地上一路奔来，便一头扎进了梦幻般的江南水乡里，这样的转换让人有点不知所措。

如此梦幻般的土地，也必然有着它梦幻般的故事，这些故事古老、厚重，与神话世界的色彩斑斓交织在一起，构成了黄河滩上系列传奇：

最古老的三皇五帝中，五帝之一的帝喾就生长在这里，死后也没有离开这片土地，把自己的坟茔也筑到了这里。

这里还是有莘国的故土。有莘氏是一支古老的种族，据说是夏代第二任国王夏启的支子，被分封到洽川地界，一直在这里生息繁衍。

从这里走出了商代贤相伊尹。商汤执政后，颇有善政，正待择良木而栖的伊尹想投奔而没有门径。商汤有一个妃子是有莘氏的公主，于是伊尹就来到洽川有莘氏门下做了一个厨房役工。终于因汤妃而见到商汤的伊尹，以敬献美食的机会，借滋味之道向商汤陈说王道，赢得汤王赏识而拜相，开创了不世功业。

"子夏石室"是古洽川的八景之一，孔子的高徒子夏学成后来到洽川，在这里开堂授课，使此地文风沛然。

楚汉相争，战神韩信陈兵十万，从洽川夏阳瀵出其不意地渡过黄河，兵锋直指魏都安邑。今天的合阳，还流传着诸多有关传说，其中合阳有一种著名特产踅（音"学"）面，据说就是当时韩信突发奇想设计出来的一种军粮。我在合阳县城一家小店中专门点了这一道面食，并意外地在墙上发现了一首有关的诗，详细介绍了踅面的由来。

《曹全碑》是我国书中极品，汉隶的经典之作，也是秀美一派的典型，其结体、笔法都已达到十分完美的境地。此碑明万历年间出土于合阳县莘里村，就在处女泉广场前面，我还专程到出土点小立片刻。如果哪位朋友感兴趣，可到西安碑林博物馆去观摩真迹。

洽川也是禅宗传入我国的一个重要支点。南北朝时期，禅宗始祖达摩带着弟子惠可来到合阳，在洽川光济山修筑寺庙，开坛讲经达十余载，使这一地区佛风蔚然。

好了，我们还是回到《诗经》的年代，来看一看这个情诗发源地的故事。

有莘国中出美女，周文王姬昌的妻子就是有莘国的长公主，这在后文专门记述。

有莘美女有多美？在后来的历史中，我们见到了"闭月羞花，沉鱼落雁"的词汇来分别形容中国古代的四大美人，但我没有见到对有莘美女的具体描述，可是在《周本纪》中，我却读到了这样一条记载：由于西伯侯姬昌的影响力越来越大，商纣王就把他囚禁在羑里。为了救姬昌出狱，有人就想到了给商纣王行贿，第一件贿物就是有莘美女，除此之外，还送来全国各地出产的很多奇珍异宝。纣王非常高兴，对行贿人说："有这一件（指有莘美女）就足够释放西伯侯了，何必其他呢。"当即就把姬昌放了，还赐给他弓矢斧钺，给了姬昌讨伐其他不听话的方国的权力。姬昌正是凭借着纣王赋予的这份特权，东征西讨，一一剪除掉商王国的羽翼，为后来儿子姬发的灭商奠定了基础。在这里，有莘美女在中国历史中起的作用，足堪与后来的西施、杨玉环和陈圆圆比肩。那么，她们的美丽就不难想象了。

有如此美丽的女人，有一望无边的芦苇荡，有关关鸣叫着的数不清的水鸟，还有可以荡舟其间的粼粼清波，一切元素齐备，这样的地方不产《诗经》，真是天理难容。

有关"情诗之源"的说法，来自于中国《诗经》学会会长夏传才老师。2005年10月，夏传才等人来洽川参观考察，进入那烟色无边的芦苇荡后，只见到百鸟祥鸣、蒹葭连天的水乡景色，便一口咬定，中国的第一情诗《雎鸠》就诞生在这里。后来又经他们考证，《诗经》305篇，其中20余篇与洽川有关，要么是洽川人写的，要么是写洽川人的，这里是君子的国度，这里是淑女的故乡。在古代，洽川还建有"四圣母庙"，庙中供奉的，是大禹的母亲、商汤的妃子、姬昌的母亲太任和妻子太姒，据说她们都是洽川人。

《雎鸠》一篇，《诗经》收入"周南"条目下。周南和召南地区，按通行的说法，是我国的汝水、汉水流域，在今天河南西南部和湖北西北部地区，如今的湖北省，依然是我国的"千湖之省"，泽国水乡，芦苇遍地，也有出产《诗经》的土壤。但对这一说法也存有异议，有学者认为，"二南"实为岐山以南的广大区域，也包括了陕西部分地区。那么，今天垄塬连天的黄土地上，也有那么多的水乡泽国吗？

竺可桢是我国老一辈的著名物候学家，他把考古成果和历史文献记载相结合，对我国三千年以来的气候变化作了一个研究性梳理。他认为，商周时代的黄河流域，远比今天要温暖湿润得多。具体的证据之一，就是生活在热带雨林中的亚洲象，当时普遍生存于黄河流域，而今天它们已退守到南国西双版纳了。

假如竺先生的研究无误，那么当年的八百里秦川，与今天的地理地貌迥然有异，像洽川这样的湿地应该广泛分布。可如今，真应了那句话：世无英雄，遂使竖子成名。

可是今天，我来到了洽川，就是奔《诗经》而来的，我姑且就相信夏传才老师一把：这里是《雎鸠》的故乡，这里是情诗的源头。

我是头一个验票入园的人。入得大门，眼前就是一个小码头，一字排开一列密密匝匝的游船。游船的后面，一色的金黄色芦苇遥接天宇，一条悠悠的水道向着芦苇荡深处延伸而入。

真是幸运，后面跟进的游人寥寥无几，园里的工作人员正在做清晨的扫除，租船自驾还得等些时候。我向租赁点的工作人员说好说歹，什么下午西安的飞机时不候人等等，她终于同意破例给我放了第一条船。洽川的姑娘，真好！难怪你们能在历史上起到那么重要的作用。

我追求的就是这个结果,一条船孤零零地荡向芦苇深处,去听听雎鸠的啼鸣,去触触《诗经》的神经。

2

这是一艘4人座电动小船,但很好驾驭。我驾驶着这条孤船"突突"地向着芦花深处航去。

我行驶的水道,是从成片的芦苇丛中开辟出来的一条宽约十米的水上通道。芦苇丛中,这样的水道纵横交错,如同城市的交通动脉伸向湿地的各处。一轮初升的太阳把它的光辉洒向水面,形成一道瑟瑟的光条。一道朝阳铺水中,同样也可以半江瑟瑟半江红,这道瑟瑟的光影随着船体的移动漾起粼粼的光波,向着两"岸"的层层芦苇丛荡漾开去。

已是仲秋时节,两人高的芦苇上,芦花已开始枯黄,放眼望去,一片金黄色的海洋摇曳着直簸入天边的浮云中去。水面倒映着芦丛的影子,如同重重山影,与天光的布白共同构织成一幅疏密有致的水墨山水图。

一条孤舟行驶在水面,无论往前看还是往后看,只有天光芦影和水

芦苇丛中的水道

色，偶尔有一只飞鸟从芦梢上空梦幻般掠过。在如此绝妙的景色里，这样的独处实在教人觉得奢侈无比。

说独处是不准确的，还有风声鸟声与我做伴。

黄河畔的晨风如同黄土地上的面条一样很有些筋道，风吹动着芦苇沙沙作响，成百上千的芦枝随着风的动向东偏西倒，整齐划一的动作好像训练有素的士兵。这是芦荡秋点兵，风是它们的指挥官。

在目光透不进的芦苇深处，各式各样的水鸟开始了它们的晨曲。啾啾，咕咕，唧唧，各种鸣啭共同组合成一支舒缓柔美的奏鸣曲。

我干脆停下船，关掉轮机，让船体在水面自由漂浮。我闭上眼睛，沉醉于这平和的乐音里。

突然，一道高亢的"小号"声从平缓的声浪里脱颖而起——呱呱，呱呱——这是雎鸠的叫声吗？我的神经突地一个激灵。

一直不明白世上有什么鸟会"关关"地鸣啭，不过既然《诗经》里写明了"关关雎鸠"，那定然是有的。这平地而起的"呱呱"声让我醍醐灌顶："呱呱"——"关关"，"关关"——"呱呱"，原来"呱呱"就是《诗经》里的"关关"呀！我兴奋得睁大了眼睛。

我恍然看到了，在芦湾交接的水天之际迎面划来一只小木舟，木舟上站着一位红衣绿裳的采菱女，"参差荇菜，左右流之""参差荇菜，左右采之""参差荇菜，左右芼之"，那妙曼婉娈的身姿，在蓝天碧水金芦花的映衬下，在"关关"鸣啭着从芦梢飞过的雎鸠声里，任何笔墨都无法状写出如此的人间大美，只有《诗经》，只有《诗经》牵着上帝之手为我们留下了如此的神来一笔：

窈窕淑女，君子好逑！

这是天地间的绝唱。

我终于找到《诗经》了！我沉浸在无以言喻的喜悦中。日光斜斜地照在脸上，一丝融融的暖意流进心头。

我重新启动轮机，让小船平滑地驶过夹水而生的蒹葭墙，目光尽处，一抹淡淡的桥影掠来眼底。那是"伊人桥"。在水一方的《诗经》，向我轻轻挥动着她的素手，衣袖带起一片云彩。

我平静地向着那片玫瑰色的温馨航去……

3

如果说蒹葭水乡只让我触及了《诗经》中的小令，那么河洲之上的处女泉则可能让我邂逅《诗经》中的一篇大赋。

在走近处女泉之前，我必须得引入一个大家都很陌生的字眼：瀵。

瀵，音奋，去声。《现代汉语词典》是这样解释的："水由地面下喷出漫溢。"《水经注》说是古水名，其《河水》篇讲："河水又东，瀵水入焉，水出汾阴南四十里，西去河三里，平地开源，喷泉上涌，大几如轮，深不可测，俗呼之为瀵魁。"

洽川湿地景区里，共有7处天然瀵泉，天下独步，而其中的"处女泉"最大最神奇。据说，在处女泉中，人入水中而不沉，泉涌时如细沙流动，水漾处似软绸拂身。因此，自古以来洽川地区就流行着一种风俗，女子在做新娘之前，都要在处女泉中洗浴一次，以证贞节。

处女泉隐藏在重重的芦苇荡中，能使少女的私隐得到很好的保护。现在的人可没古人的福气，要想沾点灵气，得泡饺子似的在汤池中拥挤，唯有泉旁一座淑女出浴雕像，才能多少让人领略一点古代少女出浴时的妩媚与妖娆。

我徘徊处女泉畔，浮想联翩。

想当年，姬昌迎娶太姒，本应是一桩政治联姻，可能正是因为这一眼温泉，才让他们的婚姻起了质的变化。

姬昌迎娶太姒的盛况，记录在《诗经·大雅·大明》中。

《大明》是一首歌颂季历、姬昌和姬发三代圣主的叙事诗，其中有关姬昌部分，讲述了文王迎娶太姒的过程。在此将原诗及译文存录于下：

今日处女泉汤池

  文王初载，天作之合。（文王即位初年间，上天给他配新娘。）
  在洽之阳，在渭之涘。（新娘住在洽水北，就在莘国渭水旁。）
  文王嘉止，大邦有子。（文王将要行婚礼，大国有位好姑娘。）
  大邦有子，伣天之妹。（大国有位好姑娘，就像天上仙女样。）
  文定厥祥，亲迎于渭。（定下聘礼真吉祥，文王亲迎渭水旁。）
  造舟为梁，不显其光。（连成木船当桥梁，婚礼显要真辉煌。）
  有命自天，命此文王，于周于京。（上天有命示下方，命令这个周文王，周国京师建家邦。）
  缵女维莘，长子维行，笃生武王。（莘国有位好姑娘，她是长女嫁姬昌，婚后生下周武王。）

  《大明》中没有直接点出太姒的名字，而在另一篇《大雅·思齐》中则为这位身为长公主的有莘国姑娘正了名："大姒嗣徽音，则百思男。"（太姒继承好遗风，多子多男王室兴）。
  《诗经》的描写太凝练了，许多细节都消逝于历史的长河中。我只能不揣冒昧，凭着简要的记录加以想象，来复原当时的场景。

大约在殷商帝乙（商纣王之父）统治的后期，在帝国西侧的岐山下，方国周出了一件大事。雄心勃勃的国王季历突然病逝，年轻的王子姬昌承袭王位，是为西伯侯。

西伯侯初立，就面临着重重困难。地处西岐的周方，身侧环视着无数绿光闪闪的饿狼的眼睛。版图的南、北、西三面，到处是以抢劫为生的戎狄蛮夷部落，而版图东侧，则是强大得无法撼动的大商帝国。

为了给自己寻找一个安全的生存空间，周人从古公亶父起就一直在不停努力。在周东北，有一个强大的方国有莘氏，与周方世代保持着良好的关系，为了这份关系更加稳固，联姻是最好的办法。姬昌的父亲季历就娶了有莘女子太任为妻，她也是姬昌的母亲。年轻的西伯侯马上想到了这个妙方，立即向有莘国王求亲。当然也可能这桩婚姻早在季历时便已定下，只是未等完婚季历就仙逝而去了。

总之，年轻的国王行动了，他动身前往有莘，准备礼聘有莘国长公主太姒。

在正式拜会有莘国王的前一天，姬昌暂居在城外馆驿之中。对于婚姻，每个年轻人都有自己的梦想，对这桩政治联姻，姬昌实有不得已的苦衷。傍晚时分，闷闷不乐的姬昌独自漫步在蒹葭苍苍的河洲之上，秋风萧瑟，残阳似血。

突然，芦花丛中传来拍水的声音，惊起几只鸥鹭飞向天空。

"菰蒲深处疑无地，忽有人家笑语声"，这是两千多年后秦学士在大运河边的惊喜。想来当时年轻的国王也起了好奇心，他蹑手蹑脚地向着隐隐传来水响的地方走去，这里密密匝匝的芦苇遮天蔽地，夕霏蒙蒙，芦霭飘飘，眼前的一切迷幻而朦胧。

近了，响水的地方。芦苇丛中热气腾腾，温泉特有的气息扑鼻而来。姬昌悄悄分开几枝苇株，眼前的一切让他惊在当场。

我想，"温泉水滑洗凝脂"的感觉绝不是唐明皇一人的专有，起码当时的姬昌一定感受良多。一个身如脂玉的少女的裸体，一池清波涟涟的水纹的漪动，一荡片片飘飞的雪白芦花，一片烁金流彩的残晖夕照，共同组织成一帧永恒镜像，深深地烙进姬昌的心底。

"求之不得，寤寐思服。悠哉悠哉，辗转反侧"，当晚睡在驿馆，姬昌一夜难眠。

第二天，朝见开始。可以想象的是，当睡眼惺忪的姬昌在大堂之上一眼认出长公主的时候，差点让他失态得大叫起来。

回到岐山后，姬昌就开始了细致认真的准备工作。在正式迎亲仪式上，他把周方能够搜集到的木船全部集中起来，在渭河上架起了一座蔚为壮观的船桥。鼓乐齐鸣，瑞绸飘飘，祥烟袅袅，姬昌登上彩桥，亲执玉手，将长公主迎娶过河。

这就是《大明》传递的信息，这就是情诗源头上映的故事。

4

当我含着笑意准备静悄悄地离开河洲的时候，远处芦花飘动，一片金黄色的蒹葭波涛翻涌。

两只鸟儿相依而起，一前一后向着天边的彩霞飞翔——

关关！关关！

这鸣啭了千年的鸟声，从《诗经》飞向永远……

永远的"关关亭"。一大一小两间亭子，寓意着雎鸠雄雌相对，关关互答

雄根北岳

1

尚在童蒙无知的状态中，就曾发下宏愿，要走遍中国的三山五岳。

及至长大，方知三山是去不成了。蓬莱、瀛洲、方丈，岂是我辈凡夫俗子能去的地方？上次在武当山上，便写下了这样两句诗："今生望断神仙路，半世修成山水妖。"利用自己这后半生的日子，能修成一个小妖便已心满意足了，神仙是断不敢奢望的。但这五岳，却是凡尘中的山水，只要不辞辛劳，甘于餐风沐雨，找个机会都是攀得上去的。至今我已沿着黄河横流的轴线，分别攀上了东、西、中岳的山头，却独独缺少了纵轴线两端的南岳和北岳，这一课须得赶紧补上。

在选择中，我决定先北后南。

在我的审美意识中，更偏向于一种苍凉枯寂和辽阔无垠之美，如站在一望无边的石大如斗的戈壁滩上，血一样的残阳映照着几具白森森的驼骨，几株枯寂的芨芨草在骨缝间摇曳……一直不明白，马致远《天净沙·秋思》中，为何要插入一句"小桥流水人家"？这一抹带有江南春色的暖意，掺入断肠人古道西风瘦马的天涯征途的冷色调中太不搭调。每次冬日去北京，我都要求师姐海鹰驾车陪我去燕山中，我喜欢那充满力度的北方山脉雄浑的轮廓，我喜欢那枯硬的枝条如利刺扎向蓝天的痛快，我更喜欢那一山枯黄色的茅草，道旁铺着一层白白的霜露。寒风打在脸上状如针刺，一豆小车蜿蜒回环在起伏的大山中，便恍如行走在范宽那气势恢宏的大山大水的丹青里，行走在《溪山行旅图》那羊肠一样的山道上。

所以我选择北岳，那是一列充满雄性荷尔蒙阳刚气派的山系。

从地势上看，东西向的恒山山脉，如同一根粗硕的杠子，担着两捆南北纵向的山系,东侧是太行山系,西侧是吕梁山系,这两列山系,在20世纪三四十年代的对日作战中,都起到了民族脊梁的作用。而恒山山系,横亘在晋蒙交界处,它的北方,是一望无际的广袤的大草原,牛羊遍野,笳声起落;它的南方,则是千亩良田,炊烟袅袅。这座沉积着五亿年前寒武和奥陶两纪岩石的大山,像一道天然屏障,把中国的农耕经济区和游牧经济区分隔南北。

不同的经济形态,导致了截然不同的文化生态。

我以为,游牧民族的生存形态,更符合天道自然的道家表述。他们绝不囿于某地的水草丰美,再丰美的水草也经受不住人畜和气候的折腾,所以他们逐水草而居,哪里草嫩水暖便迁往哪里,像候鸟一样在大草原上自由翱翔;他们的家都是随时可以拆卸的毡包,几驾牛车,就可以把自己放逐天涯。这样的生存状态,特别令今天饱受职场之苦的年轻人所钦羡所向往,前不久流行坊间的一首乌兰托娅的《套马杆》这样唱道:"套马的汉子你威武雄壮/飞驰的骏马像疾风一样/一望无际的原野随你去流浪/你的心海和大地一样宽广/套马的汉子你在我心上/我愿融化在你宽阔的胸膛/一望无际的原野随你去流浪/所有的日子像你一样晴朗。"

当然,在当代人想象中的这种带有诗意空间的游牧生活,并不能掩盖游牧民族的生存危机。由于不断的迁徙和游移,他们不能像定居的农耕民族那样积累起大量的财富和发明,他们生活中所必需的盐、茶、丝绸、瓷器和铁器等,只能通过贸易的手段从农耕民族手中获得,而一旦这种贸易被中断,他们就会以一种更简单更直接更粗暴的方式——向农耕民族劫掠来获取。从"匈奴草黄马正肥,金山西见烟尘飞"到契丹"人马不给粮草,日遣打草谷骑四出抄掠以供之"(《辽史·兵卫志上》)的"打草谷",他们的祖祖辈辈沿袭着这样的生活方式。

而更大的生存危机来自于自然的变化。英国伟大的历史学者阿诺德·汤因比先生,把这种危机称作"对无法控制的力量作出的机械反应"。

汤因比说:"最近气象学的研究表明,世界范围内可能存在一种相对干旱和相对潮湿气候有规律性地交替出现的现象,导致了农耕民族和游牧民族轮流侵入彼此的领地。当干旱达到这样一种程度，即草原不能再为游牧民族饲养的家畜提供足够牧场的时候，这些牧人就会抛弃已被打破的每年固定的迁徙轨道，侵入到周围农耕地区为他们自己和家畜寻找食物。另一方面，当气候转到另一边，湿度达到一定程度，使得草原变成能够种植块根植物和谷物的地方时，农耕民族就向游牧民族的牧场发起进攻。"

（《历史研究》第三部"文明的成长"）

面对游牧民族的凶悍攻势，有着不可移动家居的农耕民族，只能采取筑城防守的方式来保卫自己的生命和财产。于是，恒山就成为了一道天然城墙，阻挡着游牧铁蹄的步伐。想当年，楚人已能以方城为城、以江汉为池，恒山，真的是上天赐予大汉民族的一份厚礼。

但是，再坚固的城防都有缝隙。在东西向横亘绵延的北岳山系中，由于一些南北向流淌的河流溪涧，将恒山切割出一道道纵向的深谷，它成为了交通恒山南北的天然通道，这些深谷同时也为游牧铁骑向恒山以南农耕区域发动攻势提供了快捷通道，成为战火燃烧的主要战场。为了堵住这些道路，作为防守方的农耕者，一座座雄关拔地而起。

雁门关，这座因杨家将故事而家喻户晓的雄关，就是这些关隘中的一个。

2

雁门关位于今忻州市代县城北约20公里处的雁门山，是长城上的重要关隘，与宁武关、偏关合称为"外三关"，杨家将故事说的就是这里。雁门，是因为它是大雁南下北归的主要通道，相传每年开春的时候，南雁北飞，口衔芦叶，飞到雁门，叶落方可过关。"天下九塞，雁门为首"，它的东西两翼，长城沿山脊而行，其势蜿蜒。东走平型关、紫荆关、倒马关，直至渤海，连接瀚海；西去轩岗口、宁武关、偏关，直至黄河岸边。

今山西省代县一带的广大区域，西周时是分封给狄人部落的领地。春秋末年，晋国赵襄子即位，以阴谋的手段诱骗自己的亲姐夫代王前来给父亲，也就是代王的老岳父赵简子吊丧，趁机杀掉代王并进而出兵收取了代国，从此代地便正式收归中原民族囊中。三家分晋后，这里依然是赵国的领地，但也是赵国防范北方游牧民族的边关要地，赵国在此设雁门郡，赵长城便沿着山脊而修筑，名将李牧曾驻守于此。秦在燕赵长城的基础上扩修了万里长城，也是为了阻挡匈奴人的进攻。汉文帝刘恒被封到这偏远之地做了代王，替大汉戍守边防，也因此逃过了吕后的迫害最终成为一代名君。以后历朝历代，这里都是农耕区的最北防线，数不清的将星和来自青青田野中的大好男儿防卫着农耕民族的生存空间，这里当然也成为了战火的绵延之地。唐代李贺《雁门太守行》诗写道："黑云压城城欲摧，甲光向日金鳞开。角声满天秋色里，塞上胭脂凝夜紫。半卷红旗临易水，霜重鼓寒声不起。报君黄金台上意，提携玉龙为君死"，可谓为雁门关抹上了浓墨重彩的一笔。

我以为，更为悲壮的一笔是书写于1937年的山西保卫战。1937年秋，日军以坂垣征四郎统率的第五师团及关东军察哈尔派遣兵团之大部为北路，沿同蒲线而进，欲越内长城直取太原。1937年8月28日，第二战区司令长官阎锡山为示抗战决心，把行营（前线总指挥部）设于雁门关下的岭口村一所窑洞中。9月，日军攻占大同，兵锋南下直指沿北岳一线的古长城各关口。战火首先燃烧在忻口以北的雁门关至平型关一线。中国陆军第七集团军在傅作义将军率领下退守雁门关、茹越口一带，与日军竟日激战。日军久攻雁门关不下，其主力坂垣师团指向雁门东侧的平型关，意图抄雁门关后路，迅速结束雁北战役，兵突忻口，然后合围太原。

在此关键时刻，周恩来来到雁门关下，同阎长官及第二战区行营人员一起会商制订了《第二战区平型关战役计划》。计划规定，由中国陆军第六集团军总司令杨爱源在大营前指挥孙楚的第33军、高桂滋的第17军及第73师，布防于平型关、团城口南北线上；以第一、二预备军各附一个山炮营于繁峙城的南北线上，把五台山的北台顶、繁峙城垣、恒山顶作为支撑点，构成对平型关方面入侵之敌的坚强抵抗阵地。而以中国陆军第十八集团军的115师、120师分别于平型关、忻口、原平一带展开。

在日军飞机和优势火炮的攻击下，战斗场景极为惨烈，我军付出了极大牺牲，其细节不必细表。

在此战役的一个局部，115师官兵在林彪师长率领下于平型关设伏了坂垣的辎重大队，取得平型关大捷，歼敌1000多人，毁敌汽车100辆、大车200辆，缴获步枪1000余支、轻重机枪20多挺、战马53匹，另有其他大量战利品。这是中国抗战开始后取得的第一次大胜利，它粉碎了"皇军不可战胜"的神话，振奋了全国人心，鼓舞了全国人民的抗战热情。

平型关战役虽因中国军队的整体不支而最终败北，但平型关大捷却永留青史。

太原会战结束后，雁门南北广大区域成为了贺龙师长领导的120师活动的游击战场。

雁门关坐落在雁门山上，雁门山古又称为勾注山。据《雁门关志》载："勾注山，古称陉岭，岭西为西陉关，岭东为东陉关，两关石头边墙联为一体，历代珠联璧合互为倚防。"现在见到的雁门关，建于明洪武年间，后又经历代修葺，而今天为了旅游而修缮的尤其多见。关城周长1公里，墙高7米，雉堞为齿。共有三重门洞，分别为东门、西门、小北门。

东门上筑有楼台，名曰雁楼，门额嵌石匾一方，横书"天险"二字。东城门外，曾有为李牧建立的祠庙和立碑，可惜城楼与李牧祠均毁于那场山西保卫战中；西门上筑有杨六郎庙，内塑杨家将群像，门额嵌石匾一方，横书"地利"；小北门未设顶楼，但为砖石结构，格外雄固，门额石匾横刻"雁门关"三个大字，左右各有一联："三关要冲无双地，九寨尊崇第一关"。

站在关楼上，远望北岳层层山峦逶迤远去，云淡风轻，似又听到隐约的胡笳声从山外飘来，鼙鼓摇动，马蹄似海，弯刀如林，时间的烽烟里浮现出一个个璀璨历史星空的将星身影——李牧、李广、薛仁贵、杨延昭……

当然，古老的关塞也不尽是血腥与干戈，悠悠的胡管有时也吹奏起抒情的旋律。和平，无论对游牧民的百姓还是对农耕民的百姓都是心中的期盼，而这种期盼也时时化为现实。在双边相对安静的时候，边贸则成为了这些关塞的主旋律。游牧民和农耕民各自带着自己的劳动成果来到边塞，以公平的方式进行交易，这样的记载不绝于史。如西汉元帝时，王昭君就是从雁门关走向塞北，换来了大汉同匈奴的和睦相处。此后数十年间，"是时边城晏闭，牛马布野，三世无犬吠之警，黎庶亡干戈之役"（《汉书·匈奴传》）。汉区的粮食、布匹、盐茶及各种生活实用品源源输往牧区，而牧区的牛羊、马匹、皮毡、奶制品等也滚滚流向汉区。你看那关门下青石路面上深深的车辙，就能遥想历朝历代这种车水马龙的贸易盛况。

3

我们再把目光投向恒山。恒山，又名常山、恒宗、元岳、紫岳等，位于大同市浑源县城南4公里处。大家熟知的常山赵子龙，那常山指的便是恒山，因为西汉时为避汉文帝刘恒讳，恒山才一度改称为"常山"。作为旅游资源开发，目前恒山只开发了天峰岭景区和翠屏峰景区。

天峰岭是恒山的主峰，海拔2016米，又被称为"人天北柱""绝塞名山""天下第二山"。远远望去，但见峰峦莽莽苍苍，横亘塞上，巍峨耸峙，气势雄伟。与南方山脉不同的是，赭黄色的岩石裸露层清晰可见，与苍苍的松色带交错而上，层次分明，彰显着黄土地山脉的本色。

这里又是我国一处道教圣地，相传"八仙"之一的张果老就在此地修行得道。穿过一座书写着"人天北柱"的木牌楼，便进入了恒山庙群区，里面是一方形院落，筑有玄井亭，亭中有并排的两口井，叫"苦甜井"，北边那口甜如甘露，南边那口却苦涩无比，神妙非常。此外还有马神庙、百虚观、接官亭等道教建筑物。

隔着一道深深的峡谷，西侧的翠屏峰与天峰岭双峰并峙，隔峡对望。这里依然是断崖绿带，层次分明，展示着北方山脉的雄浑与豪放，著名的悬空寺便镶嵌在峡谷西侧翠屏峰的半山腰间。

要了解悬空寺，需先了解东西并峙的双峰间那一条幽深的峡谷——金龙峡。

前面讲过，一条条南北流淌的河流把东西向横亘绵延的恒山山系剖出了一道道深谷，使之成为穿越恒山的一条条快捷通道，金龙峡就是这样一条有代表性的通道。金龙峡，居于天峰岭和翠屏峰之间，峡谷幽深，峭壁侧立，石夹青天，最窄处不足十米。这里是古往今来的绝塞天险，交通要冲。在山腰的绝壁上，至今还留有一串串方形的石孔，那是古代栈道留下的痕迹。石孔下的谷底，当年应该是愤怒奔腾的河流。

一支神奇的游牧民族，就是通过这绝壁上的木栈道悄悄越过了恒山，最后征服了半个中国，把黄河以北的土地尽收囊中。

它就是我国历史上赫赫有名的鲜卑族。

鲜卑出自我国古老的东胡族群，其拓跋氏先祖活动于今大兴安岭嫩江流域一带。《魏书·礼志》记载了与鲜卑先祖有关的鲜卑石室的相关情况，但这间石室在历史中是否真实存在，一直是考古学界的一个疑问。1980年，内蒙古呼伦贝尔盟文物管理所来文平的团队，在鄂伦春自治旗阿四河镇西北10公里的地方，发现了一处高度约为15米的天然岩洞，当地鄂伦春人称它为嘎仙洞。此洞口面朝西南，略呈三角形，高12米，宽19米，南北长92米，面积约2000平方米，可容纳上千人。洞内有平整的石壁，中午时分，一缕阳光从洞口射入，来文平突然发现，在距洞口15米的西侧壁面上，似乎有修磨的痕迹，壁面覆盖着一层厚厚的苔藓，但隐约能瞧见苔下的字痕。兴奋不已的来文平团队仔细清除了壁面的苔藓，下面露出魏碑体的汉字。

奇迹出现了，上面一共雕刻了19行文字，全文共201字。这是一篇北魏太平真君四年（公元443年）的石刻，内容记述了北魏第三代皇帝拓跋焘，在这一年派遣中书侍郎李敞到这里来进行祭祖仪式并写下这篇祭文的情况。巧合的是，在《魏书·礼志》中同样记载了这件事，并附有祝文，将石壁文字与史书对照，发现内容基本相同，仅个别字稍有出入。这一重大考古发现，证明了嘎仙洞就是古文献中记载的鲜卑祖庙石室。

由此我们可以结合文献推断出，相当于中原西汉时期，拓跋鲜卑的祖先在嘎仙洞一带的大兴安岭地区过着原始的狩猎采集生活，就像今天的鄂伦春人和鄂温克人一样。后来，他们的生活方式逐渐转向畜牧，于是便开始向广阔无垠、水草丰美的呼伦贝尔大草原迁移。那里是一个天然的大牧场，拓跋鲜卑走向草原的第一个家，即今天的呼伦贝尔盟呼伦池一带。在呼伦池以北发现的扎赉诺尔墓葬群可以证实他们的迁移足迹，这时是中原的东汉时期，他们已经处于原始社会末期的部落联盟制阶段。

大约在公元220年，拓跋力微成为拓跋部首领，拓跋部开始向阶级社会过渡。约在四世纪初叶，拓跋鲜卑继续向西南迁移，渐渐集中于内蒙古河套地区东部的和林格尔和凉城一带，并建立了代国，基本完成了从部落联盟向初期国家的转变。

这时，前秦苻坚在中原崛起，并派兵灭了代国。可是，随着淝水战役后前秦的崩溃，中原各地群雄纷起，公元386年，拓跋珪在牛川（今内蒙古呼和浩特西南）重建代国，同年迁都盛乐（今内蒙古和林格尔西北土城子），改国号魏，史称北魏，改元"登国"。这被史家认作是北魏的建国之年，拓跋珪也就成为北魏的开国皇帝，史称道武帝。

道武帝执政十二年后，即公元398年，他又把都城迁到平城（今山西大同西北）。他按照中原国家的模式重建了国家机构，实现了向一个帝国的转变。《魏书》《北史》都记载说，他"初建台省，置百官，封拜公、侯、将军、刺史、太守，尚书郎已下悉用文人"，并且广纳人才，收为己用，《北史·魏本纪第一》非常详细地记录了他的人才方针："帝初拓中原，留心慰纳，诸士大夫诣军门者，无少长皆引入，人得尽言。苟有微能，咸蒙叙用。"

这时的中原地区一片混乱，小国蜂起。拓跋珪采取了积极扩张的策略。他戎马一生，高柳城败窟咄，弥泽湖大破刘显，千里奔袭柔然，渡河扫灭匈奴，北攻高车，饮马北海，虎步中原，大破后燕。

金龙峡中的这些栈道，就是道武帝在这个时期修筑的。他亲率大军，南征北讨，无数次地踏过这些悬崖上的天堑通途，把兵威直指诸酋。我在

《北史·魏本纪第一》中，读到了一条有关拓跋珪在皇始元年（公元396年）八月南出恒山征讨慕容宝的一次行军记录："八月己亥，大举讨慕容宝。帝亲勒六军四十余万南出马邑，逾句注（即勾注，雁门的古称），旌旗络绎二千余里，鼓行而前，人屋皆震。"虽然史书上不乏夸张成分，但这样的声势，现在想起来仍感到惊心动魄。

站在金龙峡谷中，仰望着绝壁上那一个个方形的石孔，遥想着当年那凌空而过的千军万马，旌旗蔽日、弯刀如雪、马蹄似雨、鼓击若雷的阵势，应和着谷下咆哮奔腾的浑浊的巨浪，我霎时感到阵阵眩晕……

悬空寺共有殿阁建筑40间，远远看去，整个寺院上载危崖，下临深谷，背岩依龛，贴着崖壁仿佛横空出世。

全寺40间殿宇尽为木质框架式结构，望上去全凭着十几根碗口粗的木柱支撑在半崖壁上。像我这样居住在南方江边的人倒是见惯不惊，因为湘西川东地界的吊脚楼就采用这种形式，把突出崖面的木楼临江支撑起来，木柱的下端就直接撑在河滩地上，早在7000年前我们的先祖就在浙江河姆渡发明了这样的干栏式建筑模式了。然而走近后才发现，那些木柱仅是一种摆设，它根本就不承力，撑起整座寺院的并不是它们。

我由衷地要为我们祖先的智慧鼓掌。他们完全依照力学原理，以横梁为基，半插于崖壁之中，巧借岩石暗托，使梁柱上下一体，廊栏左右紧连，相互牵扯，让古老的山体岩石承受了整座建筑群的重量，让梁柱间传递的力量加以对冲来缓解其重力。另外，他们还巧借了古老沉积岩因疏密度的差异风化后所导致的内凹现象，把建筑群巧妙安置在天然形成的类似半龛窟一样的石崖壁上，遮风挡雨，减少日晒，使木质风化速度得以大大降低。

悬空寺矗立在这里已经1500余年了，经历代不断修缮而屹立不倒。问题是，先民们为什么会把寺院修建在这样的环境中呢？这又得重提金龙峡中那条木质栈道了。

前面说到，金龙峡栈道是先民们穿越恒山的往来要道，对它的维护必然马虎不得。最初建在这半崖上的建筑并不是寺院，而是兵站，它的主要职责应该是对栈道的管理和维护，为行军部队提供服务和对掉队士兵进行收容。在三峡大坝修建蓄水之前，当时我还在考古所，为了配合地方进行库区的文物普查，我们专门设立了一个长江工作队，我是其中一员，曾多次乘船往返于重庆到巫山的峡江之间。那时我看到，在峡江陡峭的半崖壁上，常常建有川江航标管理站的诸多观测点，负责对辖区江段航标灯的管理和监护。我想，悬空寺位置的建筑物最早的功能应该与此相仿。

北魏后期，随着北方的统一，栈道的战事功能相应弱化，往返恒山之间的应该更多是商旅之人。远途在外的人，对家乡对亲人有着更多的思念，对长途跋涉的艰辛和对安全的企盼有着更多的体验，他们迫切需要一个灵魂栖息的场所，需要一个向上苍祈祷的精神家园，兵站逐渐转化为寺院就顺理成章了。

值得注意的是，悬空寺虽名寺院，却是一所三教合一的宗教场所。北魏太和十五年（公元491年），王朝将道家的道坛从平城南迁到这里，在原有兵站基础上扩大建筑规模，成为其功能最早转化的动因；北魏又是一个佛风蔚然的国家，云冈石窟及龙门石窟的开凿，莫不铭刻着他们对佛的敬仰；同时，随着北魏汉化改制的深入，儒学已成为一门显学，成为广大知识分子必须的修养。少数民族政权，有着汉人政权所不及的对文化的包容性，大唐政治文化制度的开明，是因为李唐皇室充分融入了鲜卑的血脉基因以及民族大融合后的活力；元蒙虽对汉人采取了歧视性的等级制度，却是第一个把西藏正式纳入中国版图的中央政权；清代，我对其并无多少正面评价，却不得不承认，它是三千年来第一个真正解决了来自北方游牧民族威胁的政府，恰如康熙帝拒修长城时所说的那样："秦筑长城以来，汉、唐、宋常修理，其时岂无边患？明末我太祖统大兵长驱直入，诸路瓦解，皆莫能当。可见守国之道，惟在修德安民。民心悦则邦本得，而边境自固，所谓'众志成城'者是也。"因此，三教合一的悬空寺，出自于北魏定制就不难理解了。

这样的组合也正符合南来北往商旅的要求。出门都是客，不管你来自哪个地域，也不管你有什么宗教信仰，攀上这凌空的寺院，你都能找到一碗热腾腾的汤面，都能寻得一张暖烘烘的热炕，最重要的，都能安放好自己虔诚的灵魂。

4

北岳的出现，注定了它必经战火洗礼的历史地位，这一列充满雄性气度的山系，以它的文化包容性，为其铁血的底色增添了一抹柔美的温馨。同时，这座莽莽苍苍的北方大山，自然要摒弃掉一些烟雨江南小桥流水的小布尔乔亚风韵，但深谙阴阳之道的金大侠，偏就要为它涂上一层雌性的光泽，这不，他把恒山交给了一群女尼来管理，以仪琳小师父娟美静好的形象为象征的恒山派，为北岳刚硬的棱角饰上了一片流线型的婉变。但这并未丝毫消减恒山雄浑与磅礴的气势，反而使它雄性的光泽更加熠熠生辉。

这正是恒山的品格，刚柔并济，曲直有度，有容乃大，坚韧不屈。

北岳，就这么不经意间地一回首，我看到的是我们民族的雄根，巍然屹立在苍茫的北国版图上，金枪不倒。

性灵南岳

1

提到衡山，耳畔便不由得飞来一曲幽幽的胡琴声。人未睹，琴先至，"琴中藏剑，剑发琴音"的衡山派掌门人，"潇湘夜雨"莫大先生，虽然苍髯皓发，满面尘霜，落拓暮气，但在我心中，却不失为一位风尘隐侠，性情剑客。

金大侠笔下的令狐冲，通过与"魔女"任盈盈一段荡气回肠的爱情故事，展示了他不拘俗流、敢爱敢恨的分明性格。但是在"正邪不两立"教诲中长大的华山弟子中，他只能算一个例外。而衡山派中，副掌门刘正风，甘愿放弃世俗声名和地位，金盆洗手，与"魔教"曲洋长老一起归隐林泉，去完成他们毕生心血所凝聚的一曲"笑傲江湖"；他的师兄莫大先生，更是率先劝谕令狐冲娶了任盈盈的"正派"掌门。在二人成婚之夜，遥遥地飘来一曲琴音，送来莫大先生一声深深的祝福。这份博大的胸怀和文化包容性，却是衡山派弟子的集体人格。

这也是南岳衡山的性格。

五岳的概念，据说起自于华夏先祖舜帝时期。虞舜大帝驾驭着龙车巡游当时的华夏山河，他东至东岳泰山，西到西岳华山，北达北岳恒山，向南而抵南岳衡山，最后登上中岳嵩山，眺望脚下的锦绣大地。那个时代应该属于考古学上的龙山文化晚期，华夏大地族群分割，酋邦林立，统一的华夏概念应该是许久后的事了，但在当时人们心中，五岳之中的这片区域，应该就是华夏的核心地域，它既是一种地理疆域，更是一种文化疆域。这个疆域之外，就是所谓的蛮夷文化区了。

中国的五岳山川，各有各的性格。而衡山，正是以其博大的文化包容性独树一帜，冠绝中华。

衡山脚下的南岳庙，是南岳文化的典范。这里香火旺盛，人头攒动，来自五湖四海的人们，怀着一颗虔诚的心会集于此，烧香磕头，顶礼膜拜。静静享受着烟火供奉的神灵们，有来自于西方的慈悲菩萨，有出自于本土的仙长真人，也有土生土长的地域圣君。

在这座传统中轴线结构的九进大院中，其布局就充分展示出文化的包容性。进得大门，首先迎候香客的是象征孔学的棂星门，这是儒学的标志。继续深入，右侧厢房为"右八寺"，供奉着佛都菩萨；左侧厢房为"左八观"，享受香火的是仙界真君；而中轴线上的正殿中，肃然端坐的是南岳的司天昭圣帝，身披龙袍，头冠冕旒，身侧环侍着六部尚书和护殿卫士，俨然人间帝官。

丹霞寺大门

上封寺大门

像这样把佛教道教儒学及山川神灵们共奉一庙，这种形式在中国并非独有，如恒山的悬空寺便是一座儒释道合流的宗教场所，但如南岳大庙这般御敕修建，红墙金瓦、角楼耸峙形同故宫风貌的皇家规模庙宇，这样的布局自是别无分店。来自不同信仰不同地域的神祇们安享一处，和睦共处，同共护佑着中华儿女的福祉与安康，这是怎样一份超然气度与博大襟怀啊！

人的灵魂是需要安置的，信仰虽然不同，但人类追求善与美的心性无别，万流归宗，祈愿和平，追求幸福，则是所有信仰的共同归宿地。

在衡山，传统的"寺"与"观"的界线已经很模糊。

位于衡山山腰的五岳殿，由唐代高僧天然和尚

黄庭观第二进慈航殿

创建于贞元年间，初名丹霞寺，是典型的佛教寺院。清代末年，寺僧玉洁却在前殿塑了五岳圣君像，分别是中岳中天崇圣君、西岳金天顺圣君、南岳司天昭圣君、北岳安天玄圣君和东岳齐天仁圣君。其主要目的，是吸引更多朝圣者来此进香，遂改寺名为五岳殿，成为道家场所，但后殿依然供奉着观世音菩萨。到底是寺是观，很难有个说道。

位于祝融峰上的上封寺，初名"光天观"，又称"第二十二光天坛福地"，早期是一处道家洞府。南朝陈代时期，慧思大师率众徒来到衡山传播佛法，便看中这里，在此地建茅阁说法。隋朝大业年间，正式改为佛家寺院，隋炀帝亲赐"上封寺"匾额。至今，新建的大门上方依然保存着汉白玉"敕建上封寺"额。唐代著名的诗僧齐己曾住持于此。寺内有天王殿、大雄宝殿和供奉慧思大师的祖堂。同时，寺内还供奉着道家系统的火神祝融。

位于集贤峰下的"上清祖庭"黄庭观，是供奉南岳紫虚元君魏夫人的一所道观。整座观堂共三进，依山势而立，层层高起。第一进灵官殿，供奉着道教最有名的护法神王灵官，其地位相当于佛教中的大护法韦驮天；第二进慈航殿，供奉佛教观世音菩萨；第三进才是主殿紫虚宫，供奉紫虚元君本真像。当然，观音菩萨在道家眼中也不是外人，华严三圣中的文殊、普贤菩萨和西方三圣中的观世音菩萨，都是由道入佛的真人。在古典小说《封神演义》中，他们分别是文殊广法天尊、普贤真人和慈航道人。

据道家的说法，舶来的佛教，为了在中土吸引更多信众，分别将民间影响力很大的道家人物引入佛教，其目的是更好地在中土传播。

南岳山中，无论寺、观、殿，佛、道人物共享香火的盛况不胜枚举，堪为中华一绝。

2

据说，南岳衡山的这份气度雍容，来自于佛家天台宗的二代祖师慧思大和尚。慧思是南北朝时期的高僧，陈朝废帝光大元年（公元567年），他率领弟子40余人从河南大苏山来到南岳传道，广开佛门，讲经修禅，声誉远播，陈朝佛众望风归附。山中异道者心生忌恨，便把他诬告到陈宣帝那里，说他是奸细。陈宣帝经过一番周密调查证实了慧思的冤情，便准备严惩诬告者。慧思大师慈悲心怀，反而替诬告者求情，终使他们获得宽宥。从此南岳山中诸道信服，大家共聚一山，无分彼此，和睦相处。因此在《续高僧传》中，特别称道慧思禅师"慈行可风"。

其实衡山最早是道教府地，这从它的得名便可窥知一斑。衡山又称寿

慧思大师在衡山中的埋骨处

衡山最高点祝融峰

岳、南山，人们常说的"寿比南山"指的就是这里。长生不老本是道家的追求，"寿"便是这种追求的具体化。道家中"寿"的标志人物是南极仙翁，他是元始天尊座下大弟子。衡山又是上古大神祝融的居住地，海拔1300.2米的南岳最高峰祝融峰就以大神的名字命名。祝融是火神，是上古先民太阳崇拜的具象化。作为农耕民族，华夏先民对阳光和水这两种农作物生长必不可少的元素异常关注，所以把衡山送给了火神祝融，而把汉江边的武当山送给了水神真武大帝。

据《南岳志》载，衡山著名的女道士魏存华，便是在衡山集贤峰下的礼斗坛上白日飞升的，被天帝敕封为紫虚元君领上真司命"南岳夫人"。这魏存华是东晋时人，志向修真，在集贤峰下结草舍静修，终于在晋成帝咸和九年（公元334年）得道成仙，成为道教上清派的第一代宗师。后人把

黄庭观侧魏夫人飞升处的"飞仙石"

她飞升的礼斗坛名命为飞石，并题铭"飞仙石"。唐代初年，在此地始建黄庭观一所，是道教史上第一座"上清祖庭"，如今成为南岳一处著名景观。

魏夫人升仙之后，她的侍女麻姑也位列仙班。这麻姑也是道教中一位著名女性，据说她三次见到沧海变为桑田，也是一位著名的长寿老人，这"寿山"的得名应该与她有关。她在衡山天柱峰下绛珠泉边以灵芝酿酒，献寿于王母娘娘，这成为后来"麻姑献寿"的一个传说版本。后人在衡山天柱峰下创设了"麻姑仙境"一景，这里流泉淙淙，山青水碧，成为游览衡山的必到打卡处。

无论魏夫人还是麻姑，她们在衡山修持的时间都早于佛教的到来。

衡山中最早的佛教寺院是坐落在瑞应峰下的南台寺，始建于南朝梁武帝天监二年（公元503年），由沙门海印来衡山创建。唐天宝初年，高僧希迁来到寺东一块大石头上结庵而居，阐释南禅佛理，人称石头和尚，著有《草庵歌》《参同契》《心药方》等。六祖慧能在曹溪讲法时，希迁就拜在慧能门下，其后又受教于同门大师兄青原行思和南岳怀让，慧根深植。

衡山中的"麻姑仙境"

瑞应峰下南台寺中的金刚舍利塔

福严寺大门，门前两株古银杏树龄超过1450年

磨镜台怀让大师墓，墓前有唐代名相裴休题写的"最胜轮塔"

后来，希迁全面继承行思大师的衣钵，他的门人创立禅宗之曹洞、云门、法眼三宗，广布天下，因此南台寺被称为"天下法源"。

第二座寺院便是天台宗的慧思大师于衡山掷钵峰下创建的般若寺，后改名福严寺，创立时间是陈朝光大元年（公元567年）。唐玄宗先天二年（公元713年），禅宗七祖南岳怀让大师来到此寺，阐释顿悟成佛之说，开创了南岳派。其弟子创禅宗之临济、沩仰二宗，因此福严寺有"天下法院""七祖道场"和"六朝古刹"之称。

此外，在衡山半山亭核心景区，还有一处闻名于世的佛教圣地磨镜台。开元年间，江西的马祖道一在此结庵坐禅，久而不悟，南岳怀让大师到此，以"磨砖不能成镜，坐禅岂能成佛"相点化，使马祖道一顿悟，拜怀让为师，在此建"传法院"传播佛法，成为临济、沩仰二宗的发源地。怀让大师圆寂后亦墓葬于此，唐代名相裴休为书"最胜轮塔"四字，古迹犹存。

可见，南岳衡山是南派禅宗的重要发源地。禅宗又称佛心宗，以彻见心性本源为要旨，最早由达摩祖师传入中土，下传慧可、僧璨、道信，至五世祖弘忍，接下来便发生了佛教史中那段著名的"时时勤拂拭，勿使惹尘埃"和"本来无一物，何处惹尘埃"的公案。慧能接任六世祖，便南下传法，形成南宗；而神秀大师仍留居北地，形成北宗。慧能大师座下有南岳怀让、青原行思、希迁等著名弟子，南岳怀让之下数传形成沩仰、临济二宗；青原行思之下数传分为曹洞、云门、法眼三宗。这就是世人所谓的"一花五叶"。五宗祖师并非所悟有别，仅仅在于接引学人和禅修手段上各有特点，从而形成禅宗的多元化发展。

中国的佛教随着东汉白马驮经西来，历经魏晋，到南朝时大盛，"南朝四百八十寺"绝非虚言。这种舶来的宗教文化，一移植到中华本土，便显示出强大的生命力。当它传到南岳衡山以后，势必对本土的道教文化产生极大的冲击力，陈朝慧思大师的到来便成为一个标志性事件，后起的一个传说故事就很能说明这种力量。

据说居住在衡山中的祝融大神有一项特殊技能便是围棋，打遍天下无敌手，真个有高处不胜寒的寂寞。慧思到来后就去拜会祝融，寂寞难耐的祝融便请对弈一局。慧思说：愿陪大神一弈，不过小僧有个不情之请，如若大神不慎承让三局，小僧请大神赐予一方袈裟之地以供修持。祝融想都没想就答应了。一局棋终，祝融败。祝融大神有点惊异了，但仍旧认为是自己轻敌。接着再续二局，祝融连败。此时祝融方知遇上真正的高手了，连连拱手，请慧思划出他想要的那方"袈裟之地"。慧思笑而不答，挥出自己的锡杖，金光闪过，结果把祝融的地盘囊括一空。大神一看，连自己的住处都划没了，这可咋办？慧思起脚踢飞祝融大神坐的石凳，石凳滚落山下，凳落处凭空现出一方平地。那里成为了祝融大神最后的落脚地，他在此立祠而居。

慧思大师率着佛教强势入山，祝融大神遵约而退，佛道形势的逆转就在三弈之间。

3

但是，是什么原因导致了南岳衡山强大的文化包容性呢？窃以为，这是一种文化的自信。

我们知道，拥有强大自信力的文化是不惧怕任何外来文化侵袭的，相反还能够化异为宝,海纳百川,为自己的文化提供源源不断的源头活水,让自己更加充实完善,大唐文化的包容性为我们提供了一个活生生的标本。但是,这种自信力,来自于自己文化的极大繁荣和经济实力的强大。南岳所在的潇湘地区,正是具备了这种文化能力和经济能力。

在南岳五峰之一的岳麓山中,有一所中国著名的岳麓书院,在其大门上题有一联:"唯楚有材,于斯为盛",正是这种文化繁荣的充分写照。

中国的潇湘地区,历史上人杰地灵,英才辈出,物产丰饶,经济发达。这里是《离骚》的生长地,贾谊的第二故乡。南岳地区宗教文化的昌盛无须再言,而标志着一个地区文化发达的另一符号,就是与中国的科举制度息息相关的儒学的繁荣。

学术文化的繁荣离不开教育。在中国,真正意义上的现代大学出现在西风东渐的清末民初,然而学校的建立,则早在三千年前的西周时期就开始了。汉代设立太学,汉武帝设五经博士以教习儒学。太学属于官学,从唐代开始,一些硕士大儒开始在地方修建学校——书院,至宋而趋于成熟与繁荣。后来,地方政府把这些私家办学地"书院"逐渐纳入官办学校渠道,使之成为与官办州、府、县学同等待遇的官学。地方书院的发展,标

烟霞峰下的邺侯书院

志着地方文化的昌盛。

中国历史上的第一座书院，就诞生在南岳衡山中。唐肃宗时，邺侯李泌归隐于南岳烟霞峰下读书修道，唐肃宗诏令"给三品俸禄，赐隐士服"。李泌居住的地方叫"明道山房"，山房中颇有藏书，韩愈有诗说"邺侯家多书，架插三万轴"，可见得邺侯学识的丰厚。后来他被肃宗皇帝招入朝中为宰相，为最后平定安史之乱立下大功，被赐封"邺侯"。再后来，他的儿子随州刺史李繁为了纪念父亲，利用父亲留下的书籍，在李泌当年归隐读书处建立南岳书院，南宋宝庆（公元1225—1227年）年间改名邺侯书院，明嘉靖年间又改名集贤书院。

南岳书院地位崇高，有着广泛的影响力。南宋初年，著名的理学家胡安国来到南岳，在南岳书院讲《春秋》之学。后来他又与儿子"五峰先生"胡宏一起在南岳另行筑堂建碧泉书堂，后改名文定书院（胡安国谥文定公），在此讲授程氏理学。绍兴二十九年，南宋中兴名相张浚之子张栻27岁，拿着父亲的名片来到南岳拜见了五峰先生，从学于此，成为一代理学大师。南岳曾接纳了宋代无数著名的理学大家，成为程氏理学"湖湘学派"的发源之地。后来张浚与张栻在潭州（长沙）城南建城南书院，宋孝宗乾道二年（公元1166年），刘珙在岳麓山中重建岳麓书院，请张栻同时讲学于城南、岳麓两书院中。朱熹从福建崇安专门来到潭州与张栻"会友讲学"，成就了中国历史上一次著名的学术大辩论。附近的学者闻风而至，听者甚众，一时盛况空前。辩学之余，张、朱二位大师携手共游南岳，至今在衡山西岭的方广寺侧，还留有为纪念二位大师来南岳讲学的"二贤祠"。

由于这次盛况空前的学术活动，"湖湘学派"的中心由碧泉书堂转移至岳麓书院，张栻成为岳麓书院山长（校长），从学者达两千多人。张栻的学术思想中，一个鲜明的特色，就是包容与开放，务实而重致用，敢为天下先，这就形成了湖湘文化的核心内涵。从南岳书院到岳麓书院，潇湘地区讲读之风，盛极一时，奠定了南岳地区的文化基石。

明代嘉靖年间，大儒湛若水（号甘泉）来到南岳文定书院讲学，随后在附近购地筑宅，号甘泉精舍，后称甘泉书院。这一时期，南岳山中书院

长沙岳麓书院中的张栻、朱熹论道像

林立，更胜于宋。由于王阳明、湛甘泉等学术大师曾先后在文定、甘泉等书院讲学，宋明"理学""心学"在南岳获得空前发展，明末王夫之（人称船山先生）则集其大成，影响后世。清代曾国藩在《重修胡文定公书院记》中写道："天下之书院，楚为盛，楚之书院，衡为盛，以肃岳故也。"据《湖南通志》统计，清光绪年间，在现南岳区范围内，先后共有邺侯、卢潘、集贤等书院17处，清末谭嗣同盛赞其为"万物昭苏天地曙，要凭南岳一声雷"。

如此丰厚的文化积淀，必然奠定其强大的文化自信力和文化包容性。

正是这样强大的文化自信和繁荣，我以为，还成就了一个著名的传奇——雁回衡峰。

4

据说大雁南飞，来到衡山后便收起了南翔的翅膀，因此南岳五峰中，便有了一座回雁峰。

雁是一种大型候鸟，生活在西伯利亚一带。因为塞外冰天雪地，需要到气候温暖的南方觅食过冬，每到秋风起时，便成群结队地向南飞翔。大雁南下栖息之地很广，有的到河北邯郸一带，有的到长江中下游地区，有的到了福建广东地区，还有一支沿西南而下直至南亚，当然也有一些来到了衡阳回雁峰下的湘江滩岸，形成了潇湘八景之一的"平沙落雁"。

因为定期的南飞北翔，在通信交通都欠发达的古代，人们很自然就把大雁想象成为一个信使,把自己的思念带给远方的亲人。这就是"鸿雁传书"的由来。

可是,在中国的文化中,为什么偏偏只讲雁回衡山呢?我以为,这并非它的科学属性,而属于文化属性。

华夏文化的核心区域,最早出现在黄河流域,随着五胡乱华而形成了经济文化的第一次南流。唐宋时代南方得到极大开发,长江流域也成为华夏文明的核心地区。这个区域以江、河为中心,偏离江、河越远,则越属于文化的蛮荒地带。

在中国南方版图约北纬24°00′—26°30′的位置上,有一条横向的山系,它起自云南,向东绵延而来,横亘于广西西北部,经湘南、赣南、粤北而延伸至闽南,我们把它称作"南岭"。南岭是我国南方的一条分界线,它是长江流域和珠江流域的分水岭,北侧属于华中、江南地区,南侧则属于华南地区。发源自南岭南坡的诸多河流,相继南向汇入珠江,直至注入南海;发源自南岭北坡的潇水和湘水,在永州汇合后,流经衡阳、株洲、湘潭、长沙、岳阳,向北注入洞庭湖,与长江相衔,直接哺育了富饶的潇湘大地。

南岭虽然山岳连绵,但很多地方并不连脉,形成了无数山谷隘口,这些隘口又构成江南与华南地区的交通孔道。隘口与隘口之间,又形成了无数的岭。南岭被分成了五大堆,形成了大庾岭、骑田岭、都庞岭、萌渚岭和越城岭五岭,所以狭义的南岭又常常被称作"五岭"。

在中国历史上,南岭既是一条地理疆域,也是一条文化疆域。

南岭地区,山高林密,虫蛇出没,瘴气弥漫,自古以来就是我国"百越""百濮"等少数民族的居住地。他们处于采集狩猎的经济形态中,也有刀耕火种的原始农业。文化方面,那里巫风盛行,铜鼓声声,巫歌袅袅,那个时候,一些民族还保留着猎头的风习,相对于文化繁荣的华夏文明,处于原始后进的地位,被汉民族称为蛮夷之地。

南岭以南的今天两广及海南岛,在唐时设岭南道加以管理,所以南岭之南,习惯上也被称为岭南地区,也称岭表,是流放罪大恶极人犯的最好去处。凡是流放于岭南之人,几乎就算判了死刑,任其自生自灭,难有回转的余地。

南岳，处于南岭之北，山系方向也基本与南岭平行，并与之比邻，平均海拔高度在1000~1300米间，低于南岭。这个地区是南岭向北向东与辽阔的江汉平原延展的自然过渡地带，也是我国第二级台地向第三级台地的过渡区域，基本地势为由西南向东北逐渐降低的山岳地形。因此，南岳也常常被视为南岭的延展部分。在唐宋时期，这里依然蛮荒落后，同样是流放犯人的区域。如夹在南岭与南岳间的永州和衡州（即衡阳。山南水北谓之阳，是曰衡阳），唐宋时代就曾流放过许多中国历史上的文化名人。但是，这里毕竟处于南岭以北，其条件要稍好于岭南。从永州和衡阳盆地继续向北越过南岳，便进入经济和文化的发达区了。

绍兴七年（公元1137年），由于"淮西兵变"事件，宋高宗赵构震怒，下令将当朝丞相张浚贬逐岭南。接任张浚的另一位中兴名相赵鼎是张浚的朋友，便在高宗面前竭力为张浚说情。经过一番激烈争辩，最后赵构收回了"岭表安置"的决定，将张浚改判为"永州居住"。这明显属于"从轻发落"了。绍兴十二年（公元1142年），谪居永州的张浚心系国事，再次上疏言政，被秦桧把持的朝廷再次贬逐，这一次就是"连州居住"了。连州位于今粤北山区，南岭以南，今天仍然是瑶族和壮族的集居地，属于标准的"岭表安置"。

所以，以南岭为分界，在当时中国人心中就是华夏与蛮夷的文化分水岭。在后起的传说中，虞舜大帝驭龙南巡，也是驾到衡山便回转。作为人们心中信使的大雁，南飞时当然不能跨越这条分水岭而达"蛮夷"区域。

"岭外音书绝，经冬复历春。"（［唐］宋之问《渡汉江》）

"雁阵惊寒，声断衡阳之浦。"（［唐］王勃《滕王阁序》）

"雁飞曾不度衡阳，锦字何由寄永昌？三春花柳妾薄命，六诏风烟君断肠。"（［明］黄峨《寄外》）

……

那南飞的大雁，寄托着多少游子的家乡梦，又承载着多少思妇的念归情啊！

5

我们再次回到金庸先生的《笑傲江湖》中。针对"君子剑"等"正派"人士的围攻,衡山派掌门莫大先生却对令狐冲说出了这样一番话来:"令狐兄弟,你现下已不在华山派门下,闲云野鹤,无拘无束,也不必管他甚么正教魔教。我劝你和尚倒也不必做,也不用为此伤心,尽管去将那位任大小姐救了出来,娶她为妻便是。别人不来喝你的喜酒,我莫大偏来喝你三杯。他妈的,怕他个鸟?"何等地性情灵动洒脱不拘啊!这不正是南岳的性格吗?

南岳,在五岳中独占一个"秀"字。站在南岳最高峰的祝融峰上,眺望层层山岳在轻烟中展示出自己秀丽柔美的身段,如层层水墨洇染在碧蓝的天宇间,南国的灵秀一览无余。从松阴密蔽的山野里传来寺钟的回鸣,这钟声里饱含着文化的性灵。

"性灵",我把这二字送给南岳衡山。

我想,它应该毫无愧色吧!

南岳山系

川北狂想曲

一、风雨利州城

没想到，我是在"满川风雨看潮生"的滂沱大雨中进入广元市区的。

如果要盗用那句"我住长江头，君住长江尾"的句子，我这个地地道道居住在嘉陵江尾的人，对这座嘉陵江头的城市总有一分莫明其妙的亲近感。

嘉陵江发源于陕西凤县代王山，出山后向西南进入甘肃，再折向东南回到陕西略阳，而后基本保持着向南的流向，经阳平关后进入四川。广元是嘉陵江入川后经过的第一座大市镇，广元以上的江段一直在秦巴山中穿越，山高谷深，猿荡云迷。古老的蜀栈道便是沿着陕西宁强县境的嘉陵江河谷南向行走，在陕南川北重重的横系山脉中剖出了一条纵向的入川通道。

终于，过往的商客们在走出大山后，一抬眼，便望见了一缕久别的炊烟——广元，它热情拥抱着走出大山的客人。

广元的战略地位也由此突显出来。早在开明氏蜀王第五世，就把自己的弟弟封在汉中，号苴侯，以葭萌为都邑。葭萌，在今天广元市昭化区昭化镇，是阻挡北兵入川的第一道雄关，汉代设葭萌关，蜀汉时由巴西郡太守（治今阆中）张飞将军镇守。

在葭萌关的西南方，就是驰名中外的剑门关。

说起广元这个名字，其实我更喜欢利州那个称呼。"五星出东方利中国"，这是1995年新疆民丰县尼雅遗址古墓中出土的一条汉代蜀锦护臂上绣织出来的文字，它是出土文物中较早出现"中国"称谓的实物，而"中国"前面的动词就是"利"，这个"利"可不是儒家思想中与"义"相对立的那个"利",而是利好的"利",有一种吉祥祝福的浓浓的中国味蕴藏其中,它是一个我无法用语言准确表达但每个中国人都能心领神会的字。广元,就曾占用了这个吉祥的字符。

广元第一次被更名为利州,是在北朝时代的西魏废帝三年（公元554年）,因为这一年西魏大将军尉迟迥袭取了西益州,还攻克了成都,所以把此地更名为利州,取顺利和吉祥的意思。这个名字在以后王朝兴替的日子里又多次出现反复,直到唐武德元年（公元618年）才改回来,利州之名除贞观六年后一度改为益昌郡外,以后基本没有变化,直到元代至元十四年（公元1277年）,升利州为广元府广元路,取扩充元朝疆土之意,这才出现了"广元"一名。

广元,就是扩张大元帝国,我不明白为什么这个名字在元代以后还会被继续沿用。

不管是利州还是广元,现在,这座灯火辉煌的城市拥抱了我这个从风雨中走来的浪子。

雨中的嘉陵江依然安静地淌过广元市区。也许是一路的深谷崇岭险滩急流疲劳了筋骨,也许是这相对平缓的地域就像一张松软的席梦思,好好歇息下体肤梳理下心境是它的心愿。嘉陵江从容不迫地划过广元的中心区域,任了风的吹雨的打,细浪粼粼的波面泛起街道的灯影。唯有城边黑黝黝的山形虎视眈眈,浓厚的积云盖顶压城。在这样的暗夜和彤云的层层包裹中,沿江的一绺灯火才格外显示出利州城的慷慨与温馨。

也许,这也是那些穿越古蜀栈道疲惫而来的人面对利州城

二圣殿中李治与武则天像

皇泽寺远眺

时的共同感受。

如梦，如幻，却又伸手可及。

皇泽寺矗立在风雨飘摇中的嘉陵江西岸，这是一组我故地重游的建筑。

皇恩浩荡，泽及故里，故名"皇泽"。贞观初年，武士彟成为了利州城的新一任都督，就在这汤汤流淌的嘉陵江畔，他的夫人产下了一个女婴，而这个女婴长大后成为了君临天下的皇帝，就这么简单。

皇泽寺是唯一一所武则天祀庙。

在大四实习的时候，我们从汉中返回成都途经广元，曾停下脚步参观了广元的千佛崖和皇泽寺。当年的皇泽寺究竟长什么模样我是一点也记不得了，当我在风雨中再次踏进这组建筑时，感觉就是第一次光临。

皇泽寺的建筑依着悬崖而立，下瞰江流，上顶白云，错落有致，气度不凡。其主体建筑依着山崖的走势层层上举，依次为二圣殿、则天殿、大佛楼等。登高望远，但见得碧水滔滔，江楼隐隐，细雨中的山峦缠绕着缕缕云絮，山青云白，江阔浪微。

不识庐山真面目，只缘身在此山中——我可不想再重复这样的错误，因为我准备深入那云雾重重的蜀山中去看看，先远观之，而后亵玩焉。

我抬头望望天，雨云正在悄悄退去。

二、霁色剑门关

东风知我欲山行，吹断檐间积雨声。
岭上晴云披絮帽，树头初日挂铜钲。
……

东坡老的这几句诗，仿佛专门为我量身定制。下了一天半的雨，在我离开皇泽寺的一瞬间，一下就停住了。雨收了，云却没有散去，四周的青山都笼在一片白茫茫的雾气中，那缥缥缈缈的云絮，或缠山腰，或绕岭头，一轮圆圆的太阳真的如同铜钲那样悬在半空。小车驰行在这遍地雾色的群山间，灵动而轻快，一如我此时的心境。

作为一个生于斯长于斯的四川人，对这个出入"蜀道"的交通要冲，我却是只闻其名而未睹其形，大一实习的时候曾走近它却无缘相识。今天，我又回来了，不知这是不是缘分天定，我必须要对我的历史有一个交待？

蜀道之难，李白早有诗篇题在前面。我们的谪仙讲述了一段蜀国的开国历史后，笔锋一转，就转到了川北锁钥的重重群山里来，这里是通往秦国的门户呵，"尔来四万八千岁，不与秦塞通人烟"。

这个"四万八千"应该是一个虚数，常人都以为是一个绝对夸大的时间表，其实是科学限制了古人的想象力，真正断绝"秦塞"的时间，应该从2亿年前就开始了，那个时候还是地质史上的中生代侏罗纪时期。

当时在今天的四川周围隆起了一系列山系，四川开始成为盆地，盆地的中央是浩波渺渺的古海，古海的边缘是恐龙的乐土。古"长江"从盆地西边切出一道深口，于是古海的水就直接向西南灌进了特提斯海（古地中海）；到了1亿4000万年前开始的白垩纪时期，古海北部边缘的龙门山系被再次抬高，而剑门山脉正好处在龙门山的前山带，形成了独有的剑门洪积堆与剑门砾岩；6500万年前，一颗陨星坠落到中美洲的尤卡坦半岛，由此终结了恐龙的年代，中生代宣告结束。地质进入新生代时期，强烈的喜马拉雅造山运动让青藏高原强势突起，"古长江"被隆起的高原阻断后，被迫向东寻找出路，于是才有了今天的三峡，有了"一江春水向东流"的奇观。也正是在这次造山运动中，龙门山再次强烈上升，形成了今天的剑门山。在山间，我看到耸立的岩壁上嵌满了大大小小的卵石，那都是从下白垩纪的地层中隆起的古海底。

剑门关的形成，是人类社会的产物。所谓关，就是在交通咽喉要道人为设立的门户，有着诸多现实的用途，其中最重要的就是军事用途和经济用途。在欧洲的阿尔卑斯山脉中，从德国和奥地利南下通往瑞士和意大利的关口要隘上，中世纪就设有许多关口，用于征收双边商人贩运贸易的商税，如果发生战争，这些关口便成为拱卫本土的要塞。

剑门关位于剑阁县城北30公里处，从东北向西南蜿蜒伸展达百余里，峻岭横空，危崖高耸。其主峰大剑峰，峰立如插剑，壁亘似城郭，两崖对峙，一道中通，远远望去，形似天然门户，故称之曰剑门。它是古蜀道通往秦国的必经之地。

真的很难想象，我们的先民在当时极度原始的生产力条件下，是如何通过手工一点一点开凿出这一条古道的。其险峻的地貌，李白在《蜀道难》中以诗人特有的灵性写道："连峰去天不盈尺，枯松倒挂倚绝壁。飞湍瀑流争喧豗，砯崖转石万壑雷。"光读着这样的诗句就让人腿脚发软，心底发虚。在大剑峰绝顶上有一处舍身崖，我站上去望了一眼，便觉得心直往下沉，沉得有些失重般的疼痛。有了这一眼的经历，后面那处伸出悬崖的玻璃廊道，就是打死我也绝不肯踏进半步。

也许是这样的奇迹太令人难以思议，于是古人只好借用神话来圆场。东晋的常璩著有一本记叙中国西南地区人文、历史和地理的地方专著《华阳国志》，在其《蜀志》篇中记述了这样一个故事：在蜀国开明氏统治时

大剑峰绝顶的舍身崖

期，蜀侯遣使入秦，秦惠王素知蜀王好色，便在全国物色了五个绝色美人送与蜀王。蜀王得知后，大喜过望，派了蜀国的五个大力士五丁前往秦国迎娶美人。五丁在迎得美人后归国，行至剑门山西界的梓潼时，见一条巨蟒钻入一个巨穴中。见状后，一丁走上前去双手拽住蟒尾使劲往外拉，却怎么也拉不出来。其余四丁忙上前帮忙，一齐拽住蟒尾齐心协力往外扯，猛然间山崩地裂，岩石纷纷而下，将五丁和五个美人一起压在乱石中，于是山为之开。这就是五丁开山的来历，险山恶岭中开凿的古蜀道也有了一个合理的解释，《蜀道难》也采用了这一说法："地崩山摧壮士死，然后天梯石栈相钩连。"

　　大一的下半年，由于学习古代建筑的实地考察需要，四川省文物研究所的李显文老师，带领我们班的同学前往剑门山西侧梓潼七曲山的文昌帝君庙参观学习，我由此走过20世纪80年代的梓潼县城。那是一条点支烟便可横穿全城的古老街道，街心为石板路面，两侧商铺全部是木质门板建筑，用今天的眼光来看，那就是一座隐藏深山的原汁原味的"古镇"。七曲山位于县城北面，山势嵯峨，山间遍植古柏，那古柏树全都有三五人围抱般粗细，据称是当年张飞手植，满山葱翠，景色宜人，分毫看不出山崩地裂的痕迹。

　　这条连通川陕的古蜀道又叫金牛道或石牛道，说起来有关它的传说比《华阳国志》还要早。扬雄是西汉时期生活在成都的著名文学家，他写过一本有关古蜀王国的书叫《蜀王本纪》，这部书已佚失在历史的烟雾中了，所幸后世一些古籍引用了一些文字，有关石牛道的传说，就保留在宋代一本叫《太平御览》的类书中，其卷八百八十八引《蜀王本纪》说，当年秦蜀间无道可通，蜀王率万人东猎来到汉中的褒斜谷，在这里见到了秦惠王。秦惠王送蜀王一盒金子，蜀王也回赠了一些土特产。可当秦惠王回去后，那些礼物全变成土了。惠王大怒，而其臣下却纷纷向秦惠王道喜，说这预示着秦国将得到蜀国的领土。为了不忘记二王见面的地点，秦人便在当地雕凿了五只石牛，并在石牛屁股后撒了一些金子。蜀王以为这些石牛能屙金子，便命令五丁率千人修成栈道来拖石牛，将三只放到成都。由此，便有了这条石牛道。后来张仪、司马错等人便是通过这条石牛道，率军入蜀灭了苴国和蜀、巴等国。

蜀王遣五丁迎娶美女的传说，应该是在扬雄的基础上衍生而来的。这条古蜀道，北起陕西眉县的斜峪关口，翻越秦岭后南至汉中的褒谷口，取终点和始点地名第一字，故称这一段为褒斜道。然后折而转向西南，从汉中南郑县南下至宁强县，顺着嘉陵江岸绝壁上的飞阁栈道南下，经明月峡到嘉陵江要塞葭萌关，上牛头山而通剑门关，再经过剑门关至梓

峭崖壁立，一路中通

潼，经江油关、涪城关（今绵阳境内），最后通过绵竹关（今名白马关，在罗江县境）而达成都。

可以想象，如果没有五丁所制造的"山崩地裂"，又哪来的剑门雄关？

剑门关是由八百里秦川南入天府之国的咽喉要津，商旅来往，不绝如缕。但它地处中国内陆深处，其作为边关要塞的功能，只有当秦岭一线成为两个敌对政权的边防要地时才能显现出来。而历史上秦岭成为两个政权相交的边防重地的时代，是伸出十个指头也能数得过来的。

第一次当然是秦蜀的对峙。五丁开山的传说，至少说明了一个问题，秦人想要攻打蜀国，必须借道剑门关。不管秦人使用了怎样的阴谋诡计，反正蜀王是修筑了这条古蜀道，这种开路纳贼的"英勇气度"，的确颇值得今天的人们好好玩味一番。

第二次当之无愧应该属于三国时代的蜀汉王朝，据说剑门关的设立也

是蜀汉丞相诸葛亮的创举。据《剑州志》卷二的记载，"诸葛亮相蜀，凿岩架空为飞梁阁道，以通行旅，于山中断处立剑门关"。看来诸葛丞相在率兵伐魏的途中路经大剑山，一眼便相中了这里的山势雄奇，便令士兵们凿山崖，架飞梁，搭栈道，设关阁，此后一直在此屯粮驻军。

而最为悲怆的一笔书写于蜀汉后期，诸葛丞相唯一的传人姜维将军在汉中失陷以后率军坚守剑门关，把钟会率领的12万大军死死地钉牢在剑门关前，硬是无法前进半步。后来邓艾在剑门山以西百余里的甘南阴平小道偷袭成功，从今天甘川交界的摩天岭裹衣滚下，绕开剑门关，破江油关，克绵竹关，下雒城（今广汉北），陷成都，蜀后主刘禅纳表投降，而这时，剑门关依然牢牢地控制在蜀军将士手中。

孤守雄关的姜维将军和他的将士们接到刘禅投降的诏令时，全军愤怒了，《三国志·蜀书十四》说，守关的"将士威怒，拔刀砍石"。而《三国演义》第一百一十八回写得更加具体：

且说太仆蒋显到剑阁，入见姜维，传后主敕命，言归降之事，维大惊失语。帐下众将听知，一齐怨恨，咬牙怒目，须发倒竖，拔刀砍石，大呼曰："吾等死战，何故先降耶！"号哭之声，闻数十里。

面对君王先降国破家亡的惨痛局面，那份仰天长啸泣血惊神的悲怆心境，相信历史上只有极少数几个人才能真正体会。于是姜维以决死之心做了人生的最后一搏。他假意投降给自己的败将钟会，然后策划钟会反魏，以便从中复国，后因事败与钟会一起被斩首——"出师未捷身先死，长使英雄泪

剑门关上姜维将军石像

满襟",这句诗用在姜维将军身上也许更为悲壮。

在以后历朝历代,剑门关作为护蜀的雄关,一直发挥着重要作用,并演绎了一系列故事,如南北朝时"姚苌诈降巧夺关",五代十国时两蜀据关巧周旋。

剑门关除了作为军事重镇发挥作用外,还在经济领域发挥作用。如前蜀第二位皇帝王衍在位时,后唐庄宗李存勖一直觊觎两川的富饶,派李严使蜀来窥探蜀中动静,并顺便采买蜀中珍玩。然而李严最终空手而归,向庄宗汇报说:"蜀法严禁以奇货出剑门",只允许一些粗糙的物件输往北方,名之谓"入草物"。可见剑门关当时在蜀国经济中的地位。

遥望剑门关关楼

除了血与火的战场外,剑门关也留下了一抹诗情的暖意。剑门细雨,就是当地一道风景,而这道风景的创造者,能制造出如此流传千古的景观,可能连他自己都没想到。南宋乾道八年(公元1172年)十一月,诗人陆游从抗金前线汉中的南郑到成都赴任,他骑着一头驴子,风尘仆仆地行走在入蜀的官道上。这一天,由于在客栈中多贪了几杯,走在道上也有些醺醺晃晃。行不多久,天空竟霏霏蒙蒙地飘起雨来。抬起蒙眬的醉眼望了望四周高耸的群山,这可不就是剑门山吗?诗人的诗兴在蒙蒙细雨的催化下借着酒劲被激发出来,他仰面朝向云雾缥缈的如剑山峰,让点点细雨冷飕飕地打在脸庞，高声吟成了那首《剑门道中遇微雨》的纪行诗：

衣上征尘杂酒痕，远游无处不消魂。
此身合是诗人未？细雨骑驴入剑门。

就这样，我们的诗人怀抱着一颗杀敌建功收复中原的雄心壮志穿越过同样雄奇险峻的剑门关，那一刹那，矗立在薄云细雨中如剑冲霄的山峰也一定充满了诗意。

那嘚嘚的驴蹄声，一直敲打着我的心。

如果我早到半天，也一定能如当年的诗人那样沐上一片霏霏蒙蒙的细雨。然而，我跨进的是一片雨后初霁的剑门山，斜晖脉脉，群山霭霭，蝉韵悠悠，耸峙于深谷间的剑门关阁楼遥遥在望。

一条长长的石级梯道穿阁而过，如一道又弯又细的羊肠蜿蜒在起伏苍翠的山峦中，一直伸入白云中去。

小道的尽头，是迷茫无踪的历史烟云。

三、翼德不朽

走进古城阆中，已是华灯璀璨的时光。大街上，不断有印着硕大的黑脸张飞京剧面孔的张飞牛肉广告扑入眼帘。

作为生活在重庆的人，阆中古城之名可谓如雷贯耳。从重庆驱车到阆中，也不过三四个小时车程，这里成为很多重庆人两天周末便可安排的去处，而那些老人，更有许多人通过参加夕阳红旅行团去过那里，可以称得上重庆的后院了。奇怪的是，酷好闲游的我居然从未踏足过阆中的土地。

说起阆中，对我是有一定吸引力的，南宋中兴名相张浚宣抚川陕时，曾将宣抚使司设在这里。张浚大部分时间住在此地，指挥了保卫四川的川陕保卫战。然而今天我只谈三国历史，这里是张飞翼德先生曾经驻守过的

阆中古街

地方。在四川，整个大巴山地区似乎都能找到一点与蜀汉有关的东西，而阆中这个地方，这类遗址好像更集中一些。

　　阆中地处嘉陵江中游段，在秦巴山的南麓。它东倚巴中、仪陇，南接南部，西邻剑阁，北连苍溪，应该讲它与西侧的剑门关形成犄角之势，广元与阆中分属嘉陵江的上下段，两城中间有昭化镇，那里是当时非常著名的葭萌关，从汉中南下的古蜀道必须经关口通过才能继续南下，它当然也属于张飞将军的防区。在《三国演义》中，张飞挑灯战马超就发生在葭萌关下。

　　张飞驻守的阆中，当年叫巴西郡。由于其重要的战略地位，刘备和诸葛亮曾数度来此视察防区。刘玄德总共就两个义弟，一个防守着《隆中对》策略中必不可缺的战略重地荆州，而另一个被放置的地方，不用过脑子你就能猜到它的重要性了。

　　阆中地区不仅与剑门关呈犄角之势，它是蜀汉北线的关防重地，我认为，它还有一个更重要的功能。

　　熟悉足球比赛的朋友一定不会陌生一个重要的位置——前腰。在蜀汉这支"球队"中，张飞将军踢的正是前腰的位置。

前腰是足球运动中一个中场位置，也称为突前前卫。他的标准站位应该位于前锋身后，负责为前锋输送炮弹，传出一脚好球让前锋比较舒服地起脚一射。如果前锋一击不中，前腰要迅速组织起二次进攻，甚至直接插上临门一脚，在这样一浪一浪逐波次的进攻面前，对方的球门最终只得崩溃。如果被对手断了球，前腰还需要在中场组织起第一道防守线，为整体回防和后卫站位争取时间。

我们再来看一看蜀汉的地理战略位置。张飞驻防的阆中显然不是最前线，自从老将黄忠将军刀劈夏侯渊于定军山下，汉中就成为蜀汉北进曹魏的根据地，也是前出祁山的第一线。

夹在秦岭与大巴山之间的汉中盆地可是一处风水宝地，它北以秦岭为屏障，南有巴山作横亘，奔腾的汉江水贯穿其中，自古以来就是一个米粮仓。张浚对汉中地区的战略地位曾有过精辟的概括，它后据两川之资，左通荆襄之财，右出秦陇之马，进可攻，退可守，历来便是兵家争夺之要地。

汉中地区的生活，对来自天府之国的人来讲，可以说没有一点陌生感。它的主食是大米，最有名的面条也是米粉，汉中的黄牛娃粉皮曾经是我的最爱，其气候与物象绝对属于南方。所以，我们觉得，把它划到印象中以黄土和窑洞为特征的陕西省总有一丝怪怪的感觉。

这就是汉中，一个属于南方天然粮仓的北方省份，它的富饶与慷慨培育了大汉帝国的创业根本，甚至它以水成名的"汉"字，因"汉中王"到大汉帝国，最后成为了华夏儿女民族的称谓。

现在，蜀汉王朝把汉中作为第一线基地，而戍守汉中的魏延将军，担当起了蜀汉球队前锋的角色。

有关这次任命，陈寿在《三国志·蜀书十》中有这样一段有趣的记录：

先主为汉中王，迁治成都，当得重将以镇汉川，众论以为必在张飞，飞亦以心自许。先主乃拔延为督汉中镇远将军，领汉中太守，一军尽惊。

魏延以部曲的身份被玄德公破格提拔，以为蜀汉前锋，是全军上下谁也没料到的事，大伙儿都认为，这个位置理所当然应该属于刘备的义弟张翼德将军。张飞自己也认为，这个位置非他莫属。

如果仔细分析一下地理和时势，我便由衷地叹服刘玄德的老谋深算。姜还是老的辣，我以为，刘备之所以如此安排，有着极深的用意，细思极恐。

首先，刘玄德慧眼识英才，他看重的是魏延的年轻和勇猛。初生牛犊不怕虎，敢打敢拼，这正是前锋所需要的素质。在一次大会群臣的朝会上，玄德公问魏延："这次委卿以重任，卿准备如何处置？"魏延回答："如果曹操举天下而来，我为主公把他拒之门外；如果曹操挟十万精兵而来，我为主公把他灭了。"真可谓豪气干云，赢得朝堂上满堂喝彩；但年轻人办事总免不了毛毛躁躁的毛病，身后一定要有一位老成持重且绝对信得过的长者作为后盾。

而另一个更深刻的用意是，新提拔的魏延虽然勇猛，但未必最可靠，必须有一个最信得过的人站在背后，以防变生肘腋。一旦魏延有任何异动，可以就近将其控制，才可保蜀国无虞——巴西这道防线，才是拱卫蜀汉最核心的一道屏障。而这样的重任，除了三弟张翼德，谁可担当？

所以，隔着一道大巴山，张飞紧紧地贴在魏延身后。巍峨的巴山没能阻隔汉中与阆中间的联系，横亘在汉中与阆中间的大山，有一条被溪流切割出的南北向的米仓道，可以将两座重镇连接起来，使冲锋陷阵的汉中随时可以得到阆中最坚强的援助，同时也受到最严格的监视。

以古城闻名的阆中并没有赢得我的眼光，走进古街道，我的目光便投向了古街上的"汉桓侯祠"。

桓侯祠俗称张飞庙，桓侯是张飞死后追谥的封号。桓侯祠的主体建筑均沿中轴线布局，由南向北为四进大院，主要由山门、敌万楼及左右牌坊、大殿、后殿、墓亭及张飞墓和墓后园林组成。

第一进的大楼"敌万楼"充分展示了张飞的第一个特色——勇。在人们心中，黑脸是"猛张飞"最鲜明的形象，武艺高强，鲁莽好酒似乎已定格了张飞的形象。关羽面对曹操的夸赞时曾说道，我算什么！我的三弟张翼德在万马军中取上将首级犹如探囊取物耳。惹得曹操回头对作陪的自己的将军们告诫道：今后在战场上遇到张翼德大伙都躲远点。虽是演义的故事，但确实代表了人们心中的张飞，所以在敌万楼的最高处横书一匾：万夫莫敌。

第二进的大殿展示了张飞的第二个特色——直。刚直不阿，眼里不容沙子，任你是谁，只要认定你违背了道义便六亲不认。在古城，张飞认定关羽背了兄长降了曹操，于是不问青红皂白挺矛就搠，所以大殿横匾直书"刚强直理"。殿内张飞头戴冕旒衣镀金身，俨然是神界的帝王形象。

最后一进是张飞的墓亭，亭中端坐黑脸张飞坐像，像前分别跪着杀害张飞的张达和范强。墓亭后面就是张飞的椭圆形大墓，墓上封土累累，葛树蓁蓁，绿阴繁茂，象征着张飞在民间旺盛的生命力。

中国最著名的张飞庙有两处，一在阆中，一在云阳。当年在长江三峡的文物普查中，我曾在峭立于长江陡壁上的云阳张飞庙留宿过一晚，所以晚饭后有充裕的时间浏览庙中的碑碣题咏。今天，随着三峡库区的关水，云阳张飞庙已另迁新址，新迁的张飞庙我没去过。

有意思的是，据说这两处张飞庙分别埋着张飞的身躯和首级。当年张达和范强杀害张飞后，抱着张飞的头颅欲东下江南投奔孙权。当二人沿长江东行到云阳境内，听说孙刘两家正在谈判议和，吓得二人慌忙将张飞首级扔进长江，结果被江上一渔夫捞起。晚上张飞托梦渔人，细说究竟，于是渔夫将头颅埋葬于飞凤山麓。张飞大义大勇，为百姓敬仰，世人便在此立庙纪念，因此世间传闻张飞"头在云阳，身在阆中"。

桓侯祠张飞墓

应该说张飞庙是按着老百姓的意愿和想象来建造的，充满了民间风情，所以其设计的张飞塑像，也都是按着《三国演义》来塑造，因此这里我所举事例，也都取自《三国演义》。我以为，为人一世，这是最高荣誉的褒奖了，它远比帝王的什么封谥来得珍贵，因为它的生命力永远鲜活在民众中间。

这里我想特别说明的是，知识的力量无处不有，理性的光辉永远存在，哪怕是在最世俗的风情中。在大殿上张飞帝王像侧，一副楹联让我久久驻足：

治政治军扶困扶颠其实桓侯非莽汉；
修文修武宜书宜画何言翼德是粗人。

这才是真实的张飞，一个蜀汉球队前腰兼压阵前锋的角色人选，岂能等同儿戏！在《三国演义》中，慧识庞统和义释严颜已经展示了张飞的政治才能，而在《三国志》中刘备的巧妙安排，更说明张飞具有的政治智慧。看看他戍守阆中这七年中的表现，他败张郃，战马超，有勇有谋，治民有方，调理有度，为汉中那处前线基地提供着坚实的保障。大殿外廊的右侧根据云阳张飞庙碑碣复制的汉隶《立马铭》，据说是张飞在宕渠八濛山战胜张郃后亲手书写："汉将军飞率精卒万人大破贼首张郃于八濛立马勒铭"，笔锋刚劲，气度森然，岂是草莽笔迹？

同治十年（公元1871年），18岁的阆中才女梁清芬撰成一副楹联，我以为这是对张飞及他镇守的阆中（巴西郡）的历史地位最中肯的评价，兹留存于此，以为本文的终结：

上通南郑，下接西川，全仗葭关之险。想汉天子业虽偏安，藉此可能成一统。

誓灭东吴，气吞北魏，常昭阆苑之灵。看张将军神留遗像，至今犹觉恨三分。

四、风水天官院

这是一篇难以下笔的文章，因为我不懂《易经》和风水学。如果要强写，我将面对一个博大精深的学术殿堂而无处立足。我伫立在风水的大门前，思忖再三，最后还是忍不住伸出手来，轻轻叩动了这扇古旧大门上放出斑斑绿锈的古铜色门环。

诱惑我伸出手来的，是眼前这满目的青翠和脉络分明的条条山形。

一个完全不懂得风水八卦的人，一走进阆中城南约20公里的柏垭镇，立刻就会被眼前葱绿的色彩和山形水势所吸引，视角的愉悦瞬间转换为内心的舒适，让人一下有如沐春风的感受。也许这就是风水的魅力——你可以不懂它，但人类与生俱来的同天地山水相融的内在本质会被无声地唤醒，并与之相呼应。

两位世界级的风水大师，在1300多年前不约而同地被吸引到这里，在龙脉凤穴的护佑下开始了隐居生活，而且把自己的坟茔置放到自己亲点的穴位上。

他们就是隋末唐初的袁天罡和李淳风。

关于这二位中国历史上的奇人，在《旧唐书》中都有自己的列传。

柏垭镇是李淳风的隐居处，所以在此镇的淳风村，早在明代就建有淳风祠，后毁于大火，阆中市政府在2012年重新开工修复。

在二位大师中，李淳风属于官场人物。据《旧唐书·李淳风传》记载，李大师是"岐州雍人也"，即今天陕西西安一带人氏，自幼聪明颖慧，博览群书，尤其擅长历算、天文和阴阳之学。唐太宗贞观初年，因其博学多艺，颇受太宗皇帝喜爱，授将仕郎，直太史局。李淳风深感西汉张衡制作的浑天地动仪之不足，上书太宗请求重新研制，得到李世民的支持。贞观七年，器成，为黄道浑天仪，以铜制作，表里共有三层，用来"仰以观天之辰宿，下以识器之晷度"，时人广为称颂，在我国古代科技史中占有重要之一席。太宗皇帝非常喜欢，将其置于凝晖阁内，并为李淳风不断加

淳风祠大门

官晋爵，加授承务郎、太常博士、太史丞，到贞观二十二年（公元648年），李大师一直做到了太史令的职位，堪称朝廷大员了。

李淳风一生著述颇丰，涉及算学、律历、械具、天文、占卜等多方面，但他最为有名的著作，是流传至今并对今人产生重大影响的《推背图》。

《推背图》堪称中华预言第一奇书，书中有六十幅图像，每一幅图像下附有谶语和"颂曰"诗一首，预言了从唐代开始一直到未来世界发生在中国历史上的主要事件。在《推背图》问世800多年后，西方世界出现了一本《诺查丹玛斯预言》，成功预言了未来世界将发生的重大事件，与《推背图》各领风骚。

据说《推背图》的撰写，起因于唐太宗李世民。这位经过自己不懈奋斗才坐上龙椅的大唐皇帝，对自己帝国的未来命运十分关心，他邀请当代最著名的两位天相学家袁天罡和李淳风一起，为帝国的未来命运作推算。

故事讲到这里就有点意思了。《旧唐书·李淳风传》中提到了一件事。据传在贞观年间，世上风传有一本叫《秘记》的书，书中有这样一句话："唐三世之后，则女主武王代有天下。"李世民读到这句，心中一阵战栗，他真正感到了恐惧，马上就密召李淳风入宫，叫他暗访此事。于是历史为我们留下这样一段对话。

李淳风：臣夜观天象，见兆象已成。这个人已经出生，现就在陛下官中。从今天算起，不出30年，此人定当拥有天下，诛杀唐朝子孙殆尽。

李世民：请先生告诉我此人的特征，凡有疑似者通通诛杀，绝不留下一点祸根，如何？

李淳风：这是天命，天命难违，岂是人力可以改变的，绝无禳避之理。况且陛下就是这样做了，那个人也死不了，反而枉及无辜。而且据天象所示，这件事已成定局。此人现在已经是陛下的眷属，那件事要等到30年后才能发生，那时此人已老，人老了就会变得仁慈，虽然国家会改姓，但对陛下的子孙还不至于有太大的损伤。如果今天把这个人杀了，老天会重新降生一个新人来完成这件事，那个新人在30年后还很年轻，年轻就会气盛，手段会更加辛辣，到那时恐怕陛下的子孙将无一幸免。

李世民觉得言之有理，便终止了调查。

调查虽然终止了，可这件事应该给李世民心里留下一片深深的阴影，所以他才把两位大师一齐找来，让他们为帝国的前途作出演算。

演算的方式，是利用周易八卦进行推演。有一种毛病叫"技痒"，指的是有特殊才能的人，最怕别人利用自己所长来诱惑自己，李淳风就是这样的人。本来李世民是叫他俩推算大唐王朝的命运，可这位李大师一推算起来就上了瘾，一发不可收拾，竟推算到了唐以后中国2000多年的命运。幸好旁边还有一个清醒的人，袁天罡见他推演的时间实在太久远了，便忍不住推了下李淳风的背，说："天机不可再泄，你还是回家休息去吧。"李淳风这才停了手，这本书的名字也因此叫《推背图》。

这《推背图》有多神？据说其第35象是关于第二次鸦片战争的预言。

第三十五象

谶曰：西方有人，足踏神京。帝出不还，三台扶倾。

颂曰：黑云黯黯自西来，帝子临河筑金台。南有兵戎北有火，中兴曾见有奇才。

释义：此象预言第二次鸦片战争。第一句，有人从西方过来，指英法联军；第二句，神京讲京城，即清国都城北京城；第三句，帝出不还，指咸丰帝逃往承德并死在那里，未能还京；第四句，三台，指三个台阁大臣曾国藩、左宗棠和李鸿章，是他们扶住了大清国将倾未倾的帝国大厦。

颂文讲，西方列强从西方来，黑云压城，皇帝出逃，在临河畔筑台处理政务，应该指承德山庄。南兵戎，指南方太平天国运动。北火，指火烧圆明园。中兴，指同治中兴。李鸿章等实行洋务运动，而在洋务运动中，中国涌现出一批"奇才"人物。

真心地讲，这样的释义带有太多主观妄议的成分，实不可信。

淳风祠坐落在青山的围抱之中，天朗气清，古柏森森，四周阒无人迹，只有声声蝉鸣盈耳入心。祠院不大，只有三进，有太初殿、太史殿和

占星台上的黄道浑天仪，围抱在苍松翠柏间

太极殿三殿。祠院正门外有一条笔直的石板路通往占星台。占星台由八角形石栏围成，呈八卦状，正中方基矗立，方基上有仿制的黄道浑天仪，它是李淳风早年的作品。

站在占星台上，眼前苍山一抹，形似卧龙，龙首低垂，垂首处有一阙口。山中绿柏成荫，映着天光，望去神爽意惬，心中蔚然如有凉风拂过。

我不知这是什么风水。

从柏桠镇前行十余里，便是天宫乡，这里是天宫院的所在地。

天宫院是专为纪念袁天罡和李淳风修建的，始建于唐，明天顺三年（公元1459年）重建，清雍正四年书"光澄慧镜"匾额。正殿为双重檐歇山式屋顶，台梁式屋架，经现代重新修缮。

天宫院的位置，是袁、李二位大师以各自的方法殊途同归点到的一处绝佳风水宝地。

相传在贞观初年，袁天罡、李淳风奉太宗李世民之命，前来西南步王气。经过一番寻找，他们终于在阆中觅到了龙脉所在，并凿出了豁口，血流如注。

如此的风水宝地，对一生嗜风水如命的二位大师来讲，世俗的那点荣华富贵算得了什么？于是二人先后辞官来到阆中，在这里隐居下来。

现在天宫院的位置当时叫圣宝岗，为了选择一处阴宅，二人便以自己擅长的方式找点，袁天罡使用的是铜钱觅穴法，李淳风使用的是金针觅穴法，他们不约而同地都选中了圣宝岗。后来的一天，两人碰到一起，谈起此事，便以自己的方式来复盘，复盘的结果是，李淳风的金针刚好插进了袁天罡的钱孔。二位大师相视大笑："你也愿，我也愿，不如修座天宫院！"留下了风水史中一段佳话。

这袁天罡乃益州成都人氏，其年纪要长于李淳风，出道早，出名也更早。他不仅精于风水，更善于相骨。据《旧唐书·袁天罡传》，早在隋大业年间，袁天罡的相骨术就出了名，到了唐高祖武德年间，无数达官贵人请其相面，且无相不准，名动天下。

袁天罡一生中最有名的一次相面，是为襁褓中的武则天相的。据《袁

天宫院大门，门前就是罗盘广场

天罡传》讲，当乳母把穿着男孩衣服的武则天抱出给袁天罡看时，袁说："这位小哥神色爽彻，不太易看懂，可否让我近前细观？"于是走近床前，让乳母高举起来细瞧，乃大惊失色："这位小哥龙睛凤颈，乃是贵极之人的相。"然后走到另一个方向换位再看，叹息道："唉，可惜了！如果这位小哥是女儿之身，其前程实在不可限量，以后当贵为天下之主。"

不可想象的是，当这样两位世界顶级的风水大师不约而同地相中了阆中以南的这块宝地时，它的风水到底会是如何地惊人呢？

九龙捧圣：说的是天宫院的风水。"圣"指天宫院，"九龙"指朝拱捧护天宫院的九条山脉。"九龙"恰似群臣朝拜圣君，故称"九龙捧圣"。

龙凤呈祥：天宫院北面有座观稼山，它是天宫院的"来龙"；天宫院南面有座凤凰山，形如昂首展翅的凤凰；二山之间夹着一条西河，水路蜿蜒奔走，形成"龙凤呈祥"的大风水格局。

同时，二位大师又不约而同地把自己的墓地选择在天宫院附近，却又形成各自不同的风水格局。

袁大师的墓建筑在观稼山上，观稼山形如一只奔跑的麒麟，距它两公里处有一座圆形山包，俗称"太阳包"，它们共同形成"麒麟奔太阳"的风水格局。

李大师的墓，墓山浑圆，四季苍翠，好似一枚绿色的宝珠。墓后有跑马岭为其"来龙"，墓前有回龙岭为其护龙，两山共同捧护墓穴，形成"二龙抢珠"风水格局。

这样的风水格局我是看不出来的，但置身其间，人的精气神都感觉为之一爽。

中午在天宫院乡场中一家小馆吃饭，我问老板娘：

"住在这里一定感觉很舒坦吧？"

"那当然。乡里正在修商品楼，外面好多人都想住进来呢。"

我猛然想起重庆的仙女山、黑山谷来，苍绿的山野中形成了一座座居民小区，就像青春的头顶上长出了一块块癫斑。

要成就一处风水很难，要败坏一处风水却很容易。

我很庆幸，这次来阆中的途中有了这样一次与风水的邂逅。

山色苍苍，那是大师长眠在这风水中的魂儿。

我的理解是，所谓风水，就是自然的青山绿水。保护大自然，就是保护我们与自然的和谐共处，保护人类赖以生存的家园。

雄关古道凤萧萧

大凡读过《三国演义》的人，定然不会忘记书中那句带有箴言性质的话：卧龙凤雏，得一可安天下。

卧龙先生诸葛亮，随着《三国演义》的广泛传播，早已成为中国人"智慧"与"忠烈"的化身，甚至远播海外，为世界人民所尊崇。在大陆地区，纪念诸葛亮的武侯祠就多达七座，其中最出名的为成都武侯祠，此外还有陕西勉县武侯祠、南阳武侯祠、襄樊古隆中武侯祠、重庆奉节白帝城武侯祠、云南保山武侯祠和甘肃礼县祁山武侯祠。

但是，与卧龙齐名的凤雏先生庞统，查遍中国地图，我只找到四川罗江县一处纪念地——白马关庞统祠墓。

这样巨大的反差，不禁让人唏嘘。

其实第一次知道庞统祠还是在读本科的时候。我的一个同样来自川东的同学，在罗江县有一个舅舅，每到放假时，他都要前去探望，庞统祠与罗江县，我也是第一次从他口中听说。

先说罗江县，直到今天，我身边的朋友依然知之甚少。其实这是一个很古老的地名，出自于晋代的一支《绵州巴歌》里，便有了它的记录。这是一支描写瀑流的民间歌谣："豆子山，打瓦鼓。扬平山，撒白雨。下白雨，取（娶）龙女。织得绢，二丈五。一半属罗江，一半属玄武。"玄武即玄武山，在今天中江县境，即指中江县，它与罗江县相邻。一道瀑练从天而下，一半流入罗江，一半流入中江，可见得这是一处与山峦交界的低平地带。

那么，庞统祠为何选择在罗江呢？

四川是一个盆地地形，周围群山环峙，构成了其相对闭塞的地理环

庞统祠一角

境。好在蜀人并不想把自己封闭起来,早在战国末期,蜀王就组织人力在"难于上青天"的莽莽群山中开凿出一条连通关中平原的通道,这就是著名的"金牛古道"。其中包含着阴谋,也包含着传奇,但无论如何,这条古蜀道连通了四川与外界,它就是当年川陕间的"官道",一直沿用到民国年间川陕公路开通之前。

架桥修路,这是"通",可在通的同时,为了自身的防御安全,还必须有"阻"。因此在这条古蜀道上,蜀人根据地理形势,在四川境内又分别设立了五道雄关用于防御,它就是著名的"剑南五关"。

说到"剑南五关"的设置,要先讲一讲四川盆地北部的地形。秦岭将四川盆地与关中平原隔断,秦岭以南是著名的龙门山系,它是进入成都平原之前一片多山的丘陵地带,主要分布着涪水(今涪江)水系的大小支流。为了控制这片秦岭与成都平原之间的中间地带,汉代专门设置广汉郡进行管辖,其境内涪水支流梓潼水侧设梓潼县(今梓潼县),涪水干流侧设涪县(又名涪城,今绵阳市)。涪城以南,还有一列几乎呈南北向走势的龙泉山。龙泉山以西,则是由沱江水系冲积而成的平原,我们姑且称其为沱江平原，它是成都平原的北部区域，龙泉山西南沱江干流侧设有绵竹县（含今罗江县），因此县东北龙泉山（这一段叫鹿头山）上设的关口，在汉代就叫绵竹关。

如果要从陕西经剑门关而南进入成都平原，必须先越过龙门山系的这片丘陵地带，四川的守卫者分别在蜀道通过的这些峡谷峪口设置了五道关口，它们即是葭萌关、剑门关、江油关、涪城关和白马关。由北方来的入侵者，必须要连破五关，才能最终进入成都平原。

五关之中，拱卫成都的最后一道关口，正是今罗江县城以西的白马关。

白马关，即汉代的绵竹关；因建立在鹿头山上，唐代改名为鹿头关；五代时期王建据蜀，再次改名为白马关。

无须多言，我们便能看出白马关的重要性了。它是由北进入西川的最后一道屏障，出了白马关，向南便是一马平川的川西平原，再无险处可守。因此，它成为了防守成都的最后一道门户，也必然成为兵家的必争之地。杜甫在《鹿头山》一诗中这样概括了鹿头关的形势："鹿头何亭亭，是日慰饥渴。连山西南断，俯见千里豁。游子出京华，剑门不可越。及兹险阻尽，始喜原野阔。"到了这里一切蜀中天险都到了尽头，面对的将是一望无际的川西平原。唐人郑谷《鹿头山》诗亦云："马头春向鹿头关，远树平芜一望间。"而清代罗江才子李调元的《鹿头山》诗也说："江锁双龙合，关雄五马侯。益州如肺腑，此地小咽喉。事急争鸡口，时平失鹿头。至今松柏冢，风雨不胜愁。"

正是这处极具战略地位的险关要隘，见证了决定蜀汉帝国命运的两场战役：一次是刘备入蜀定西川之战，一次是刘禅失国的绵竹关之

保留在庞统祠内的金牛古道一段，它是川陕公路修通以前出入西蜀的官道

- 109 -

战。这两场战役，一次决定了蜀汉的立国，一次决定了蜀汉的失国，一头一尾掐住了蜀汉帝国的历史。

在这里，我必须面对正史《三国志》与评书演义小说《三国演义》的分歧，而在老百姓心中，《三国演义》是可以当历史来读的，而且影响更为深远，我在这里必须重视，所以须当分为两条线索来叙述。

先讲第二次绵竹关大战，这在正史与小说间基本没有分歧。蜀汉景耀五年（公元262年），姜维北伐失败，汉中陷落，率兵退守剑门关，挡住了司马军大将钟会的12万大军。由于剑门关迟迟难破，景耀六年（公元263年），司马军另一大将邓艾从甘南的阴平小道突袭成功，绕过剑门关，连破江油与涪城（今绵阳市），兵锋直指绵竹关而来。绵竹关，已是拱卫蜀汉的最后一道防线了。此时，姜维大军屯驻剑门前线，刘禅把蜀汉最后的军队全部交给诸葛亮之子诸葛瞻，让他率领张遵（张飞之孙）、黄崇（黄权之子）和李球（李恢之侄）等出师迎敌，他们寄托着蜀汉帝国最后的希望。

诸葛瞻大军屯守绵竹关，与邓艾大军相峙。据《三国志·蜀书第五》载："艾遣书诱瞻曰：'若降者必表为琅邪王。'瞻怒，斩艾使。遂战，大败，临陈（阵）死，时年三十七。众皆离散，艾长驱至成都。"史书中这短短的几行字，实际上记录了一场生死大战，战况之惨烈，只可凭借我们的想象了。这是事关蜀汉帝国生死存亡的一次大决战，诸葛瞻阵前战死，其子诸葛尚闻父亲战殁，也只身冲入敌阵杀敌力尽而亡。现白马关上仍存有一处诸葛瞻的点将台，可作为此战之见证。

庞统祠中绵竹关大战五忠像

绵竹关破，成都再无险障可守，同时也再无兵员可调，而姜维大军远在剑门前线，远水不解近渴，面对邓艾的"长驱至成都"，后主刘禅除了投降已无第二个选择。

同样是这座雄关，却也是刘备定蜀的见证。

刘备取西川，是诸葛亮早在《隆中对》里就规划好的既定战略。而此次战略的具体执行者，本文的主人公凤雏先生庞统，终于可以出场了。

庞统，字士元，荆州襄阳（今湖北襄阳）人士。据陈寿《三国志·蜀书第七》记载，庞统幼时为人朴实木讷，看上去并无任何过人的智慧和才华。颍川人司马徽是当时的名士，以其清雅的品格和善于识人的声誉著显于世。庞统在弱冠时前往拜访，这是一次很有趣的拜访。司马徽高高地坐在一株桑树上采桑叶，而庞统则坐在树下玩石子，两人一高一低有一搭无一搭地闲扯，却从日升一直闲扯到日落。我以为这真值得当今那些招聘面试者好好学习，只有在这样轻松而无备的环境下，才能真正考察出一个人的德勤能。通过这一天的闲谈，司马徽对树下的这位年轻人大为惊异，称赞道："你真堪为南州士人的冠冕呵！"随着司马徽这句话的流传，庞统的声名才开始显扬出来。

庞统祠中庞统石刻像

据《三国演义》，时襄阳的庞德公也是一位隐逸的高人，通过对当时士人的观察，他独独看中了三个人，并分别给他们取了名号。他称诸葛亮为"卧龙"，称庞统为"凤雏"，称司马徽（字德操）为"水镜"。从这三个名号来看，"卧龙""凤雏"无疑都是经天纬地的治国大才，而"水镜"则独具识人之能。正是这位最能识人的"水镜先生"司马徽对刘备说：卧龙凤雏，得一可安天下。

我们还是回到正史。刘备据有荆州后，庞统来投。刚开始刘备并未对庞统有任何重视，只给了他一个小小的耒阳县令。《三国志》说他"在县不治，免官"。连一个小小的县令都不称职，还能指望他与诸葛亮一道成为治世的肱股大臣吗？

《三国演义》在这里的描写就生动多了。话说张飞来到耒阳县视察，听县里人说，这个新来的县令整日沉醉不醒，不理事务。张飞大怒，径直来到县衙堂上兴师问罪。庞统衣冠不整、醺醺倒倒地来见张飞。张飞气极了，大声喝问：我哥哥以你是人才，才让你做了县令，你胆子不小，竟敢废了县事？庞统笑道：我废了县中何事？张飞更怒了：你到职百余日，终日烂醉酒肆，还敢狡辩没有误事？以下的文字非常精彩，兹摘录于下：

统曰："量百里小县，些小公事，何难决断？将军少坐，待我发落。"随即唤公吏，将百余日所积公务，都取来剖断。吏皆纷然赍抱案卷上厅，诉词被告人等，环跪阶下。统手中批判，口中发落，耳内听词，曲直分明，并无分毫差错。民皆叩首拜伏。不到半日，将百余日之事，尽断毕了，投笔于地而对张飞曰："所废之事何在！曹操、孙权，吾视之若掌上观文，量此小县，何足介意！"

张飞这一惊却是非同小可，急忙下座拱手：先生真大才也，都是小子我失敬了！

而在《三国志》中，庞统却得到了鲁肃与诸葛亮的大力举荐。鲁肃给刘备写信说，庞统先生非百里之才，只有授予重任，才能显出他千里马的足力。诸葛亮也向刘备大力举荐，刘备与之一夕交谈后，也对庞统非常器重，遂与诸葛亮一起并拜为军师中郎将，《三国志》言，刘备仅仅"亲待亚于诸葛亮"。

正是由于这份信任，所以刘备留下诸葛亮与关羽共守荆州，而自己带着庞统入蜀取西川。

先据荆州，再取西川，诸葛亮早在隆中便定下了三分天下的妙计，这件事记录在西晋人陈寿的《三国志·蜀志第五》中。然而，同属西晋时期的司马彪，也写下了一部记录东汉末年乱世史迹的历史著作《九州春秋》，在这部书中，司马彪却把谋取西川战略大计的功劳记在了庞统身上。书中说：

统说备曰："荆州荒残，人物殚尽，东有孙吴，北有曹氏，鼎足之计，难以得志。今益州国富民强，户口百万，四部兵马，所出必具，宝货无求于外，可令权借以定大事。"备曰："今指与吾为水火者，曹操也。操以急，吾以宽；操以暴，吾以仁；操以谲，吾以忠，每与操反，事乃可成耳。今以小故而失信义于天下者，吾所不取也。"统曰："权变之时，固非一道所能定也。兼弱攻昧，五伯之事。逆取顺守，报之以义，事定之后，封以大国，何负于信？今日不取，终为人利耳。"备遂行。

如今很难分辨夺取西川三分天下的大计到底是出自诸葛亮还是庞统，但有一点我绝不怀疑，那就是卧龙、凤雏二位先生，都具备这样的战略眼光，"得一可安天下"，诚非虚言，只不过二人对荆州的重要性存在分歧。

刘备入川，本就是应益州牧刘璋所请，助其抵抗汉中的张鲁，庞统借此良机来实现自己的宏图大业，可谓眼光犀利。当刘备大军进入蜀中，刘璋亲来涪城（今绵阳）相迎，庞统与法正都力劝刘备于宴中擒获刘璋，西川大局可一举而定。然而刘备却认为自己初来蜀中，恩信未立，便拒绝了庞统的妙计，只领了刘璋送来的军马粮草，径直前往抗击张鲁的川北前线葭萌关（今广元）驻防。

汉献帝建安十七年（公元212年），在葭萌关驻防一年以后，刘备孤军悬于外，进取西川的战略目的迟迟未能达成，可谓身陷险境。此时庞统再次为刘备定下了取蜀三策：挑选精兵，星夜兼程，出其不意地直袭成都，西川一举而定，这是上策；假装回军荆州，诱使据守涪城关的蜀将杨怀、高沛出关相送，趁此袭杀二将，夺取关隘，而后径取成都，此为中策；引兵退回白帝（今奉节县），与荆州相联，徐图西川，此为下策。刘备思考了一下，认为上策太急，下策太缓，决定取中策。

在庞统的谋划下，刘备一举袭杀杨怀、高沛二将，斩关夺隘，顺势一举而下涪城。据《三国志》记载，刘备在涪城大摆庆功宴，趁着酒兴，他对庞统说：今天的宴会，可谓欢乐啊！庞统正色说道：把讨伐别国当作快乐，非仁者之师。刘备听了很生气，说：武王伐纣，前歌后舞，难道不是仁义之师吗？卿言不当，快快退去。待酒稍醒，刘备就后悔了对待庞统的态度，又把他请回宴中。庞统回到原座，一言不发，自顾自地吃着盘中的肉。刘备对庞统说：方才之论，到底谁对谁错？庞统回答：君臣都有错。刘备大笑，二人和好如初。

攻取涪城以后，接下来的战场就移到了沱江平原上的雒县（今广汉市）。无论《三国志》还是《三国演义》，都讲到刘备军团进攻雒城的战役。正是在这次战役中，庞统身中流矢而阵亡军前，年仅36岁。一个全军的总参谋长，身死在战场的第一线，这又充分展示了庞统"勇"的一面。

《三国志》记载，庞统阵亡后，刘备悲恸万分，谁要是一提到庞统的名字就泪流不止。为了旌表他的功勋，任命庞统的父亲为议郎，后迁谏议大夫，追赐庞统为关内侯，谥靖侯。刘备还亲自为庞统挑选了墓地，就是今天罗江县鹿头山顶庞统祠墓所在地，金牛古道边上。这里俯南看北，是一块非常好的风水宝地。

对庞统的不幸阵亡，诸葛亮也是悲恸不已，亲自祭奠。

我来到罗江县西两公里处的白马关景区，已经是下午4时许了。冬日的川西平原总是阴沉沉地不见阳光，天空彤云密布，四野散着一层白茫茫的淡淡的雾气。我缘着鹿头山南坡缓缓登关，却迎面撞上了下山的车流和人潮，同时也有一部分人流如我一般逆向上行。今天是大年初一，按中国传统，是不宜出门的，我正是选择了这么个日子想静静地一个人在庞统祠里漫步一番，眼前的光景真是教我倒吸一口凉气。我发现，车流中的主流是挂着川F牌照的本地车辆，也夹杂着不少川A的成都车，但如我这般的渝A车则是别无分店。我身边的朋友基本不知道还有这么个去处，这种名气不扬却文物丰沛的地方是我最爱的选择，可是以眼前的状况看，似乎是我错了。

我没错,很快我就纠正了自己的看法。庞统祠墓位于白马关的关楼后,在关楼前的大坝中,摆满了各式小吃摊和娱乐摊,形同"庙会",人流大都是冲着它去的。40元一张的门票挡住了人流的脚步,庞统祠墓中游人并不多,车嚷与人喧都被挡在了绕祠的红墙绿柏之外。

庞统祠为一组三进四合院建筑,红墙黛瓦,古柏森森,联匾盈目。满目的联匾应该算是庞统祠的一大特色,几乎是无额不匾、无楹不联。有人统计,祠内共收有清代、民国、当代石刻(木刻)楹联40余副,时间跨度200余年,篆、隶、楷、草、行诸体俱备,从七字联到三十字联,洋洋洒洒,蔚为大观。它们从各个不同角度,对庞统进行了评价,让人回味无穷。

庞统祠中"凤"字书法

话到此处我必须多讲一句。在距庞统祠向北约500米处,有一组红砖墙围成的破旧建筑,是"文革"时期的"绵阳地区五七干校"遗址,今天这里的院坝已经成为乡民们摆摊赚钱的娱乐场了。当年,正是这些被关进"牛棚"的"牛鬼蛇神",白天在地里劳动,夜晚则被集中于庞统祠内进行思想改造。为了保护这些珍贵的文化遗产,他们将所有楹联都抹上石灰,在上面写上"最高指示"和毛主席语录,最终使这些楹联得以保存。在这里,我要向他们深深地鞠上一躬,表达一个晚辈最诚挚的谢意。

祠内第一进为前厅,天井中两棵古柏,据传是张飞手植。这莽张飞在民间百姓心中似乎是一位环保主义者,他最大的喜好似乎不是饮酒而是植树,尤其是柏树。在他足迹所到处,北起阆中,南到成都,都有很多要数人才能围抱的古柏树,相传都是他号召大伙儿植下的,号"张飞柏",最著名的莫过于分布于剑门蜀道两侧的柏树林。所以,庞统祠中的古柏树记挂在他的名下也算物有所值。

第二进是"二师殿",殿中祭拜的,是卧龙与凤雏两人,从堂上塑像看,二人仿佛正促膝交谈,谋划着未来蓝图。

二师殿侧一副楹联吸引了我的目光:

> 造物忌多才,龙凤岂容归一主;
> 先生若不死,江山未必竟三分。

这联中表达的意思,竟与我心中所思不谋而合。人生谋事不可太满,满则溢,盈则亏。按《三国演义》的说法,老天铸就二材,得一可安天下,而乱世中的刘备竟然将二材尽括囊中,岂得不遭天妒?演义中有一个情节也说尽此意。刘备袭杀了杨怀、高沛二将攻破涪水关后,继续向雒城进军。蜀将刘璝及张任率精兵守卫雒城,听说附近有座锦屏山,山中居住着一位高人紫虚上人,便上山求教。上人写下八句箴言付与刘璝,曰:"左龙右凤,飞入西川。雏凤坠地,卧龙升天。一得一失,天数当然。见机而作,勿丧九泉。"这种故事评书演绎的成分很重,但也说明了民间一种意向。

尤其令我深思的是"先生若不死,江山未必竟三分"。事实上,正是因为庞统的意外阵亡,使得刘备不得不迅速从荆州调来诸葛亮及分兵而来的张飞、赵云等大将助其定蜀,使荆州只留下了"走单骑"的关羽,这才有后来的走麦城、失荆州之举,使诸葛亮的《隆中对》策略失去一臂,也因此才有后来的孤旅六出祁山,"出师未捷身先死,长使英雄泪满襟"的结局。试想一下,假若庞统不死,助刘备定川治蜀,而诸葛亮及张赵等大将率

二师殿中卧龙、凤雏像

大军助关羽防守荆州，《隆中对》策略的实现就有了保障，那么后来的历史走向到底如何，还真的很难预料。从这个意义上讲，庞统之死，对蜀汉帝国的影响是至为深远的。我在网上看到一位叫罗晶宝的先生写过一篇文章，讲到他在庞统祠边见着一位有着仙风道骨的罗道林老人，他和他八十多岁的弟弟都是庞统祠墓的守护人，他们经常敲着道筒和铃铛，悲情地在祠旁演唱道："太阳出来哟往下梭，庞统战死在落凤坡。刘备哭得肝肠断呃，万里江山哟靠哪个？"歌声荡气回肠，催人泪下。

祠内第三进是栖凤殿，这里单独祭奠着庞统一人。庞统塑像披红挂彩，大目圆睁，与小萝莉们欣赏的小鲜肉形象相去甚远，但我看到的却是智慧光芒的闪现和英雄气概的喷发。当然，这一切都不是她们盘中的菜。

殿前一联云：

> 真儒者不徒文章名世，
> 大丈夫当以马革裹身。

此联气势如虹，是一个英雄辈出的时代写照。三国时代，也被称为历史上一个英雄的时代，无论文臣武将，无论投身何方阵营，时代的气度在他们身上闪烁着熠熠的光芒。日本人最崇拜三国的英雄，在岛国，有关三国的图书、漫画、游戏和卡通作品都出版了很多，我与他们交谈过三国中的人物，发现他们所知道的并不比国人少，这当引起我们深深的思考！

栖凤殿后便是庞统墓了。据说此墓位为刘备亲自选定。墓冢呈圆形，条石砌合。今天白马关镇附近的乡民，依然保留着他们世代的风习，在新人婚嫁、孩子考入大学等喜庆活动中，都要前来，手抚墓石，绕冢三圈，以祈求凤雏先生保佑。来到此地的游客们也遵循了这一风俗，纷纷环墓而行，绕冢三匝。

真是庞统先生不死，凤鸣萧萧犹在啊！

墓前一石碑，上刻"汉靖侯庞士元之墓"，为康熙四十八年立。墓前还有左右两亭，分别为胭脂亭和白马亭，祭祀着胭脂马和的卢马。这当然

庞统圆形石墓

是《三国演义》的贡献了。庞统上马出征前,自己骑的胭脂马无故失蹄,刘备便将自己的千里马的卢送与军师坐骑。敌军早知刘备骑的是的卢骏马,便下令专向骑白马的人放箭。因此,庞统算是代刘备一死。这些情节说书意味浓厚,但《三国演义》早已深入人心,百姓们都把它当历史来读,所以在我见到的所有三国旅游遗址中,几乎都是以《三国演义》的情节和形象来打造景观的。

这就是民意!

庞统祠墓位于鹿头山顶,我从南坡登顶凭吊完祠墓以后,便步出白马关关楼,缘着北坡缓缓而下,离祠墓约一公里外,据说便是当年庞统殉国的落凤坡了。

在祠墓与落凤坡之间,有一段被保护下来的金牛古蜀道,条石铺道,但已被踩踏得凹凸不平,显现着岁月的沧桑。石面中央,有一道宽约4公分的车辙印,据说是由鸡公车轮轧出的痕迹。鸡公车是四川民间使用的一种运输工具,即一种独轮车,民间相传它是由诸葛亮发明的,叫木牛流马,专为出征祁山的部队运送粮草。但据考,这种形制的独轮车早在汉代便使用于民间，传说不过是人们对诸葛丞相的一种缅怀罢了。古蜀道直接延伸到白马关的关楼，雄关当道而立，在冷兵器时代，确实是一处险要的防守要地。

落凤坡位于鹿头山北坡山腰，如果不经人指点，我真的很难相信自己的眼睛，眼前这方人工挖掘而凹下去的平面就是落凤坡？可是坎上一方同治七年由罗江知县梁绶祖所立的方头碑又明白无误地告诉我：这里正是庞统被射落马下的落凤坡。

有关庞统被箭射身亡的故事，《三国演义》第六十三回中有一段很文艺的描写：

却说庞统迤逦前进，抬头见两山逼窄，树木丛杂；又值夏末秋初，枝叶茂盛。庞统心下甚疑，勒住马问："此处是何地？"数内有新降军士，指道："此处地名落凤坡。"庞统惊曰："吾道号凤雏，此处名落凤坡，不利于吾。"令后军疾退。只听山坡前一声炮响，箭如飞蝗，只望骑白马者射来。可怜庞统竟死于乱箭之下。时年止三十六岁。

庞统正是在破了涪城后率大军向雒城进军途中，途经白马关时中伏阵亡的。

平坝侧有一坡石梯，将游人引向一个小坡上，那里还有一座"庞统血坟"，据说是将阵亡后庞统身上的血衣脱下埋葬于此，这就更属于人造景观了。血坟前坐着一个当地的老太，对走上台来的游人不断说着吉祥话，用意就是希望人们能从她的摊上买几支香烛。大年初一，话语吉祥，人们还是乐意掏掏腰包的。

此时日光熹微，天色暮沉，暝色四起。我沿着古老的蜀道缓缓往回走去，

落凤坡边同治七年立的方头石碑

那座虽是新建但仍不失伟岸的白马关关楼再次出现在眼前。游人大都已经散去，关楼前的摊贩们正收拾着器具。在暮云四合的天穹背景中，古道雄关依然展露着它的历史风姿。

于是，我又想起了那个秋天，经过了细雨骑驴入剑门的陆游，就着那嘚嘚的驴蹄声，缘着古老的金牛故道一路南行，这一天，他的驴儿终于艰难地翻上了鹿头山。他一抬眼，同我一样，望到的也是矗立在风中的白马关楼及后面的庞统祠墓。我想，那时也一定是这么个黄昏的时刻，诗人心中的诗性在缓缓西沉的夕阳中灵光一现。于是，就在我站立的这个地方，诗人胸中的诗意被突然唤醒。他勒住小驴，举目四望，在阵阵松涛和暮鸦声里，一首名叫《鹿头山·过庞士元墓》的诗便冲口而出：

士元死千载，凄恻过遗祠。
海内常难合，天心岂易知。
英雄千古恨，父老岁时思。
苍藓无情极，秋来满断碑。

敬亭山散记

"相看两不厌,只有敬亭山"。

为了看一眼这"两不厌"的山,我千里迢迢赶来宣城。

早饭后,我乘坐6路公交车,一直来到敬亭山下的敬亭湖公园。

在车中,一位拎着菜篮子的当地老哥自豪地对我说:"李白来过这里七次。"

是啊,若不为此,我到此做甚?

我来到敬亭湖畔,寻得一处观山的绝佳位置,正好有一块磐石立在那里,坐在上面视线刚好越过了塘边的芦苇草,可以毫无遮碍地仰望敬亭山。

我坐在石头上望啊望,既不见一只飞鸟,也没见一片浮云,甚至不知道自己厌了还是没厌。

管他的,还是爬上去看看。

走!

一条坡度很缓的公路向着敬亭山下盘绕而去,路上时而有几个游人从对面走来,显然他们已早早地游玩归来。

走不多远,就看到林梢露出双塔的影来。凑到近前,有两扇铁门把着,但大门洞开,可由人随意进出。一看立碑,原来是广教寺双塔,全国重点文物保护单位。

我仍坚定地朝着既定方位走向目标。虽然已到了11月暮秋初冬时节,但上午的阳光依然炽热烤人。公路的两旁,是列成行状的青色茶垄,照指示牌说明,是当地的"敬亭绿雪"茶。明晃晃的阳光照在那一行行的绿植上,茶垄的尽头点缀着一些赤瓦白墙的建筑物,虽少见马头墙,但一股徽

从敬亭湖畔仰望敬亭山

州的气息还是扑脸而来。

  一个戴草帽的农人在茶垄中锄草，我走上前去隔着茶行同他攀谈。因我见茶叶上开满橙蕊白瓣的小花，便询问他"敬亭绿雪"属于花茶还是绿茶，答曰绿茶。昔日王维有隔水问樵夫之雅，今日梅林也来一番隔垄问茶夫之俗。

  进得敬亭山公园，艳阳在天，绿荫匝地，池、亭、桥、廊随处可见。

  李白到宣城，是天宝十二年（公元753年）的事。这一年，他的从弟李昭为宣城长史，去函邀请李白来宣城，李白欣然赴约，宅居在敬亭山下。李白与族叔李云、从弟李昭经常畅游敬亭山中，访名胜、赏杜鹃、饮美酒、听鸟鸣。晚年的李白以宣城为中心四方漫游，写下了百余首诗篇。如他前往泾县（属今宣城市管辖）拜访汪伦，"桃花潭水深千尺"的桃花潭，便在今日泾县境内。可以说宣城曾以博大的胸怀接纳了晚年失意中的李白，让他得到了些许慰藉。唐肃宗宝应元年（公元762年）冬，贫病交加的李白在宣城度过了最后的时光。《旧唐书》记载，李白"以饮酒过度，醉死于宣城"。

  由于李白那句"相看两不厌"的诗句，有好事者便把玉真公主牵扯进来，似乎才子便一定要有个美人相配，这样的故事才算圆满。古今中外，概莫能免。

这玉真公主是唐睿宗李旦的第9个女儿，唐玄宗李隆基的胞妹。睿宗景云二年（公元711年），改封玉真公主的这位金枝玉叶，在王屋山入道修仙，尊号"上清玄都大洞三景法师"，这一年她才16岁。据都灵观《玉真公主受道灵坛祥应记》，此后玉真公主一直在河南济源王屋山灵都观修道，于唐肃宗宝应元年（公元762年）卒于东玉阳山仙姑顶，葬于都灵观以北的平阳洞府前。

但是这样的结局太缺少故事感，一句话，太不浪漫了，于是有好事者便把当时名动天下的大诗人王维和李白扯进来，形成一个三角恋爱的狗血故事。

王维的事先且按下不表，且说这李太白，通过一位修道的好友元丹丘引荐，在公元730年时认识了玉真公主，为其美色打动，便写了一首《玉真仙人词》呈上。其诗如下：

玉真之仙人，时往太华峰。
清晨鸣天鼓，飙歘腾双龙。
弄电不辍手，行云本无踪。
几时入少室，王母应相逢。

玉真公主也极为赏识李白的才华，便向哥哥李隆基举荐了李白，然后才有了大诗人入宫侍驾这段经历。

按着故事的逻辑发展，玉真公主当然修真于敬亭山了，卒后也归葬山中。晚年的李白来此山下栖身，也是"半缘修道半缘君"

敬亭山公园中的玉真公主像

- 123 -

啊，日日对着这敬亭山独坐发呆，相看"不厌"的与其是山，毋宁是人。多情的李白天天酒醉，日日神伤。

顺着这个逻辑找下去，我很快就在一片悠悠竹林中找到了玉真公主的塑像，按着指示牌的介绍，这里也是公主的埋骨之地，称"皇姑坟"。景点依次由玉真公主像、皇姑坟、相思泉、望姑桥组成。

虽知这只是为着旅游的设计，但我看到，斑驳的阳光透过茂密的竹梢点点洒落在"皇姑坟"上，我的情绪，也同"相思泉"边那尊李白卧像一样，渐渐地也禁不住有点黯然神伤起来。

无论故事怎样编排，但有一点是真实的。李白与玉真公主均在同一年黯然离世，这也许是冥冥中的一点天意吧。

相思泉及李白醉酒雕像

"太白独坐楼"旁的"江南诗山"题刻

整个敬亭山旅游景区的打造，毫无疑问是以爱情为线索来设计的，设计者有意无意地把人们的思维往玉真公主身上引。

所以，在大半山腰，景观打造者不惜巨资建起一座"太白独坐楼"，把李白那首诗的功效发挥到极致，大楼旁那四个龙飞凤舞的朱色石铭——江南诗山——把其意图烘托得灿然生辉。一首短短的五言绝句，便渲染了一座以"江南"命名的山！而"独坐"和"不厌"的本质，是因为爱情。

"独坐楼"共四层，唯

第一层开放。大厅里,一座李白独坐木雕巨像置于中央,一副愁肠百结的样子。四周壁上都是故事木雕,反映的是李白与玉真公主有关的故事,它为这座"诗山"注入了灵魂。

虽然李白也在此地写过思乡情切的诗,如那首《宣城见杜鹃花》:"蜀国曾闻子规鸟,宣城还见杜鹃花。一叫一回肠一断,三春三月忆三巴。"可我知道,他从未打算回到四川去。因为家乡已没了牵挂,而他牵挂的人,在敬亭山。如此说来,史书讲他在宣城醉酒而死,逻辑上也就融通圆满了。

不过请相信我,太过于条理清晰的故事,通常都属于虚构类文学作品。

从"江南诗山"石铭旁的"怀英亭"分出一条向上的石级,通往敬亭山的最高点"一峰",那里矗立着我从敬亭湖仰望着的那一点山尖建筑——天际阁。

大半山腰的"太白独坐楼"就好比衡阳的回雁峰,游人到此纷纷驻足,喝喝水,歇歇脚,在怀英亭中小坐一会儿,然后转身下山。

我素来不喜人多,便径直缘石级而上,来到了"太白独坐楼"的后面,坐在远离游人的石级上喝水补充能量,心中盘算着是否继续上行。这里已听不到游人的说话声,四围松阴密锁,空气清新,阵阵拂过松枝的山风拂着我的衣衫,真有说不尽的惬意。

这时一位五十来岁的汉子从下面攀上来,向我询问离登顶还有多少距离,我当然无从回答。于是,这汉子便径直登阶而上,转眼就消失在松阴里。

然而,我尚在静寂的大山中享受远离人喧的独处时,那汉子又折了回来,对我说:"我上了好一段路,一个人影也不见,瘆得慌。如有个伴还可以再上一截。"那汉子说着话,悻悻地自下山去了。

本在犹豫中的我,被这句话刺激了。好,你不敢上,我上!

"空山无人境,汛扫寺两廊。每荷佛下榻,更蒙天与凉。沉瓜冷出井,浇汗暖注汤。落日下山去,好风如许长。"我默念着宋人吴则礼的诗句,

- 125 -

天际阁中的谢朓白色塑像

一步一步向上攀登。

确如所言,再往上行,山中空无一人,连管理者都不见踪影。我现在是,一座山,一个人,数声鸟语,一片清风……

天际阁静悄悄地矗立在一片明晃晃的阳光里,阁中空无一人,大厅正中立着宣城太守谢朓的白色塑像。四周的墙上,都是对谢宣城事迹的介绍。我匆匆浏览一周后,便来到廊上的石椅上倚着石桌坐下,静静享受着风拂过松叶的声音。

天际阁的地上,爬着一些从松树上飞下来的瓢壳昆虫,慢悠悠的,这里是属于它们的领地。因此我每一抬脚,都要细细查看,生怕不慎伤了它们,因为我明白,我才是一个外来闯入者。坐在石凳上喝着水,它们并不厌我,就如同李白与这座山一样。

好舒服,真的不想下山。

一直坐到夕阳西沉,我想,这个伴我结了,我准备着与夕阳携手下山。

一山松色静,万里火云低。
独坐思仙客,相猜两不疑。

时光在不知不觉中流逝,阳光一点点偏移,我决定离开了。

顺着来路一点一点下到怀英亭,这里有一条盘山路通往电视塔那个山头。指示牌上说,那边有座览江亭,我想去看看。

盘山路或上或下,路面平坦,没有石级,不太费劲地就来到电视塔下。这里有一个观日台,也不知是不是那个"览江亭",但我相信即使有

敬亭山上远眺宣城大地

那座亭，观景效果也未必如这里。

高台不大，视野开阔，不受任何外物所扰，只是人站在上面，有点小腿发软，举起手机，总有一种就会掉入深渊的感觉。我战战兢兢地拍了几张照，录了一段像，便急忙下台，在下面的石椅上坐了半晌，才渐渐平复了那颗悬着的心。

该下山了。

正如我计划的那样，我与夕阳结伴下山。

来到山下，不断回望夕照中的敬亭山，觉得又是另一番滋味。

出大门不远处，有一条向右横切的公路，可通往敬亭山脚的广教寺。我忍不住又拐往了连通灵魂的道路。

广教寺高大的建筑物静静地沐在一片橙红色的夕照中，既宝刹庄严，又不失温馨。宽大的广场上寂无人踪，但从大雄宝殿里传来一声声伴着木鱼小鼓的禅唱，高僧们正做着晚课。

我不便打扰他们的清修，便在大殿前的广场上伫立良久，然后悄悄退出。

顺着来路往回走着，那一行行茶垄在夕照中泛着金色。远方，一片已经阴去的绿色植物后面，一列仍沐着夕光的村庄正飘起炊烟，落照描绘出一条金色的带子，真个好看极了。

那两座并立的石塔上，塔尖呈赭红色，夕阳用最后的余光为我呈现出它的魅力。

敬亭湖畔，我只见到房舍与树冠的边缘镶上一道金边。

天，终于黯然了。

广教寺正门

跟着同学走伊豆

道路逐渐弯弯曲曲，估计快到天城岭了。我正这么想着，骤雨突然而至，白晃晃地笼罩了茂密的杉树林，在山麓中向我疯狂地横扫。

那年我二十岁，戴着高等学校的制式帽子，穿着藏青色底的碎白花纹上衣和裙裤，挎着学生书包。我只身一人的伊豆之旅，到那日已是第四天了。在修善寺的温泉住了一宿，又在汤岛温泉歇了两晚，然后蹬着高齿木屐攀登上天城山。所见的，是重峦叠嶂，是谷深林茂，是层林尽染。可我的心思不在这些美景，一个念头催促着我赶路，我的心为此猛烈地跳动。此刻，大粒的雨点猛烈地敲打着，我不得不跑上蜿蜒崎岖的陡峭山坡，上到天城岭时，已是气喘吁吁。（韵鹦译文，下同）

这是川端康成在《伊豆的舞女》开篇的描写。

最早接触《伊豆的舞女》，还是通过电影来完成的。山口百惠，是那个年代我们心中的"神仙姐姐"，而她塑造的所有角色中，伊豆舞女的形象无疑是令人印象最深刻的一个。

后来读研时，日文课倒数第二篇，正是川端康成的原著《伊豆の踊り子》。对于学习现代日语的我来说，这篇课文的深度实在有些强人所难。日本人读川端，类似于中国人读鲁迅，那是半文夹白的半白话。正因为有难度，所以就特别下功夫，结果却让我读出了中文译本所抵达不到的况味来——日本美学中那份低回哀婉空寂虚幻的"物哀"情愫，让我茶饭不思，欲罢不能。

再后来在东京访学期间，一直就有个心愿，希望能沿着"踊子"的足迹走上一遭，却最终因故未能成行。

命运终难圆满，人生总有遗憾！

2022年春天，当樱花开遍岛国的原野，我在日本的同学秦蓉子小姐，开启了一次伊豆半岛的自由行。当一帧帧照片在朋友圈中现身时，因疫情不得不宅起的我，那份久沉心底的记忆仿佛被突然唤醒，忍不住让心灵再次鸢飞起来，跟随着老同学的影像走进伊豆半岛。

天城山是伊豆半岛最高的山，位于静冈县伊豆市，靠近半岛东侧，是《伊豆的舞女》的取景地。山中遍布温泉，汤池的周遭温泉屋林立，修善寺温泉、汤岛温泉、汤野温泉等，都是此地的旅游胜地，也是小说中故事的场地。

从天城山顶向西南方眺望，便能看到《伊豆的舞女》中那个有名的天城隧道。

那是"我"在山顶北路口的茶馆避雨的时候，巧遇了这支巡回艺人队，其中那个17岁上下的小舞女薰子让"我"怦然心跳。雨停后，艺人队先行，茶舍的老阿婆一直把"我"送到了隧道口。

终于来到了山顶的隧道……走在黑暗笼罩的隧道中，冰冷的水珠滴答而下。前方，便是通向南伊豆的出口，透着小而亮的光。

川端这样写道：

出了隧道口，山路靠悬崖的一边立了一圈栏杆，白色的一线仿佛从幽暗中射出的闪电。前方的层峦叠嶂如同缩小的模型，艺人们小小的身影，便在这如模型的山路中行进。走了不到七百米，我就追上了她们。我没有放慢脚步，而是装出冷漠的样子，默默地超了过去。在约二十米的前方，是跟她们一起的男子。见我赶上来，他停住了脚步。

川端继续写道。

通过艺人队中唯一的男人荣吉，"我"终于同她们搭上了话，并相约一起住宿在山坳下的汤野温泉小镇。

去汤野温泉的路，需要沿着河津川的山涧向下走十多公里。当我们翻过山岭时，山峦与苍穹都露出一派南国风光。我与那男子一路聊天、谈心，很快就成了无话不谈的朋友。一一走过荻乘、梨本这样的小村落，原本隐藏在山脚下的汤野草屋顶，就突然跳入了眼帘。仿佛受到了什么激发，我下定决心，断然地对男子说，要同他们一起去下田。男子的眼中，就此冒出了激动的光。

一路说说笑笑，"我"同艺人队一起走进了汤野温泉小镇。可惜，我的同学没有拍下沿途风光，我只能通过电影和小说描写去想象。

今天，疫情中的汤野温泉小镇显得有些冷清。小镇边上，隐隐传来一阵瀑布的轰鸣声，据说那是伊豆半岛最大的瀑布静莲瀑布。从照片上看，白色的瀑流笼罩在一片青翠的山色中，不禁让我想起水原秋樱子的俳句来："滝落ちて群青世界とどろけり"（瀑布奔泻直下，群青世界轰鸣）。"群青世界"，是水原创造的一个全新语境，气势宏大而鲜美，给人印象强烈。

离瀑布不远处，有一座铜像纪念碑，上面雕塑着"我"与小舞女的立像。从这里开始，有一条"踊子步道"，是

"我"居住的"福田屋"，由一座木桥相连。踊子步道在这里戛然而止（秦蓉子提供）

- 131 -

根据小说情节而开创的一条步道。

沿着河津川的河岸，排列着一系列温泉旅舍。小说中，"我"与艺人队就是穿过这条步道，走向我们将要入住的旅舍。

川端是这样描写"我"与艺人队进入温泉旅舍的：

> 走到汤野的小客栈前……我们一起上到客栈的二楼，房间里的榻榻米和隔扇又脏又旧。我们把行李卸下来，舞女很快就从楼下端来了茶。她在我面前跪坐时，脸突然红了，手不受控制地颤抖，险些将茶碗从茶碟上抖落……
>
> 小憩了约一小时后，男子却将我带到了另一家温泉旅馆。我们从大街往下走，踏过百米左右的碎石子路和石板台阶，走上小河边一座公共浴场旁的桥，对面便是温泉旅馆的庭院了……

从这里的描写可以看到，艺人队住宿的是一家"汤野的小客栈"，电影中所显示，是一家叫"岩田屋"的小客舍，它应该是一家比较廉价的简陋小客栈。

荣吉认为，"我"这样身份的人，是不应该同他们住宿在同一家旅店的，我应该去住一家比较高级的旅舍。因此，他陪同我穿过一座木桥，来到了桥对岸的福田屋。

为此，我专门询问了一下我的老同学，她给了我肯定的回答："川端康成作伊豆の踊子で、「私」と踊子一行は、湯ヶ野温泉にたどりつきます。踊子一行は、木賃宿に、私は、湯ヶ野温泉の橋の向こうにある宿を取ります。ここ福田屋旅館です。"

从照片可以看到，"福田屋"深藏于一片葱郁的林木中。阳春三月，樱花盛开，那一片绯红的云霞罩住了下面热气腾腾的汤池，片片飞樱不时飘落到泡浴人湿滑的肌肤上，那份惬意不是用笔墨能讲得出的。

"踊子步道"同样蒸蔚在片片樱花林中，忽高忽低，忽上忽下。秦蓉子缓步道中，神态怡然。穿过那座木桥，步道在福田屋前戛然而止。

福田屋及其汤泉，由此成为"我"与薰子初恋情感的升华之地。

川端写道：

此时的南伊豆，还仿佛小阳春天气，一尘不染的空气中，阳光透亮地照射下来，美极了。一夜的暴雨，让浴池下方的小河涨水，河水就沐浴在暖洋洋的日光下，闪着晶莹的光。我想起了昨夜的烦躁，仿佛梦幻一般……

"看，她们去对面的温泉浴场了，她们是不是发现我们了？好像还在笑！"他突然指向外面，顺着他手指的方向，河对面的公共浴池热气蒸腾，隐隐约约地可以看见七八个光着的身子。突然，一个赤裸的女子从昏暗的浴场跑了出来，站到更衣处伸展向河水的空间，做出要跳下去的样子。她洁白的身体，修长的双腿，如一株小梧桐般。她站在那里，伸展着双臂，似乎在喊着什么。

她竟然就是舞女。仿佛一股清泉洗涤我的内心，昨日的阴霾顿时一扫而空。我深深地呼出一口气，扑哧一声笑了出来。

她还是个孩子！在发现我们后，就满心欢喜地赤裸着跑了出来，还踮着脚尖，伸直身体，向我们打招呼。"她还是个孩子呢。"我快活兴奋地又笑了起来，头脑清晰得仿佛被冲刷过一般，脸上始终洋溢着笑。

现在，秦蓉子的照片出现空白，我只能借助小说与电影进行演绎。小说安排了一系列故事情节，如围棋、听书等等，让单独相处的一双小儿女的心贴得很近。

离开汤野后，一行人继续向南，

秦蓉子小姐缓步踊子步道间，神态怡然（秦蓉子提供）

- 133 -

沿着山道向海边的下田港走去。

走出了汤野，我们再次进入山区。从这里到下田，还要走二十多公里的路。有一段路，大海就在前方忽隐忽现。走到河津川的前方，海滨清晰地出现在眼前。这时，远处的大海升起温暖的晨曦，照亮了山腹，让我们迷醉在这充满暖意的旭日中。秋天的晴空原本格外澄澈，被这海天相接处的光芒一照，竟显出了一派春色。

在这样明媚的阳光里，二人把大队伍拉得很远。小舞女紧紧地跟随在"我"身后。

那是一条铺满落叶的小路，贴着陡峭的岩壁蜿蜒，不仅崎岖难行，路面还很湿滑。我走得上气不接下气，反而下定决心，豁出去努力前行。用手撑住膝盖，我加快了脚步，很快就把一行人甩在了身后。山林间不见他们的人影，只听到空气中传来远远说话的声音。

舞女撩起衣服的下摆披在腰间，独自一人急急地跟上来，却只走在我身后不到两米的地方。她既不愿意再近一些，也不愿意落远了，执着地保持着距离。我回头跟她说话，她有些吃惊，旋即却嫣然一笑，也停下来回我的话。我故意停在那里等她上来，她却不动。等我再走时，她才迈开步子保持刚才的距离。

弯弯曲曲的小路变得更加险峻了，我愈加认真地走着，不由加快了步子。舞女也埋头努力攀登，依旧与我保持两米。重峦叠嶂的山间，已然寂静无声，连其他人说话的声音也听不见了，想来是他们远远地落在了后面……

终于到了山顶，舞女把鼓放到枯草中作为凳子，拿出手巾擦汗。她似乎想要掸掉自己脚上的尘土，却突然蹲到我面前替我抖裙裤的下摆。我往后一退，她却干脆跪在了地上，弯腰将我身上的尘土一一掸去。她放下撩起的衣服下摆，看着直喘粗气的我说："请坐。"

四周一片寂静。一群小鸟扑啦啦地从凳子旁飞起，落在枝头上。摇晃的枯叶，发出阵阵沙沙的响声。

一行人终于来到下田，艺人队入住下田的甲州屋。

"这次你没住下田的甲州屋？"我问秦蓉子。

"这次不住了，等下次吧。"

从秦蓉子的照片中见到，今天的下田市，与 1974 年拍摄《伊豆的舞女》时的下田市，可谓云泥之别。

接下来就是离别。多情自古伤别离，下田一去，竟成永远。

曾经的相遇，一眼的邂逅，如今诀别，满眼泪花。

轮船驶出下田的海面，我依旧全神贯注地望着大岛。一直行驶到伊豆半岛的南端，大岛才逐渐消失不见。同舞女的离别，仿佛已成为了遥远的过去。

秦蓉子拍摄的当代下田（秦蓉子提供）

我们曾经相遇，一眼惊出刹那芳华，金风玉露一相逢，便胜却人间无数。谁不羡慕情窦初开时的绝世初恋呢，深邃的幽谷，清凉的山风，懵懂的少年，冰雪的少女，在一株苍翠的小树下，在一片淡如轻纱的薄雾中，心动与初恋，迷惘与忧伤，依偎在寂静的岁月里，独自悲戚。那时我们一无所有，但只需一眼，便是永恒。

当遗憾不能成为圆满，只能让她成为相随一生的回忆。

欧洲印象

欧洲，在我心里渺如一缕轻梦，迢遥得如儿时对童话境界的憧憬。而当欧洲真实地化为了脚下的一粒石子，和从教堂尖顶斜照而下的一抹伸手可掬的阳光的时候，那感觉却是古怪的。我们像风一样沿着一条高速通道轻轻滑过，旅途中一个偶然的日子或是一桩不经意的事件，都有可能改变我们对欧洲的看法。所以，这里所谓的"印象"，实在是一种盲人摸象的主观，是一种幻象的偶然拼合，仅供喷饭一哂。

首先我要说，半岛上的意大利就像一个退休的上校，头发已脱落得稀稀拉拉，尽管他仍故作精心地留下几绺梳齿痕，却掩饰不住岁月沧桑的痕迹。扬起头来，额上刻满了干涩的皱纹。一件不太合体的略显肥大的黄呢制服上，挂满了一串已经发黄的勋章。虽然他仍然满怀着对昔日辉煌的眷恋，但遗落的岁月却再不肯把余晖复照在他身上，于是现实的意大利就只剩下了一个日渐走向颓唐的躯壳，牢骚满腹、酒气熏天地浪荡街头。这是一个饭量不再的老廉颇，烈士暮年，壮心已矣。

奥地利留给人们的就一个字，那就是"醉"，一种如饮甘醇、如餐美色般的沉醉。她就像一个楚楚动人的"小三娘"，没有第一夫人的雍容大气，却有着第一夫人无可比拟的美貌和精致。她的头发光鲜鉴人，落满花瓣，眉眼小巧玲珑，红唇灿若宝石，呼吸吹气若兰。她温柔地偎依在德国的胸口上，为自己精心涂上一层指甲油，然后再往面包片上小心地抹上一层薄薄的匀称的奶油，张合樱桃小嘴细细咀嚼。在饭饱倦消以后，便开始做梦，做那一帘春闺幽梦。那梦境是蓝色的，就像蓝色的多瑙河水般晶莹剔透，全世界都合着水流的脉动翩翩起舞。偶尔她也噘着小嘴向德国发两声嗲，甚至会擂动自己娇嫩的小拳头。一旦经历战争、严重自然灾害等不可抗拒的灾难，奥地利注定无法独自承受，那时她唯一可做的，就是把娇躯更紧地蜷进德国的怀抱。

一跨入德国的领地，那裁剪得异常精致整洁的草地顿时有了几分粗糙，山脉的轮廓也充满力度。在巴伐利亚城市的边缘，移动着三三两两赤裸着多毛上体的工人，让我们依稀领略到当年日耳曼蛮人的雄浑。城市的上空平添了一些塔吊，车流开始拥塞路面，但一切都那么井然有序，有章可举。我感到站在奥地利身后的德国是一个强硕的壮汉，也许他的金发有些零乱，也许他的脸上还长了几粒嘎吱嘎渣的粉豆，可他的筋腱是强劲发达的，他的神色是坚毅冷漠的。他把一张面孔绷得铁青透不出任何表情，甚至对怀抱中那偶尔回眸一笑的娇嗔也无动于衷，他以一种太不善解人意的爱去护卫自己的女人。可假若你由此而把德国划归于独眼泰坦那就大错特错了，德国人的精致在于，他们用满是老茧的大手捏出了系列"本茨"的精微，用不乏冷漠的大脑构造了宇宙逻辑的玄妙。理性与力量在这片土地上得到了最完美的嫁接。

应该说绿茵场上的三剑客是荷兰的写意。当我们的巴士一进入荷兰境内，山光物态都立即黯了一些色彩，增了一分野性，连草地上嚼草的奶牛也不像德国那般矜持，时不时地撒开欢快的蹄子向哺育自己的大地狠狠踹上一脚。阿姆斯特丹披着一身橙色的球衣坐在绿茵茵的大西洋边，这是一座以水闻名的城市。有人认为它比威尼斯更威尼斯，因为令人失望的威尼斯已让人们心中那个美丽的坐标点轰然坍塌，阿姆斯特丹无疑成了一个最好的现实模型填补了那个空点。而我更认同它的大码头文化特色。那一道道在城市中穿梭而过的水巷并未给阿姆斯特丹带来水的宁静，码头的吵嚷，各种肤色毫无禁忌的夸张裸裎，自然地让我联想到自己居住的另一座码头城市。能够顶住潮涨潮落随时可能带来灭顶之灾的生存压力，荷兰人依旧悠然地转动风车，把一种美丽名贵的花捣鼓得世界闻名，这种达观的生活态度，与一尊街头塑像——在盛暑火炉的炙烤下，袒露着肥胖的上身，左手摇蒲扇，右手举箸伸向一锅沸腾的红油——所代表的城市形象间，建立了某种微妙的心理沟通。我戏称，假如把重庆火锅原汁原味地移植阿城，定然有着无限风光的前程。

老实讲，布鲁塞尔的确是一座没什么特色的城市，每一座欧洲城市所拥有的，它似乎都一件不落地移栽了过来，却又不能在哪一方面有自己的创造。就连那个一泡尿撒了几个世纪的小顽童，给人的感觉也是一种无聊。唯一谈得上有点印象的，是那座放大了2亿倍的铁原子模型，它似乎昭示了这样一个定律：比利时人只能把欧洲文化的光彩拿过来投影一下，原封不动地放大或缩小，却不能有自己的发挥。比利时人不惜耗费巨资，为自己塑立了一座巨大的幽默。

一踏上法兰西的土地，我就感到了一种博大和阔气。因机械化作业而留下的整片整片的黄色的绿色的牧草地，无穷无尽地把人的视线一直推移到天的尽头，原野上变化丰富的色彩与线条灵动的层次感，不仅让车上的两位画师惊叹莫名，也使我深深领悟了孕育一个民族浪漫与激情的源头所在。巴黎，无疑是全欧洲文化精粹的集合。漫步在塞纳河畔，游目所及处无不是金碧辉煌的光焰和堂皇富丽的堆砌。站在埃菲尔铁塔上，无论从哪个角度极目一望，视野尽处城市的外面还是城市，那份磅礴与豁达的气势，是一种对生命力的从容和自信。巴黎的一切，在我眼里无不释放出一种洋溢四射的生命激情，这是一个敢于拿自己的生命为薪，去点燃熊熊激情火焰的民族。因此在我心中的法兰西就像一个肩披长发、怀抱吉他四处浪游，把生命的火热与激情广播街头的歌者，他戴着一副时髦的宽边墨镜，穿着一身华光四射的引领着世界潮流的奇装，他的肌肉也许还算不上太饱满，但他的骨骼无疑是高大硕壮的。他的散漫的气质使他很难将这种飞扬的激情转换为力量，可一旦实现了这种转换，他就足以同站在他北方的那个有着健美运动员体魄的壮汉一争高下。不知出于什么缘故，拿破仑时代就偶然出现了一次这样的换位，结果让整个欧洲为之癫狂。可更多的时候，他更乐意选择做一名游浪歌者，让全世界都能听到他那激情四扬的歌声。

从亚平宁山到塞纳河畔，我们的巴士沿着一道新月形的弧线飘然而过，行程达四千余里。在这里我需要特别说明的是，尽管欧洲的太阳同样炽热灼人，我仍顽强地拒绝着墨镜，因为它会让我的眼睛失去本真；同样艰苦的我也拒绝着漫漫长途中浓稠得化不开的瞌睡，尽力让每一片光影都留驻在我的记忆。村庄，河流，城市，森林——当欧洲随机翼下的团团烟云一起远远地风逝而去，那种种离奇古怪的念头也随之黯然了。我心中的欧洲，依然是那个色彩鲜亮的、有着红色小木屋的世界。

史径探幽

这一天是楚国的转折点,
从此,江汉平原上的汉阳诸姬,
乃至今后的整个中原大地,都将听到楚人隆隆的战车声。

遥远的乡愁

1

枯黄色的茅草和光秃秃的荆棘条在眼前荡开，一团团突兀而起的荒土堆像坟冢一样在平地上起伏不断。土堆上亦是长满了蒿草，一丛丛、一枝枝，映衬在灰白色的天空里摇曳个不停。一层又一层的雾气在野原中飘过，天空雨丝如霰，霏霏蒙蒙，沾着头，润着衣，却感受不到"淋"的滋味，唯一带给我的麻烦就是需要小心掩护着镜头，别让装入景框中的景物染上水滴的修饰。

这雨是在我走进这片荒原后才飘落下来的，它是不是老天爷的感动我不得而知，但这次千里驰行，我的目的，就是这片梦中的荒原——它是植入我心中数十年而经久不散的一缕乡愁。

还在小学二年级的时候，暑假我被送回到乡下外婆家中。农村的日子给儿时的我带来了诸多乐趣，小伙伴们带着我整天穿梭在山间田头，摘蘑菇，抓鳅鱼，摸螃蟹……可是，自从我跟着他们去偷摘了邻人家塘里的莲蓬又遭到告发以后，外婆就不允许我再与他们厮混了。待在家中的我百无聊赖，偶然从外婆那古旧的书案抽屉里翻出一本已经发黄的小册子，是林汉达先生写的《春秋五霸》。从此，这本小书就成为我打发时

长满蒿草的故城遗址

- 143 -

光的最好伙伴。

那时，书中的文字一多半我是不识得的，但故事情节勉强能读懂。没想到一读就上瘾，书本不厚，翻来覆去地读，日夜不停地想，那个时候记忆力超好，书中的故事，无论人物还是事件，我都能张口即出，毫无阻碍。

至今我都不明白是为什么，从第一遍阅读起，我就有了非常明确的立场——我是楚国一拨的！因此，我为盂地的"衣裳之会"而欢呼雀跃，我为城濮的失利而扼腕叹息，我为成得臣将军的自刎而由衷心痛，我为楚庄王的"无樱大会"而景仰备至，我为养由基的神射拍掌叫好，我为问鼎洛城而振臂呼叫……

从那一刻起，在我心里，我已披上了楚国的战甲，我的灵魂深处，已经种下了一株遥远的乡愁……

我今天站立的这片荒原，正是楚国的故都郢都城，因处于纪山之南，因此又名纪南城。

郢都城地处肥沃富饶的江汉平原腹地，紧傍长江，面向荆门九派通的千里沃野，背倚中国三级台地向二级台地过渡的重重山系，交通便利，易于防守。它修筑于楚文王元年（公元前689年），毁于楚顷襄王二十一年（公元前278年），为秦将白起所破，共建都411年，历楚王20位。

郢都城伴随着楚国的兴亡，见证了楚国的兴衰荣辱。楚庄王一鸣惊人，吴师入郢，吴起的改革悲歌，屈原职司"左徒"……均发生于此，郢是当时中国南方地区最大最繁华的都市，是楚国的政治、经济、文化中心。东汉的桓谭，在《新论·遣非》中，有一段对郢都城的记载："楚之郢都，车毂击，

国务院所立"楚纪南故城"全国重点文物保护碑

民肩摩,市路相排突,号为朝衣新而暮衣蔽。"也就是说,在郢都的街道上,车毂相碰,人肩相击,街市的交通经常阻塞。早上穿着新衣出门,晚上归来衣服就被挤破了。这个描述也许有些夸张,但确实说明当时的楚国郢都人口繁茂,经济发达,

荆州博物馆据考古钻探成果制作的郢都城模型

从中可以窥想出其旖旎风流与富丽繁华,阳春白雪与下里巴人相融共处。

今天考古探测出的郢都城呈长方形,城址东西长4450米,南北宽3588米,周长15506米,面积15.75平方千米。现存城垣残高3.9至7.6米。这一系列数据是枯燥无味的,但它勾勒出了一座约2700年前的古城概貌,一座面积达16平方千米的繁华大都市。

经过考古钻探与部分发掘,已基本弄清了郢都城的大体布局。在夯土城墙周围有护城河环绕,开八座城门,南垣和北垣是古河道出入口,故南北为两座水门,古河道穿城而过。河道右侧是宫殿区和贵族区,河道左则为居民区和手工业作坊区。现已探明有古建筑台基84座,另有水井、窑址多处,布局清晰,城市功能完善。

这条南北向穿城而过的水道,是郢都筑城时人工开凿的。学者们结合郢都城周围无数弯弯曲曲的水道网,这才发现,原来修筑郢都城的那位屈氏总工程师,早就设计好要将郢都构建成一个水路交道网的中枢,从这里出发的船只,可通往周边的江河湖泊,而楚国各地的物资,也通过这些水网可源源不断地聚往京城。这种先进的理念,深刻影响了中国后来的城市规划和发展。

楚国经过了一代雄主楚武王熊通的发愤图强,已经从最初的封地五十里扩展至千里沃野,楚人已经走出荆山的草莽丛林,他们已不再是那群衣衫褴褛驾着破柴车被追赶得四处逃窜的山民,他们衣甲鲜亮兵戈整齐地昂

首跨入了富饶的江汉平原,在这里营建新都的时机和物质条件均已成熟。所以到了儿子楚文王熊赀即位以后,郢都,这座象征着楚国繁荣与昌盛的城市便在此沃饶之地拔地而起,日后的荣耀与羞辱、辉煌与陨落都将在这里上演,一幕幕风云际会的宏大交响都将从这里飘向无垠的历史星空。

楚国的发家史,就是一部典型的励志史,在这里我想不吝笔墨稍作介绍。

2

我们从哪里来,要到何处去,这一普适的哲学命题,依然是谈到楚人时避不开的问题。

楚国的先祖姓芈,熊氏,他们最早兴起于古丹淅之地,即今天河南省淅川县东南部及湖北省丹江口市部分地区,汉江从这里奔腾南下,武当山、荆山等重重山脉矗立其间,沼泽盈野,莽林蔽山,虫蛇出没,烟瘴弥漫。

正如史籍中记录的那些形形色色的蛮夷部落一样,他们无不把自己同华夏谱系中的三皇五帝搭上线,以证明自己的正统地位,楚人也号称自己是五帝之一的颛顼高阳氏的后裔。高阳是黄帝的孙子,他的第五代子孙吴回被五帝之一的帝喾任命为火正,即大名鼎鼎的上古火神祝融。吴回之子陆终生了六个儿子,最小的儿子叫季连,姓芈,被认为是楚人的直系先祖。

清华大学珍藏了一批战国竹简,其中有一篇被专家根据内容命名为《楚居》的文章,写在16支竹简上,记录了从季连到楚悼王共二十三位楚先公、先王的居处及迁徙情况,其中说:"季连初降于隈山,抵于穴穷,前出于乔山,宅处爰波,逆上汌𣲽水。"从地望上考证,他们是从今天河南新郑向豫西南和陕东南方向迁移,翻越了桐柏山进入丹水和淅水交汇处,再南下进入荆山地区的林莽间,时代是在殷商末期。

然而殷人记录中的楚人,却有着不同的说法。《诗经·商颂·殷武》

是一篇颂扬殷王武丁功绩的诗篇，其中说：

挞彼殷武，奋伐荆楚。（殷王武丁神威英武，是他兴师讨伐荆楚）
罙入其阻，裒荆之旅。（王师深入敌方险阻，众多楚兵全被俘虏）
有截其所，汤孙之绪。（扫荡荆楚统治领土，成汤子孙功业建树）
维女荆楚，居国南乡。（你这偏僻蛮荒荆楚，长久居住中国南方）
昔有成汤，自彼氐羌，（从前成汤建立殷商，包括那些边鄙氐羌）
莫敢不来享，莫敢不来王。（没人胆敢不来献享，没人胆敢不来朝王）
曰商是常。（殷王实为天下之长）

看起来，楚人的血液里天生就流淌着桀骜不驯的因子，他们总是不给殷人面子，总是不来定期朝贡，所以惹得一代雄主武丁王怒不可遏，不断出兵清剿。

同时也可以看出《楚居》的可信度要打些折扣了。战国时代，楚人已全盘接受了中原文化，把自己同华夏的先祖挂上钩，一可证明其本为华夏的正宗地位，二也以此荣耀自矜，提高自己的声誉，所以屈原《离骚》一开篇就特别突出自己是"帝高阳之苗裔"，唯恐别人轻看了自己。可是传自殷人的诗篇却早已道明了，早在武丁时期，楚人还是"居国南乡"的蛮人。

中国的广大南方地区，水网纵横，山林密布，这种地理上的分割，难以形成一个统一的大民族，因此"百越""百濮"杂处其间，至今中国西南地区仍然是我国少数民族种类分布最多的区域，荆蛮楚人应当是这些庞大族群中的一支。其实英雄不问出处，楚人以自己灿烂的文明和辉煌的事功，足以傲视群雄，木秀于中华民族之林。

由于受到殷人的不断打击，楚人与殷人结下世仇，但力不如人，只好隐忍待发。机会终于来了，周部落的姬昌举起了反殷大旗，远在荆山丛林中的楚部落闻风响应。当时的楚部落酋长鬻熊，立即带上一支队伍北上助周。鬻熊被姬昌任命为火正，主管观测天象，参赞军务。一心复仇的鬻熊恪尽职守，任劳任怨，像儿子伺奉父亲那样伺奉着姬昌，最终劳累过度死在任上。鬻熊的儿子熊丽继承父训，继续效力于周，为最后灭商建周立下汗马功劳。

然而当时的楚人实在是太后进太渺小了，渺小得周武王一眼扫遍全场都看不见熊丽的身影。在大肆分封诸侯的仪式上，他被周武王彻底忘掉了。可以想象楚人当时的心情是多么沮丧，虽然报了世仇，可自己从哪儿来，还得回哪儿去。熊丽仍然穿着那身破烂的衣衫，驾着来时的破牛车辞别镐京，带着失望和无奈回到自己荆山的部落中。

日子像往常那样继续着，中原大地发生的一切与自己毫无关系。荆山中的楚人依然贫困着，驾着简陋的柴车、穿着破烂的衣服去开辟山林（"筚路蓝缕，以启山林"）。

当时的楚人有多穷，《楚居》里记载了楚人的一桩糗事：楚人信奉鬼神，也崇拜祖先，他们费尽心力建好了一座祭祀堂，却没有祭品来献给祖先。怎么办？要么抢，要么偷，打是打不过别人的，只能偷。于是，楚人便悄悄潜入邻国鄀国去偷了一只小牛回来。都说拿人手短，偷回来的东西又不敢正大光明地来祭祀，于是只好趁着夜深人静时偷偷摸摸地祭祀。所以，楚人后来就把祭祀称为"夕"。

到了周成王时，突然想起了那些伐殷的功臣，他召集诸侯在岐山之南的周原举行盟会，史称"岐阳之盟"，又叫"岐阳之蒐"。熊丽的孙子熊绎也接到了邀请，于是他风尘仆仆地赶到会盟地，没想到却再次受到冷落。据《国语·晋语八》记载："昔成王盟诸侯于岐阳，楚为荆蛮，置茅蕝，设望表，与鲜牟守燎，故不与盟。"楚人只落得和鲜牟在庭外守火炬的待遇，没有参加盟会的资格。但这次楚人也并非一无所获，他们终于得到了封赏，熊绎受封获得了诸侯中倒数第二级子爵的地位，居丹阳，地方五十里。这片土地仅仅相当于今天一个乡的面积，但无论如何，这一天是值得庆贺的，它是楚国的建国之日。

据考，这个"丹阳"正好处在今天丹江口水库之下，被淹没在南水北调工程中路取水口的水底。2014年春节我前往武当山旅游，曾见到那一面水光潋滟的湖水，上面来往着五彩缤纷的各式游船，充满了浓厚的商业气息，因而放弃了游湖，如今想起真是追悔莫及。也许漂浮于那片粼粼清波之上，真能感应到楚人先祖的游吟。

《左传·昭公十二年》记载："昔我先王熊绎，辟在荆山，筚路蓝缕，以处草莽，跋涉山川，以事天子。"《史记·楚世家》也说："楚子熊绎与鲁公伯禽、卫康叔子牟、晋侯燮、齐太公子吕伋俱事成王。"虽然只获得了很低等级的诸侯爵位，只得到了区区五十里的封地，但楚人依然十分珍惜这份来之不易的荣誉，他们衣衫褴褛，柴车破败，却仍然开荒伐林，热情高涨。有着浪漫天性的楚人，幻想着可以同那些身份显赫的姬姓和姜姓诸侯一起共勤王事，做一个听话的乖孩子。

然而楚人的热脸再次贴上了周室的冷屁股。周成王死，周康王立，大肆赏赐天下诸侯，楚人再度被遗忘……

一次又一次的打击，寒透了楚人的心，他们不再热心向周王室进贡，言语间也不那么恭顺了。楚人的变化，让周人勃然大怒，他们终于招来了周康王的继任者周昭王的出兵讨伐。

陕西扶风县出土了一件西周中期微氏家族一个叫墙的西周史官铸造的青铜盘，上面刻有铭文248字，记录了从周文王到周穆王六位周天子的文功武德和微氏先祖的功绩。其中涉及周昭王的有十个字，而其全部事迹就六个字，"广荆楚，唯南行"。可见周昭王一生的主要事迹就是对楚人的战争。

战争共进行了两次，第一次是周昭王十六年，第二次是周昭王十九年。对最后这次大决战，史书记载颇富传奇色彩。《古本竹书纪年·周纪》云："周昭王十九年，天大曀，雉兔皆震，丧六师于汉。"又云："周昭王末年，夜有五色光贯紫微。其年，王南巡不返。"《史记·周本纪》说："昭王之时，王道微缺。昭王南巡狩不返，卒于江上。其卒不赴告，讳之也。"对此，《正义》引《帝王世纪》说得更明白些："昭王德衰，南征，济于汉，船人恶之，以胶船进王，王御船至中流，胶液船解，王及祭公俱没于水中而崩……周人讳之。"

这次汉水畔的大决战，楚人表现出了惊人的战斗力。这一天，天象大异，周人出师不利，六军几乎全军覆灭，连周昭王也在汉水中舟裂落水，溺波身亡。

楚人的作战能力，在这次战斗中初露锋芒，他们血液中流淌的尚武精神得到了充分体现。也许正是这次战争，让楚人清晰地明白了一个道理：靠一味的恭顺忍让并不能获得周王室的保护，只有靠自己的强大，才能更好地维护自己的利益。因此，熊绎以后到熊渠的六代君王，开始发愤图强，实行了在汉水流域的扩张征战行动。楚人的周围，分布着若干蛮夷小部落，它们成为了楚人小试牛刀的试验场。到了楚王熊渠的时候，楚人的兵锋已经直指周边的一些大国，西征庸国，东讨扬越，一直打到了北方的鄂国。

庸国是上古时代的一个大国，其都城位于今湖北竹山县西南一带，国土有4万平方公里，位于荆楚西部，占据着今鄂西北、川东、陕南等大片土地。周武王伐纣时，联合了西土的八个方国一起加入，而庸国位列八国之首，可见其实力的强大。楚人要发展，榻侧岂能卧着如此一个巨人？削弱庸国，同时也减弱东征时背后的压力，成为熊渠的首要目标。熊渠的攻击富有成效，一战功成，令庸国屈服，然后才出兵东方的扬越和北方的鄂国。

经过历代楚王的奋发征战，楚人已经尝到了武力带来的巨大好处。这个世界本就是弱肉强食的，先人的经历告诉他们，没有实力，任你如何委曲求全，都只能遭受他人白眼，只有自强奋发，让别人害怕，才能成为这个世界的强者。你周王室不是不给我一个像样的封号吗？你不是才给我五十里的封地吗？哈哈，老子不伺候了。老子本就是蛮夷，不领受你那个什么狗屁封号！没有封地，我可以抢！没有爵号，我可以自己封！熊渠一口气把自己的三个儿子，在抢占得来的土地上连封了三个王。

"我蛮夷也，不与中国之号谥！"熊渠向着北方的周王室，向着苍茫的天空发出了惊天动地的一声怒吼！这一天是楚国的转折点，从此，江汉平原上的汉阳诸姬，乃至今后的整个中原大地，都将听到楚人隆隆的战车声。

3

楚人凭着自己的血性和尚武精神，从五十里封地的丹阳出发，开始了自己的图强梦。

然而毕竟受困于人口、地域和经济的限制，加上当时西周王室的强大，以及周天子那张大网笼罩下的中原各路诸侯，楚人在行动中依然有所畏惧。例如熊渠虽然激于一时义愤为自己的三个儿子分别封了王，但是到了周厉王时代，又赶紧把王号撤销了。据《楚世家》说，"及周厉王之时，暴虐，熊渠畏其伐楚，亦去其王"，这说明楚人一时之间还是色厉内荏，要同强大的周天子对抗，毕竟底气不足。

《诗经·小雅·采芑》描写了周宣王时的大将军方叔为了威慑荆楚而进行的一次军事演习，以其宏大的场面向楚人展示着周王朝的肌肉。

蠢尔蛮荆，大邦为仇……（愚蠢无知那荆蛮，与我大国结仇怨）
戎车啴啴，啴啴焞焞，（战车行进响隆隆，隆隆车声不间断）
如霆如雷。显允方叔，（如那雷霆响彻天。威风凛凛我方叔）
征伐猃狁，蛮荆来威。（曾征猃狁于北边，也能威猛服荆蛮）

这首诗，表达着周人对荆楚的蔑视和愤怒。

面对着虎视眈眈的强大对手，和周朝军队一次又一次付诸行动的南征，楚人只能整军经武，枕戈待旦，让自己一天天变得强大。楚国的君王有强烈的忧患意识，他们常常以先人的苦难和际遇来教育族人，以此来凝聚人心，鼓舞士气。《左传·宣公十二年》对此作了详细的记录："楚自克庸以来，其君无日不讨国人而训之于民生之不易，祸至之无日，戒惧之不可以怠。在军，无日不讨军实而申儆之于胜之不可保，纣之百克而卒无后。训之以若敖、蚡冒筚路蓝缕，以启山林。箴之曰：'民生在勤，勤则不匮。'"孟子说，生于忧患而死于安乐，像这样发奋图强的民族，想要抑止他的崛起几乎是不可能的。

但是，现实是残酷的，当时楚人面对着重重困难，其中很艰难的一项就是他们的兵器太弱。单凭自身勇猛的血肉之躯加上简陋的武器，杀杀身边的蛮夷部落还行，可面对训练有素、兵戈严整的正规武装部队，就显得不那么顺手了。当时楚人的军队同周边的蛮夷民族一样以步兵为主，而那时的战争形式主要是车战，就像上面方叔训练的那些部队一样。以步兵挡战车，无疑会让自己处于非常被动的地位。战车是什么？那是一个国家的实力，四匹马拉一辆车、车上载以三个甲士那叫一乘，一个国家的实力就是以拥有多少乘战车来计算的，有一千辆战车的国家，那叫"千乘之国"。战车的合成需要马匹，需要青铜，需要人口，还需要钱，这些都是一个国家综合实力的表现。可怜的楚人，除了脾气不好，他们什么也没有。

在他们身边，就有西周时代最大的一个青铜冶炼基地，但那是由周天子分封在江汉地区的"汉阳诸姬"把持着，控制在当地大族扬越人的手中，专门为周天子贡献冶炼的青铜，楚人暂时还不敢动它。

在青铜时代，铜就是最重要的国家战略物资，其重要性远远胜过今天的石油。那时候，人们把铜称为"金"，谁占有了铜资源，谁就掌握了主动权。所以当时的青铜器铭文中，常常见到"俘金"的字样，击败一个国家，首先要抢夺的，就是对方的青铜资源。祭祀和战争，是一个国家的头等大事，可是铸造祭典重器需要铜，铸造兵器需要铜，铸造货币同样需要铜，有了铜，一个国家就有了保障，有了同别的国家说话的底气。巧的是，当时的主要几个大铜矿，都发现于长江流域。

20世纪70年代，在湖北大冶县西部的铜绿山发现了一处商周至汉代时期的大型铜矿开采与冶炼遗址，地表积存了约40万吨古代炼铜渣，还有采矿的矿井、冶铜的炼铜炉。经专家推算，这里前后共产铜8万~12万吨，采挖出的矿石不少于150万吨。1982年，铜绿山铜矿遗址被国务院公布为全国重点文物保护单位。可以想象，当年谁控制了它，谁就控制了争霸天下的资本。

为了钳制荆楚的发展，为了控制长江地区的几个大的铜矿资源，周天子陆续在汉水以东、汉水以北和江、淮之间，分封了不少姬姓诸侯或与之有姻亲关系的姜姓诸侯国，以及周王室的一些铁杆盟友，"以蕃屏周"，这就是所谓的"汉阳诸姬"。

这些"汉阳诸姬"，从汉东到汉北构筑成封锁荆楚的"第一岛链"，它们主要有随、唐、厉、申、吕、贰、轸、蓼等诸侯国，其中以随国国力最为强大；在淮河流域构筑起封锁荆楚的"第二岛链"，这里分布着江、息、弦、黄、蒋等诸侯国，把荆楚死死地扼制在汉江一隅。

楚人在暗夜里静静地等待时机，对他们而言，黎明的曙光只是时间问题。

终于，一线熹微出现在天边的地平线上，时间已经跨到公元前八世纪。

公元前771年，周幽王烽火戏诸侯，引来犬戎的大举入侵。公元前770年，周平王东迁洛邑，史称东周，周室的衰败已成定局。山中的老虎失了势，林里的猴子注定要称霸王，由于局面的失控，各诸侯国一时乱象横生，相互征伐，拉开了春秋乱局的序幕。

公元前740年，楚武王熊通用带着血腥的手接过了楚国的权力棒，他杀死了自己的亲侄子，登上了楚国的最高权力宝座。历史注定了要为这位一代雄主书上浓墨重彩的一笔。

《楚世家》载："武王十七年，晋之曲沃庄伯弑主国晋孝侯；十九年，郑伯弟段作乱；二十一年，郑侵天子之田；二十三年，卫弑其君桓公；二十九年，鲁弑其君隐公；三十一年，宋太宰华督弑其君殇公。"中原诸侯国一派乱象，自顾不暇，哪里还管得了南方的荆蛮楚国啊。

该出手时就出手，对此，熊通毫不含糊，他在江汉地区开始了风卷残云般的攻势，他要攻击的目标，正是昔日周天子用以扼制荆楚的"汉阳诸姬"，扫清两条"岛链"的封锁，打开通往中原的通道。史书上称熊通是"大启群蛮"。楚国身边的诸蛮，处身环境与楚相似，一个个都是英勇善战之辈，楚人想要征服他们，只能比他们更加凶猛，可以说，正是江汉诸蛮这块砥砺，磨出了楚国这柄锋锐的利剑。

"汉阳诸姬"里的带头大哥正是随国，因此随国成为了熊通重点"关照"的对象。

随国（即考古出土中的曾国）在今天湖北随州一带，是与周王室同姓的姬姓国家，其始祖是周文王的玄孙，受封时代很早，为侯爵，与姜太公受封的齐国爵次相等，可见得周王室对它的倚重。随国的国土，基本以随枣走廊为中心，西抵襄樊，东邻应山，北至新野，南达京山一带。现在的考古发掘，在新野、信阳、京山、安陆等地区都发现了随国贵族墓地。其古文化遗址大抵分布于临河的高地上，据险而守，由村寨、贵族坞垒、城市组成梯次社会布局。这一切均说明，随国在春秋时期已处于比较高级的文明阶段，综合国力相对强盛，可以成为抵御楚国东进北伐的前沿堡垒。

史书记载，熊通一生三伐随国，最终死在伐随的征途中。

有关这三次战役，史书的记载完全可以写成一部精彩的小说。

公元前703年，熊通经营三十五年后的楚国国力大振，兵强马壮，野心也大增。楚王说："今天下大乱，相互攻杀，简直闹得不像话。我本想来号令诸侯，领导大家团结一致尊奉周天子，可惜名号太低，才是一个子爵，不足以号令诸侯，希望周天子能提升我的爵位名号。"老谋深算的楚大夫斗伯比却建议，直接向周天子要，恐怕名号要不成，反而自取其辱，何不叫随侯去给周天子谈，他们是亲戚，门道又熟，路子也广，好办事。于是楚国的军队就理直气壮地开进了随国的国土。

随侯惧楚，派宠臣少师前来楚营打探虚实。楚人早知道这个草包，将他当成蒋干一样的人物来处理，故意以弱兵示之。少师知悉了楚国的用意后，满口答应可以代为去向周天子为楚国讨封号，谈话相当和谐，并与楚国结盟而归。回去后，少师力主趁楚师退兵时击其后队，一举而败楚师。可随国有人才，大夫季梁完全洞悉了楚人的诡计，力劝随侯不要追击。熊通见无机可乘，只得罢兵回国。

故事虽然富有戏剧性，但楚人兵临城下而不敢轻举妄动，实在是因为随国的实力。

随侯遵约前往洛邑去向天子为楚国讨封号，可周恒王一听就咆哮起来:"这个蛮夷,小小楚子,何德何能敢求封侯?"断然拒绝了为楚国提升地位的要求。

熊通得到回报,顿时怒不可遏:"你不加封我,老子就自己给自己加封!"熊通确实有理由感到委屈:我本来只想讨得一个"侯",连"公"都没敢奢望,你小子居然连这点小小的要求都要驳我的面子,真是岂有此理!你不给我吗,好,干脆老子给自己加封个"王",直接与你平起平坐。于是熊通称王,开诸侯僭号称王之先例,这就是"楚武王"的来历。

然而自以为已经把天捅了个窟窿的熊通万万没料到,自己做成了如此一桩惊天动地的大事,居然没引起中原诸侯什么反应,这太伤自尊了。于是第二年,熊通在楚国的沈鹿召集了一次江汉地区的诸侯盟会,先让这些小国承认自己"王"的地位。慑于楚国的威力,"汉阳诸姬"和长江流域中的许多国家,像巴、庸、邓、罗、绞、申、轸、贰等国家都前来赴会,唯独黄国和随国的诸侯不到。黄国很识时务,立马就认错道了歉,只有随国态度强横,这就为楚第二次出征随国提供了口实。

《左传·桓公八年》详细记录了这次战役。强敌复至,季梁主张先妥协,以观后效。少师大为不满,上次就是你这家伙的阻挡,让我失去了一次建功立业的大好机会,因此他力促随侯迎战。季梁退而求其次,提出先击楚师右军,因为右军相对较弱,楚武王在左军,左军实力强劲。少师嘲笑道:没胆的小子,我大随国击败一支弱旅算什么本事!咱要战就战最强的,擒贼先擒王。随侯以为然。随国是有底气的,他们依恃的正是自己当时的实力。于是,随侯让"有本事"的少师率领着随国军团直接冲击楚师左军,结果随军大败,少师也被斩于车前。季梁只能到楚营求和,楚武王本想灭了随国,但斗伯比阻止了,他说了一句意味深长的话:"天去其疾矣,随未可克也。"老天爷已经帮随国除去了一个祸害,随国不可灭亡呵。

我由衷地叹服斗伯比的眼光。我认为,楚人伐随其实有两个最重要目标:一是震慑"汉阳诸姬"。随国是"汉阳诸姬"中实力最强大的,随国服从楚国,给其余"诸姬"作出示范,以利于一统江淮战略的实现。我们

- 155 -

知道，灭国之战是极其惨烈的，要移其族，迁其宗庙，整个国家将遭到毁灭，这样的毁灭玉石俱焚。楚国需要的是一个服从自己的听话的随国，并由此为其余"汉阳诸姬"作出表率——只要服从了楚国，楚人并不打算灭亡你们的国家，而且同你们友好相处，这样可以减少很多不必要的拼死抵抗，这才是对楚最有利的方针；二是消除身侧的心腹之患，这就如同当年熊渠征讨庸国一样，身旁多一个有一定实力、同时又对自己亲善的国家，这对楚国有百利而无一害。所以，最后楚随两国再次结盟罢兵。

历史证明，楚国后来执行的正是这个方针。2018年3月，湖北省考古所、北大考古文博学院、随州博物馆组织联合考古队，对随州枣树林曾国春秋中晚期及战国早期贵族墓地进行了发掘，出土了大量青铜器，礼、乐器铭文6000余字，是考古出土的最大一批春秋时代的青铜文献资料，成果被评为2019年度"全国十大考古新发现"。这里还出土了曾公求及曾夫人渔、曾侯宝及夫人芈加、曾侯得等高等级贵族墓葬，其中在芈加墓（M169）中出土了一件典型的楚器青铜缶，器盖上有铭文曰"楚王媵随仲芈加"，意思是楚王置嫁妆将女儿芈加嫁给曾侯宝。可见得楚随两国间一直保持着友好的关系，甚至互为姻亲。另外在芈加编钟铭文里，还有"余文王之孙"等文字，这解决了随国的族源问题，从这批青铜器风格可见，曾国早期青铜器形制近似周原的西周风格，而中晚期以后则更偏向楚风，说明在这次结盟以后，随国已经处于楚国的重大影响之中。而事实上，随国一直是楚国最可靠的属国，多次在楚国遭逢厄运时伸出双手，直到战国时代才被灭掉。

这次结盟为楚国赢得了十几年的宝贵时间。没有了后顾之忧，楚武王得以腾出手来对付江汉诸蛮了，《楚世家》说"于是始开濮地而有之"，占领了江汉平原大片肥沃的土地。我估计，正是在这个时期，楚国占领了由扬越人控制的今天大冶境内的铜绿山矿场。

在对铜绿山遗址的发掘中，发现了开凿矿石的矿井，由竖井、平巷与盲井等多种形式的矿道相结合，并用木质框架作支护，采用了提升、通风、排水等非常先进的采矿技术；还发现了春秋早期的十余座用于冶铜的鼓风竖炉，学者们对这种竖炉进行了模拟实验，证明它可以连续加料、连续排渣、间断放铜，性能好、炉龄长、操作简便，每炉每日产铜量不低于300公斤。其先进的程度，令前来参观的中外专家们惊叹不已。

2015年，在大冶铜绿山矿区的四方塘，发现了一组春秋时代的墓葬群，其出土文物，带有浓郁的扬越及楚文化风格。其中心最大墓葬出土的盂、鼎、豆典型的楚式组合器及精美的玉器，显示墓主人是一位楚人，他应是铜绿山矿区的一位管理者，而四周较简易的墓茔，应是矿区工人的。此次发现荣获2015年度"全国十大考古新发现"，它揭示出楚人已牢牢控制了铜绿山矿场，这为楚人崛起乃至最终问鼎中原奠定了深厚的物质基础。

对随国奉楚为上国的行为，周天子愤怒不已，他严厉地斥责了随侯。随侯顶不住周天子的压力，只得派使者到楚国去，要求解除盟约。

在楚随第二次结盟后，楚国可以向东放手一搏了，迅速占据并控制铜绿山冶炼矿场，楚国的军事力量随即发生了革命性的变化，他们建立起了自己的首支战车部队，还建设了一支铺路搭桥的工兵部队。这时的楚国已经脱胎换骨，真正具备了征战中原的实力。所以，对随国的这次背盟行为，年迈的楚武王非常气愤，他决定第三次亲征随国。

出征在即，熊通突然感到心跳过速，身体非常不适。他把这件事告诉了自己聪明的王后邓曼。楚国的女人，表现出了与这个国家的男人相匹配的气概与豪迈。她对自己的老公说：大王，您的福禄可能真的要到头了。可是，如果此战我们楚国能够获胜，楚国的将士们能保平安，大王就是中途有什么不幸，也是国家社稷的福分呀！听了妻子的话，楚武王熊通哈哈大笑着走出宫门，率领着今非昔比的威猛之师出征了。果然，刚刚东渡汉水，楚武王便心脏病突发，坐在一棵大树下溘然长逝。

楚武王熊通走了，但他为楚国留下了一片平坦而富饶的土地，留下了一支钢铁的军队，留下了一部初具规模的国家机器，留下了一部郡县制的先进政治体制（楚武王开县制先河，秦穆公开郡制先河），留下了一个安宁平静的江汉平原，留下了一个"王"的称号，为日后的北上征霸奠定了坚实基础。

熊通死后，楚军秘不发丧，大军继续东进，直抵随国城下。楚军以前所未有的气势折服了随国，双方再次立下城下之盟。从此，随国忠心耿耿，多次在楚国遭逢危难时伸出援手，成为楚国最好的邻居。

大军凯旋日，楚师西渡汉水，但见得雪浪滔滔，江风号号，在汉水西岸，全军旌帜皆白，人人挂孝，为自己的君王举行了隆重的发丧仪式。

4

公元前689年，熊通的儿子熊赀接过了父亲留下的大好河山，是为楚文王。

楚文王做的第一件事，就是把都城迁到从庸国手中夺来的江汉平原西部的长江之畔，那里就是本文一开篇我所站立的那片土地——郢都城。

楚文王接过了父亲的大好江山，也接过了父亲的勇猛刚强和旷世野心。在楚武王创建的大好局面基础上，熊赀开始大举用兵。

公元前688年，楚国大军一支沿武当山东侧北上，直指南阳盆地，一口气灭掉了"汉阳诸姬"中的权、邓、罗、绞、申国；随后，另一支部队直插大别山，灭掉了息国，一举撕破了中原诸侯封锁楚国的"第一岛链"，并挥师北上，攻击了属于中原诸侯国中的郑国和蔡国。再后来，楚国占领了川东、湖北、河南南部、安徽和江西部分地区的千里沃野，中原诸侯已经感受到了楚国的森然剑气。

公元前671年，年幼的楚成王熊恽在一次宫廷政变中被扶上了台，他是楚文王的小儿子，在内乱中被爷爷建立的好邻居随国收留，这将是一个让周天子和中原诸侯都深感头疼的家伙。

《楚世家》载："成王恽元年，初即位，布德施惠，结旧好于诸侯。使人献天子，天子赐胙，曰：'镇尔南方夷越之乱，无侵中国。'于是楚地千里。"这段话包含了很大的信息量。在前面历代楚王的不断努力下，曾经高高在上、对这个南方小小蛮夷不屑一顾的周天子，终于无可奈何地低下了那颗高贵的头颅,他"赐胙"于楚,而且还不得不承认楚国对南方地区的霸权地位,让楚国统领南方"夷越"。历代楚国君王的强国梦,通过他们代代传承了三百余年的持续努力,终于在一个小小孩童那里实现了,历史有时候真的很搞笑。

楚成王拿到了周惠王的这支"鸡毛"令箭,可以正大光明地讨伐夷越,大力开拓江南领地。到公元前655年,楚成王先后灭掉了贰国、谷国、弦国、黄国、英国、蒋国、道国、柏国、房国、轸国、夔国等一系列诸侯国,彻底撕破了围堵楚国的"第二岛链",终于可以直面曾经让楚人翘首仰视的中原诸侯了。以上那些让我们颇感陌生的"汉阳诸姬"的名号,从此永远沉入星光冥冥的地平线下,而那一张张让我们熟悉的面孔,如齐、秦、晋、宋、郑、鲁、蔡、卫等等名字,将刷屏出现在我们眼前。楚国的航船,将驶入一个新的历史时空中,这是一个舞台更为辽阔、剧情更为惊心动魄的天地。楚国这只火红的凤凰,将从这里一飞冲天;楚人的太阳,也将在这里壮烈谢幕。

我们有关楚国的励志故事,也就到此收笔了。

5

楚国一直被中原诸侯国排斥在主流社会之外,以"蛮夷"视之,主要是因为它与中原文明的文化差异性。

文化是什么?在《大不列颠百科全书》里,有关文化的定义就有上百条之多,学者们从各个不同角度阐明了自己对"文化"的理解,应该讲都有一定道理。但谁更能抓住事物的本质呢?我个人比较偏向于先师童恩正先生的说法:文化就是人类对于置身其间的自然环境的适应。这种理解更偏重于马林诺夫斯基的"功能学"的理论阐释。

在中原大地上,自西周以降,以《周礼》为核心的文化内涵,构成了华夏文明的文化轴心,凡是不符合《周礼》伦理道德规范的文化,一律被视为野蛮。因此在中华文明的历史长河中,分明的华夷界线一直贯穿始终，以至于当英国使者马戛尔尼向乾隆皇帝提出通商请求时，他还宣称"天朝物产丰盈，无所不有，原不藉外夷货物以通无有"。这位井底的金蛙皇帝，把华夷的界线无限延伸到无穷远。

《周礼》诞生的土壤，就是周人长年生活的黄土地。扎根于土地的农耕者，讲求的是森严的等级秩序和与之配套的礼仪准则和道德行为规范。以考古学的资料来看，从新石器时代后期开始，我国黄河中下游地区的农耕民族，与长城线外的游牧民族、长江以南地区的采集渔猎民族或半农半猎民族，在经济类型、生活习惯、宗教信仰等各个方面都出现了重大差异。进入铜器时代，以华夏族为核心的农业文明在文化上明显要高于其他经济类型的民族，从而形成了一种文化优越感，同时又因为周边民族在经济上要依赖农业民族，有时只能通过掠夺来达到目的。这样的此争彼斗，造成了华夏民族同仇敌忾的心理，因而在华夏民族中形成了严格的"夷夏"观念，所谓"非我族类，其心必异"是也。

这种"夏"与"夷"的尖锐对立，一方是正统，一方是异端，也正是春秋时代齐桓公祭起"尊王攘夷"大旗的理论依据和心理高地。这种传统的偏见，在战国时代赵公子成反对赵武灵王胡服骑射的一段话中表现得淋漓尽致："中国者，聪明睿智之所居也，万物财用之所聚也，贤圣之所教也，仁义之所施也，诗书礼乐之所用也，异敏技艺之所试也……夫戎狄，冒没轻儳，贪而不让，其血气不治，若禽兽焉。"(《战国策·赵策二》)

所以，在中原人心中，楚人都是些什么形象呢？他们就是一个钱多人傻的傻大个，他们刻舟求剑，他们南辕北辙，他们买椟还珠，他们自相矛盾，他们画蛇添足……瞧瞧，这些傻个楚人都干了些什么哪！哈哈。

楚人生活在江汉流域的草莽丛林间，其风俗习惯、生活形态、宗教信仰、语言风格等都与中原地区差异很大。

语言方面，楚语与中原诸侯国间区别明显。如老虎，楚语叫於菟；稻谷，楚语为哺乳；职官名称上，宰相，楚人叫令尹；司马，楚语为莫敖。所以《左传·庄公二十八年》说："楚言而出"，听到楚人讲楚语就撤退，可见得这种差异化是多么地明显。

宗教方面，楚国是一个巫风盛行的国度，带有很浓厚的原始宗教风味，我们从屈原的《九歌》中就能很清晰地分辨出来。

楚人在权力交接过程中，以弑杀政变来夺取政权的比例要远远高于中原国家，像楚武王就是杀侄篡位的，楚成王是靠大臣政变从自己的亲哥哥手中夺的权，最后他又死在自己的亲生儿子商臣手中。像这样靠弑亲篡位的还有楚穆王、楚灵王、楚平王。这在中原国家看来就是野蛮成性。

楚人的行事风格也颇不入中原国家之眼。楚文王熊赀是一个比较冷血的人。邓国和申国都是进入中原的门户，楚国要走向中原，必须将此二国纳入本土。熊赀的母亲就是前面讲的楚武王夫人邓曼女士是邓国人，邓国的诸侯邓祁侯是邓曼的弟弟，也即是熊赀的亲舅舅。因为这层关系，熊赀提出借道邓国去讨伐申国。在邓国的领地上，邓祁侯大摆宴会招待自己的亲外甥，《左传·庄公六年》详细记录了这件事。席间，邓国的三个大夫向邓祁侯说："亡邓国者，必此人也。若不早图，后君噬齐，其及图之乎？图之，此为时也。"邓祁侯没有采纳这个建议，还亲自把熊赀送到郊外。大家都熟知唇亡齿寒这个成语故事，邓国的命运毫无悬念地是日后虞国的预演。要知道，这个时间是春秋早期，与春秋中晚期甚至战国时代的礼崩乐坏是不一样的，这件事中原诸侯看在眼里，感到分外齿冷与不屑。

不遵《周礼》，不守中原诸侯大都信奉的道德规范和礼仪准则，这样的事楚人干得太多了。楚成王在盂地的"衣裳之会"，便是一起典型事例。

齐桓公死后，宋国的宋襄公想接过齐桓公"尊王攘夷"的大旗，延续齐国的霸主事业。然而宋襄公在与几个小国的会盟中按下葫芦浮起瓢，搞得一团糟。就在这一年（公元前641年）冬天，在陈国倡导下，各路诸侯齐聚齐国，隆重召开纪念先霸主齐桓公先生的大会。这次大会，连齐桓公的敌人、被扼制住北上争霸势头的楚国都参加了，真是太教人眼红了。宋襄公动了心思，他肯定没读过出自于后来《战国策·楚策一》中的"狐假虎威"这个故事，但他无疑已具备了那只狐狸的智慧。他想，如果利用齐楚两个大国的实力，不信其他诸侯不服我。齐国现在的国君齐孝公是我领兵护送回国即位的,我是他恩人,应该不成问题,关键要看楚国的态度。于是,公元前639年,宋襄公请来齐孝公在鹿上(今安徽阜南)相会,以宋齐名义共同邀请楚成王熊恽前来赴会,以探探楚国的心思。没想到楚成王欣然赴会,而且在会上表现得谦恭有礼,令宋襄公太满意了:谁再说楚人是蛮夷,我跟他急!三国在会上商定,以三国的名义,今年秋天共同在孟地(今河南睢阳)召集诸侯大会。还约定,赴会时大家都不带兵马,只带随身仆从身着便衣赴会,就叫"衣裳之会",相当于我们今天所谓的"和平大会"。

秋天到了,赴会前,宋国的公子目夷对宋襄公说,楚国是个不守信用的家伙,为防万一,带些兵马事前埋伏在周边。宋襄公严词斥责了公子目夷,为防止他再搞小动作,还特意把他带在身边。

会场上,陈、蔡、许、曹、郑国的国君到了,楚成王熊恽也到了,而且遵约只带了一小队身着便装的随从,未见到一兵一卒。宋襄公非常满意,等不及齐、鲁两个大国的国君到场,立即宣布开会。

宋襄公以主人的身份先讲了一通国际形势和团结起来尊王攘夷的重要意义,以及今后我们的指导方针等等,俨然以霸主的口气在说话。坐在一旁的楚成王突然慢条斯理地问:"宋公讲得英明正确,我完全赞同。然而不知由谁来做这个盟主?"

宋襄公心里咯噔了一下,你这话什么意思?他干笑了一声,说:"按礼,有功论功,无功论爵。"论爵位,宋国的先人是殷商帝乙的儿子、纣王的庶兄微子启,前朝帝室血脉,受封公爵,那是诸侯国中的最高爵位。言下之意,你一个小小的子爵起什么哄?

楚成王立即满脸堆笑:"宋公就是宋公,太英明了,我举双手赞成!"他顿了一下,然后放缓语调,"大家都知道,我爷爷楚武王时就已经称王了,谢谢各位抬爱。"说着抬屁股坐到了主座上。

宋襄公再也斯文不起来了,他跳将起来:"我这个'公'是天子所封,你那个什么'王'是自己封的,是篡逆!"

"篡逆?"楚成王冷笑一声,"如果是篡逆,你请我到这儿来干什么?"

不言自喻，你请我来，就是承认了楚国的地位。

"你、你……"宋襄公指着楚成王，一时急怒攻心说不出话来。

这时，楚成王的随从中一位俊俏挺拔满脸英气的年轻人突然跳到台中央，猛地撕掉罩在外面的便装长袍，露出里面锃亮的铠甲来，他正是楚国的第一猛将子玉（成得臣）将军。他一手摁剑，一手指着各路诸侯喝问："你们今天到这里来，是为宋国而来，还是为楚国而来？"

"为楚国来，为楚国来。"早已吓傻了的那一群小国诸侯像鸡啄米似的连连点着头。

"很好。你们先在这儿等着，我们办点事回来接着开会。"

楚成王的随从们全部掀掉外衣，他们都是楚国的猛士，衣甲鲜明，腰剑闪亮，一拥而上将宋襄公拖下台来。早已埋伏在外的军队立即押着宋襄公直奔宋国都城商丘而去。若非公子目夷事前有备，几乎就让楚军把宋国的都城给端了。

楚国是一个功利性极强的国家，一切行事，只看目的，不讲过程，他们不受任何法理的限制，只按利益出牌，没有道德上的心理负担。而在同一个时代，中原诸侯国还信奉着周礼的秩序，遵守着周礼的道德准则。说到底，一个是做事有底线的人，一个是做事无底线的人，无底线的人会被有底线的人瞧不起，但有底线的人却总干不过无底线的人。

然而，楚人又是一个心胸开阔、包容性强且极有上进心的民族，正是这种开阔与上进，使他们能够坦然接受比自己先进的东西，最终后来居上，创造了与中原文化同样璀璨甚至还要领先的文明成果。

从很早时起，楚人就向往着中原文化，渴望着被中原王朝所认同所接受，但傲慢的中原总是拒人于千里之外，还随时以蛮夷羞辱之。楚人自强不息，终于能够让中原诸国感到恐惧了，能够平起平坐地面对中原文化。此时此刻，他们距离中原文明到底还有多远呢？

让中原震慑不已的楚成王与霸主的地位擦肩而过，不是因为武力不济，我认为，他距离的这一步，恰恰是文化。但楚成王不必遗憾，因为他有一个好孙子，他能够实现自己的全部抱负，甚至还教人大喜过望。

楚庄王熊侣虽然一鸣惊人，但他也未必明白爷爷为什么刚刚望了一眼霸主的宝座就游离而去，而且越漂越远。让他明白这个道理的人是一位老成持重的智者，他叫王孙满。

楚庄王问鼎中原的故事几乎无人不知。公元前606年，当他的战车部队在洛河南岸操练得惊天动地的时候，河对岸的洛邑城震动了，周定王赶忙派王室贵胄王孙满前去犒劳楚师，主要是探听虚实。在一番寒暄过后，楚庄王话锋一转，突然问起周室的那九个传国宝鼎的大小轻重，并且高傲地说：楚军只要折断戈矛的尖端，就足够铸成周室那样的九个王鼎。王孙满淡淡一笑，镇定异常，他伸出一根手指，语气缓慢地说出了春秋时代那句最经典的话："在德不在鼎。"

楚庄王沉默了，这位悟性极高的年轻君主收敛起初时的傲慢。

不久，楚国的军队缓缓退去。

重新出现在战场上的楚庄王脱胎换骨了，他身上依然流淌着楚人尚武的血液，他精神里依然充盈着奋进的锐气，但他胸膛里跳动着一颗他的前辈们所没有的仁心。

公元前596年，陈国大臣夏徵舒武装叛乱，杀死国君陈灵公并篡夺王位。楚国以助陈平乱为由出兵伐陈，乘机占领陈国，诛杀首乱，将陈国化为楚国的一个县。当楚庄王与群臣交相庆贺时，使齐归来的大夫申叔时却不道喜。楚庄王很奇怪，申叔时说：夏徵舒弑君篡位固然罪大恶极，但你出兵灭人国家岂非更加过分？就好比有人牵着牛践踏了别人家田里的庄稼，你可以向他索赔，但你不能把牛夺为己有啊。庄王听后颇觉有理，立即下令罢县复陈，继其宗庙，并接引逃亡在外的陈国公子回国即位，让陈国成为楚的属国。

刚刚平息了陈国，郑国这边又生事了。第二年三月，郑国背楚而与晋国结盟，楚庄王亲率大军伐郑。楚师将郑都新郑团团围住，日夜攻打，郑襄公也命军民登城坚守，以待晋援。这样的攻防一连持续了十七天，郑城东北的城墙突然崩塌出一道十几丈宽的大口。郑人听说墙塌，惊恐万状，哭声震天，以为天要亡郑，郑国将无法幸存了。然而令他们惊讶的是，楚军突然停止了攻城,而且后退十里安营扎寨。楚国大夫公子婴齐不解地问庄王:"郑国墙塌,正是我军破城良机,为何退军不战?"庄王回答:"郑人已知我国军威,却不知我国仁德。郑城危急,我退兵十里以示其德,看郑人如何抉择。"

郑襄公闻墙破,大惊失色,忽又闻楚军后退,以为楚人惧怕晋援将至,于是督促军民日夜修城,加强城防。楚军待郑墙筑成,复又进兵攻打,日夜不止。三个月后,晋师仍然没有音讯,而郑国军民死伤累累,渐呈不支。楚军架梯入城,新郑全面失陷。

楚军入城,庄王传令,楚军不准烧杀抢掠,不准扰乱百姓。楚军纪律严明,秋毫无犯。当庄王的车驾来到逵市时,只见一个人赤裸着上身,左手牵着一只羊,右手拿着一柄杀畜的弯刀,跪在路口迎接庄王。庄王一眼就认出是郑国国君郑襄公。

郑襄公叩头不止,请求庄王开恩宽恕郑国,郑国今后愿为楚的属国,永不背叛。公子婴齐对庄王耳语道:"郑国力穷而降,正好乘机灭了郑国,如若赦免其罪,日后郑国复又叛楚降晋,则是楚国的大祸。"庄王笑道:"当年,我破了陈国,准备将它改为我楚国的一个县。申叔时却对我说,如果别人的牛践踏了你的庄稼,你让牛的主人赔偿就行了,为何要把别人的牛夺为己有呢?今天我若是灭了郑国,别人也会嘲笑我是'践其田而夺其牛'啊。"于是楚庄王赦免了郑国,郑国重新投向楚国怀抱。

这样的事例在楚国以前的历史中是绝对见不到的,它只能证明,今天的楚国,在楚庄王的领导下,已经彻底改头换面了。

晋国的援兵直到这年夏天六月才到达黄河岸边,听说郑已城破,郑国重新与楚国结盟,于是中军元帅荀林父命令晋军屯兵敖山、鄗山(今河南荥阳北),不再前进。楚庄王本欲班师回楚,听说晋国兵马已过了黄河,前来救郑,便也率领楚师北上,驻扎管城,与晋师对阵。

这是春秋时代晋楚争霸的第二场大战。三十五年前,正是晋楚城濮之战楚国的失败,让楚成王的霸主梦云飞天外,今天,决定晋楚未来前途与命运的又一次大决战行将展开。这一次,楚庄王会重蹈楚成王覆辙吗?

公元前597年秋，晋楚两军在邲邑（今河南荥阳东北）摆下阵势。这一次，晋国既没有上次信守诺言而退避三舍的示德，楚国也没有穷追不放的失礼，双方都严格遵守战争规范，进行的是一次公平的较量。

《左传·宣公十二年》不惜使用4000余字的篇幅，来详细记录这次大战的过程及前后因果。这里只摘取其中几处细节来窥视全貌。

两军列阵完毕，首先采取的是我们早已从古代章回体小说里熟悉的战法：双方阵营各出一员战将战于阵前。可那是小说中的情节，两军的胜败就取决于战将的成败。想什么呀，现在是春秋时代，单人匹马手执青龙偃月刀或沥泉枪的胡人骑射战法，要等到赵武灵王胡服骑射以后才可能出现，而现在是车战，双方各出一乘战车首先战于阵前。

首先介绍一下战车的基本知识。一乘战车由四匹战马拉动，车上有三名甲士，居中者为"驭手"，负责控制马缰驾驭战车；左侧的人称"车左"，手持弓箭射击，任务是射杀远距离目标，他是一辆战车上的主要攻击力量，为一车之长，号为"甲首"；右侧的人称"车右"，持戈矛，以钩刺方式杀敌，又称"骖乘"，他专门对付靠近威胁战车的敌人，同时负有掩护驭手的责任。

现在楚国的这辆战车发动了，许伯为驭手，乐伯为车左，摄叔为车右，他们单车挑战冲入敌阵。许伯驾驭着战车风驰电掣，车上旌旗猎猎向后靡倒；乐伯箭射远敌，中箭者如秋风中的落叶凋零纷纷；这时，正疾驰中的战马马带歪斜了，这样会有损大国之师的军威呀，乐伯迅速接过许伯的马缰，让许伯从容下马，整理好马脖子上的皮带，虽在生死一发之际，却仍然一丝不苟，从容不乱；摄叔在敌阵中左钩右刺，杀死敌人并割取了他的左耳。这一连串动作干净利索，完胜敌方战车，然后驭车回营。晋军在后面两车齐出，左右夹击，死追不舍。乐伯执弓在手，左射其人右射其马，迫使晋军两车皆不能靠近。这时乐伯箭囊中只剩下最后一支箭了，突然战车前方出现一只被战事惊吓得跑出树林的麋鹿，乐伯的最后一支箭直接射倒了麋鹿。此时晋国的鲍癸正紧紧追赶，乐伯让摄叔捡起麋鹿交给他。摄叔双手捧鹿下车来到追赶自己的鲍癸车前："由于时令不到，禽兽未至，只能将就着把这只麋鹿送给您的手下做饭用了。"鲍癸叹息道："楚人车左善于弓射，车右工于言辞，他们都是君子啊！"立即抬起右手，阻止了后面战车的继续追赶。

这就是春秋时代的战争，它极似贵族间的一场游戏，虽然生死一瞬，依然绅士风度十足。然而，我不奇怪中原诸侯国的表现，奇怪的是一向以目的为最高原则不择手段的楚人居然也能如此风度了，这就是楚庄王时代的变化。

大战正式拉开大幕，楚庄王派公子婴齐率左军攻打晋国的上军，派公子侧率右军攻打晋国的下军，自己亲率中军攻打晋国中军。楚庄王亲自擂鼓，楚国将士奋勇争先，杀声冲天，潮水般攻入晋军阵地。晋国由于将帅不和，军无斗志，被冲得七零八落，除了上军还能勉强维持阵形外，中、下两军都四分五裂，狼狈逃窜。在抢渡黄河时，中军和下军相互夺船，争先恐后，先登舟者用刀猛切后来者攀着船舷的手指，水中的手指多得可用箩筐来盛，落入河中的人不计其数，哭号震天。

这里还有一个细节。晋军的战车在慌乱中陷入黄河滩上的泥淖中，楚军追至，晋军慌乱不堪。楚军立即停止追杀，站立一旁抄手作壁上观。晋军一片混乱，看得楚人心焦，立即出言指点：你们拔掉大旗，抽去辕头横木。晋人依言而行，果然脱出泥淖而逃。脱困的晋人回头面向楚人一拱手："我们晋国很少吃败仗，不能像贵国那样总结出如此丰富的逃跑经验。谢了！"

看到眼前的楚军表现，也许你再不会去嘲笑当年泓水之战时宋襄公的迂腐举动了，只可惜他当时面对的是一支"没有规矩"的楚国军队，而今天，这支部队已经脱胎换骨。

我对楚庄王治下的这支军队表达由衷的敬意！

大战之后，有人向楚庄王建议，把晋国士兵的尸体集中起来垒成一个巨大的尸堆，做成"京观"，让子孙后代永远铭记这次胜利。但楚庄王的回答划破了时代的天空："夫文，止戈为武。"战争的最高境界是什么，是不战！武功，是用来禁止强暴、消灭战争的。两国的士兵为国家而死，却曝尸荒野，用他们来炫耀军功，这完全违背百姓的意愿。

壮哉，楚庄王！

继承周礼传统并对夷夏界线十分明确的孔子，对楚庄王却推崇备至，赞不绝口。他在读到楚庄王存恤陈国宗庙那段历史时，非常感慨地说："贤哉楚庄王，轻千乘之国，而重一言之信。非申叔之信，不能达其义；非庄王之贤，不能受其训。"（《孔子家语·好生》）

楚庄王的表现，同样赢得了中原诸侯的交口称誉。他虽然身上仍然流淌着"蛮夷"的血液，但是他的文化基因，已经同中原文化合流；他的行为规范，已经融入周礼的懿范；他和他领导的楚国，已经站在了一个可以同中原文明平等对话的高度。

他们已不再是"蛮夷"！

6

当理性精神在北中国节节胜利，从孔子到荀子、从名家到法家、从铜器到建筑、从诗歌到散文，都逐渐摆脱巫术宗教的束缚、突破礼仪旧制的时候，南中国由于原始氏族社会结构有更多的保留和残存，便依旧强有力地保持和发展着绚烂鲜丽的远古传统。从《楚辞》到《山海经》，从庄周到"宽柔以教不报无道"的"南方之强"，在意识形态各领域，仍然弥漫在一片奇异想象和炽烈情感的图腾——神话世界之中。表现在文艺审美领域，这就是以屈原为代表的楚文化。

李泽厚先生在《美的历程》第四章"楚汉浪漫主义"中，把楚汉时期文化特征总结为"琳琅满目的世界"。

同华夏文明崇尚龙的风俗不同，楚人崇尚凤。凤是百鸟之王，鸟中之鸟。《说文》释凤说："凤，神鸟也。天老曰：凤之象也，鸿前、鳞后、蛇颈、鱼尾、鹳颡、鸳思、龙文、鱼背、燕颔、鸡喙，五色备举。"与龙一样，凤也不是现实中的某类物种，是神物，所以后来它又被认为是太阳之精。日神崇拜是世界最普遍的一种原始宗教崇拜，几乎遍及全球五大洲的远古先民中。我以为楚人的凤崇拜即是太阳崇拜的一种形式，所以楚人又把上古的火神祝融当作自己的祖先。

华夏文明崇拜的龙，主要是它的神秘性。同样是《说文解字》，对龙的解释是"龙，鳞虫之长。能幽能明，能细能巨，能短能长"，神奇而奥妙。凤的主要特征是"五色备举"，是它绚丽的色彩。太阳照耀大地，那彩虹一样的七色光把天地万物点缀得五彩缤纷绚丽夺目。那万花筒般的色彩天地，孕育了楚人浪漫的气质和火一样炽烈的热情，这也是《楚辞》与《诗经》最大的区别。因此有文学研究者由此认为，《诗经》是现实主义的源头，而《楚辞》是浪漫主义的典范。

这种浪漫的气质和作风，一直贯穿着八百年的楚国历史，还延及后世。李泽厚先生总结的"琳琅满目"，可谓抓住了其神髓。我以为，其后还可加上一句：流光溢彩！这是楚人的个性，从物质创造到精神创造，无不体现着这种个性。

漆器，是楚人个性的突出表现。楚人喜爱漆器，楚国的漆器制造业也格外发达，从发掘出土的一系列楚国战国墓及延续其文化风格的西汉早期南方墓葬中，出土了大量精美绝伦色彩梦幻的漆器。

以色彩而言，北方的漆器只有红、黄、黑三种色彩变换，而楚国的漆器工匠们，却能调制出红、黄、蓝、绿、金、银等多种色彩，即便是在地下保存了两千多年，出土时依然能见其绚丽灿烂的风采。漆器之上，运用线勾、平涂等手法，绘出无数色彩富丽的流动纹饰及神话云兽，富有立体感和运动感。

楚人的性格，从与中原地区的饮酒器的不同，就能看出差异。中原人饮酒使用的是爵，一种青铜制造的"酒杯"。爵下有三足，故又称三爵杯，杯口有流，饮时酒液从流中入口。青铜入手，质感硬而凉，流端向口，拘束端正，须双手握而仰首饮，颇显士大夫仪态端庄；而楚人使用的是耳杯，一种椭圆形的酒杯，杯口长圆形而两侧有双耳，以木质或皮质漆器制作。木质入手而温润，色彩鲜丽而佐兴，饮时可双手执耳，亦可单手捏耳，杯口可前可后，洒脱任性，富于闲适情趣。少于拘束，散漫随意，正是楚人的浪漫心性。楚文化中这种浪漫随意的情趣，滋养了楚人的任性，所以在这种文化心理的熏陶下，楚国出现了极致的爱国者如申包胥和屈原，同时也出现了极致的叛国者如申公屈巫和伍子胥。把对个人的仇恨转化为对国家与民族的仇恨，不惜以毁灭之为自己终生奋斗的目标，也只有楚人才做得出来。我以为这应该是楚文化的一种异化。

楚人的丝绸纺绣艺术也是冠绝中华，它是楚人奢华生活的集中体现。荆州地区的马山1号楚墓中，出土了35件丝绸衣被，其纺织工艺囊括了绢、纱、罗、绮、锦、绣等几乎所有的丝绸织造门类。薄如蝉翼的绸面，精巧灵动的绣工，飞扬奇幻的图案，无不展示着楚人精彩华丽的生活与奇幻灵动的情趣。我有幸在荆州市博物馆现场亲眼目睹了这一批国宝级文物，实话说，当时我有一种晕眩的感觉。需当说明的是，这只是一座单棺单椁的小型墓葬，在遵循严格葬制的当时，墓主的身份充其量只是楚国"士"一级的最低官员。墓主人是一位女性，应该是那位"士"的妻子，只算得上楚国的中下层阶级。可见得当时楚国的富裕程度和对生活的高品质追求。

到目前为止，在楚墓中出土的丝织品，能见到的就有红、黄、绿、蓝、紫、棕、褐、黑及藕色等色彩，楚人对色彩世界的强烈偏好造就了他们多彩多姿的生活。

荆州博物馆展出的楚墓出土丝绸

楚国的绘画艺术是楚人精神世界的现实展示。《人物龙凤帛画》和《人物御龙帛画》，是迄今所见我国古代最早的两幅帛画，堪称我国早期国画的双璧。

《人物龙凤帛画》，出土于湖南长沙陈家大山一座战国楚墓。画帛长31厘米，宽22.5厘米。画中描写一位端庄高髻的妇女，她侧身而立，双手合掌，高髻细腰，长裙曳地，体态优美。妇女上方画一只展翅飞舞的凤和一条蜿蜒向上升腾的龙；《人物御龙帛画》，长37.5厘米，宽28厘米，出土于长沙子弹库楚墓，描绘男子乘龙升天的情景。男子高冠博袍，腰佩长剑，手执缰绳，立于巨龙之背，神情潇洒地驭龙而飞。龙身前后翘卷呈舟状，迎风奋进，连华盖上的缨络也迎风飘动。《九歌·大司命》有"高飞兮安翔，乘清气兮御阴阳"的句子，《少司命》也说"入不言兮出不辞，乘回风兮载云旗"，这正是《楚辞》中驭龙而行的真实写照。乘龙驭豹，凤翔狸飞，香草艾艾，云旗飘飘，翱翔于天地之间，无拘无束，自由任性，楚人的精神世界被点缀得如此华丽缤纷，异彩呈祥。

《左传·成公十三年》说："国之大事，在祀与戎。"祭祀和战争是国家的头等大事，祭典的重器和战争的武器当然也成为国家的头等物资，而它们，都是通过青铜来展现的。

楚人的青铜铸造技术后来居上，甚至可能超越了中原。自从楚武王从扬越手中接过了铜绿山矿场，也接过了扬越人的青铜冶炼技术，在此基础上发扬光大，成为世界青铜工艺中一枝奇葩。

青铜云文禁，是出土于河南淅川下寺2号楚墓中的一件器物，长103厘米，宽46厘米，重90余公斤，呈长方形状。"禁"就是酒案台，西周初立时，认为商朝亡于嗜酒误国，于是周公下达《酒诰》以实施禁酒，所以将置酒的酒案台取名"禁"，以示饮酒要有节制，不可因酒而废国事。此禁四周用透雕的多层云纹作为装饰，似天空飘浮的朵朵白云。禁身上部攀附着12条龙形异兽，它们凹腰卷尾，探首吐舌，面向禁的中心，形成群龙拱卫的场面，禁足由十二只异兽蹲坐而成。整个器身由粗细不同的铜梗支撑着，分为5层，犹如古代建筑上的斗拱。多层重叠，纵横交错，支梗既相互卷曲盘绕，又互不连接，全由内层作支撑，工艺十分复杂而又精良。

如此繁复的装饰，是用青铜铸造中的失蜡法工艺铸成。所谓失蜡法，即先用蜡雕刻成欲做的器物形态，蜡模外合以泥范，留出孔芯，铸造时将熔化的铜液从孔芯浇注而入，滚烫的铜液熔化了蜡模而填充了蜡模的空

荆州博物馆展出的楚墓出土青铜编钟

间，待铜液冷却后破开泥范便可得到与蜡模一模一样的青铜器物，再经过手工打磨抛光而成。用失蜡法可以完成非常复杂的青铜工艺，是青铜铸造史上一个划时代的革命。此法最早见诸文献是唐代初年的《唐会要》，说用此法铸造了唐高祖李渊武德年间的货币开元通宝，此工艺据说是随佛教东来从西方传入我国的。这件云纹禁的墓主人，是楚康王时代的令尹子庚，时代不晚于公元前552年，属于春秋晚期。它把中国失蜡法铸造工艺的历史一下提前了一千一百多年，而且，它的发明专利，极有可能就是楚人。

用失蜡法铸造的青铜器绝非孤证。1978年在湖北随县的曾侯乙墓中，出土了一件曾侯乙尊盘。本器可拆分为尊和盘两件器物，扣合在一起又构成一件妙想出奇的整体容器，整套器物纹饰繁缛，穷极富丽，其精巧程度达到先秦青铜器的极点。

曾侯乙墓位于随国境内，同墓还出土了一套大型青铜编钟，据其中"楚王酓章镈钟"上的铭文，是楚惠王在公元前433年送给曾侯乙的礼物。通过考古资料现已确认春秋战国时期的曾国就是随国，曾侯也就是随侯。公元前506年，伍子胥率吴师攻破楚都郢，好邻居随国接纳了惊慌中仓皇来奔的楚昭王，并且非常仗义地回绝了吴国重金索人的要求。大概是为了回报随国救助父亲的恩情，楚惠王送了这件象征着礼乐盛典的编钟给随侯，时代是战国早期。随国本有发达的青铜铸造技术，后来又一直生活在楚国的保护之下，其文化风格已经完全融入楚国，或者楚、随相互融合形成了楚文化的风格，所以此尊盘同样可以认为是典型的楚式器物。

下面再来说说楚国的兵器。在楚人各种先进的兵器中，青铜剑可以作为一个典范。楚人有相当高超的铸剑工艺，在当时各国的青铜剑中，楚剑称得是上品。楚剑与秦剑或其他国家的剑相比较，剑身稍短，剑体前部有一个收腰，使整个剑的造型显得秀气灵动。后世兵家论兵，刀偏沉厚，枪贵速捷，剑走轻灵，楚式剑配得上"轻灵"二字之神髓，是尚武的楚国成年男子须臾不离身的至宝。南方的灵秀与北方的刚烈，从这些剑身上便可见分晓。

这种束腰的造型，让我想起了楚灵王好细腰的故事。楚王好细腰，宫中多饿死，宽大的袍袖，纤纤的细腰，在柔丽的楚音伴奏下翩若惊鸿地一舞，那场景醉倒多少英雄汉。这种细腰的偏好，会不会是楚人的一贯传统？它会不会也影响着楚人的整体审美观呢？有一些楚式鼎与中原鼎相比较，也有束腰的习惯，它不走中原鼎那样上下一统的厚实风格，而是在装饰繁缛的鼎口之下渐渐内束，形成柔丽华美的线条，有舒畅而灵动的感觉。

中国铸剑的最高成就在吴越地区，这里出了不少有史可稽的铸剑大师。越灭吴国，楚再灭越国，吴越地区的铸剑高手们纷纷西漂来楚地求发展，使楚式剑的铸造工艺更上一个境界，楚墓中出土了众多越王剑可以为证。越王勾践剑是这些越王剑中最有代表性的一柄，它出土于湖北江陵望山1号楚墓，通高55.7厘米，宽4.6厘米，柄长8.4厘米，重875克，剑格正面用蓝色玻璃，背面用绿松石嵌出花纹，剑身布满菱形暗纹，上有"越王勾践自作用剑"8个鸟篆铭文，出土时仍锋利无比，金光粲然。它穿越了两千多年的历史长河，但剑身丝毫不见锈斑。仅此千年不锈之谜，就引来世人猜想不断。

楚人好纤秀灵动的风格，同样表现在他们的文字上，楚人创造了一种纤丽瘦长而飘逸的艺术字体——鸟书。鸟书又称鸟虫书或鸟虫篆，多用于青铜器铭文中，流行于楚国、吴国、越国及与楚相邻的蔡国等地区。它的笔画以鸟形替代，带有很强的装饰风格，体态瘦长而飘逸，在我国书法艺术中独占一席之地。鸟书的创造，应该与楚人崇尚凤凰有一定关系，越王勾践剑上的8个铭文，就是典型的鸟书字体。

楚人的音乐，随着曾侯乙墓编钟的乐声在中国第一颗人造地球卫星上奏响，已传遍了全世界，其中涉及许多音乐类专业知识，这里就不作介绍了。但我们可以想象，在《楚辞》的意境中奏响那来自远古世界的乐音，该是如何地震撼人心啊！

舞蹈，是与音乐相伴相生的。王逸《楚辞章句》说："楚国南郢之邑，沅湘之间，其俗信鬼而好祠，其祠必作歌乐鼓舞，以乐诸神。"这就是所谓的巫舞，本质上它是一种宗教舞蹈，楚国是一个巫风昌盛的国度，所以巫舞一直在楚国长盛不衰。《楚辞·大招》云："二八接舞，投诗赋只。叩钟调磬，娱人乱只"便是其真实写照。

这类带有巫风性质的歌舞，搬到宫廷之中形成楚国的宫廷乐舞，其排场更是宏大，在《楚辞·招魂》中有一组精彩的描绘：

肴羞未通，女乐罗些。（丰盛的酒宴尚未撤去，舞女乐队罗列登场）
陈钟按鼓，造新歌些。（安好编钟设罢大鼓，把新作的乐歌齐奏演唱）
涉江采菱，发扬荷些。（唱罢《涉江》再歌《采菱》，更有《荷些》一曲歌扬）
美人既醉，朱颜酡些。（美人已经喝得微醉，红润的脸庞更添红光）
娭光眇视，目曾波些。（目光撩人含情脉脉，秋波流转静水汪汪）
被文服纤，丽而不奇些。（披着刺绣的轻柔罗衣，色彩艳丽却非异妆）
长发曼鬋，艳陆离些。（长长的黑发高高的云髻，五光十色艳丽非常）
二八齐容，起郑舞些。（二八分列舞女同装，跳着郑国的舞蹈华丽登场）
衽若交竿，抚案下些。（摆动衣襟像竹枝摇曳，弯下纤腰拍手抚掌）
竽瑟狂会，搷鸣鼓些。（竽瑟齐鸣热烈张扬，鼓声咚咚全场震响）
宫庭震惊，发激楚些。（宫苑震荡庭树发响，激越的《激楚》歌声高昂）
吴歈蔡讴，奏大吕些。（吴国的曲儿蔡国的乡音，大吕声声配合唱腔）
士女杂坐，乱而不分些。（男女分杂交错而坐，方位散乱不分方向）
放陈组缨，班其相纷些。（解开绶带放下帽缨，色彩斑斓缤纷鲜亮

郑卫妖玩，来杂陈些。（郑姬卫娃这些妖艳的女子，纷至沓来罗列堂上）

激楚之结，独秀先些。（《激楚》的高潮语音嘹亮，优美出色一时无双）

楚地的歌舞，中原各国的歌舞，在华堂之上交相辉映。霓裳翩翩，秀发飘飘，钟磬齐鸣，竽瑟和声，擂鼓嗔嗔，叩瓦嘤嘤，士子与楚娃杂陈而坐，觥筹交错，红云颊飞，端的是此曲只应天上有，人间难得几回闻。

再看那些楚国的美人，《招魂》和《大招》中使用了一系列生动形象的词汇来描述其神态："姱容修态""长发曼鬋""长袖拂面""容则秀雅""丰肉嫩骨""小腰秀颈，若鲜卑只""丰肉微骨，体便娟只"……真正是香艳无比，绮丽之致。也可见得楚灵王爱细腰之风，绝非灵王所独好，它一直是楚国男女的共同追求。在长沙黄土岭的战国楚墓中，出土了一件彩绘人物漆奁，绘有舞女11人，其中二人长袖细腰，翩翩起舞，她们长裙曳地，面目清秀，体态轻盈，展现了楚国舞蹈的真实场面。所以有人也把这件文物称为"舞蹈图漆奁"。

楚国所处的江汉平原地区，温暖湿润，物产丰饶，湖沼盈野，江水浩荡。在这片多水的土地上产生的哲学思想，也与相对干旱的中原地区不同。道家，诞生于这片绿色多水的大地也就顺理成章了。

老子，字伯阳，谥号聃，又称李耳，楚国苦县厉乡曲仁里人氏（今河南鹿邑太清宫镇）。他曾做过周朝的"守藏室之官"，相当于大周国国家图书馆馆长。老子的"道"，是天地自然之母，道法自然是其最核心的思想。无为而治，上善若水，以退为进，以柔克刚，这些都与楚人的某些性格相吻合。

老子以及后来的庄子，他们不像其他的诸子百家那样把注意力放到世俗社会层面，而是直指人的内心世界，体现着人文的终极关怀。它告诉我们如何让自己的生活更加平静美好。儒家教会人们如何"进取"，而老庄教会人们如何"退守"，只有"进"与"退"相辅相成才是一个完整的人生。达则兼济天下，穷则独善其身，就如同鸟儿的双翼，支撑起后世中国知识分子的人格力量。这是楚人的贡献，这是楚国这片沃土为人类生长出来的最好稼禾。

7

楚国以自己强劲的军事实力，和全盘吸纳中原先进文明而创造的辉煌文化为双翼，这只从荆山蛮荒丛林中飞出来的火凤凰，一飞冲天，一鸣惊人。

楚国所兼并的小国，有案可稽者也在四五十个以上，多在今湖北、河南、安徽、江苏等地。《战国策·楚策一》载："楚，天下之强国也。楚地西有黔中、巫郡，东有夏州、海阳，南有洞庭、苍梧，北有汾陉之塞、郁阳，地方五千里。"《史记·苏秦列传》也说，楚国"地方五千余里，带甲百万，车千乘，骑万匹，粟支十年，此霸王之资也"。楚国之疆域，虽然在历史的进程中时有损益，但在鼎盛时期，地跨今天的十一个省，兼有三百余县，东临大海，西接巴蜀，南并两广，北抵陕南豫南，实为战国时代的最大王国。

战国中晚期，天下兼并日盛，在中国的版图上，只留下七个大国，史称"战国七雄"。而在七雄中间，最有实力一统中国者，一为秦，二为楚，恰如苏秦对楚威王分析的那样，"秦之所害莫如楚，楚强则秦弱，秦强则楚弱，其势不两立"（《史记·苏秦列传》）。然而最终的结果却是楚败于秦，公元前221年，秦王嬴政统一中国，实现了国家的大一统。

我一直在思索这样一个问题：若论国土之大，楚胜于秦；若论实力之强，楚也不输于秦；若论文化之灿烂繁荣，楚更胜于秦，可为什么最后由秦而不是楚来统一中国？在这里，我想提出一点自己的思考。

我正是带着这样一个问题踏上了荆州的土地。

汽车穿行在鄂西北的群山莽岭间，沿途的山峦云雾弥漫，一团雾气飘过，透出青青的峰峦，转瞬间又被另一团乳白色的气团所掩没。这些状如仙山的地方，曾是巴人的发迹处。他们沿着清澈的清江水溯江而上，直达

车行在恩施段齐岳山系中,这里曾是古庸国故地

上游齐岳山一带,征服了这里的女儿国后,再沿大溪北上进入长江峡江地区。更早,这里是上古庸国的地盘。楚王熊渠曾经东征庸国,这些云雾山中是不是留下过楚国士兵的足迹?后来,这个上古的庞然大物在秦、楚和巴国的合力打击下土崩瓦解,地盘也被三国瓜分。

穿过了数不清的隧洞和桥梁,车内的温度计显示气温在不断攀升,我们过渡在中国第二级台地向第三级台地转换的坡度中。终于,我们驶出了苍莽的大山,进入一片一眼望不到边际的大平原。这里是富饶的江汉平原,长江和汉水合力冲击出这块开阔的绿野,滋养了中华文明的又一个重要支系,也养育了后来的楚文明。

从宜昌到荆州不足一百公里路程,平畴上稼禾葱绿,绿树成行,沟渠中淌着清清的流水,蓝天白云倒映其间,祥和而宁静。从平野中一幢幢小巧精美的建筑物,便可窥想此地的富足。这里是楚国的京畿地区,郢都城就在我的前方。

楚文明就在这片肥沃丰饶的土地上扎下根基,最后把疆域扩大为几乎整个南中国，它的强大与富庶成为了挡在秦国统一路上的最大障碍，甚至秦本身也有可能被楚所统一。

很多人都把楚国的衰败归因于楚怀王，正是这个质朴天真、缺乏城府的人断送了楚国统一天下的最终梦想。

由于屈原的缘故，楚怀王的故事几乎家喻户晓。公元前328年，楚怀王熊槐从他父亲楚威王手中接过了一个令人钦羡的强大的楚国，他的父亲刚刚灭掉了东南的越国，楚国的疆域一直延展到东海之滨。国库充盈，地域广袤，自己又担任了东方六国合纵抗秦的纵约长，一时之间，楚国的势力可谓如日中天。

正应了那句老话，日中则仄，后来楚怀王一系列政策的失误，导致楚国连续招来齐、秦两个大国从东、西两侧不断打击。公元前301年，齐、魏、韩联军在垂沙大败楚军，杀死楚将唐昧，夺去楚国的宛（今河南南阳）和叶（今河南叶县）二地，堵死了楚国北进中原的通道，这可是当年楚武、楚文、楚成三王费尽九牛二虎之力从"汉阳诸姬"手中夺来的争霸中原的通道；公元前299年，秦国攻楚，杀楚大将景缺，斩楚军2万，次年又攻楚，夺5城；楚顷襄王元年（公元前298年），秦又攻楚，夺析地

车过宜昌，进入一马平川的富饶的江汉平原

（今河南淅川）15城，这一地区是楚国的发迹之所，可谓凤脉所在。短短的十余年间，楚国从巅峰跌落下来，统一中国的梦想顿成浮云远逝，自己反而沦为被动挨打的可怜对象，直至最终灭国。

历史的进程表明，楚败于怀王是不争的事实。然而我以为，决定楚国命运的历史关键，还应该上溯一百年，早在楚悼王时代便已种下因果。

公元前382年，一辆马车拉着一位精神矍铄的中年汉子驶入了郢都城的大门，未来两年的楚国历史，将围绕着他来运转。

他叫吴起，当代赫赫有名的军事战略家。去年他来到楚国，刚刚过去一年，便被楚悼王召来京城，任命为令尹实施变法图强。

吴起是卫国人氏，自幼喜读兵书，满怀豪情壮志。他在历史上的初次亮相便令这个世界瞪大了眼睛。周威烈王十四年（公元前412年），齐国攻鲁，恰好身在鲁国的吴起，便向鲁君自荐为帅，请求率兵抗齐。不巧的是吴起的妻子是齐人，鲁君心中疑虑难消。在情感和功名上吴起必须作出选择，但当他的选择作出来后，我清楚肯定会遭到所有女士的怒目唾骂——他用妻子的人头获得了领兵的权力。中国古代但凡谈起"不义之人"时，往往会并列举出几个最坏的典型：易牙蒸子媚君，吴起杀妻求将，杨广弑父篡位。但就这么个功利熏心的人，同时又是一位才华卓著、谋略超群的人，也许吴起本来就是为那个铁血时代而生的，他不属于脂粉气弥漫的世界。司马迁作《史记》时，将他与孙武并列，他一生同诸侯大战76场，其中64次属于完胜，留下《吴子兵法》48篇，今存6篇，为历代兵家推崇。吴起的军事才能，在这次抗齐的战斗中初露锋芒，他以弱旅之师力抗强齐，齐师大败。

也许礼乐之乡的周公封地容不得这种凉薄之人，吴起转投魏国。魏文侯早已闻其大名，便问李悝："此人如何？"李悝回答："此人贪荣名而好色，但他的用兵之道，连当代最负盛名的司马穰苴也追赶不上。"正欲大展宏图的魏文侯当即任命吴起为将军，令其率兵攻打秦国，结果吴起连拔5城。

吴起不但善于用兵，而且公正廉洁，与士卒同吃同住，甘苦与共，颇受将士们爱戴和拥护，并无丝毫李悝所说的贪荣名而好色之事，因此魏文侯就把对魏国而言最重要的西河之地交给吴起防守。

所谓西河之地，是指魏国在黄河西岸的一块飞地。这片土地本属秦国，秦晋两个大国以黄河为界，就像今天的陕西与山西一样，晋东秦西，界线分明。但晋国强大，越河夺了黄河西岸的这片秦国的土地，这就如同在秦国的领土上揳入一把楔子，让秦人如鲠在喉。三家分晋后，魏国分得了这片土地。秦国一直想收回这里，不断出兵攻打，因此这里成为秦魏间的一个火药桶。2013年我到了这里的韩城和合阳，并特意观察了这里的山川形势。整个韩塬地区背靠黄河，面向八百里秦川，对防守方而言是易攻难守，背水而战。但是吴起领命驻防西河，则把这里经营得风生水起。他不断主动出兵攻击秦地，修筑四城，占尽西河地利，并设置西河郡，成为魏国西扼秦国的一座坚强堡垒，令秦人不能越雷池半步。

魏文侯死后，儿子魏武侯继位。武侯深知西河对魏国的重要性，便亲自渡河前来视察。吴起陪同武侯乘舟沿黄河而下，望着两岸峻险的山川，魏武侯手舞足蹈："美哉山河之固，我魏国得此峻险，何愁不江山永固！"吴起闻言正色地对武侯讲："陛下，国家的保障在于君上之德行，而不是山川之险要。如果君上不行德政，这船中的每一个人都可能成为陛下的敌人，何险可守？"说得魏武侯连连称是。

历史总在重复那些老掉牙的故事。吴起的才干引来朝中宠臣的嫉妒，他们设计离间魏武侯与吴起的关系，迫使吴起去魏奔楚。

吴起买舟南下，望着自己苦心经营多年的西河要地，禁不住仰天长叹：有我吴某人在此，秦人休想东跨一步。可惜呀，如此大好河山将要易手他人了！吴起的感叹不久以后即成为现实，这是后话不表。

在楚国，吴起与楚悼王一见如故。

楚国在经历了昭、惠中兴以后，北方新兴的三晋崛起，不断侵蚀楚国北方的土地；而在国内，世袭的封君贵族集团势力日益强大，楚王的权力被架空，国力日渐衰弱。内忧外困，迫使楚悼王奋起走上了变法图强的道路。

封君制是楚国政治制度的重要组成部分，它是春秋时期分封卿大夫制度的延续，此制在楚国开始于春秋战国之交。它的实质是，对少数功臣、贵戚或宠臣进行封赏，授予"君"或"侯"的名称，分封给一片土地，以代替过去卿大夫的采邑，与郡县制并行。这些"封君"的封号和土地可以世袭传承，他们在自己的封地上可以有独立的武装，可以自授职官、自收税赋，虽然名义上它们仍受控于国家中央政权，封地可以被收回，但仍有很强的独立性。例如今天的中国人都知道上海的简称叫"申"，可有多少人知道这个名称来自于楚国的封君制？因为这片土地是战国楚公子春申君黄歇的封地。进入战国以后，这样的"封君"越封越多，把国家划分得七零八落。他们政治腐败，生活糜烂，每遇战事首先考虑的是自己封地的利益，保存实力成为第一要务，而国家的利益则抛诸脑后。历史证明，一旦形成了世袭的特权制度，便一定会形成一个庞大而腐败的既得利益集团，他们的势力将会像滚雪球一样越滚越大，最后终将绑架最高权力，控制国家意志。楚人早期的创业精神和积极向上的活力，在这些实力强大的世袭贵族的不断侵蚀下荡然无存。

吴起一针见血地道出了楚国的积弊所在，是"大臣太重，封君太众"（《韩非子·和氏》），对此，楚悼王有切肤之痛。楚悼王的父亲楚声王，就是在一次巡游中遇刺身亡的，据说是盗贼所为，这个所谓的"盗"，其实应该是某封君豢养的死士，楚声王的政策一定动了封君们的奶酪。因此，心存大志向的楚悼王成了吴起变法的铁杆支持者，如同秦孝公之于商鞅。

在楚悼王的大力支持下，吴起以铁腕手段开始了他的改革。

吴起的变法矛头，直指那些权重位高的封君贵族，最重要的一条，就是均爵平禄，凡已世袭传承三代的贵族，一律取消爵禄，由国家收回封地；把贵族迁移到地广人稀的偏远之地，让他们开荒种田，发展经济。吴起是个外来户，与楚国的贵族毫无牵绊，为了楚国的富国强兵，完全可以放手一搏。这些政策，条条都要了贵族们的命，一时间朝中上下，除楚悼王外无不对吴起咬牙切齿，恨不寝其皮而食其肉。

其次，废除无用无能的冗官冗吏，削减官吏俸禄，增加财政，把节约出来的财富用于奖励军功；严肃法纪，禁止百姓游手好闲，变游民为亦耕亦兵的战士，凡有以身试法者按律严惩。

同时吴起大力整饬军队，这是他的拿手好戏，他将当年在魏国训练"魏武卒"的模式在楚国大面积推广，加上对军功的奖励，使楚军的战斗力获得极大提升。

在吴起变法的推动下，楚国只用了一年时间就脱胎换骨，强势崛起。在随后几年中，楚国一连取得了几次对外战争的胜利，虽然这时吴起已经不在了，但他的变法成果惠及后世。

然而，利益的重新配置，必然遭致既得利益集团的强势反弹。刚刚推行了一年的变法，在公元381年因楚悼王的突然去世戛然而止。失去了靠山的吴起立即遭到贵族们的追杀，他自知不保，但精于兵法的吴起作出了人生中最后一次算计，他逃到楚悼王停尸处，伏于尸上，让贵族们乱箭射死。按楚法，凡有伤害君王尸身者灭族，那些乱箭射中楚悼王尸身的贵族，被灭族达70余家。吴起既为自己报了仇，又趁此大大削弱了贵族的势力。

吴起死后，新法尽废，但经此变法，楚国贵族势力还是遭到了沉重打击，楚王重拾大权，为后来的宣、威盛世奠定了基础。但是，吴起变法的不彻底性，也种下了楚国不敌秦国的因果。

我们再来看几乎同时代的秦国变法。大约在20年后的公元前359年，同样从魏国来投的商鞅开始了在秦国的变法。商鞅变法的故事广为人知，这里只谈其变法内容。

商鞅变法的矛头同样指向世袭的贵族势力，他废除了世卿世禄制度。秦国面临着与楚国同样的形势，一个庞大的既得利益集团左右着秦国的政局，他们因祖上的功劳而世袭传承其爵位和财富，这是一个腐败、奢靡而不求上进的团体，为了维护既得利益，阻扰着任何新生力量的诞生。国家在他们的控制下，秦国在西河的争夺战中连败于魏国，秦穆公创下的霸业余晖散尽。

我认为，商鞅变法一个最具颠覆性的措施就是奖励军功，这是吴起变法所不能比的，开了时代之先河。

商鞅创立了秦国的二十级军功爵位制，从一级公士到二十级彻侯爵位，数字越高等级越高，无论贵族还是平民，只要立有军功皆可授爵。新法规定：秦国的士兵只要斩获敌人"甲士"（军官）一个首级，就可获得一级爵位（公士），授田一顷、宅一所、仆人一个。斩杀敌人的首级越多获得的爵位就越高，每级爵位同田亩、住宅和奴仆的数量挂钩。第一，它鼓励了秦国士兵奋勇杀敌的积极性，勇猛向前，势不可挡，因此战场上也能经常见到秦国士兵为争夺敌方首级（以左耳计）而自相残杀的场面。我猜想，商鞅一定深谙黑暗心理学，他释放了潜伏在人心中最黑暗深处的原始兽性，打开了人心中的潘多拉魔匣；第二，也是更重要的方面，利益不再为世袭贵族所垄断，它为没有背景的草根阶层打通了一条向上层游动的通道。在世卿世禄制度下，上下阶层是固化的，贵族凭着权势世袭着爵位，可以不劳而获地分享社会财富，而平民即使劬劳终生依然食不果腹，即使能力超群也只能守着自己那卑微的身份了此一生。这两个阶层互不搭界，一个只考虑如何维护自己的既有利益长盛不衰，穷奢极欲，醉生梦死；一个只能无奈地安于现状或进行私斗，行尸走肉，麻木不仁。任何积极向上的社会原创动力都已消泯殆尽，整个社会如同一沟绝望的死水，春风吹不起半点漪沦。现在不同了，国家给予每个人一次相对公平的机会，任何人都可以通过自己的英勇表现来获得向上的迁升。中国历史上著名的战将之一白起将军，就是从一介布衣通过军功一步一步走向大将军位置的，战功赫赫，青史留名，如果没有这样的制度，像白起这样的小人物将永远沉寂在历史的星空之下。正是这样的制度革新，秦国士兵的虎狼本性被彻底激活了，它所爆发出来的能量足以使天地失色、江海喧声。我以为，商鞅的军功制，与950年后隋代兴起的科举制异曲同工，不同的是一武一文，而相同的一面都是打破世袭贵族的垄断地位，让国家的每一个有志者都可以通过自身努力来改变自己的命运。第三，商鞅通过此举能最大限度地调动社会资源去实现征服的目标，每个人的潜能都被最大程度地发挥出来，任何道德良心礼仪规范都将被赤裸裸的现实功利踩在脚下。人们心中只有一个信念，杀人，征服，然后获取现实的荣华富贵。就凭这一条，秦国气吞六合、一统天下的大势便已成定局，楚国乃至东方六国，即将面对的是一部被商鞅改造出来的专用于征服杀伐的战争机器，他们无力遏止这股煞气的东向。

一旦人心中的猛兽被释放，则可能意味着失控，失控是国家统治者之大忌，所以能放得出去，还要能收得回来。心思缜密的商鞅紧接着实施的是编订户口，五家为伍，十家为什，编成户籍，实行连坐之法。一人获罪，若不举报，五人连坐（同罪），目的就是要让百姓互相保证，互相监视，互相揭发，再施以苛严的律令，让民众日夜生活在恐惧之中，便于统治者对他们实施严格管控，同时也利于对税赋的征缴。这种驭民政策，极大破坏了淳朴善正的上古民风民俗。

重农抑商，发展生产，这是征服战争的物质基础。秦国颁布了一系列重农政策，鼓励百姓垦荒，实行的是义务兵役制，闲时在家务农生产，同时接受军事训练，战时每一个适龄男子都是战士。这个政策在100年后秦、赵长平之战中显示了无可比拟的优越性。秦赵在长平相持三年，需要漫长补给线的秦军，反而拖垮了在家门口作战的赵军，在决战的最后时刻，秦昭襄王从只有约400万人口的秦国征集了60万大军，凡15岁以上的健康男子皆拿起戈矛开赴前线。这种强大的国家动员能力，就是商鞅为秦国打下的基础。

变法内容很多，就不一一条陈。通过以上措施，商鞅的变法，比吴起的变法更加系统化、成熟化，对人心的挖掘也更深刻化。

与吴起一样，商鞅的变法也是依赖于一个君主的铁杆支持，当秦孝公去世以后，利益受到损害的世袭贵族集团疯狂反扑，商鞅被车裂酷刑五马分尸。与吴起不一样的是，商鞅虽然被车裂，但他的变法成果却被秦孝公的后继者保留了下来，秦国从此走上了虎步六国的统一之路。

吴起与商鞅都代表了铁血冷酷而又理性的法家文化，它们在两块不同的土地上进行了变法试验，一个失败了，一个成功了。表面看来，吴起是因为楚悼王的早亡，使变法仅仅推行了一年，难以深入人心；而商鞅的变法得到了秦孝公整整21年的支持，变法精神早已深入社会。但从更深的文化层面看，这种冷酷的法家思想更适合秦国这片黄尘漠漠的瘦硬土地，适合常年与西北游牧民族打交道而养成了狼一般铁血性格的秦人，但它不适应温润多水产生了老庄文化的土壤。楚文化是一种开放、包容、浪漫而带有人文关怀的文化，在史籍记录的整个楚国对外战争中，从未出现过像秦国那样斩首数万的记录，即使在灭国战争里，楚人采取的政策依然是迁其族人，存其宗庙，抚其臣民。理性而冷酷的法家思想，在浪漫而任性的楚人那里没有市场。

秦国与楚国的国运，由于各自变法结局的不同，在那一刻起便走向了各自的宿命。

8

春秋战国，通常被一般人所并称，然而春秋与战国，却有着那么泾渭分明的差异。

春秋时期，尤其是春秋早期，《周礼》所圈定的礼仪道德依然规范着人们的行为。那时候的战争，在前文已经讲过，颇似贵族间的一场竞技游戏，国家与国家之间的讨伐，不以灭人国夺人地为目标，只是要宣示霸权，要对方向自己臣服。人们遵循着周礼的规范和战争原则，彼此甚至在生死一线的战场，依然风度十足而不失礼数。即使想要征讨对方，也总要找出一些合理的借口，理由不充分或被辩驳得理屈词穷便只好退兵。如公元前656年齐桓公率诸侯伐楚，明明是要扼制楚国向北发展，却偏偏要找出两个理直气壮的借口："尔贡包茅不入"和"昭王南征而不复"。不向周天子进贡包茅草算是一罪，而数百年前周昭王身死汉江也被翻拣出来了，显得有几分荒唐。楚国使者屈完前往谈判，接受了前一条，并承诺立即进贡，而对后一条进行了驳斥，即使辩才如管仲者也只能理屈词穷，不得不退兵。所以对宋襄公"君子不重伤，不禽二毛"和"不鼓不成列"的迂腐观点，绝不能以后世极端功利的思维模式去理解。

那个时代的贵族具有传统的贵族精神，他们彬彬有礼，情趣高雅，无论在外交场合抑或朋友间聊天，总是引经据典，说古论今。他们随时高举道德的大旗，一篇大义凛然的礼义说辞便可退得千乘雄兵。

时间进入春秋中晚期尤其到了战国时代，随着残酷的兼并战争越演越烈，那层礼乐文明的外衣被撕得粉碎，人们潜藏心底的那份浓黑的魔性彻底暴露无遗。历史进入一个极度功利化的时代，那些游走于各国君王之间的士人不再高谈礼义道德，而是进行赤裸裸的利害剖析，如何才能损害他国的利益而使自己获利。各国的君主们也在追求利益的最大化，追求快速的富国强兵而使自己抢占先机。上古的圣皇贤帝已不足法，眼前的功名利禄才最真实。上至君王、下至群臣和民间百姓，一切以功利至上，什么礼义廉耻，什么道德准则，统统被现实的功利踩在脚下。这时候的战争目的，就是灭人国家、占人土地、掠夺人口和财富，战争的过程已不重要了，可以不择手段去争取最终目标的实现，所谓"兵者诡道也"正是这个时代的产物。这是一个礼崩乐坏的时代，这是一个令孔子捶胸顿足奔走呼号的时代。

商鞅变法，就是商鞅与秦孝公这两个极端功利主义者碰撞的结果。据《史记·商君列传》记载，商鞅买通了秦王身边的宦臣景监，第一次见到秦孝公时，试探着从三皇五帝谈起，孝公听得瞌睡。商鞅窃喜：君上不好帝道。第二次见面，商鞅大谈王道仁义，孝公哈欠连天。商鞅又喜：君上志不在王道。第三次见面，商鞅口若悬河地谈起迅速富国强兵的霸道时，孝公两眼放光，握住商鞅的手说："请先生教我。"

商鞅的改革，就是杀鸡取卵、急功近利的改革，就是唯利是图、严刑酷法的改革。他以极端的现实功利为诱饵，以严酷的刑法为恐吓手段，把秦国的全部民力绑架到这部国家战车上。客观地看，他在极短的时期内成就了一个强大的秦国，为秦始皇最终统一中国奠定了基础。但是商鞅变法败坏了商周尚存的礼义教化，破坏了淳朴民风；视百姓如草芥，以苛刑酷法治理国家，为秦国的迅速灭亡埋下了深重的祸患。任何改制和发展，若以败坏人民心中的道德教化，以急功近利为交换代价，必然导致新一轮更严重的社会危机。

我突然想起金大侠的武侠小说里有这样一个结论：正派武功博大精深，但须经历时光的砥砺循序渐进长期修炼，岁月越长，功力愈深厚；而邪派武功可以速成，短时期内速见功效，但修炼越深对自己的损伤就愈大。虽然邪派功夫可以逞一时之能，但终究邪不压正。

老子说："飘风不终朝，骤雨不终日"，商鞅崇尚的功利诱饵、暴力威压，必然破坏古代圣贤治国的正道教化，虽可收一时功效，但必不能长久。秦国的历史也为之作出最好的注解。

冷酷无情的法家思想不可能笑到最后。

在这个波诡云谲急剧变动的时代，我们再来看一看楚人的表现。

楚人来自于荆山草莽间，本没有受过中原礼乐文明的洗礼，他们与那些生活在相同地区的少数民族一样，身上流淌着野性尚武的血液，有着来自林野间桀骜不驯的剽悍性格。"不服周"是楚人最鲜明的个性，所以他们被中原诸侯蔑视着，被周王朝不断出兵征讨着。他们自己的行事同样不受周礼的制约，在创业维艰的上升年代，他们就像天上的飞鸟水中的游鱼一样无拘无束，自在行事。那时，生存是他们的第一要务，为了生存他们可以不惜使用任何手段来达到目的，那种极端的实用功利主义在他们身上体现得非常充分。这些特征，在熊渠、熊通、熊赀和熊恽的故事中都得到了极致的发挥。

然而，在他们极端任性的时期，中原诸侯却严格遵守着周礼的道德礼仪和行为规范，所以楚人的表现就显得相当抢眼，"蛮夷"的标签被他们顶在头上四处招摇。

可是，开放的襟怀和善于学习的品格让楚人迅速接受了先进的中原文化，楚庄王不仅成就了他的霸主事业，他也成为了楚文化的分水岭。

楚国从此"文明"了，他们再也不是那个让人瞧不上眼的"蛮夷"了。他们的军队可以在生死一线的战场上表现得绅士味十足；他们的外交家可以在殿堂之上口诵《诗经》与大国领袖侃侃而谈；他们的工匠能够制造出令中原诸侯啧啧称奇的青铜器和美艳绝伦的漆器；他们的女人可以纺织出让中原贵妇钦羡不已的楚绸楚绣；他们的建筑师能够建立起让中原宫殿失色的章华宫；他们的诗人可以哦吟出《诗经》所没有的瑰丽色彩；他们的乐师团队可以奏响悦耳宏大的编钟交响……

就在楚人的文化向着礼乐的征程突飞猛进凯歌高奏的时候，中原却开始变了。那些昔日彬彬有礼高谈阔论的中原绅士开始变得鬼鬼祟祟吞吞吐吐了，他们行事诡异目光游移，满脸狡诈出尔反尔，反倒使楚人不太适应了。

在礼崩乐坏利益至上的战国时代，尤其在商鞅为秦国植入了极端功利主义的血腥以后，这个世界变得更加狡诈更加无赖。楚怀王熊槐的悲剧既有他个人的原因也有社会的因素。

庇护在一代雄主楚威王熊商的羽翼下，不知是楚怀王熊槐的幸运还是不幸。长在深宫之中，养于妇人之手，头顶上又有父亲这么大一棵参天大树荫着，自幼受着严格贵族教育的熊槐敦厚善良，遵礼崇信，楚国的爱国主义传统让他对自己的祖国充满强烈的责任心。然而，这些作为个人品性上的优点并不能让他成为一个成功的君主。在过于强大的父亲庇护下通常都成长不出那么强壮的儿子，温室里培育出来的花朵难于面对野风的侵凌，太过单纯的环境中成长起来的孩子在独对狡诈贪婪的外部世界时往往缺乏城府。不幸的是命运偏偏要让他去面对一个在中国上下五千年历史中都能数得上名号的狡诈的家伙张仪。

这世界上怎会有这样的人？望着从秦国归来的使者，楚怀王怔怔地有些发蒙。明明说好了商於的600里土地，怎么转眼就变成了6里？这世界难道真的没有诚信可言吗？我可是按约去绝了齐国的交情，你怎能如此欺人？

贵族的礼仪教育让熊槐对张仪的行为感到匪夷所思，他愤怒了，他力排众议决定出兵惩罚秦国，这个世界不允许这样的恶棍逍遥法外。

史载：楚秦两军大战于丹阳，楚师败绩，斩甲士八万。又战于蓝田，楚师再败。

不久，秦昭襄王亲自来信了，要求在武关与熊槐会盟，重结旧好，并归还上次大战中楚国失去的土地。

"陛下万万不可去，秦国虎狼之邦，毫无诚信，陛下以身涉险地，于国家大大不利。"群臣纷纷阻拦。唯有小儿子子兰支持楚怀王前往赴约。

秦楚有三百年的交好史，当年吴师入郢，还是秦国发兵帮助我们赶走了吴国人。张仪，街头小混混而已，不必跟他一般见识，可秦王就不一样了，他是贵族，又是一个大国之君，这样的国家大事岂能儿戏？上次与秦昭襄王在黄棘会盟，他不是把抢占的上庸的土地归还给我们了吗？我们军队吃了败仗，我是楚国的君主，祖先留下来的土地可不能在我手中丢失了，我无颜面对列祖列宗啊！楚怀王反复思索，最后决定前去武关赴秦王之会。

武关，没有秦王，只有盔甲闪亮的秦国武士。楚王入关，关门骤闭。事到如今，不知熊槐心中，是否想到了三百多年前自己的祖先楚成王与宋襄公的盂地"衣裳之会"？只不过角色被彻底调换了。

楚怀王被押解至秦都咸阳的章台宫。

这世上怎会有如此不讲信义的国家、如此不讲信义的君王？眼前的现实已经超出了熊槐的认知范围。他脑子发涨，两眼闪着金花，这样的结局是他完全没有料到的。

秦昭襄王终于露面了，他向熊槐提出条件：大哥呀，你受委屈了。你只要写封信回家，让贵国的将军们把巫郡和黔中郡移交我们，我马上派兵护送大哥回国。你还做你的楚王，我们秦国与你们永结盟好，共同抗击东方诸侯，你愿意吗？

望着秦昭襄王那张皮笑肉不笑的脸，熊槐一声不吭，他要以无声的抗议来表达自己心中的愤怒。

公元前299年，熊槐在被软禁的章台宫中郁郁而终。至死秦国都未能从他那里讨去楚国的半点便宜。

熊槐仍不失为一条有血性的汉子，只可惜他生不逢时。当大家都在嘲笑他的愚蠢的时候，我仍要为他最后的坚守和表现点个赞。

楚国有些不合时宜地逆向而行，尤其面对已经拼装成冷酷无情的战争机器的秦国，从中原学到的那些道德礼义能帮助它逃脱灭顶之灾吗？

答案是否定的。

公元前278年，秦将白起率兵攻破郢都城，立都411年的繁华都会一夜之间被彻底毁坏，两千多年后，变成了我脚下的这一片荒原。楚国迁都陈郢（今河南睢阳），失去半壁河山。

公元前224年，秦国倾全国之力，由秦将王翦统领60万大军在蕲（今安徽宿州一带）歼灭了楚国最后一支精锐力量。江水滔滔，烟火茫茫，残破的战旗在风中猎猎作响。楚国大将军项燕遥望着破碎的河山，拔剑自刎。自尽前，他留下了那句名垂千古的预言：楚虽三户，亡秦必楚！

公元前223年，秦军攻破楚国最后一座都城寿郢（今安徽寿春），楚国末代君主负刍被押上囚车，移送咸阳。楚国灭亡。

仅仅两年后，公元前221年，秦王嬴政一扫六合，中国统一。

八百余年悲欢事，都付渔樵一笑中！

9

雨丝像柳绵一样纷纷扬扬，脚下枯黄色的茅草在风中轻轻摇摆。公元1170年（南宋孝宗乾道六年），诗人陆游出任夔州通判，上任途中经过这里，他看到的郢都城，同我今天所见相差无几，甚至可能更加荒凉。站在荒草丛生的故城旧址上，遥想着时局的飘摇动荡和自己蓬蒿一样的人生经历，诗人心中百感交集。迎着凄冷的秋风，他写下了与屈原诗同名的《哀郢》二首：

其一

远接商周祚最长，北盟齐晋势争强。

章华歌舞终萧瑟，云梦风烟旧莽苍。

草合故宫惟雁起，盗穿荒冢有狐藏。

离骚未尽灵均恨，志士千秋泪满裳。

其二

荆州十月早梅春，徂岁真同下阪轮。
天地何心穷壮士，江湖从古著羁臣。
淋漓痛饮长亭暮，慷慨悲歌白发新。
欲吊章华无处问，废城霜露湿荆榛。

抱着同样沉重的心绪，我走向一座隆起的土堆。这里显然是一座残存的夯土台。"草合故宫惟雁起，盗穿荒冢有狐藏"，我看到的，依然如此。

不知道我究竟站在了哪座宫殿的台基上，当年这里应该宫阙巍峨，楹轩敞亮，无数形同飞天一样衣带翩跹的彩娥粉娃穿梭其间。也许像楚灵王的章华台宫殿一样，这台基的下面也有一条贝壳小径，在阳光下闪烁着璀璨的光泽。"鱼鳞屋兮龙堂，紫贝阙兮朱宫"（《九歌·河伯》），紫贝晶莹，旭光灿烂，在高高的宫檐上，可能还立着一只展翅欲飞的火红色的凤凰。

哦，这里会不会就是楚庄王的宫殿？楚国山上，有只大鸟。三年不飞，一飞冲天。三年不鸣，一鸣惊人。楚庄王可是在这里一鸣惊人？楚国

不知这是哪座宫殿的台基

也是从这里一飞冲天?

时光流逝,屈原可能也是从这里被逐出宫墙,他穿过东城门,一步三回头地向着远离都城的东方踽踽而行。他穿过洞庭,漂过长江,站在夏浦高高的土堆上遥望故乡:"……羌灵魂之欲归兮,何须臾而忘反?背夏浦而西思兮,哀故都之日远;登大坟以远望兮,聊以舒吾忧心……曼余目以流观兮,冀一反之何时?鸟飞反故乡兮,狐死必首丘;信非吾罪而弃逐兮,何日夜而忘之!"

我口中吟诵着屈原的《哀郢》诗,禁不住泫然泣下……

楚人来自于"筚路蓝缕,以处草莽",这只烈火凤凰,曾经在江淮地区创造了可与中原文化双峰并峙的灿烂文明,他们那惊人的浪漫与狂放,那恢诡谲怪而又瑰丽绝伦的艺术创造,无不释放着喷薄的张力和永不停息的生命活力。然而最终,他们依然回归于我眼前这片荆榛盈野的荒芜,一切回到原始的起点。

佛说:我从来处来,到去处去。当繁华历尽,飘飞的灵魂重新回归自己最初的发源地,你会发现,原来一切都没有改变。这世界真的就是一场南柯树下的黄粱梦?

当我默默走出纪南城故墟时,突然间雨收风住,昏蒙蒙的一圈红轮出现在重重的云霾间,若有若无的光晕映照着我的身影,恰似我心中的故国映射在灵魂中……

冥想首阳山

1

> 我仰望群山的苍老，
> 他们不说一句话。
> 阳光描出我的渺小，
> 小草在我的脚下。
>
> ——徐志摩《渺小》

层层的黄土山峦从眼前铺展开去，像波涛一样与远方的云彩相衔。红日正中天，自己的影子被压缩成一团，踩在脚下随身移走。一只苍鹰舒展着深灰色的翅膀在视野的平望处盘旋，驮着一背明晃晃的日光。清风吹过，青青的草儿从黄土缝隙中挣扎出来，轻拂着脚背，让裸足踏行在草地上的我感到畅快无比。远方地平线上，有一条闪着光泽的带子，如同一条束在原野间的腰带在天地间飘飘欲舞。那是孟津段的黄河，"遥望孟津河，杨柳郁婆娑。我是虏家儿，不解汉儿歌"。此刻的我，就是群山间被阳光描绘出的一个渺小的胡家儿，天地苍苍，胸臆茫茫。

这里是洛阳以北偃师境内的北邙首阳山。北邙，又名邙山，它是崤山的支脉，东西绵亘约190公里，滔滔不息的黄河水从它北面飘过，南方则是一眼望不到边际的伊洛平原。伊水悠悠，洛水悠悠，自西而东贯原而过，冲积出一块平畴之野，成为华夏先民最古老的生息之地。虽然我不懂风水学，但即使是外行人一眼也能瞧出几分端倪来。背倚青山，面临绿水，我眼前山下的这片平畴地带绝对是理想的风水宝地，历朝历代都成为逝者栖居安息的福地。古时就有俗谚说，"生在苏杭，死葬北邙"，所以各朝各代都有帝王将相、达官显贵将此地选为身后的埋骨之所。我们从历代诗人的咏唱中也可以找到一些踪迹：

北邙何累累，高陵有四五。借问谁家坟，皆云汉世主。（［晋］张载《七哀诗》）

北邙山上列坟茔，万古千秋对洛城。城中日夕歌钟起，山上惟闻松柏声。（［唐］沈佺期《北邙山》）

北邙山头少闲土，尽是洛阳人旧墓。旧墓人家归葬多，堆着黄金无置处。（［唐］王建《北邙行》）

洛阳北门北邙道，丧车辚辚入秋草。车前齐唱薤露歌，高坟新起日峨峨。朝朝暮暮长送葬，洛阳城中人更多。千金立碑高百尺，终作谁家柱下石。山头松柏半无主，地下白骨多于土。寒食家家送纸钱，鸱鸢作窠衔上树。人居朝市未解愁，请君暂向北邙游。（［唐］张籍《北邙行》）

北邙山上朔风生，新冢累累旧冢平。富贵至今何处是，断碑零碎野人耕。（［明］薛瑄《北邙行》）

……

为了配合首阳山火力发电厂的施工建设，我们在山下抢救性的发掘工作已持续了三个多月。发掘工作是辛苦的，一到周末，同事们就换上新装，乘车到洛阳市区的工作站度假去了。我偏爱乡野的宁静，往往自愿留守，安排自己的假日。我常常独自骑着一辆加重型的28自行车穿行在黄尘扑扑的机耕道上，或是沿着洛水的堤坝朝二里头方向顺风而去。但我最爱去的地方有两处，一是沿着登封少室山的山间公路盘旋而上，携带酒瓶去坐落在青青田野中的唐太子宏（弘）陵前自酌；二是向北骑车登山入北邙，在首阳山山顶发呆。

这首阳山是北邙在偃师境内的最高峰，海拔360米，因"日出之初，光必先及"而得名。古人所圈定的偃师八景中，"首阳晴晓"便独占一景，其诗曰：

窄蓉危岑插天空，龙光郁郁带云封。
夜深倒瞰天池白，晴晓先瞻海日红。
大好河山平望里，长安宫阙淡烟中。
春来草木青如染，偏在崦嵫第一峰。

一个人独自坐在首阳山头那片草色遥看近却无的草地上，口中嚼着一根细细的茅草茎，耳畔除了时有时无的风声，万籁俱寂。头顶上白云悠悠，眼前的山下一马平川，青青的麦苗涂抹出一片一片整齐的绿色方块，沟渠在方块间横平竖直地穿插着。

北方的乡野总能给我一丝孤独的情愫，在这片无边无际的孤寂中，总让我产生一种想与古人对话的冲动。我不知道当年杜牧登上乐游原时是不是也有我这份冲动，但他那首《登乐游原》的诗却深深拨动了我的心弦：

长空澹澹孤鸟没，万古销沉向此中。
看取汉家何事业，五陵无树起秋风。

2

就在我坐下的这片青草地上，曾经有两位衣衫褴褛、乱须蓬面的老者伏地采薇以果腹。不用我多说，大家都知道这二位的名字叫伯夷和叔齐。这是一双哥儿俩，他们是孤竹国的王子。孤竹国是大商帝国的属国，他们当然就是大商帝国的臣民。当年周武王车载着文王的灵位行军伐纣，这二位就在途中叩马进谏："父死不葬，爰及干戈，可谓孝乎？以臣弑君，可谓忠乎？"若不是姜尚阻拦，差点就让武王的卫士杀掉了。后来武王大会诸侯于孟津，陈兵牧野，纣王自焚于鹿台，商帝国灭亡，兄弟二人便隐居来到这首阳山上。其时天下皆为周地，二人觉得，食了周地出产的粟米便是对大商帝国不忠，于是便在此山中采薇而餐，耻食周粟。这一天山中来了位过路的妇人，见此便多嘴说了一句大实话："子义不食周粟，此亦周之草木也。"二人闻言大惭，决定连野菜也不食了，双双绝食而亡。

后来历朝历代都对伯夷叔齐推崇备至，司马迁还专门在《史记》中为其列传，韩愈、柳宗元也曾撰文称颂，唯独西汉东方朔不以为然，认为固守变化的事物而不变化，实在是"古之愚夫"，并认为"贤者居世，与之推移，不凝滞于物"方为圣人。

这就是所谓的"气节"。

气节的概念是不是中华上古文明的产物我不知道，我只知道它是儒家所倡导和尊崇的，但是，我们见到的儒家思想尚未占据主流的春秋战国时代，无数士人、游侠以身践行的事例不绝于史，这应该归功于《周礼》的浸淫。《周礼》的核心思想，就是把社会分割成严格的等级秩序，并由礼乐来加以规范，由此而衍生出诸如忠诚、信义、气节等道德理念，这些理念到了孔子那里，"气节"被推到了一个至高的境界，成为历代士大夫奉行的圭臬，《史记》中详细记录的伯夷叔齐的故事，大概也脱不了这些影响。然而，从小农经济的土壤中，自然而然生长出来的中国农民式的狡黠的实用功利主义则与之并行不悖，共同构成了中华文化一个硬币的两面。

姑且不论这哥儿俩的故事是否真实，在后世历史中，为灭亡故朝守灵而栖隐山林者代不乏人。在上古时代的殷周之际，在"气节"尚未形成主流的时代，为什么还会有这些人为"荒淫残暴"的商纣王"守节"呢？为践行深受儒家影响而排列出来的三皇五帝及后世贤君的《史记》谱系，对亡国的末代之君极尽污写也是有的。亡国之君未必都能与"荒淫残暴"挂上号，最著名的就是崇祯和光绪，甚至连广受诟病的杨广也有诸多史家提出异议。所以对商纣王的描写是否因为要突显周文周武的"正义"性和"伟大"性，这需要我们格外加以注意。

本来纣王的名字叫帝辛，纣是周人给予他的谥号。纣是什么意思？《吕氏春秋·功名》注中说"贱仁多累曰纣"，汉代蔡邕《独断》中说"残义损善曰纣"。总之，这是一个恶名，是周人送给他的，本身就带有贬损之意。顾颉刚先生在《古史辨》中有一篇文章《纣恶七十事的发生次第》，按照顾先生"层累地造成的中国古史"的方法，把史书中记载纣王的种种恶行搜集起来，按时代先后加以排序，结果发现，时代越靠后的文献，纣的恶行就越多。顾先生认为，据最早的文献，纣王充其量算是一个"庸王"而非暴虐之人。其实，顾先生之疑问，早在先秦时期的荀子就提出来了。他说："古者桀纣……身死国亡，为天下大僇，后世言恶则必稽焉。"（《荀子·非相篇》）孔子的学生子贡说得更直白："纣之不善不如是之甚也！是以君子恶居下流，天下之恶皆归焉。"（《论语·子张篇》）而《殷本纪》中说，"帝纣资辨捷疾，闻见甚敏，材力过人，手格猛兽"，可见他并不是一个只是四肢发达而无脑子的人。其父帝乙死后，本应立长子启，但因为启"毒贱"，群臣一致拥立不当立的帝辛为主，所以帝辛应该是当时各王子中比较杰出的一位。

事实上帝辛继位后，他蔑视陈规陋俗，选贤任能，敢于从基层提拔人才。他最大的功绩是对东夷用兵，把商帝国的势力扩大到江淮下游一带，同时把先进的生产技术带给落后的蛮夷地区，加速了该区域的开发。即使是他恶行中的罪证酒池肉林，也说明了当时经济的发达程度，这些都需要丰盛的物质资源作保障，出土众多的商代精美酒具，也印证着物质资源的丰厚。当周朝代商后，周公第一时间就下达了一道禁酒令（《尚书·酒诰》），一方面说明周人汲取了商代亡国的教训，另一方面也说明其生产力程度已大不如前。

考古发现证明，周代商起，文明形态发生了一次根本性的转变，其最大的变化，是把目光从鬼神转向了人间，远古时代那些血腥的人牲祭祀渐行渐远，古朴的化外蛮荒之风，逐渐被文采繁盛的文教沐习之风替代（正如《论语·八佾篇》所谓："子曰：周监于二代，郁郁乎文哉。吾从周。"），从上古的狰狞转而走向人性的温婉，这无疑是从野蛮向文明迈进了一大步。

然而在社会形态的很多方面，商人又有着与周人完全不同的特征。在经济形态方面，殷商注重工商业的发展，大商帝国的老祖宗之一王亥，就驾驶着自己发明的牛车往返于各部落间从事着买卖的营生，殷商遗址中出土的鲸骨、贝币等海洋生物及出产于今天新疆地区的和田玉，无不证明着其商贸的发达。有学者甚至认为，早在通西域的丝绸之路兴起以前，几乎同一路径上早就兴旺着一条玉石之路。在手工业方面，殷商出土的体形庞大而铸造精美的青铜器，达到了中华文明青铜时代的顶峰，尽管后起的周人同样有着不俗的表现，但却从未达到过殷商时代的高度。发达的工商业经济必然导致其社会形态的相对开明，妇女在那个时代有着独特的地位，妇好墓及殷墟一些大型妇女墓葬的出土，说明女性在那个时代的政治、经济、军事方面都有着自己的一席之地。

3

以传统的说法，商人的祖先来自于中国沿海地区的少昊氏，那是一个以鸟为图腾的部族。吞食玄鸟蛋而孕生的商人的直系先祖契，应该有着鸟的天性。鸟儿展开双翅俯视大地的视角，与面朝黄土背朝天的庄稼汉子是不一样的，一个是开放，一个是内敛。面朝大海，春暖花开，面对广阔的海洋，其眼界和胸襟都应该更加开阔，《山海经》中那些有关东海仙山和归墟的传说，更有可能来自东夷的滨海民族。

中国一直流传着殷人东渡的传说，虽然中国的文献并没有相关记载作支持，但在太平洋彼岸的中南美洲，通过印第安长老的叙述，言及其先祖是因为逃避灾难而漂洋过海来到美洲的。时至今日，有关印第安早期文字与甲骨文字相似之谜、来自东亚大陆的石锚之谜、奥尔梅克遗址的中国人面相和装束之谜等等，依然困惑着学术界。

被认为是中美洲母系文明的奥尔梅克文明，发现于墨西哥东南的韦拉克鲁斯州，它兴起于公元前1200年左右，以巨型的玄武岩头盔石像为显著特征，文化中包含有诸多亚洲因素。奇怪的是，这仿佛是一个从天上掉下来的文明，事前毫无征兆。而同一时间段的亚洲东部，正好处于殷周交替的时间点上。那么印第安长老们口中的"灾难"，难道真的是殷商部族面临的灭国之祸？

让人费解的是，当周武王率领的多国部队陈师牧野、兵临朝歌时，洋洋的大邑商居然无兵可调，只能仓促组织起奴隶来抵抗，即便没有前徒倒戈的事件，这群临时拼凑起来的乌合之众，又怎能抵抗得住面对辉煌京城时这群穷得像叫花子的蛮夷之师？

问题出来了，商帝国的兵都到哪儿去了？就在武王伐纣的那段时间，商帝国东部的东夷诸部发生了叛乱，商国的精兵悍将都调往今山东、苏北的地界平叛去了，据说那里汇集了帝国的25万大军。面对君主自焚、王子被俘，那些商国的精锐群龙无首，既未见他们在东方重新立国，也未见他们回师勤王（无王可勤），难道他们都成了王滇的庄蹻？他们就此永远消失在历史的迷雾中。

他们都去到哪儿呢？

武王灭商以后，并未占据殷都朝歌，而是让纣王的儿子武庚在原地统领前大邑商的遗民。为加强对这群亡国遗民的管控，周武王在殷都的东面设立卫国，在北面设邶国，在西南方设蔡国，号为"三监"，分别由自己的弟弟管叔、霍叔和蔡叔来镇守。在完成这一系列布置后，周武王便放心地率师西归镐京去了。

两年后，武王去世，由弟弟周公旦辅助年幼的成王，这就引起管、蔡等贵族的不满，一心想复国的武庚趁机拉拢管、蔡及东部沿海的徐夷、淮夷、奄（今山东曲阜）、薄姑（今山东博兴）等东夷部族反叛。为什么武庚能号召起如此多的东夷部落参与他的造反行动？这再次印证了商人的来源。一时之间，举国大乱。为了巩固新生的政权，周公旦拥着年幼的成王亲率大军东征平叛。这是一次比武王伐纣规模上要大很多的战争。在东夷诸部落中，也许还潜伏着无数当年平叛未归而断发文身变俗为夷的商国的军士们，所以战争的惨烈程度和破坏程度也远非朝歌之役可比。杀人盈野，焚邑无数，经过三年极其惨烈的战争，周朝大军诛武庚和管叔，流放蔡叔，贬霍叔，黜"三监"，攻灭奄等十七国，将昔日殷都附近未曾参与叛乱的部分殷人强迁于今商丘一带成立宋国，交由与周王朝合作的纣王庶兄微子启来管理。周公旦将被征服的小国实行分区管理，近周都镐京者谓小东,远镐京者谓大东。《诗经·小雅·大东》,就是大东地区谭国一个大夫的作品,描写了在周人统治下,大东小东地区的各小国人民受到周王朝压榨、劳役的困苦生活及怨恨、愤懑的情绪。

可以想象的是,那些参与反叛而被赶到大海边的幸存的殷商遗民,后有追兵,前是大海,他们会作出何种选择?他们会像崖山的南宋军民那样蹈海而亡吗?也许他们还有另一种选择——扬起风帆,赌一赌自己的运气。

大洋东岸突然兴起的带有亚洲特色的奥尔梅克文化,与发生在大洋西岸的"武王伐纣"和"成王东征",难道真的仅仅是时间上的巧合吗?

无论殷人东渡的传说是否真实,殷商帝国都是一个相对开放的有着浓郁工商文化因子的文明,而后来者周,则是固守着土地而生的内敛的农业文明。

周人的先祖生活在中国西北部的黄土地带,其最直系的祖先弃,就是因为母亲姜嫄踩踏了留在大地上一个巨人的脚印感孕而生的,这个巨大的脚印仿佛一个见证,把周人部落牢牢地印在了坚实的大地上。周人最早并无"周"的概念,氏族以定居的豳为国,国即是城。他们居住稳定,由游牧部族渐次转变为以农耕为主的城邑。到古公亶父时迁到岐山以南的周原地区,在渭河的哺育下农业生产日益兴旺,也因为周原才有了"周"的名号。

有一种说法是,甲骨文形象的"周",为种满了庄稼的田园,表示筑埂划界,圈地而种。《说文解字》说"周,密也。从用、口",造字本义就是封地而建、划界而种的围墙。

我一直认为,墙文化是中华传统文化的一个符号,把自己安全地圈起来,过男耕女织的小日子。从大地理来看,西北的帕米尔高原把我们与中亚的广大牧场分割,西南的青藏高原又让我们同富饶的南亚平原隔离,向东是一望无际的大海,我们在这个天然的"港湾"中安享宁静或进行内耗。当北方草原游牧民族对我们构成威胁时,我们就在农牧交界处筑起一道万里长城。而在思想领域,那些无形的墙更是无处不在。这一切大概我们都是受赐于周人。

脸朝黄土背朝天的庄稼汉子，眼睛盯着的和心中所系的，就只能是脚下的这一亩三分地，深厚的黄土层为周人奉献了沉甸甸的粟米和灿烂的文明的同时，也局促了他们的襟怀，弱视了他们的目光，以自恋式的优越感把自己深深地禁锢起来，以华夷的分界把自己置于天地的中心。在这片厚实的黄土地上生长的文明，一定是内敛式的文明，它需要森严的等级制度来保证社会秩序的运行，需要用礼乐的等级把人类人为地分割，形成一堵一堵无形的"墙"。

一直奉周礼世界为理想国度的孔子所创立的儒家学说，把这种等级秩序进一步细致化，在君君臣臣、父父子子的人与人之间，用道德的砖瓦筑起一道厚厚的"墙"。同样来自于大西北黄土地的大秦帝国，以高度功利化的政策和无与伦比的武力，征服了巫风浩荡自由浪漫的楚文化和濒海煮盐经商开放的齐文化，把周人建立起来的黄土地特色进一步深化。大汉帝国虽曾深受楚风之影响，但政治上到底承袭了秦帝国的衣钵，随着独尊儒术时代的来临，殷商所吹起的那么一点点蓝色之风渐渐消泯，华夏大地彻底染上了一片泥土的黄色。

从这个意义上看，"伯夷"和"叔齐"们所固守的，恐怕还不仅仅是一个王朝的更替那么简单……

4

步登北邙阪，遥望洛阳山。
洛阳何寂寞，宫室尽烧焚。
垣墙皆顿擗，荆棘上参天。
不见旧耆老，但睹新少年。
侧足无行径，荒畴不复田。
游子久不归，不识陌与阡。
中野何萧条，千里无人烟。
念我平常居，气结不能言。

望着脚下这片郁郁葱葱的土地，望着这片我可爱的曾经饱受磨难的土地，我情不自禁地吟起曹植这首《送应氏》来。

山上的风掀起衣衫，太阳渐渐西沉。

我站起身来，拍拍沾在衣上的草梗，迈步推车下山。

山下，夕归的村民三三两两骑行在田垄间。历史，从未在这片古老的土地上停歇过脚步。

回眸半坡：
一次对6000年前的叩访

1

一阵风吹来，湿漉漉的带着大河的气息。几天来，扎在脸上的风，都是来自黄土高原的干燥之气，状如寒针刺面，这迎面的湿润，虽还称不上吹面不寒的杨柳风，却也不禁让人神情一振。耳畔隐隐约约响起涛声。

嗡嗡地传来一阵从空腔中发出的声音，是埙，一种陶土烧制的最古老乐器。如果说前面的感觉还纯属幻觉，那么这后一种声音绝对真实，它来自大殿前一排陶埙销售点。

自从走进那扇倒"又"字形象征茅草屋顶的雕塑大门后，我的幻觉就一直没有终止。身边，那些森林一样直插青天的高楼不见了，我的眼前出现了一片开阔的荒原。荒原上，葛生蒙楚，蔹蔓于野，一些稀疏的阔叶树林点缀其间。一条小溪曲曲弯弯奔向远方，几只顽皮的小鹿，几只敏捷的獐子，不停游移在溪畔，不时低头饮一口清泉。远方，一条白茫茫的大河，蒸腾着迷蒙的雾气摊开在天地之间。视野尽头，隐隐的山影环布四周，白云悬浮空中，天空透着潭水般的湛蓝。地平线下，绿茸茸的原野

西安半坡博物馆大门

半坡时代假想图

中平整出一片黄褐色的地平来，一个个鸵鸟蛋状的圆形建筑物矗立在蓝天之下，它们有规则地环伺着一间面积较大的方形茅草大屋，形成一个个组团，而由这些组团构建成的村落，被一条不规则的深沟围圈起来。几缕白色的烟柱从村舍前的坡地上袅袅升起……

不错，这正是半坡人生活的世界。6000年前的关中平原，湿润而温暖，汤汤流淌的浐河从它西面浩荡而去。浐河的东岸是一片逐次抬升的辽阔台地，土地肥沃，溪流遍野，草木滋长，荆棘丛生，无数獐、鹿等动物游移其间，累累的野果缀满枝头。半坡人在这块土地上生息繁衍，生生不息长达千年，创造了不朽的彩陶文化，形成仰韶文化的一个重要结点——仰韶文化半坡类型。

2

前往探访半坡，是多年来的一个宿愿。读书时，曾实习参观过半坡遗址博物馆，至今已经印象模糊。然而，这个以鱼的形象闻名的母系社会彩陶文化中心，却无时不牵动我心。

半坡博物馆的主馆依然是记忆中那座半圆形顶的建筑，当年，全班同学在大殿前合影的情景仍依稀在目。这许多年过去了，世界早已物是人非，不过，比起大厅中即将呈现出的那片遗迹，我不敢轻言年华流逝。

田野发掘出的半坡村落遗址，以原生的状态清晰呈现在眼前。那是20世纪50年代的考古发掘，由当时的副总理陈毅元帅特批成立博物馆，用一座庞大的建筑物将村落中最重要部分遗址保护起来。坦率地讲，如果没有经历田野考古的专业训练，寻常人在这一片坑坑洼洼的黄土面之前肯定发晕——这都是些什么乱七八糟的玩意儿！

的确，它是一个年轮的立体呈现，数不清的打破关系层层叠叠，极少有一个完整的平面基址存在。然而，正是透过这些坑坑洼洼的远古遗痕，我们却可以清晰发现一个6000年前远古村落的真实生活。

无论一个村落或者一座城市，它的规划布局，呈现着其社会与经济的形态，这一点是确凿无疑的。

半坡村的建筑物都是半地穴式建筑，所以它留下了一个较清晰的屋基轮廓。由这些屋基轮廓可以发现，半坡人的居舍分方形和圆形两种，面积大约15个平方米，中心置以火膛，前后3列木柱；还有一些面积较小，大约只有五六平方米的屋基。无论大小，这些民居建筑都围绕着一座中心主建筑而生，那座主建筑呈方形，面积为100~200平方米，从出土柱洞看，屋内木柱多达6~8列。

这是一种典型的原始议会制结构，它是氏族社会的基本形态。氏族中的重大事件，由氏族全体成员在中心大屋中议事商决。影响中国社会三千多年的宗法制度，便是由此衍生而来，那座中心大屋，便是未来祠堂或者王宫的雏形。

在母系氏族社会形态中，执掌氏族大权的是最德高望重的老祖母，她经常把行政职权与宗教职权兼于一身。行政职权是召集氏族大会，经全体成员商议后按众人愿望发布实施命令；宗教职权则行使着与天神沟通的巫典仪式。2002—2005年，在为新遗址保护大厅作墙基考古清理时，意外发现了半坡的祭祀遗址，其中一根直立的石柱尤其引人注目，它应该拥有

半坡遗址半地穴式方形房屋基址

方形房屋想象复原图

摩尔根在美洲印第安人部落发现的图腾柱的意义。

母系社会的婚姻形态是族外婚制度，这又被称为群婚制度。也许当时的人们已经发现，近亲血缘出生的后代都不那么健康，于是制定严格规定，禁止氏族内部男女交配，但可以与外氏族的异性交配，也就是说，甲氏族的姐妹们可以同乙氏族的兄弟们互为配偶对象，反之亦然。这就是所谓的本族姐妹与彼族兄弟互为夫妻的群婚制度，其结果必然导致出生的孩子知其母而不知其父，所以父亲就不那么重要了，孩子们在母亲的氏族出生、成长，成为母亲氏族的生产力，以确保种族的生生不息。

然而，半坡村落中那些仅有五六平方米的小居引得我驻足沉思：或许，半坡人可能走出了群婚时代，他们已经孵化出对偶婚制的雏形。

对偶婚制，是群婚制度向前发展的又一个阶段。相较于群婚，它初步形成了一个暂时固定的性交配对象，是走向一夫一妻制的过渡阶段。

20世纪50—70年代，我国民族考古学者宋兆麟先生，曾对四川泸沽湖地区和云南宁蒗县永宁地区的纳西族母系社会制度进行过深入的实地考察，出版了《永宁纳西族母系制》等系列著作，他发现了纳西族的阿注婚姻或称走婚制的婚姻形态。

据永宁纳西风俗，女子年十五六，男子年十七八，便开始过着男女对偶居的婚配生活。我曾仔细阅读过宋先生的考察报告，其中一些细节尚清晰可忆。据宋先生讲，女子成年后，本族老祖母便为她专辟一间小屋，供她与情郎幽会并居住。男子晚上前来，在小屋前唱歌吹叶以传情意，当然，男女二人早在劳动中便已相互中意了，但是多听一些情意绵绵的表达应是每个女人固执的偏爱，这个仪式断断不可废止——这是我的猜想哈。被女子相中的男子很快便被接纳入室，此时月光皎洁，舍旁花儿吐香。当然，也有不被女子中意者，或正当女子心绪不佳而触了霉头者，最后男子只得空忙活半夜铩羽而归。总之男子能不能进得屋去，全凭女子心情发落。第二天清早，幸运的男子独自离去，回到自己的部族中生活与劳动，夜晚再回到女子屋中。女子有了身孕，这是全家族的大喜事，无论男孩女孩，孩子只属于女方家族，由老祖母监管，与男方无关，因为男子是可以随时更换的，谁也别想打孩子的歪主意，真可谓是铁打的女屋流水的男。对男子而言，如何赢得女子青睐是一种本领。有的家族，男子到了年岁，该出去交"阿注"了，老祖母会撤掉该男子在家中的铺位，让其搬到牛圈中与牲口同睡。那意思非常明白，有本事自会寻得好睡处，而且梦软鼾香；没本事的话，哈哈，活该睡牛圈。母系制度下的纳西人，便是通过这种婚配形式传宗接代。

我需要特别指出的是，对偶婚制是人类走向文明过程中所必经的一种形式，它发生在现代每一个民族的发展

半坡遗址出土图腾柱

进程中。一些人用一种猎奇甚至邪恶的心态来窥视纳西民族的母系制度，以自己在财富和文化上占据的高地优势（当然，我不否认这些优势对女人的深度杀伤力）来寻求春光旖旎，这正是对自身的亵渎。

由此回到半坡时代，那些十来平方米正常家居的屋舍外，常有一些五六平米的小居，它们是何用途？这不能不引起我的猜疑，因此我严重质疑半坡母系制，很可能已经开启了从群婚制向对偶婚制的转变。

我又联想到刚进博物馆大门时就听到的那些埙声。埙，是仰韶文化中一种常见的乐器，以陶土烧制，气流通过埙口吹入，在中空的腹腔回环，经由腹部的孔眼调音后再由口而出，带着古老地层的泥土味和旷古时空的磨洗味，传递出幽古沉郁的气息。按学者们的描述，音乐与舞蹈皆起源于祭祀，与宗教有关。然而，那个时代，宗教是专守的，有职业巫师行施其职，作为巫祭法器使用，埙的数量一定是有限的，可考古发现的结果证实，埙的出土是仰韶文化中一种普遍现象。当年我们在汉中龙岗寺实习发掘，就我与傅傅那个5米×5米的小探方中，仰韶地层里就出土了一件陶埙，可见得稀疏寻常了。看来，埙这种乐器，已经走下了仰韶时代的神圣祭坛，走向大众，走向娱乐与抒情。

站在那个五六平方米大的圆形屋基前，我似乎听到了一声埙韵从幽古的时空传来，月光皎洁清亮，花儿吐送芳香，那小屋中的半坡姑娘，正倚在墙根屏息静听……

3

在半坡，最让人迷恋的，是她的彩陶文化。

陶器的诞生，在人类文明史进程中具有里程碑的意义。正如互联网的出现深刻改变了现代人的生活方式及生存状态一样，陶器的出现，成为人类文明从旧石器时代进入新石器时代的一个重要标志之一。

《易·系辞传》曰："安土敦乎仁，故能爱。"人类从穴居到追逐迁徙的动物，以及随着四季变化生生落落的野果四处漂泊，到修筑一间简陋的草棚定居下来，完成了文明史中一步石破天惊的跨越。

随着定居生活的出现，那颗流浪的心开始有了家园的梦想，温馨的暖意从心底升起，"子兴视夜，明星有灿"（《诗·郑风·女曰鸡鸣》），黎明时期的农业初民坐在田垄边上开始了对家园的守望。如何让自己的家园变得更加美好，如何让自己的族人少受冻馁的侵袭，于是，人们以饱满的热情，从以往的经验中，开始了对新生活的创造，而相对稳定的生活，也为这些发明创造了条件。

当有人从火堆的硬土上感知到某种形状的陶土能够承载生活的质量时，陶器便诞生了。人们从数千年的生活实践中，逐步摸索出一套有意识地制作陶土的技艺，根据不同用途制作出形形色色的器形，从此，它便成为区分不同新石器文化的一项标准性物件。

从现有发掘情况看，半坡时代的制陶技术，还处于泥条盘筑法阶段，尚未掌握轮盘制陶法。所谓泥条盘筑，是将和好的泥搓成细泥条，制陶时，按器物类型将泥条一圈一圈地盘旋叠加筑成，然后再经磨壁修整使其光滑。如果要制作彩陶，下一步则在平滑的器壁上添彩作画，作画颜料通常用天然的赭石和氧化锰为色元素，烧制出来通常呈现黑、赭红等诸色。最后就是上窑烧制。

半坡陶窑区位于村舍外东侧的坡地上，迄今共发现了6座陶窑，2座为竖穴，4座为横穴。竖穴窑是比较先进的，其最大特点是火膛在窑室的垂直下方，这样既可以随时调节窑内温度，亦可使窑内受热均匀。

半坡彩陶最令人着迷的，是她的彩陶纹饰。

半坡彩陶纹饰丰富多彩，鹿纹、鱼纹、人面纹、蛙纹、鸟纹、折线纹、三角纹、网纹等是其最常见的题材。面对这些鲜活灵动的彩陶纹饰，学者们作了大量考证，以图

半坡出土的鹿纹彩陶盆

- 209 -

说明其意义。

其中有代表性的，是李泽厚先生总结诸多国内考古学者的研究成果，最后梳理出来的"有意味的形式"，说到底，它们是"具有巫术礼仪的图腾性质"。然而，作为哲学家的李泽厚先生，从美学的视角，提出了比考古学者眼界更宽的美学意义："从这些形象本身所直接传达出来的艺术风貌和审美意识，却可以清晰地使人感到：这里还没有沉重、恐怖、神秘和紧张，而是生动、活泼、纯朴和天真，是一派生气勃勃、健康成长的童年气派。"（李泽厚《美的历程》）

其实，将人类艺术纳入原始宗教范畴，应该上溯到19世纪的英国人泰勒（公元1832—1917年），这位从未上过大学的学者，却被牛津大学聘为世界科学史上第一个人类学教授而登上大学讲台。对宗教方面的研究，泰勒主要关注原始宗教，他第一次提出了万物有灵论或称泛灵论。他认为，万物有灵论包含两个基本信条：一，相信所有生物的灵魂在肉体死亡或消灭之后能够继续存在；二，相信各种神灵可以影响和控制物质世界和人的今生来世，同时神灵和人是相通的，人的行为会引起神灵的高兴或不悦。泰勒还认为，万物有灵论是宗教发展的最初形式，后来延伸到动物、植物以及山川、大河等无生命的物体，形成泛灵信仰，之后发展到祖先崇拜（包括图腾崇拜），再到多神崇拜，最后发展为一神崇拜。这就是宗教发展的历程。

法国社会学家、哲学家列维·布留尔（公元1857—1939年）则关注原始人类的思维方式，1910年，他发表了《低级社会中的智力机能》一书，将"地中海文明"所属民族的思维与"非地中海文明"所属的有色人种民族的思维进行比较研究，得出的结论是，"原始人的智力过程，与我们惯于描述的我们自己的智力过程是不一致的"。列维·布留尔先生无疑带有白种人优秀的强烈的种族主义偏见，但他对原始人类的思维方式研究还是颇值得我们参考。列维·布留尔给"原始人"的思维下的定义就是："原始人"的思维是以受互渗律支配的集体表象为基础的、神秘的、原逻辑的思维。他最主要的观点，就是认为原始人的思维，第一特征属于"集体表象"，有其非逻辑性的特点，即原逻辑思维；第二个重要特征就是互渗律，原始人认为动物、植物、手工制品的形状等客体，与人体的各部分主体是相互渗透的，这种互渗律决定了社会集体自身和它周围的人类群体与动物群体的关系，人与物之间彼此会产生影响，例如通过接触、转移、亵渎、感应、占有等等。列维·布留尔的著作，在俄国学者整理基础上，中译本再加完善，以《原始思维》为书名出版。

这些理论为原始宗教带来了一个重要概念，即交感巫术。行术时，只需将某客体的图像、肤发或其身体上某部分构件取来施法，即可对客体本身产生影响，从而得到有利于自己的结果。

于是我们来到人类美术创作的原始起点，法国西南部道尔多尼州乡村的拉斯科洞穴。1940年，几个玩耍的儿童在凹凸不平的洞壁上发现了一组人类壁画，壁画中的大型动物形象，有2~3米长的野马、野牛、鹿，还有4头巨大公牛，最长的达到5米以上，堪称惊世杰作。据专家考证，这些壁画来自于17000年前，属于旧石器时代生活在旷野草原上的原始猎人的记忆。它与西班牙北部阿尔塔米拉洞穴壁画一起，成为目前人类能够追溯到的绘画艺术的源头。可是问题出来了，难道仅仅是为了追求美或为了美化自己生活的洞穴，原始人类便拿起烧剩的炭枝，在凹凸不平的洞壁上开始记录他们的历险和欢乐吗？直到今天，人们都无法探索到他们真正的创作动机。许多学者还是依据泰勒和列维·布留尔的理论提出假设：这是一种交感巫术的运用。面对眼前这些或凶猛或敏捷的野兽，原始猎人通过绘制它们的形象，在其上施加巫术，以利于现实中对它们的捕获。

中国汉字中的"方"字，在甲骨、金文及后来的小篆中，都呈现为横木上悬挂一个人的形象。日本汉学家白川静先生认为，它就是"悬挂于横木上的死者"，它是中国远古的一种巫术。在俘获了对方部落战俘后，将其处死，然后将尸首用横木架悬挂于两个部落交界处，实施巫术，把恶灵驱赶到对方部落中以给彼方带来灾难，很有点以邻为壑的意味。这就是"方"，它代表的是非正常死亡，是刻意杀害并悬挂于横木的禁咒。因施法于部落边界，后来将边界周围的异姓国家称"方国"，后又引申为"方位""四方"等。这也是交感巫术的运用。

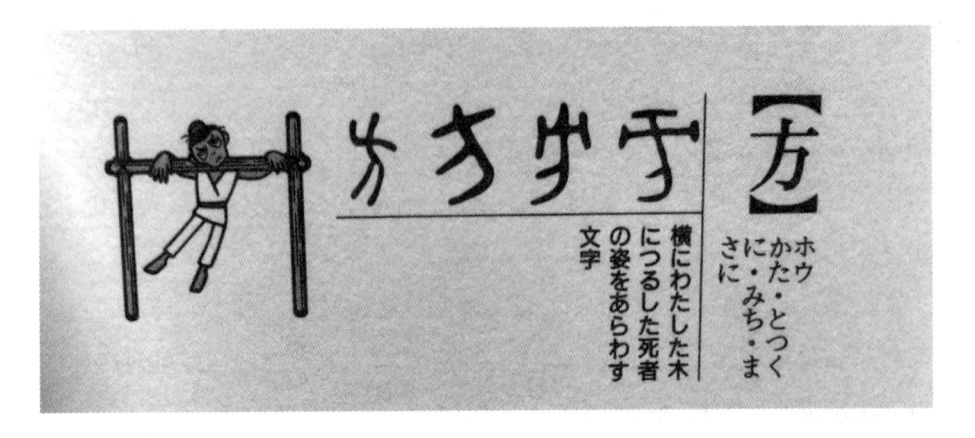

"方"字的文化人类学意义

西汉武帝晚年，汉宫廷中发生了系列巫蛊连环案，查到的证据就是用木偶人来诅咒天子，这是典型的远古交感巫术的绪余。由此，汉宫廷衍生出一场政治大动荡，最终导致太子刘据被废，大批人员受牵连而被处死。汉武帝刘彻晚年妻离子散、众叛亲离，在后悔与沉痛中死去。这种交感巫术的运用，甚至出现在清代小说《红楼梦》中。

4

在多彩多姿的半坡彩陶纹饰里，鱼类，无疑是最著名也最有代表性的一个母题，因此也最受到人们的关注。

闻一多先生在《说鱼》中认为，鱼在中国语言体系中，具有生殖繁盛的祝福含义。我认为，任何物种的生存繁衍，都需要掌握一门独特的生存秘技，丧失了这种秘技，该物种将很快走向灭绝。生活在食物链底端的鱼类，正是靠着其庞大的数量来延续种族的生存，一条母鱼，一次可以产下成千上万个鱼卵，所以闻一多先生的说法不无道理。

从半坡人身边哗哗淌过的浐河，为他们送来了丰盛的食物，半坡人不可能将它们拒之门外。在半坡遗址中，出土了大量石网坠，证明他们已经掌握了以藤条织网下河捞鱼的技术；此外，遗址中还出土了用兽骨磨制成的鱼梭，可见得他们也能够在浅水边执梭叉鱼。

对于这样一种天天接触到的生物，一定会投影到半坡人的艺术创作中，正如阿尔塔米拉和拉斯科洞壁上那些形象生动的野马、鹿和公牛。彩陶中那些线条灵动的鱼儿，正是6000年前浐河的鱼儿游入半坡人头脑中的记忆。

可是，这些灵动活泼的生灵，真的仅仅是作为审美客体再现给半坡人的欣赏对象吗？由于泰勒的理论太深入人心了，学者们大都不存此幻想。于是，交感巫术的幽灵再次潜入人们大脑，它们会不会也是作为施术对象而存在的图像呢？所以李泽厚先生才说它们是一种"有意味的形式"。

半坡的鱼，庙底沟的鸟，马家窑的龟，如果按李泽厚先生的说法，这些仰韶文化各类型彩陶纹饰中的母题形象，都具有祭祀仪典中的图腾意义，那么半坡人选择的鱼，其生殖繁衍功能一定是他们关注的一个重要因素。

生殖繁衍，事关一个种族的昌盛和生生不息，在世界各民族的发展历史上，有关生殖崇拜的遗物和传说俯拾即是，具有其普遍意义。我们可以设想，当东升的旭日把它的第一缕阳光洒向半坡的制陶工场，披在陶工那古铜色的肌肤之上，这位壮硕的汉子，手握已制作成器的陶坯，满怀虔诚仰望东方，心中充满了神圣的遐想。他谦恭地拿起"画笔"，那即将呈现在器壁上的鱼儿，寄寓着他对种族未来瓜瓞绵绵的

半坡出土的彩陶鱼纹圜底钵

半坡出土的彩陶双体鱼纹圜底钵

- 213 -

无限憧憬……

令人惊奇的是，那些游曳于器壁的鱼儿，游着游着开始变调了，流动的曲线变得僵直，椭圆的头颅渐成三角，双向对峙的眼睛构成一个对称的整体。那些模拟性的身态成为了表现性的线条，活生生的形体变为了符号，于是，环绕器壁的几何形图案产生了。

对于这样的变化，中国科学院考古研究所在1963年整理出版的发掘报告《西安半坡》中，以一段专门的文字进行了描述："有很多线索可以说明这种几何图案花纹是由鱼形的图案演变来的……一个简单的规律，即头部形状越简单，鱼体越趋向图案化。相反方向的鱼纹融合而成的图案花纹，体部变化较复杂，相同方向压叠融合的鱼纹，则较简单。"由此，报告将半坡出土的鱼纹纹饰进行排列，组合出一组演变规律。

面对这样一种抽象性的美的变奏，历史上一些大师也禁不住停下脚步，按捺不住好奇地去探索一番。黑格尔在论及抽象形式的美时说道："自然美的抽象形式，一方面是得到定性的因而也是有局限性的形式，另一方面它包含一种统一和抽象的自己对自己的关系。但是说得更精确一点，它按照它的这种定性和统一，去调节外在的复杂的事物，可是这种定性和统一并不是本身固有的内在性和起生气灌注作用的形象，而是外在的定性从外因来的统一。这种形式就是人们所说的整齐一律，平衡对称，符合规律与和谐。"（黑格尔《美学》第一卷，朱光潜译）

半坡出土的变化鱼纹彩陶圜底钵

我们看到，那些变奏后的鱼儿的几何形图案，完全符合黑格尔定义抽象形式的四原则：整齐一律，平衡对称，符合规律，和谐。

对这种抽象化后的鱼纹图案，李泽厚先生作了更具象化的说明："从再现（模拟）至表现（抽象化），由写实到符号化，这正是一个由内容到形式的积淀过程。也正是美作为'有意味的形式'的原始形成过程……似乎是'纯'形式的几何纹样，对原始人们的感受却远不只是均衡对称的形式快感，而具有复杂的观念、想象的意义在内。巫术礼仪的图腾形象逐渐简化和抽象化成为纯形式的几何图案（符号），它的原始图腾含义不但没有消失，并且由于几何纹饰经常比动物形象更多地布满器身，这种含义反而更加强了。可见，抽象几何纹饰并非某种形式美，而是：抽象形式中的内容，感官感受中的观念。"

相对于这些更带哲学意味的阐释，台湾的蒋勋先生似乎要轻松许多，他以一种诗性化的笔调写道："远离了茫昧的渔猎社会剧烈的生存竞争，史前陶器的形制和纹饰都展现着一种进入较缓和农业社会时的优美心情。那些延展的曲线、连绵、缠绕、勾曲，像天上的云，又像大地上的长河。因为定居了，因为从百物的生长中知道了季节的更替、生命的从死灭到复苏，中国陶器中的纹饰除了图腾符号的简化之外，又仿佛有一种静下来观察万物的心情。"（蒋勋《美的沉思》）

5

最后，我想叩问一下半坡文化中最核心的那个元素——人面鱼纹。

人面鱼纹，在半坡不是一个孤例，而是一种普遍存在的现象。在出土的带此纹饰的陶器中，完整器形并不多，很多只剩下一片残陶片。

人面鱼纹的基本特征为：一个人面口中衔两尾头部相对的鱼，头顶还倒插一尾鱼。在此基本特征的基础上，每个符号又有细微差别，如有的在两侧耳部各有一尾相对而游的鱼儿，有的则简化为两条飘动的线条。无论人面还是鱼体，图案都已抽象化了。人面眼睛紧紧地闭着，由两条横线来

半坡出土的彩陶人面鱼纹盆

姜寨遗址出土的人面鱼纹齿轮饰圜底罐

表示，鱼身则以带有刺状的长三角形来表现。

这种怪异的符号，代表着一种我们未知的神秘指向，它的含义已经消失在茫茫的历史长河中。但是可以肯定地说，它的内涵，在那个时代应该带有一种普遍意义，为那个时代的人类所普遍接受和认同。因为相同或相似元素的图案，在半坡遗址以外的其他仰韶文化半坡类型遗址中也有发现。

与半坡遗址相邻的西安临潼姜寨，同样发现了仰韶文化遗址。它分布在临河东岸的二层台地上，其地理环境与半坡遗址基本相似。在姜寨遗址半坡类型地层中，出土了完整的人面鱼纹彩陶盆，不同的是，人面的眼睛突然圆圆地睁开了。

姜寨遗址还出土了一件人面鱼纹齿轮饰圜底罐，其外壁正中赫然绘制着那个我们既熟悉而又略感陌生的图案。除了口衔两尾相向对游的鱼儿，耳部的两尾鱼儿正翩翩游动，修长的鱼身在水浪中如软绸飘摇。这两尾飘摇的鱼儿，证实了我对半坡耳畔那飞动线条象征意义的猜测。

另外，在姜寨遗址中，还出土了一件人面鱼鸟纹彩陶葫芦瓶，其图案形象已经远离了人面鱼纹的基本格调，而其主体形象也已变成了鸟，可是从它的本体母题结构可以看出，其原始内涵依然指向同一个神秘空间。

让我们把视线离开姜寨,在距离西安约100公里外的铜川李家沟半坡类型仰韶文化遗址中,也出土过一片睁眼人面鱼纹残陶片,图案形式也与半坡人面鱼纹略有不同,可它的原始含义应该与上述人面鱼鸟纹彩陶葫芦瓶相似。

我们离开关中平原,翻越秦岭,在秦岭南麓的汉中平原上,这种略有变异的人面鱼纹图案依然有踪可寻。距离西乡县城东北约5公里的何家湾遗址,分布在泾洋河右岸第二层台地上,它是陕南地区发现的史前时期规模最大、保存最完好、堆积层最丰厚、出土文物最多的一处大型遗址。在其仰韶文化地层中,出土了两件人面纹彩陶盆,人面口中的鱼儿已不知游向何方,但一尾鱼体依然牢牢地倒插入头顶中,人的面部双目圆睁,仿佛怒视着这个冷漠凉薄的现实世界;另一件双目紧闭,只有一条象征着鱼尾的倒立装饰在头顶招摇。从其母体形象分析,它们应该也属于人面鱼纹范畴。

姜寨遗址出土的人面鱼鸟纹彩陶葫芦瓶

这个幽冥时空中的神秘符号,让今天的人们驻足沉思,惊愕的口唇间发出一连串感叹!尤其当我们面对宇宙太空中的耿耿星河,禁不住会像两千多年前的屈原那样仰首苍穹:遂古之初,谁传道之?于是,学者们忍不住提出了一系列设问。将这些设问梳理起来,大致有以下5种假设:

1.图腾说。此说认为,它是半坡先民崇拜的图腾形象。

2.祖先形象说。此说认为,它

铜川李家沟遗址出土的人面鱼纹彩陶片

- 217 -

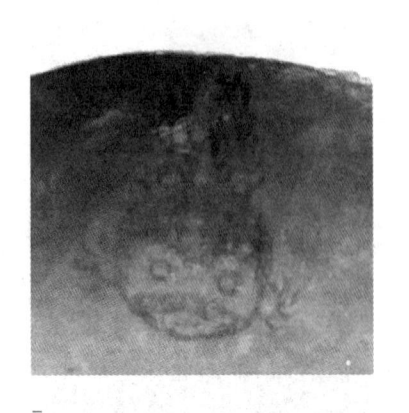

西乡何家湾遗址出土的人面鱼纹图案　　西乡何家湾遗址出土的人面鱼纹盆

是已经人格化的一个独立神灵。

3.权力象征说。此说以为，鱼纹最后演化为象征权力的角和帽。

4.巫师面具说。此说认为，它所表现的，是巫师作法时所戴的面具。

5.外星人形象说。此说以为，它是当时造访地球的外星人留给半坡人的印象。

以上假设，见仁见智，但谁也无法提出确凿的证据，我们只能从中感悟到远古时空的神秘幽渺，正如那充满烟云的缥缈埙声，从深不见底的历史深处传来，又消失在望不到尽头的地平远方。

但是，从空间概念上看，人面鱼纹的母题形象，从关中平原到汉中平原，在仰韶文化的半坡类型时期，是一个被先民们普遍接受并遵循的观念。对当时的人来讲，它的确切内涵应该妇孺皆知。我不由得又想起列维·布留尔对原始人类思维方式的理论，"原始人"的思维是通过许许多多世代相传的神秘性质的"集体表象"，而"集体表象"之间的关联不受逻辑思维的任何规律所支配，即所谓的"原逻辑"思维，所以我们找不到半点线索。半坡先民对人面鱼纹形象及内涵的广泛接受和遵循，真的就是受到这种"集体表象"思维的支配吗？

苍天亦无语……

6

走出半坡遗址博物馆大门时,天色已近黄昏。北方干冷的风不断扑打在脸上,面部肌肤一阵阵针刺般的疼痛。走在宽绰的大街上,道中车水马龙,川流不息。我脚下的这片土地,在6000年前,一定是草木丰茂,溪水潺湲,鸟语花香,各种野兽徜徉其间。也许这个时候,正有一群半坡人手执石矛,悄悄地合围过来,蹑手蹑脚,小心翼翼,凝神屏气。现在,这里是西安市东西向的主干道之一长乐东路与东三环半坡立交的交会处,飞桥环绕,车流熙攘。

我甩了甩头,使劲抖动了下身体,抖落了一身历史的尘埃。

前方,一幢摩天大楼冲天而起。

残英飘零的桃花源

1

隐隐飞桥隔野烟,石矶西畔问渔船。
桃花尽日随流水,洞在清溪何处边?

当我们的草圣张旭先生伫立在那里发出无穷无尽的浩叹时,桃花源,已经失落于他的世界近三百年了。人的天性就在于,越是找寻不得的就越是向往炽烈。

桃花源是陶渊明创造出来的一个世外乐园,它是否在历史上真正出现过我不得而知,也许它只是陶公一种精神上的寄托,也许他是听到了一个真实的传闻,谁知道呢!我时常在想,如果此传闻属真,那么桃花源的居民们一定是一群勇于开拓的勇士,他们能在秦乱中为自己谋得一片安宁的净土,实在是太难得了。在以后人的魔性所制造出的一个乱象环生的地球上,他们恐怕再也找不见一寸净土了,他们会不会飞向无垠的太空,在一颗类地行星上另行创造了一个更大的"桃花源"?当今那些时隐时现的飞碟的传闻,会不会是他们挂怀地球前来探望?呵呵,只有天知道!

在与武陵源相邻的南国广袤的土地上,山势峭立,水形曲回,林木葱郁,云雾缭绕,芳草鲜美,野花怒放,其实像这样的乐园早在上古时代便已出现。

有载民之国,帝舜生无淫,降载处,是谓巫载民。巫载民朌姓,食谷,不绩不经,服也。不稼不穑,食也。爰有歌舞之鸟,鸾鸟自歌,凤鸟自舞。爰有百兽,相群爰处。百谷所聚。

这段艰涩难懂的话出自于《山海经·大荒南经》，它讲的是舜的儿子无淫，流浪到一个叫"载"的地方，这里的居民都以"盼"（班音）为姓，无淫在此建立了巫载国。这个巫载国就是一个上古时代的"桃花源"。这里的居民以稻谷为主食，他们不纺不织，却有精织细缝的衣穿；不耕不耘，却有玉馔美食入口。他们同自然实现了真正的和谐，鸾鸟在树头歌唱，凤凰在草地起舞，不同种类的走兽结伴穿行在鲜花盛开的草地上，和风睦睦，暖日曛曛。

这样一幅上古行乐图真实存在吗？它应该在今天的哪里呢？

四川大学的任乃强先生认为，巫载国民姓盼，盼与巴音近，应该从巴人的地域去找寻。

巴人起源自长江南岸今天湖北长阳县境的武落钟离山，沿着清江流域不断西迁，从清江走大溪进入长江三峡区域，再溯长江而上直达川东陕南的广阔领域。

在巴人早期活动的区域中，整个峡江两岸及巫山山区最值得关注。因为在"灵山十巫"中，就有一巫叫"巫盼"。

山以巫名，可见定是有些来头。巫，在上古时代是一种职业，在部落中司掌神职，履行祭、祀、医、卜、算等职责，在社会族群中享有至高无上的"天赐之权"。他们是整个部族中最有学问的人，是文明的传承者。很多巫师都是由部落首领亲自兼任的，他们掌握着与天神沟通的特权，所以也是部族中最有权势和话语权的人物。在中国，整个巫文化盛行于南方地区，像南方的大国楚国，就是一个巫风烈烈的国度，屈原创作整理而留下来的《楚辞》，就是一部巫师祭祀的礼歌，它形成了与黄河流域中原地区完全不同的文明生态。

一般都认为，巫山地区是巫文化的源头。

翻开今天的中国地图，你会惊奇地发现，中国带"巫"字的地名，几乎大都集中在三峡地区。作为行政设置，有巫山、巫溪二县；作为山系名称，有巫山山脉；作为峡谷名号，有巫峡……

巫峡地段，是一个云水与峰峦交织成景的区域。滔滔的云海弥漫群峰，咆哮的江水在山谷间奔腾，两岸猿声哀鸣，湿气蒸郁，虫蛇出没，虎豹横行，云雾中奇峰突兀，变幻多姿，著名的"巫山十二峰"伫立云端，给人以无穷无尽的遐想和幻觉。生活在这里的人们，无疑会对大自然充满迷惘和梦幻，对天神示予人间的奇幻充满敬畏，寻求心灵的皈依比谁都来得迫切。于是，巫，从这里诞生。

巫山，古代又称灵山。著名神话学家袁珂先生在《山海经校注》中释"灵山"时说："灵山，疑即巫山。"繁体字的"灵"字从巫，就是一种以玉引神的巫师，在《说文解字·玉部》中，对灵字的解释为："灵，巫也，以玉事神。"《山海经》中谈到的"灵山十巫"和开明东的"六巫"，都曾在这里住持。

《大荒西经》云："有灵山，巫咸、巫即、巫盼、巫彭、巫姑、巫真、巫礼、巫抵、巫谢、巫罗十巫，从此升降，百药爰在。"同时《海内西经》也记载："开明东有巫彭、巫抵、巫阳、巫履、巫凡、巫相，夹窫窳之尸，皆操不死之药以距之。"开明为川西古蜀国的王朝，其东也应指川东地区，六巫中有两巫是"灵山十巫"中的成员。他们齐集于此，为整个峡江区域的巫文化开创了一个巫风烈烈的世界。

上古"桃花源"的巫臷国，就是"十巫"之一的巫盼部落。我们的思维不难从巫臷国荡漾开去，那巫风盛烈的"国"土，会不会都是令后人向往而不得的乐土？那么，在生产力极度低下的上古时代，他们凭了什么能享有不耕而食不织而衣的优裕日子？

答案很简单，他们有"盐"，任性！他们就类似今天的阿拉伯人。

在做硕士毕业论文的时候，我研究的谱主张浚先生就遇到了一个问题。经略川陕多年应召回京的张浚行到峡江地段，突然向宋高宗赵构打了一个报告，要求暂缓东行。在金人多年袭扰下的苟安之国，财政遇到了空前的窘境。因富平之战的失利而丢掉了陕西的张浚，回京后即将面临严重的惩罚，但他依然置自己的陟降而不顾，考虑的仍旧是全盘的抗金大计。张浚提出，将从这里航运川盐东下，贩卖后以扩充军饷。三个月后，经过朝廷反复论证，张浚最后得到的回复是：川盐不许出川！

小小的宁河流域出产的川盐，足以扰乱整个南宋帝国的财政体系，由此可见这里盐业资源的丰富程度。

据许多学者考释，"灵山十巫"所处的位置，就位于今大宁河一带的山岭河谷中。《大荒西经》说，十巫中的巫咸国，"右手操青蛇，左手操赤蛇，在登葆山，群巫所从上下也"。这个群巫可以上下出入直达天庭与神沟通的登葆山，就是今天巫溪县境的宝源山。《大明一统志·大宁山川》说："宝源山，在（巫溪）县北三十里，旧名宝山，气象盘蔚。大宁诸山，此独雄峻。上有牡丹、芍药、兰蕙，山半有石穴，出泉如瀑，即咸泉也。"所以，灵山十巫所处的地方，应该都是盐泉丰富的宝地。

20世纪80年代末，我到巫溪县进行文物普查时，曾在县文化馆查阅过《巫溪县志》，县志首页便是线描巫溪地形图，我看到，整个巫溪县全处在崇山峻岭之中，地无一尺平，就连县城也是开筑在大宁河谷的坡地上。宝源山的盐泉，就位于今巫溪县宁厂镇内，至今仍流淌着滔滔不绝的含盐泉水，被称为白鹿盐泉。这里两山夹峙，山谷陡峭，即使是欲稼欲穑也无从下锄，真是一个不折不扣的"不绩不经"和"不稼不穑"的地方，但是有了盐泉，当地民众便专事煮盐和贩运的工作，以此获利，丰衣足食。在极盛时，宁厂镇的盐灶多达数百个，从事盐业生产的人有数万之众。《蜀中广记》言其"不忧冻馁，不织不耕，持盐以易衣食"，完全就是巫臷国的翻版。

在三峡库区蓄水之前的大宁河，河床狭窄，两岸陡峭，水流湍激，最窄处河面不足十米宽，船工们行舟，专设一人在船头持一支长篙，不停地对准左右岸边的山崖左点右戳，以拨正船头的方向。在两岸壁立的石崖上，开凿着一溜方形的石孔，那是古代木栈道留下的遗迹。同行的文化馆长告诉我，那是盐工们背盐的通道，一袋袋白花花的食盐，就是通过这条木栈道流出大宁河谷，在巫山县长江入口处装上大船运往全国各地。今天，这些栈道石孔已淹没在倒灌后的大宁河水中，而行舟大宁河，也再见不到当年持竿撑崖那惊险的一幕了。

那么，除了文献记载，上古时代的大巫山地区真实情况又是如何呢？

在峡江地区无数的长江支流中，有一条发源自重庆梁平县，自北向东南流经忠县而注入长江的𣸣井河。在距忠县县城6公里的𣸣井河江心一座叫中坝的孤岛上，发现了堆积丰厚的古代文化遗存。中坝遗址的年代从距今约五千年前后的新石器时代中晚期开始，历夏、商、西周、春秋、战国、秦、汉、南朝、唐、宋、明、清至近现代，基本上没有大的缺环。这里丰厚的地层堆积、丰富的出土遗迹和遗物都是惊人的，其文化信息的蕴含量难以估量，是重庆三峡库区五千年历史的缩影和见证，就像一本书，完整记录了三峡库区的历史。1997年，为了配合长江三峡工程，四川省文物考古研究所对中坝遗址进行了正式发掘。经过了8年的不间断工作，出土遗迹1414处，器物144490件，陶片2643袋，总计约20万件。

　　在商代晚期到西周早期的地层中，出土了堆积厚达数米的尖底杯陶片和一些完整器具；在西周中晚期到春秋的地层中，又出现了数不胜数的一种叫"花边圜底罐"的陶器。如此数量惊人的同类型陶器的出土，到底预示着什么现象呢？

　　学者们初步估计，它们应该是制盐的工具。果真如此的话，它的底部应该总有一些线索吧。2005年，考古队进行了一次国际合作，在《美国国家科学院学报》8月30日刊出的网络版里，全文刊出了其研究成果，其中有这么一段文字："两位研究者在盐业研究领域采用了国际首创的研究方

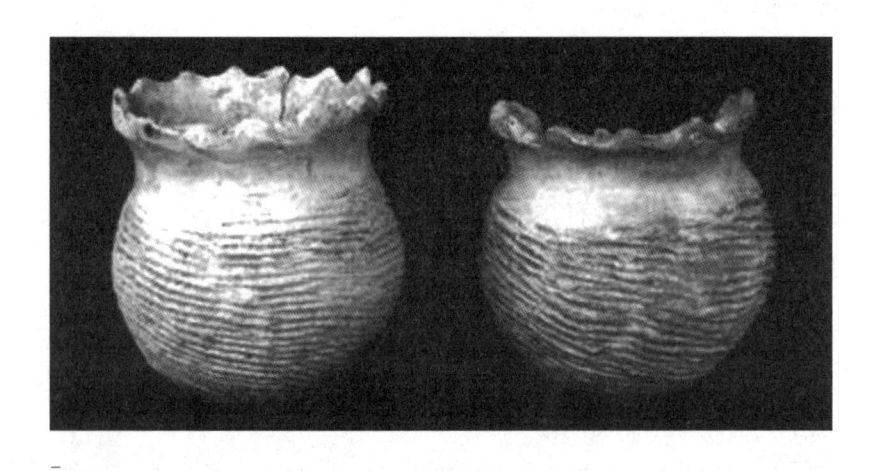

中坝遗址西周中晚期至春秋地层出土的花边圜底罐

法，他们对在长江三峡库区忠县中坝遗址中发现的陶器进行X射线荧光光谱分析、X射线晶体衍射分析和扫描电子显微镜分析时，找到了中国目前发现的最早盐业生产的科学证据，证明井盐最初的发源地位于四川盆地东部长江三峡一带。"

那么，这些不能平地摆放的尖底型陶器又能做何用途呢？考古发掘出的同时期"房址"中有许多"柱洞"，刚好可以将尖底部位稳稳地置放于"洞"口之上。学者们得出结论，在尖底杯中放入从盐锅里移出来的浓度极高的盐卤，利用"柱洞"底部的炭火将盐卤中少量的水分蒸发掉，便形成与尖底杯同型的结晶盐体——盐模，然后击碎陶质的尖底杯后便可取到这种坚硬的盐模，如同为藏区制作的砖茶那样直接进入市场，在以物易物的时代，这种盐模就等于硬通货币。而稍晚出现的那种"花边圜底罐"也有同样功能。如此，那堆积厚达数米的尖底杯碎陶片的产生就找到了答案。

由于出土数量太多，重庆中国三峡博物馆把花边圜底罐垂吊起来成为装饰，展示了峡江地区古代盐业的宏大乐章

古人的智慧真是令人惊叹不已。

有了丰富的盐泉资源，有了高超的制盐技术，置身于云雾缭绕的崇山峻岭中的盐业部落，实现"桃花源"的梦想也就不难了。

2

说到巫，人们脑子里不能不同女性联系起来。在西方，女巫、老巫婆都是最常见的题材。在中国，巫是一个统称，而在具体的称谓中，准确地讲，男性称为觋，女性才可称为巫。《经籍纂诂》引《商书·伊训》说："时谓巫风。"其传曰："巫者，事鬼神，祷解以治病请福者也。男曰觋，女曰巫。"

在屈原创作整理的《楚辞》中，女巫占了相当的比例，其中《山鬼》一篇，很多人都认为与峡江地区有关，描写的是巫山中的山神。那位扮演"山鬼"的女巫是何等漂亮迷人啊，屈原不惜运用最美丽的辞句来形容山鬼的形态：

> 若有人兮山之阿，被薜荔兮带女萝；
> 既含睇兮又宜笑，子慕予兮善窈窕。
> 乘赤豹兮从文狸，辛夷车兮结桂旗；
> 被石兰兮带杜衡，折芳馨兮遗所思。

仿佛有人经过深山谷坳，身披薜荔啊腰束女萝。含情流盼啊嫣然一笑，温柔可爱啊形貌姣好。驾着赤豹啊紧跟文狸，辛夷为车啊桂花饰旗。披着石兰啊结着杜衡，折枝鲜花啊聊寄相思。这份妩媚入骨的形象不知扰乱了多少美少年的心怀，历史上著名的美男子宋玉，在其《高唐赋》中是不是想借楚王来意淫一番真是难以预料，把美女诗人薛涛迷醉得神魂颠倒的风流才子元稹，在三百多年后还发出"除却巫山不是云"的慨叹。

像这样的女巫在巫山地区是存在的，前面提到的"灵山十巫"中，巫姑就可以确定是女性。据说她是炎帝的小女儿，被称为巫山神女，在群巫中是担任祭社的"女尸"，在天旱无雨时节，以自己的身体为祭品向天神祈雨，可见是一位勇于献身的伟大女性。巫姑死后葬在姑瑶之山，化为瑶草，永远苍绿在天地之间。这个故事记录在《山海经·中山经》里。

屈原时代的语境离我们太过遥远了，同样是考古出身的当代重庆诗人王川平的诗作《雩舞》，以宏大而悲壮的场面，再现了远古先民祈雨时的巫术仪式。作品表现了一个像巫姑那样被献祭给神灵的女巫的心路历程，它从现代人的视角，帮我们更近地走进女巫的内心世界。

女巫之死

注定了　注定了的

我毫不隐瞒地呈现在你的面前

羞涩的潮水已经退去

阳光和波浪的作品一览无余

小的时候　那些

巨大的胖女人们告诉说

我没有父亲没有母亲

不知是哪个白天（有太阳吗）

哪个夜晚（肯定有月亮）

生下了我　我是太阳和月亮的女儿

父亲啊

看看你的女儿

和女儿脚下撕裂的土地吧

太阳啊　我的父亲

让我陪你一道奔跑　咆哮　燃烧

把你的愤怒只朝我一个人宣泄

我是你的女儿　你的女儿呀

你的女儿不掺一点假

我给你跳舞

做各种各样你喜欢的样子

给你看你本不该看的地方

只要你快活

我给你做风的模样

（我的头发　黑风

我的淡红色的奔跑

我奔跑中紫色的摩擦）

我给你做雨的模样

（我的四肢

我的目光

我的欲望和祈祷

作最完全的开放）

父亲啊

你高兴了吗　开心了吗

止住你的愤怒　闭会儿眼睛

滴些儿眼泪　滋润又怜悯

土地和你的女儿要喝眼泪水

山鸡老乌鸦要喝眼泪水

土狗子和龙要喝眼泪水

我的父亲　闭闭眼吧

把你的芒刺只扎向我

扎向我最软和的地方

我被你拢在光焰中七上八下

宏大的光焰中我神魂颠倒

浮游　游不动了

岸哪在哪

……

女巫幽灵的舞蹈

大海不安的时候

船是纸叠的　一片桉树叶

树叶上的人是露水珠

渴望沙岸　露珠上

女巫的幽灵在舞蹈

黑夜像火　烧着

钟表停停摆摆

昨天和明天一起奔来奔去
　　孤寂像炸雷在周身震颤
　　捂住耳朵
　　什么也没有发生　只有
　　女巫的幽灵在舞蹈
　　……
　　舞蹈呀　在舞蹈
　　只要有干渴的嘴唇和裂缝
　　女巫的幽灵永远舞不停

　　在20世纪的那次峡江地区文物普查中，除本职工作外，我还把兴趣投放到古代神话和民俗风情层面。巫溪县文化馆长（请原谅，事过多年，我已记不清他的姓了）是一位临近退休的老人，他体格健硕，非常健谈，与我颇是投缘。在陪同我们前去各文物点调查途中，我向他请教了诸多有关巫溪民俗民风历史传说的问题。老人在当地从事文化事业一辈子，对境内情况如数家珍，使我颇受教益。在我印象中，他给我讲起许多沿途经过的山峰的传奇故事，像什么小神女峰、剪刀峰等等，我突然发现，在大巫山地区，那些个峰峦中有关女人的故事特别丰富也特别传奇，有些是史籍中可查找的，有些是当地的民间传说，这仿佛就是一个衣裙飘香的女儿国度。

　　我突发奇想，在这片云雾缥缈的峰峦世界中，历史上是不是真实出现过一个很有影响力的女儿国？

　　学历史的人都知道，在没有文字记录的远古时代，其真实的历史往往是通过神话来传播的，而它们的传播者正是那些"巫"。文化对那个时代的人是一种奢侈品，对普通人来讲，最容易口口相传并记住的一定是那些富有传奇色彩的故事，加上巫风盛行，故事中又烙上了诸多神秘的元素。现代人类学的奠基之作《金枝》是一部阐述巫术和宗教起源的权威之作，历史上它曾受到来自各方面的质疑，但是它经受住了考验，历史的源头就隐藏在那些怪诞不经的故事中。巫山地区如此密集的女儿传奇，真的就只是一些巧合吗？

我的思维自然而然地被引向了那个熟知的故事——一个被廪君毁灭了的制盐的女儿国度。

在巴人的英雄人物谱系中，廪君当之无愧地属于老大地位，这一段事关巴人起源的类似创世史诗般的文字，记录在一部已经佚失的秦汉时代的古籍《世本》中，好在成书于南朝刘宋时期的《后汉书·南蛮西南夷列传》将相关文字引用出来，使我们得以一窥真容：

> 巴郡南郡蛮，本有五姓……皆出于武落钟离山。其山有赤黑二穴，巴氏之子生于赤穴，四姓之子皆生黑穴。未有君长，俱事鬼神。乃共掷剑于石穴，约能中者，奉以为君。巴氏子务相乃独中之，众皆叹。又令各乘土船，约能浮者，当以为君。余姓悉沈，唯务相独浮。因共立之，是为廪君。乃乘土船，从夷水至盐阳。盐水有神女，谓廪君曰："此地广大，鱼盐所出，愿留共居。"廪君不许。盐神暮辄来取宿，旦即化为虫，与诸虫群飞，掩蔽日光，天地晦冥。积十余日，廪君伺其便，因射杀之，天乃开明。廪君于是君乎夷城，四姓皆臣之。廪君死，魂魄世为白虎。巴氏以虎饮人血，遂以人祠焉。

这段文字是目前所见有关巴人起源的最全记录，另外诸多辑本中都是只言片语，可作补充。

廪君掷剑浮舟，为五姓拥戴为君长，既可能反映了五个氏族的激烈纷争，最后以雄者为王；也可能是原始民主制度的反映。当大家面临共同的生死存亡时，需要一个英雄来带领大家走出困境。这样的英雄必须在文治武功方面得到大家认可。

首先，一个部落的生存，需要有强大的武力做后盾，《左传·成公十三年》说："国之大事，在祀与戎。"这极有可能是对上古部落制的承袭。武力强大了，方能保境安民，还能征伐掠财，保证部落民的生存空间。这样的武功，可不仅仅是武林大会上个人武技的突出，关键要看他率领部民进行战争的能力。

其次是领导经济的能力，能保证部民有良好的经济空间和生产条件。浮土船，许多学者皆以巫术视之，其实未必。巴人最早生存于清江流域，渔业和狩猎是他们的主要经济来源，造船技术其实也是生产力的一种表现形式。谁说浮土船只是巫术？近代民族学资料的调查表明，在越南的水网湖泽中，当地人便划着一种竹笼舟进行生产。其制作方法是，先用竹篾编制成船壳体，再涂以泥土和松脂，这样的船又称为"泥船"，造价低廉而实用，是便捷的内河航运工具。廪君（务相）个人杰出的造船技术和驾船功夫让他在与四姓的比试中独占鳌头，最终被推戴为老大也算顺理成章了。

《世本》记载说，廪君统一巴人部落后，便率领大家向外拓展生存空间，他们"乃乘土船，从夷水至盐阳"。夷水是清江的古称，清江发源于湖北省恩施州利川市的齐岳山，位于长江以南，与长江几成平行线状由西向东流淌，流经利川、恩施、宣恩、建始、巴东、长阳、宜都七个县市，最后由于长江在巴东境内折向东南，打破了两条线的平行，清江才有机会在宜都陆城汇入长江，全长423公里。武落钟离山位于湖北长阳县境，在清江下游地区，据我的恩师童恩正先生考证，廪君率领巴人部落离开钟离山后由东向西溯清江而上，一直来到上游的恩施地区，这里有一条由南向北流淌的长江支流大溪，把清江与长江联结起来，巴人便是通过大溪进入长江峡区的。

大溪从南岸汇入长江处，正好是三峡第一峡瞿塘峡的东出口——风箱峡。在两江交汇的三级台地上，发现了我国南方地区新石器时代著名的大溪文化遗址。当年我曾到此地调查，我看到，今天的大溪入江口处宽不足30米，水量不大，往上行走不远，江面收窄，河床上石礁累累，根本无法顺江行舟。只是在入江口处漂着一条小木船，船上有位摆渡的老艄公，他撑着小木船不断往返于大溪河的东西两岸，接送来往于两岸的背着背篓挑着竹箩的乡民们。我利用半天的休息时间，泡在老艄公的小木船上帮他撑渡，听老汉讲当地的故事。

"看那！"老汉手指长江北岸，那里陡崖壁立，黄褐色的石壁上有几条断岩裂缝，其高处置有一叠长方形木匣状物件，远远望去酷似风箱。老汉说，那就是传说中鲁班的风箱，峡名由此而生。老汉还告诉我，1971年有三位采药人攀了上去，发现了人骨和宝剑等古物。后来我查阅了相关资料，才知道发现的是巴式柳叶形青铜剑和青铜斧，原来所谓"风箱"，竟然是巴人悬棺。由此也可证实童师的推导。

如此啰唆地讲了半天廪君的迁移路线，是为了推导出那个"女儿国"的地理位置。因为《世本》上说，廪君是从夷水（清江）向盐阳发展的途中遇上"女儿国"的。盐阳在哪里？从地名可知这是个产盐的地方，而"女儿国"中的大女巫是"盐水有神女"，我们姑且就叫她"盐水神女"吧，应该就在盐阳地区。据童师考证，只有清江的上游才可称为盐水，北周时期曾在清江上游地区设置过盐水县，故治在今天的恩施境内，利川一带的盐井一直到今天仍在开采。我按照童师的说法推测，那位"盐水神女"治下的女儿国，便应该位于今天清江上游的恩施与利川一带的深山峡谷中，她与长江的巫山地区由一条南北向的大溪河相通，相去并不算远，应该属于一个广义的大巫山地区。

《世本》的记录带有浓郁的神话色彩，廪君率领的巴人部落西迁到盐水地区，进入到一个以产盐为业的母系部落领地中，这个"女儿国"的首领（女巫）叫盐水神女。神女对新来的客人非常友好，对廪君说："我们这里地大物博，江里有网不完的鱼儿，泉中有煮不尽的食盐，你们就留下来吧，我们一起开始新的生活。"可是廪君不乐意，神女便晚上来与廪君同床共枕，白天就化为虫子，带着遮天蔽日的飞虫前来滋扰，试图逼廪君就范，结果弄得日月暗色，天地无光。由此过了十来日，软硬不吃的廪君终于找到一个机会，持箭射杀了神女，天空即刻清朗了。廪君于是便在夷城正式登位为王，四姓全部拜伏。

这样的描写很符合男性社会的准则——女人是祸水。历史的真相一定是十分残酷和惨烈的。廪君所统率的巴人部落要生存发展，除了强大的军事实力,还必须有强大的经济实力作保障,那些无本万利的盐泉必然是他们垂涎欲滴的目标。历史证明巴人部落选择了廪君,是在一个正确的时间作出的一项正确的抉择,当以过硬的武功和过硬的生产技术赢得选票时,其实他还未能真正获得四姓认同,但当他果断地为部落赢得盐水的盐业资源和地盘后,才建立起"四姓皆臣之"的真正地位。

然而那个被残酷剿灭的女儿国呢?

人性中有魔的邪恶同时也有天使的善良,在后起的民间故事里,人们对盐水神女的爱情充满同情,于是后起的故事一改《世本》冷冰冰的面孔,色调变得柔和温暖了,同时也对巴人的英雄廪君有了挞伐。下面我就通过这个民间故事,来想象当时的历史真实:

在崇山峻岭中有一处鲜花盛开的地方,那里的盐泉潺潺不息四季流淌。一个古老的母系部落生活在盐泉旁,她们捕鱼狩猎,煮盐贸易,生活富足。

她们的女王是一位善良美貌的女巫,她像"山鬼"那样身披薜荔腰束女萝,香草鲜花编织成花环,日色星光幻化为歌舞,长歌善舞又美目流盼,含情脉脉而巧笑倩倩,她的名字叫盐水神女。在神女的统领下,这个藏之深山的"女儿国"整日间曼舞轻歌,其乐融融。

突然一群陌生男子来到她们的世界,尤其领头的那位帅哥相貌堂堂英气逼人,一下就抓住了神女的芳心:"亲爱的哥哥你就别走了,留下来,留下来,让我们一起创造美好的家园。"

此刻的廪君一心只在开疆拓土,比起王道霸业来,眼前的美人真的不算什么,可是这位美人身旁的盐泉又

恩施土司城廪君祠供奉的盐水神女像

- 233 -

是那样诱人。美人呵，别怪我，怪只怪你自己占错了地方。于是廪君心生一计，拿出一条美丽的青丝绸缎作信物："美人啊戴上它，我的心就像这青绸一样永远飘在你胸前。"轻柔的丝绸还带着情哥哥的体温，它成了神女日夜不离身的信物。

私下里，廪君与族人约定，起事那天，你们的箭一定要瞄准胸前飘着青绸的目标。当神女接受了这份"情深意重"的定情信物时，她的命运便已注定。

结果是没有悬念的，神女睁着那双美丽的眼睛，带着深情和不信，静静躺卧在云峰下开满鲜花的青草地上，她的族人成了待宰的羔羊。

巴人是一支勇猛凶悍的群落，《尚书》记载，武王伐纣时，以巴国的武士为前锋，"巴师勇锐，歌舞以凌殷人。前徒倒戈"。什么叫"歌舞以凌"？看过美国西部片的人一定不会忘记，印第安人在发动进攻时，他们身披野鸡翎子，脸上涂着黑色的油彩，嘴里呜哇怪叫着冲向敌阵。那模样，在冷兵器时代，那份气势会吓倒很多人，所以殷人临时拼凑起来的乌合之众立马就倒戈相向。

重庆中国三峡博物馆塑造的巴蔓子像。用一颗头颅赖掉了楚国三座城池的巴国将军巴蔓子，那头上的鬃鬃彰显着巴人的强悍

出土的巴人兵器中，最著名的是一种叫柳叶形青铜剑的器物，剑身较短，形似一片柳叶，其实就是一柄长匕首，最利于近身肉搏。兵器中有"一分短，一分险"的说法，胜利险中求，置之死地而后生，这就是巴人的战法。以这样一群虎狼之师，冲向一群毫无戒备的柔弱女子，那现场已不能称为战场，简直就是一场屠杀！

片片带血的桃花瓣，顺着清江、顺着大溪飘进滚滚长江，沉入深不见底的历史渊薮……

一个深山中的"女儿国"倾覆了，一座上古时代的"桃花源"落英缤纷，只是在大巫山云雾重重的峰峦间，留下一串串带有女儿体香的故事，给后来者无限遐思……

读史至此，我也禁不住掩卷长叹，抚几吟成一首，以为来者诫：

钏贝环花神女川，巫歌蛮舞笑灵泉。
盐姬枉死云峰下，柳剑滥挥莺舌前。
自古豪强多骨冷，从来印绶少心妍。
佳人只羡英雄美，劝把遗编仔细传。

消失的牌楼

此次前往宁波，我最想去寻找的，是那座据说为张俊而立的明州保卫战纪念牌楼。

有关牌楼的信息，是南宋中兴名相张魏公张浚的后人张劲松先生告知我的。由于手中没有县府志书可查阅，只好采用最通行的办法，去百度中搜寻，然而查遍百度，没有搜寻得一丝半缕的信息，只在杭州市区查到一条清河坊街，据说是张俊故宅所在地，因为张俊曾被封为清河郡王。

于是我又在微信中专门请教了我的师妹，她是宁波人士，南京大学古代文学专业的博士。据她讲，她也从未听说过宁波市区有这样一座牌楼。

这不能不说是宁波之行的一个遗憾。

明州保卫战，发生于建炎三年至建炎四年（公元1129—1130年）之交，是宋金间的一场战役，它是南宋初年南宋帝国对金帝国第一场最为激烈的阻击战，被孝宗朝列为"中兴十三处战功"中的一役。用宁波人的话说，它是宁波人以一座城市为代价，奠基了南宋王朝152年的历史。

建炎三年十月，金兵大举渡江南下，准备一举灭亡南宋小朝廷。宋高宗赵构率领朝廷班子从建康府（今南京）仓皇南逃杭州，转而东向，经越州（今绍兴）而至明州（今宁波）。金兵东路大军在完颜宗弼率领下南渡长江，十二月二十七日，建康守将杜充举城降敌。宋师一溃千里，金人一路南下，攻破杭州城。此时，身在明州的赵构听从了丞相吕颐浩献上的"浮海避狄"之策，率领朝廷部分官员登上海船，向大海漂去。

当时，身在赵构身边的赵鼎，在他的《建炎笔录》卷一中记录下了这次君臣分别时的场景："至是，百官班未入，闻杭州之报，上擐甲坐小殿，排办出城。士大夫去者有风涛之患，留者有兵火之虞，相别殿门外，皆面无人色。是日，上登舟。"

攻下杭州城的完颜宗弼，并没有给赵构任何喘息之机，他坐镇杭州城，命斜卯阿里率4000金兵向东追击，于建炎四年的除夕之夜，一直追到明州城下。此时，新任浙东制置使的张俊别无选择，只能率部下殊死抗击，掀开了明州保卫战的序幕。

除夕夜的明州城，本该是百姓放烟火过春节的祥和景象，可他们迎来的，却是一场事关生死的惨烈大战。张俊与明州知州刘洪道坐镇城墙头，率宋军殊死抵抗，毙杀金兵千余人。自南下以来一路所向披靡的金兵，其锐气为之一挫，稍却扎营。

正月初二，金人复至攻城，张俊与刘洪道遣兵掩击，再挫金兵。

损兵近半的斜卯阿里，无奈之下只能向杭州城的完颜宗弼请求援兵。

正月初五，金人援兵到达，分三路三攻明州城。面对敌强我弱、敌众我寡的局面，张俊深知，再踞城固守已无胜算，便决定率兵出城主动寻战。

江南地区，水网纵横，殊不利于金人的精兵铁骑，张俊决定充分利用地形与金人决战。他令人编织了草席，铺在金兵必经的大路上，北方的战马从未遇到这种江南特有的滑溜溜的草席，一踏上去就纷纷打滑跌倒。张俊决定，率兵在鄞州的高桥与金兵决战。

这是一场南方水军与北方骑兵的迎头撞击。宋军一个个都杀红了眼，张俊部将杨沂中、田师中、赵密等殊死向敌。在野战军与金兵正面厮杀的同时，刘洪道则率领地方部队（州兵）于道旁乱箭齐射，金兵死伤甚重，但终因寡不敌众，宋军最后不得不撤离战场。不敌后的张俊逃往台州，刘洪道也撤出城外，明州百姓跟随撤离者十之七八，明州城被攻陷焚毁。

明州保卫战作为宋金江南十八战的首战，使嚣张的金帝国不得不考虑这样一个现实问题：他们的骑兵在江南的水网地带还能发挥多大优势？此战之后，金兵明显放缓了南下的脚步，加上后来西部战场张浚川陕保卫战的成功，最终形成了划淮分治的格局。

据说，明州城重建之后，宁波人民没有忘记张俊的功绩，专门为他修筑了一座明州保卫战纪念牌楼，以颂扬这位抗金英雄。

历史的幽默正在于，在宁波，张俊是民族的英雄；而在杭州岳坟前，张俊则成为了民族的罪人。

传统说史，总是把"愚忠"的帽子扣在岳飞头上，其实依我看来，岳飞并不"愚忠"，他曾数度抗命，惹得赵构十分恼火，最终也为自己带来了杀身之祸；而真正实至名归的"愚忠"，恰恰是这个张俊大人。

张俊是一员猛将，也是一位成功的商人，但他绝不是一个胸怀修身齐家治国平天下使命的士大夫。他有立功之心，却并无立德立言之抱负。在宋代那样一个文官政治的大环境下，若非遇上宋金历史这个特殊时期，他可能根本就是个一文不名的武夫。但他是一个重情感的人，他对赵构有着无人能比的忠诚。他一切唯赵构马首是瞻，赵构的志向就是他的志向，至于"战"与"和"这种大是大非，在他眼里无足轻重，他只要以赵构的意志为意志就够了。赵构要战，他坚决执行，而且作战勇猛；赵构要和，他也坚决跟从，并为君主扫清议和路上的一切障碍。一句话，他只有肢体，没有大脑。

张俊16岁从军，隶属于西军种家军系统。他从一个小兵真刀真枪地拼杀出来。靖康年间，在太原解围战中，他所属的种师中部惨遭败绩，作为一名小头领的张俊率百十余骑突围成功，死里逃生。建炎元年，当赵构在今天商丘地区的应天府登基后，他就率部前来，从此开始了他追随高宗皇帝一生的生涯。从那个时候起，他为赵构鞍前马后出生入死，为南宋小朝廷的稳定建立了不世功勋，成为"中兴四将"的首座。

建炎三年三月，杭州城发生苗刘军事政变，赵构被逼退位，张俊是最先行动的将领。在平江（苏州）的张浚准备起兵平叛，可当时平江兵少将寡，正犯难时，张俊是第一个率兵马前来投效的将军。那时，张俊的声望更显于张浚，但他甘做张浚的马前之卒，听其差遣，只要能救赵构于水火，他什么都不在乎。先锋韩世忠新败兵少，张浚与之商议，请借兵两千与世忠，张俊连想都没想便一口答应下来。

绍兴四年（公元1134年），岳飞从襄阳出击，大败刘豫。为报襄阳之仇，刘豫恳请完颜宗弼出兵相助，数十万金齐联军向南宋两淮地区大举进犯。朝中主持政局的赵鼎力主出兵迎击，当时各路元帅都主张退避，唯有张俊站了出来，坚定地支持赵鼎出兵。可见在政治上，张俊并非是一个主和怯战的将军。

绍兴六年（公元1136年），当名满天下的张浚回朝出任右丞相，开督府筹措北伐事宜时，便将张俊调往建康，这里是拱卫临安的最重要一道防线。韩世忠北进后，张浚又令张俊进驻盱眙，并在此筑城，成为韩部的坚强后盾。这个时候，张俊是积极主战的，因为当时宋高宗坚定地支持张浚北伐。

然而，"淮西兵变"事件后，张浚罢相，赵构雄心消泯，由进取改为退守，并一心一意支持秦桧议和。我们看到，后来张俊的表现，就像变了个人似的，《宋史·张俊传》说："俊力赞和议，与秦桧意合，言无不从。"我们看到，绍兴十一年（公元1141年），当张俊觉悟到赵构想要收兵权以后，便主动要求自愿纳还宣抚司兵权。连"中兴四将"的首座都自愿解除了兵权，其他的人还能说什么？这是一个表率。所以，秦桧便借机一举解散了韩世忠和岳飞的宣抚司，将三人调回朝中，加封张俊与韩世忠枢密使、岳飞枢密副使的头衔，从而彻底解除了三位功勋卓著的将领的兵权。

张俊的这一举动，可谓深得赵构和秦桧之欢心。所以，后来他襄助赵构和秦桧构陷岳飞，这样也就顺理成章了。《宋史·张俊传》说："岳飞冤狱，韩世忠救之，俊独助秦桧成其事，心术之殊也远哉！"其实依我看来，并非张俊有什么"心术之殊也远哉"，他只是完全洞悉赵构的心思，心甘情愿地尽全力去达成其愿望，仅此而已。

可是，从市侩哲学上说，张俊这样的人，在人类社会的哪个时期，都算得是一个吃香喝辣的"成功"者。

在"中兴四将"里，张俊是最"辉煌"也最长寿的一人。退休以后，他在临安城建起了豪宅。他富有经商的头脑，经过一番经营，过上了富甲天下的土豪日子。他有良田一百多万亩，每年收租六十万石左右，还占有大批房产园林，仅房租一项每年可达七万三千贯。据《夷坚志》卷二十三记载，他家银子堆积如山，为防止被盗窃，张俊令人将银子在家中铸成一个硕大的圆球，从任何门廊都滚不出去，取名"没奈何"，意思是：窃贼老兄啊，任你本事大过天，你也把我老张莫得法！真真是当代土豪的鼻祖。绍兴二十一年（公元1151年）十月，为答谢高宗皇帝赵构，张俊在临安城摆下了一桌中国历史上最大的筵席，可惜当时没有世界吉尼斯大全记录在案。

身份上，张俊是中兴四将中唯一生前被封"王"的人，叫"清河郡王"，而其余二位（韩世忠与刘光世），是在死后才被追享这一殊荣。

绍兴二十四年（公元1154年）七月二日，张俊病逝于临安城，享年69岁。他被追封为"循王"，隆重下葬于湖州府长城县，即今天浙江省湖州市长兴县境内。

大约又过了400年，张俊被铸成了一尊冰冷的黑铁像，同秦桧等四人一起，跪在了岳飞坟前。

所以，我在宁波城中找不到这座传说中的"牌楼"，也属正常了。我相信，在重修明州城后，百姓们一定会架起一座这样的牌楼。可是，木质结构的建筑物经不起时间的磨蚀，随着张俊在岳飞墓前扑通一声跪下，那座朽坏的"牌坊"就再也立不起来了，成为了历史烟雨中一缕越飞越远的柳絮，最终消失在视野尽头。

重读玛雅

提及玛雅,人们头脑中首先蹦出来的就两字:神秘。

神秘的时空体系,神秘的叠涩石建筑,神秘的图形文字,神秘的人血祭祀,还有神秘的消失……然而,我觉得这一切神秘的源头,都指向那片神秘的原始雨林。

众所周知,人类社会最古老的四大文明,都分别诞生于大河之畔,我们称之为大河文明;玛雅文明却打破了这个惯例,它萌生于中美洲以尤卡坦半岛为中心的原始雨林中。人类对自己最早的栖息地,总是充满着莫名的恐怖和神奇的幻想,这是否是大森林留给森林古猿的远古记忆,通过代代遗传,最终被深锁于人类基因的残存信息?我们来读一段文字,它是《今日美国》杂志的高级记者蒂姆·弗兰德,深入南美洲原始雨林探究动物语言时留下的:

尚未受到破坏的热带雨林,终于从四面八方展现在我眼前。目睹这景色令人觉得意义非凡,感慨万千。散发着芬芳的潮湿空气在异域原始热带的合唱中强烈颤动,这合唱中有猫头鹰、有竖琴般尾巴的蚊母鹰、短鼻子的树蝙蝠、蜜熊、夜猴、蝉,或许还有一些人类不知道的其他动物。这个夜晚生气勃勃,令人魂魄震颤。回望那巨大桃花心木的大树枝,金合欢的刺棕桐,盛开着炽灼的橘黄色花蕊。在皎洁的半月之下,站在这通往苍穹的绳梯之顶,人们能听到汪洋恣肆的自然音籁,从某个遥远的、充满了陌生而奇妙的多样生命的纪元,看到原始地球的景象。

——蒂姆·弗兰德《动物也说话》

[美] 蒂姆·弗兰德，《动物也说话》，重庆出版社，2005年版

正是在这样一些无人问津的原始密林中，隐藏着玛雅古城的废墟，壮硕的藤蔓缠绕着古旧的石碑，茂密的枝叶遮盖了苍远的天穹，林中瘴气弥漫，蛇虫出没，沉沉的岁月在浓绿的树阴中凝滞不散。

1838年，美国著名的考古学家、探险家约翰·劳埃德·斯蒂芬斯偶然获得一份关于中美洲的报告，报告中提到，在中美洲的尤卡坦地区，有人看到了一些奇形怪状的古建筑残迹。而这一时期，正不断传来中美洲发现古墨西哥文明的城市和金字塔的消息，这一报告令斯蒂芬斯兴奋不已。于是，他找到绘图员弗雷德里克·凯瑟伍德做伴，一起深入中美洲大森林，在印第安导游的带领下，经过一番艰难的长途跋涉，终于在洪都拉斯西部一片密林深处，找到了沉睡数百年的科潘古城遗址。这里，还隐藏着一座有象形文字梯道的金字塔，雄峻突兀，精美异常。令人难以置信的是，斯蒂芬斯仅仅用了50美元，就从当地印第安人手中买下了整座科潘古城。1842年，斯蒂芬斯发表了他的探险著作《中美洲、恰帕斯和尤卡坦纪事》，不久，凯瑟伍德也出版了那些无比精确和华丽的玛雅艺术品的绘画图集，此二者一举轰动了世界，为浓密的森林冠盖射入了一线刺眼的阳光，从而拉开了对玛雅古文明的探索和考古发掘序幕。

在这一系列的玛雅文明考古发掘和研究中，20世纪初，华盛顿卡内基研究所的行动格外引人注目。他们连续30年，

美国考古学家、探险家约翰·劳埃德·斯蒂芬斯

每年派出至少25支由考古学者组成的探险队，深入中美洲密林，对玛雅文明各领域展开发掘和研究，取得了丰硕的成果。美国著名玛雅文明研究者、考古学家和铭文专家西尔韦纳斯·莫利，是这些活动的积极参与者，最后，在总结以上成果的基础上，1946年，他出版了一部集大成的《玛雅三千年》学术专著。

一般人对玛雅文明的了解，多限于一鳞半爪的

美国考古学家西尔韦纳斯·莫利在危地马拉发掘工作照

碎片知识，可以说只是了解了一些线条，而西尔韦纳斯·莫利呈现给读者的，则是一个完整的面，将他那个年代所能掌握的有关玛雅文明的知识，全面系统而又趣味盎然地展现给了世界，成为玛雅文明研究史中一部不朽之作。时至今日，随着考古发掘的不断深入和科学技术手段的不断完善，他的一些观点也被不断地修正与完善，但它作为玛雅文明研究的一部经典著作的地位依然难以撼动，被译成多种文字为世界广泛阅读着。

食物来源的稳定和不断丰富，是一个文明得以诞生和发展的前提条件，原始农业的出现，才使得不断流浪的采集狩猎者有了定居的可能。正如两河流域的小麦，黄河与长江流域的粟米和稻谷，分别催生了美索不达米亚文明和中华文明的曙光一样，出现在中南美洲的玉米，是美洲古代印第安文明赖以萌生的基础。

大约在公元前三千年至公元前一千年之间的某个时候，危地马拉西部高地上，玛雅人发展出了自己的原始农业系统，其中最重要的成果是他们

种植出了玉米，这成为玛雅文明的先声，西尔韦纳斯·莫利将这个时期定为前玛雅时代。在这个漫长的时代中，玛雅人大部分时间处于无陶器、无建筑的原始阶段，直到公元前4世纪中叶到公元4世纪初叶，他们才造出了简陋的石头建筑。

在前玛雅时代末期的数百年中，玛雅人逐渐向着危地马拉北部佩滕省的内陆低地和山岭谷地迁移，并于公元4世纪以后形成了玛雅文明的古帝国时代。

西尔韦纳斯·莫利认为，构成玛雅文明的主要元素是两种物质材料：一是使用独特的象形文字书写的文献和年表，主要表现在木质和石质的纪念碑上；二是一种叠涩式石头建筑物，这是一种中美洲地区独特的石头建筑。

古帝国时代是玛雅文明的黄金时期，一直持续到公元10世纪末，可以划分为三个时期，从发展，到鼎盛，再到衰落。在长达六百余年的时间里，玛雅人创造了自己的辉煌，著名的提卡尔城便是这一时代的代表。

提卡尔古城面积约50平方千米，估计城中居民达到5万人，城中最高建筑是6座雕饰富丽的大金字塔，至今仍矗立在危地马拉的大森林中。金字塔正面有宏伟的石级阶梯，中央塔体斜坡外，各边划分出层级的塔面，使塔体显得更有强劲之气和韵律之美。城中的庙宇宫殿皆环绕广场和庭院而建，建筑物前雕刻的石质纪念碑和祭台林立成行。

这个时代，玛雅文明分布区域城市林立，形成了类似于古希腊城邦制的社会组织，在语言、文化同质的前提下，各自建立起自己独立的政治体系。此时，玛雅文明在佩滕北部中心地带已牢牢地扎稳脚跟，他们将原始的自然力量人格化，并同一种更为复杂的哲学体系相结合，形成了一种高度发达的宗教信仰，其核心内容就是对天体的神话和对时间各种表现形式的崇拜。

在这个时代，玛雅人向着更北的方向发展，在尤卡坦半岛北部平原建立了自己的移民区。古帝国时代晚期，森林中的许多玛雅古城，被玛雅居民逐渐遗弃。

从公元11世纪开始，玛雅人停止了北向的迁徙步伐，在尤卡坦半岛北部平原摆开阵势，以奇琴伊察和玛雅潘为中心，建立起新帝国时代，这个时代很可能已经建立了城市联盟。

奇琴伊察古城遗址，是玛雅古文化遗址中最大的一座，始建于公元435年的古帝国时期，但现存者多是新帝国时代的建筑物，有战士庙和柱廊遗址，还有一座大型天文台。天文台为石头圆形建筑物，人站在窗口可以集中观察某些天体。后面还有一座大金字塔，共有8层，由石阶梯相互连通。金字塔顶部，是一座羽蛇神库库尔坎神庙。学者们对奇琴伊察文物进行了认真的对比研究，最终认为奇琴伊察城的建设有诸多外来因素，主要是受到来自墨西哥古文化的影响。

1697年，随着西班牙殖民者的到来，玛雅文明新帝国时代走向终结。

在《玛雅三千年》一书中，西尔韦纳斯·莫利为读者勾勒出一个玛雅文明的完整历史空域和历史编年。在这个历史年轮后面，他还对玛雅的农业生产、社会组织、宗教神祇、城市建筑、族群语言、象形文字、天文算术以及各种艺术工艺等进行了探索，算得上是一部有关玛雅文明的百科全书。

值得一提的是，在玛雅文明的研究中，中国人并未缺席。2015年，中国社会科学院考古研究所与洪都拉斯人类学与历史研究所签订了一份协议，双方将在科潘古城遗址的发掘和研究方面实施为期5年的合作。根据协议，2015年7月，考古研究所研究员李新伟，率领着中国考古团队奔赴洪都拉斯，走进了170多年前斯蒂芬斯来到的地方，对科潘古城址中编号为8N-11的贵族院落进行了完整的发掘。解剖一个家庭的社会演变，对整个社会形态的研究有着非同寻常的意义。洪都拉斯方面，对中国同行的工作给予了高度评价。

"中方带来的三维成像和无人机航拍等新技术，取代了我们传统的平面图制作方法，确保了考古信息准确无误，也极大提高了工作效率。"洪都拉斯科潘项目资料管理员塞西娅如是说。

"中国专家拥有丰富的田野工作经验和专业素养，能够灵活运用各种研究和技术手段，为我们的考古工作提供了有力支持。通过对玛雅文明和中华文明的研究，我们在交流与合作中感受到不同文明各自的魅力。"洪都拉斯考古学家豪尔赫·拉莫斯如是说。

人类社会是一个大家庭，每一种文明都在自己独有的环境中萌生成长，又相互交流影响，孕育出丰富多彩的文明形态。正是这种文明形态的多样性，构成了人类社会的多样性，人类思想的多元化。人类要和平发展，就需要相互包容，相互尊重，求同存异，构建起人类命运共同体，共同应对外部的挑战。

这应该是玛雅文明带给我们的启示。

灵魂深锁话魂瓶

魂瓶有多个名字，又叫谷仓罐、堆塑罐、魂魄瓶、皈依瓶等等，说白了，它就是一种冥（明）器。

魂瓶的由来，据说还是因为伯夷与叔齐这对老哥俩。这哥儿俩因为不食周粟，全了气节，却毁了身体，双双饿毙在首阳山上。后来的"君子"追慕高风，人人都想得到如此高名，但这谈何容易啊。那么，世间安得两全法，不负气节不负身？在人世，想要两全其美何其难也，这世间的诱惑实在太多了，要想保全令名，需要极大的克制力，要克制自己的行为，克制自己的欲望，克制自己的本能，本质上讲，这都是违背人性的行为，非有极大的修为与信仰不能为之。好吧，那就生前任性一些，让死后的灵魂去安享那份崇高吧——我猜想，魂瓶就是在这样的念头中诞生的。

魂瓶，是在瓶罐的肩部以上堆塑出一些谷仓类的模型，让死者能够把生前的粮食生前的生活搬到亡灵世界，在保全气节的前提下也不会饿肚子，可真是不负气节不负身啊。

曹魏时期著名的经学家王肃，在《王氏丧服要记》中记述了一个故事：春秋时鲁哀公为他的父亲举丧时，竟然在随葬器物中没有放入"五谷囊"，为此受到孔子的诘问。鲁哀公回答说："五谷囊陪葬，起自伯夷、叔齐不食周粟而饿死，恐其魂之饥也，故设五谷囊。吾父食味含脯而死，何用此为？"照这个说法，五谷囊是后人在埋葬伯夷叔齐两兄弟时，怕他们在阴间继续挨饿，所以专门造了这么个物件，让里面装满五谷杂粮。而身为国君的父亲，生前锦衣玉食，享尽人世间奢华，如何还用得着这个？

民以食为天，这是生物的生存法则。其实早在先秦时代，就有"饭含"的习俗。"饭含"指下葬时在亡者口中含粮，使其在另一个世界中无饥馑。后来含粮渐渐演变为含珠玉，称"玉琀"，并赋予其等级差异。刘向《说苑·修文》中记，"天子含实以珠，诸侯以玉，大夫以玑，士以贝，庶人以谷实"。口中含着珠玉下葬的例子，在当代考古发掘中大量涌现，它的理论依据，东汉王充在《论衡·薄葬篇》讲得很清楚："闵死独葬，魂孤无副，丘墓闭藏，谷物乏匮，故作偶人以侍尸柩，多藏食物以歆精魂。"

周代把一切事物都付诸礼制了，但它不过是承袭了远古的遗风而已。早在新石器时代，食物并不丰裕的先民们就有了这种习俗。6500至5000年前的新石器时代中期，长江流域的大溪文化墓葬里，就在死者的口中发现了一条整鱼骨头；几乎同时，在黄河流域浐河东岸的半坡遗址中，那个口中含着两尾鱼儿形象的"人面鱼纹"，也许真的被当代人神秘化了，它反映出来的，极有可能就是远古时期的"饭含"风俗。

魂瓶的产生，应该是同样理念的发展。

魂瓶出现在汉代，三国、两晋和南朝进入高潮。曹魏学者王肃追述的故事未必那么靠谱，在谶纬盛行的那个时代，以我注经的风气很流行，编个故事来验证自己的理论算不得犯罪，但编故事得有现实依据，这正好与三国时期魂瓶的流行相吻合。

一般认为，魂瓶是由汉代的五联罐演变而来。五联罐就是把五个"联"在一起的罐子组合成一个整体，中间那个罐稍大，为主罐，其余四个为辅罐，看上去颇有几分组合果盘的效果。

这些罐子的形象逐渐发生着演变，如2020年，在广州地区新出土了一件东汉陶鸮形五联罐，将五个罐演变成为五个鸮首形象，紧密相连，浑然一体，正中鸮首盖子上还立着一只鸟。

中国历来有事死如事生的传统，在东汉墓葬中，出现了大量陶制猪狗鸡羊、陶楼以及陶井之类生活物件的冥器，是对当时发达的庄园经济生活的如实反映。这些冥器虽然粗糙但不乏生动的泥塑造型，成为魂瓶上那些堆塑形象的蓝本。在泥土中捏进了前面那些思想观念，于是，在瓶肩与瓶口部位堆塑出楼阁、谷仓、飞鸟、廊庑、人物等等形象的魂瓶就出现了。

我认为，魂瓶应该是后起的说法，最初的"谷仓罐"更能反映它的原始本质。从"五谷囊"到"谷仓罐"，从"楼阁"到"乐伶"，都是把现世的享乐搬到亡灵世界，但在谶纬之风和佛教之风的双重吹拂下，魂瓶的内涵，应该从最初的延续现世享乐发展到宗教思想的注入，从而带来更深的灵魂观念，"魂魄瓶"和"皈依瓶"的魂瓶概念才显现出来。

因此，现在人们谈魂瓶，说它有两个功能，一是阻止外来恶灵的侵入，有类于镇墓兽的功能；二是引导墓主灵魂的出入，后来在魂瓶顶部多塑造一只立鸟，据说就是引导灵魂行走的导航鸟。

后面这个说法有些意思，在新石器的瓮棺葬中，覆盖瓮棺的那只覆盆的底部正中，通常都留着一个小孔，据说就是让灵魂能够自由出入的通道。那种留孔进出的思维方式太过直线化，符合野蛮时期之人类特点，可文明时代人们的思维更加复杂和理性，让一只鸟儿来接引岂非更为玄妙！传说西王母的使者就是一只长着三只足的青鸟，在唐代《艺文类聚》卷九一中，引汉班固《汉武故事》说，七月七日那天，汉武帝来到承华殿，突然一只青鸟从西方飞至停在殿前，于是武帝问东方朔，"朔曰：'此西王母欲来也。'有顷，王母至，有两青鸟如乌，夹侍王母旁"。正因为有此一讲，李商隐才敢放心大胆地抛出"蓬山此去无多路，青鸟殷勤为探看"。

汉代三国两晋南朝时期的魂瓶，与其称"瓶"，毋宁叫"罐"，通常器型较大，高与宽之比相差不大，多平底，所以"谷仓罐""堆塑罐"之类叫法更适于其早期；到了宋代墓葬中，魂瓶大量出现，但器身变得修长纤巧，更接近"瓶"的形状，其旋削修足，釉面呈现玻璃质感，精巧美观，充分展现出宋代士大夫阶层的审美意趣。

当然，正如精致的两宋依然出现了"黑旋风"一样的粗人，民间入葬的魂瓶，也有其可爱的一面。2016年3月，湖南宁乡农民在挖沟取土时发现了两件宋代陶制魂瓶，其中一件为坛状，夹砂红陶，口部微残，呈深红褐色，通体素面，肩与下腹各饰两圈鸡冠状附加堆纹，肩部贴塑着龙纹形象。口上有盖，盖为碗状，可以取放。整体造型沉稳厚重、比例协调。

人们通常认为，魂瓶主要出现在中国南部温润多水的地方，其实这种说法不太准确。2022年初夏，重庆中国三峡博物馆展出了一批大同博物馆馆藏的辽代精品文物。大同是辽国从石敬瑭手中割得的云州，为了加强对北宋的防范，升级为西京（金国仍沿袭为西京），这里出土了一批辽国和金国贵族墓葬，墓葬中都出土了魂瓶。在金戈铁马的草原民族那里，魂瓶沿袭着晚唐北方魂瓶的风格，更显得粗犷放达，器型硕大。如在许丛赟墓中，出土了灵魂三件套，是其较典型的风格。

我看到，北方游牧民族的魂瓶，与中原南方地区有着较大区别。首先，其造型多塔形，这反映着佛教对他们的深刻影响。前已说明，魂瓶在发展过程中，宗教思想日益渗入人们的灵魂观里，逐渐脱离了早期安饱享乐的层面；其次，以贴塑而非堆塑为主，这样便使得造型简洁而脱离繁缛，充分展示出草原民族质朴豪放的性格。

同样属于草原民族建立的元代，由于南下统治了汉民族的疆域，其朴素的文化风格深受汉文化影响而改变，魂瓶的风格也大体承袭了宋代，主要呈现出修长流线的"瓶"式风格。但是，它也有其造型独特的魂瓶，比如，将人首塑为堆塑体，而人体却以刻画的方式在器身上呈现；一些新的工艺也运用于魂瓶的制作上，如青花堆塑皈依瓶。

明清以降，魂瓶发展出现了一个重大变化，即不再专一设计和制造魂瓶，而是使用生活中的其他瓶子去替代魂瓶的功能。因此，明清时期的魂瓶大多都是替代物，传统的魂瓶日渐式微。

今天，在许多旅游区的艺术品出售中，也能见到一些肩部以上堆塑着繁缛雕塑的陶罐。我建议，大家不必称其为"魂瓶"，只称作"堆塑罐"即可。

遥远的笛声

月光如水，霜影满地，一声悠扬的胡笛从塞上飞来，夜人不寐，白发徒生。这是范仲淹先天下忧的家国情怀。

更早，唐人王之涣把一腔离愁别绪，都寄予了一声悠远的羌笛，春风拂柳，玉关难度，一片愁绪，洒满山河。

笛，吹奏乐器，无论是骨管还是竹管，无论是横吹还是竖吹，从管腔中发出的声音，呜呜然，喑喑然，恰似东坡先生描述的那样："如怨如慕，如泣如诉，余音袅袅，不绝如缕，舞幽壑之潜蛟，泣孤舟之嫠妇。"总之，它是抒情音，从笛管中吹奏出来的声音，如丝如缕，散风化气，它能把人类忧伤的情绪发挥到极致。正因为如此，才有了途经故人旧庐的向秀，闻笛声"感音而叹"以作《思旧赋》；才有了在受降城外的李益，"不知何处吹芦管，一夜征人尽望乡"的无限惆怅。

今夜，月色如霜，普照大地，我的心中，也悠然飘起了笛音，那是一声穿透了时间铅幕，从遥远的时空深处传来的，带着迷烟幻雾的远古笛声。

它来自河南舞阳的贾湖遗址。

贾湖骨笛，似乎是人们公认的最早的笛子，距今已有9000多年了，按时代划分，它应属于新石器时代早期。

我曾在一档引进版的电视节目中看到，在二三万年前克罗马农人居住的洞穴中，曾出土过几支骨笛。当时我按捺不住一阵心旌摇曳：当嘴唇上还沾着烤肉油渍的晚期智人，打着饱嗝离开穴居的火膛，来到洞外的磐石上，坐在明晃晃的月光之下，拿起一支骨笛放到唇边时，他们心中翻腾起的是一种怎样的情愫呢？他们想要抒发的，是与我们一样的情感吗？

然而，我在网络中找遍了记录，也没找到那几支来自克罗马农人的笛子。我只能收起那份幽古的情思，再次把目光投向九千年前实实在在的贾湖人。

贾湖骨笛，是用鸷鹰的尺骨（翅膀骨）制作的，磨掉两端的骨节，除去管中的骨髓，在骨管上钻孔而成。贾湖骨笛长24~26厘米，在骨管上钻有3~8孔，最普遍的是钻7孔，竖吹，与后来之洞箫相似。据现代音乐人测试，骨笛可吹奏出七声音阶，还能吹奏出变化音，这是相当先进的乐理知识了。由此可见，这般成熟的笛子，绝非是其起源类型，莫非它的源头，真的要向克罗马农人索要？

让人费解的是，随着时光的流逝，那一曲远古的幽歌反而越来越简单了，最后竟然变成了几声简单的呜呜，已然不成曲调了。在距今7000年的河姆渡遗址中，出土了一大批骨哨，用大型禽鸟的肢骨做成，同样截去两端骨节，钻有1~3孔，只能吹奏出几个简单的音符。

河姆渡的骨哨，如果撇开时间的因素，反而更能接近骨笛的原始功能。

如果要我说出真相，真怕会摧残一些人的小心肝，可来自洪荒年代的故事，并没有小资们那份温情脉脉的小布尔乔亚，而是充斥着恐怖与血腥：那一曲满是忧愁与哀伤的抒情调，最初发出的音响，竟然充满了诡计与杀机——它的原始功能，是诱惑一个个鲜活的生命走向覆灭。

川大考古学子的理论剪贴板上，早已或多或少涂上了功能学派的底色，它来自于我们的师祖冯汉骥先生。

功能学最基本的理论是，文化的产生是社会功能的需要，文化的本质在于维护社会规范，是一种价值工具（马林诺夫斯基语）。也就是说，任何一种文化现象的产生，都是由其社会功能的需求来决定的。艺术的源头不是因为人类需要抒发情感，而是因为残酷的现实需求。西班牙阿尔塔米拉洞穴中的大型壁画，不是原始的猎人需要装饰自己的新居，而是要对其施术以保证对猎物的获取；舞蹈的产生，不是因为人类需要抒发激情展示美姿，而是因为人们需要娱神；而骨笛最原始的功能，竟是为了诱惑猎物自投陷阱……

我曾做过一本书，名叫《动物也说话》，它的作者，是《今日美国》的高级记者蒂姆·弗兰德。这位足迹遍及珠穆朗玛峰、亚马孙原始雨林、中东、中南美洲、北极、南极，甚至乘单人潜艇沉入海底进行科考的旅者，通过对秘鲁热带雨林的吼猴、中途岛礁的信天翁、澳洲草原的喜鹊等大量动物的观察，破解了动物进化过程中所形成的一套"世界语"。他发现，人类所欣赏的动物之美，无论是姿体形态表现的寓目之色，还是发音器官展示的悦耳之声，其实都是生存竞争和种族繁衍的利己行为，带着丛林世界血淋淋的残酷本质。我们切不可妄信"子非鱼，焉知鱼之乐"，也请收敛起"山光悦鸟性"的自我陶醉，在这里，我只能真情告白一句：生活真的不容易！

动物如此，人其有异哉！

在人类的眼睛里，狼总喜欢在静谧的夜色中对月长嚎，那样孤独，又那般潇洒。其实科学早已给出了答案：它可不是为了那片梦中的草原，它是为了填饱肚子，狼需要在夜间召集群体进行捕猎。我也曾像狼一样在寂静的夜晚对月长啸，在那个奇寒的冬天，在那个冰雪覆盖的原野上，在那片刺骨锥心的寒风里，我独自一人留在了北方的黑夜中，每晚归来都是一身泥土一身水，心与身体一样冰凉。

但是，我仍然清晰地知道，我的长嚎与狼的长嚎有着本质的不同，这就是为什么，那来自远古的笛声，吹着吹着，阴谋的异味渐渐淡去，杀伐的气息变得亲和，终于，它牵扯出人类的幽思，寄托着戍者的情怀，引来了游子的乡愁。

于是，那悠远的笛声，渐渐有了滋味，有了温度：

我捡起一枝肥圆的芦梗，
在这秋月下的芦田；
我试一试芦笛的新声，
在月下的秋雪庵前。

这秋月是纷飞的碎玉,
芦田是神仙的别殿;
我弄一弄芦管的幽乐——
我映影在秋雪庵前。

我先吹我心中的欢喜——
清风吹露芦雪的酥胸;
我再弄我欢喜的心机——
芦田中见万点的飞萤。

我记起了我生平的惆怅,
中怀不禁一阵的凄迷;
笛韵中也听出了新来凄凉——
近水间有断续的蛙啼。

这时候芦雪在明月下翻舞,
我暗地思量人生的奥妙;
我正想谱一折人生的新歌,
啊,那芦笛(碎了)再不成音调!

这秋月是缤纷的碎玉,
芦田是仙家的别殿;
我弄一弄芦管的幽乐——
我映影在秋雪庵前。

我捡起一枝肥圆的芦梗,
在这秋月下的芦田;
我试一试芦笛的新声,

在月下的秋雪庵前。

——徐志摩《西伯利亚道中忆西湖秋雪庵芦色作歌》

人类，毕竟有所不同。

今夜，月色如霜，朗照大地，我静沐在那片远古的笛音里，恰如行走在茫茫西伯利亚雪原中的诗人，一缕乡愁蓦然生出。

我们的故乡，是那个我们所来的遥远的地址，是烟波江上一片日暮的迷离，是我们灵魂的皈依……

凝望

——为四川茂县营盘山遗址出土5000年前人面陶塑而作

他抬起头来,双眸微睁,嘴唇紧抿,仰起的面孔一片光明。这时,一线晨光透过高原晶亮的云层射向雪山,射向一水环抱的这座孤台——营盘山的一天就这样醒来。

耕种,狩猎,捕鱼,烧制带彩的陶器,打造细小的石片,这些繁重的体力活,已深锁了他全部的身心,容不得派生更多胡思乱想。可是,今天早晨,当他站在高高的平台上,面对脚下奔腾的江流,向着雪山顶上冉冉升起的太阳作深深凝望,一种前所未有的怪异念头突然爬上心头——我是谁,我来自哪里,我将走向何方?

天空很高,很蓝;浮云又白,又亮。脚下这条被后人取名叫岷江的河流,发出亘古即在的咆哮。眼前的一切,跟昨天没有两样,可是今天和昨天,似乎又有哪点不对劲。

他不知这是为什么,他只是觉得,有一种悸动,从心底萌生,有一缕心脉,为一种全新的生命跳动。

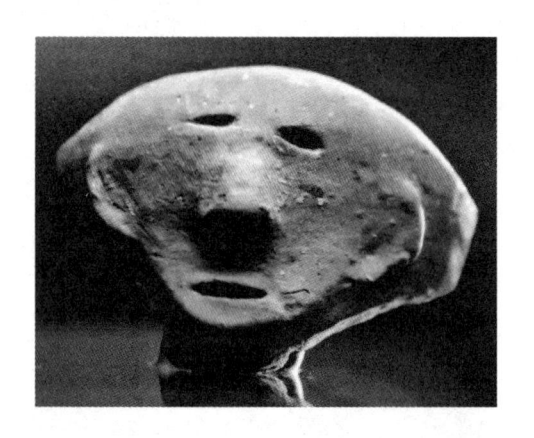

四川茂县营盘山遗址出土的5000年前的人面陶塑

他兴奋着，为了一种未卜的将来；他忧心着，为了一线难料的危机；他迷惘着，不知后面路在何方。

他唯独不知道的是，古蜀文明，就在这一眼凝望中，曙光迸现！

四千年后，一位准备出川的青年，白衣飘飘，丰神朗朗，他为当年这一眼凝望深深地震撼。他与他隔空对立，仰望蜀山，忍不住发出灵魂一叹：

蚕丛及鱼凫，开国何茫然！

飘萧韵事

人之情感,尤其儿女间之情愫,
是一种可意会而不可言喻的精神境界,落不得实处,
它留给人们的,是一缕永无休止的绵绵不绝的美学意境。

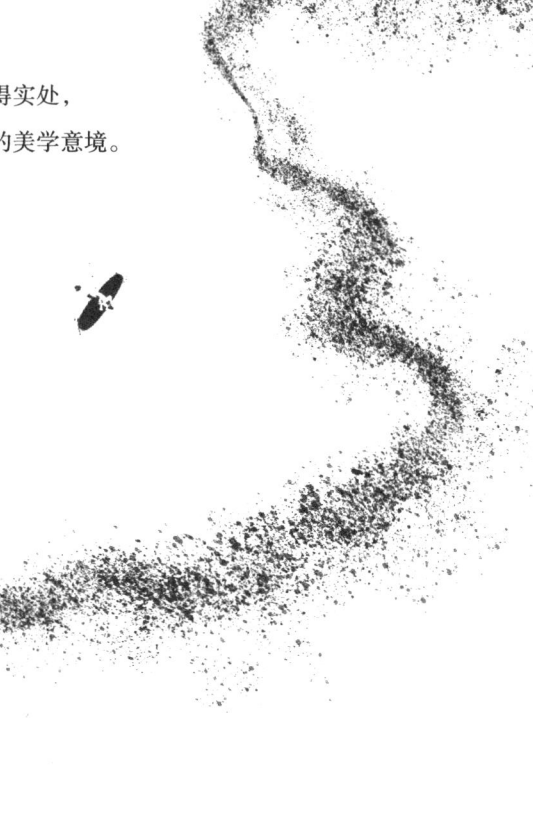

桑林交响曲

序曲：春之歌

漫长的冬天已经过去了，人们像茧中的蛹，悸动着，挣扎着，渴望从那身厚厚的冬装中破壳而出，以一身轻盈去拥抱外面的世界。

桃红柳绿，草长莺飞，凝结了一个冬天的小溪，开始发出潺潺的歌唱。大自然的生机，唤醒了潜伏在人们体内的生命本能，复苏了人们心中的青春和欲望。"暮春者，春服既成，冠者五六人，童子六七人，浴乎沂，风乎舞雩，咏而归。"（《论语·先进篇》）人们三三两两，呼亲唤友，走向春天的原野，去享受大自然的殷勤馈赠。

乡村四月闲人少，才了蚕桑又插田。春天，也是农人们播种希望的时节。传统的中国社会，是一个以农桑为经济主体的农业社会，春播秋收，春蚕夏织，男女分工协作，满足了人们一年衣食的需求。蚕桑业，是农业社会经济体中一个重要组成部分。作为蚕桑业的主体——女人，采桑养蚕，开始了她们一年中的希望之旅。

看啦，那郁郁葱葱的桑树林，像一片片绿色的云彩点缀在春野大地间。妇女们成群结队，手提竹筐，叽叽喳喳，如一群欢快的云雀飞向桑林，飞向她们心中的希望。三个女人一出戏，女人集中的地方，定然是出产故事的场所，无数绮丽梦幻的故事在桑树林中诞生。如同蜂儿蝶儿始终追寻着朵朵鲜花，青春萌动的春意少年，纷纷攘攘也被引向桑树林。有女怀春，吉士诱之，于是，片片绿色的桑林中，又飞溅出数不清的盎然的春之欢歌。

对这些春意的萌动，文人们往往是最敏感的，历史上，这样的桑林春色是他们歌咏的一个重要题材。这些数不胜数的诗词歌咏中，我最喜欢的是晏殊那首《破阵子·春景》，把采桑少女们的青春欢快渲染得五彩缤纷：

燕子来时新社，梨花落后清明。池上碧苔三四点，叶底黄鹂一两声，日长飞絮轻。

巧笑东邻女伴，采桑径里逢迎。疑怪昨宵春梦好，元是今朝斗草赢，笑从双脸生。

第一乐章：欢乐的快板，桑林之舞

十亩之间兮，桑者闲闲兮，行与子还兮。
十亩之外兮，桑者泄泄兮，行与子逝兮。

——《诗·魏风·十亩之间》

从先秦时代起，采桑女就开始了这样青春激扬的生活。《十亩之间》是流传于魏国土地上的一支民歌。那时的民谣，除了一部分文人创作，更多的是属于无名的歌者即兴抒发，都是发自歌者自身的抒情咏叹，经时间的淘洗最终沉淀下来成为精品。歌谣通过第三者的眼睛，写出了采桑女日暮晚归时的愉悦神态，这是一幅和睦温馨的桑园晚归图。

夕阳西下，脉脉的斜晖为桑林染上一片金色。此时，鸟雀还巢，牛羊归栏，暮霭渐起，远方村舍中飘起炊烟。忙碌了一天的采桑女从树上攀援而下，桑林中到处响起呼朋唤友的清脆嗓音。婷婷袅袅的倩影三三两两地远去，只有柔婉的欢笑声随风飘来，余音不绝……

这是桑林的暮景，可以想象，第二天清晨，当太阳在百鸟的啼唤中冉冉升起，桑林中又将恢复热闹喧腾的场面。《诗经》中有一首歌唱采摘野生植物车前子（芣苢）的歌谣：

采采芣苢，薄言采之。采采芣苢，薄言有之。
采采芣苢，薄言掇之。采采芣苢，薄言捋之。

采采芣苢，薄言袺之。采采芣苢，薄言襭之。

——《诗·周南·芣苢》

在这里，一连用了六个连贯的动词：采（采摘）、有（藏有）、掇（拾取）、捋（从茎上把叶子抹下来）、袺（用手捏着衣襟接纳）、襭（用衣襟兜住），把采摘时的连续动作过程及由少积多的变化情况生动地描写出来："车前子啊采呀采，采呀采呀采起来。车前子啊采呀采，采呀采呀采得来。车前子啊采呀采，一片一片拾起来。车前子啊采呀采，一把一把捋下来。车前子啊采呀采，提起衣襟接起来。车前子啊采呀采，掖着衣衫兜起来。"这样生动传情的歌唱，惹得清代文学家方玉润心旌摇曳："读者试平心静气，涵咏此诗，恍听田家妇女，三三五五，于平原旷野，风和日丽中群歌互答，余音袅袅，若远若近，忽断忽续，不知其情之何以移，而神之何以旷，则此诗可不必细绎而自得其妙焉。"（《诗经原始》）

假如把采摘的对象从芣苢变换成桑叶，那么桑林中奏响的，就是这样一曲同音同调的桑园交响。

其实，桑林中这般热烈的场景，一方面是生产活动的必然，另一方面也有上古宗教仪式的延续。在上古世界，桑树被赋予特殊神性，具有生殖功能，她是女性的植物化，阴性的象征。上古圣人颛顼、后稷、伊尹、孔子等皆诞生于桑林之中，如有莘氏采桑时于林中得一婴儿，大禹与涂山氏私通于台桑等等；同时，自从黄帝之妻嫘祖发明植桑养蚕、抽丝织绢术以来，蚕桑业成为农业社会经济的一个重要部分，历代统治者都极为重视，就如同今天的领导者对GDP的重视程度一样，蚕被演化为蚕神，年年都有祭祀。

据说早在商汤时代，就在桑林中进行祭祖大典，创作了大型祭祀舞乐《桑林》。曹植在《殷汤赞》中，列数商汤丰功伟绩，其中就有"桑林之祷，炎灾克偿"一项。庄子在《庖丁解牛》中，赞扬庖丁的娴熟手法时，美其为"合于《桑林》之舞，乃中《诗首》之会"。

《法苑珠林·君臣·王都部》载："燕之有祖泽，犹宋之有桑林，国之大祀也。"这些祭祖先、祭农神、祭蚕神的活动，选择在桑林这样的地方，必然也成为人们游乐盛会的场所。《墨子·名鬼》中说："燕之有祖，当齐之社稷，宋之有桑林，楚之有云梦，此男女之所属而观也。"正如后来的元宵节中少男少女们趁机人约黄昏后一样，桑林之会也为他们提供了绝好的幽会之机。

先秦时代，是中华文明的青春时期，充满着活泼的灵动力，百家争鸣，思想的百花园五彩纷呈，虽也受礼教的束缚，但总体来看，对男女的自由交往持开放态度。《周礼·地官·媒氏》载："中春之月，令会男女。于是时也，奔者不禁。若无故而不用令者，罚之。司男女之无夫家者而会之。"《礼记·月令》也记载，仲春时节，"是月也，玄鸟至。至之日，以大牢祠于高禖，天子亲往，后妃帅九嫔御"。可见这种行为是受到国家提倡的。我以为，《诗经》的时代，战争频仍，一个国家的人口数量决定着它的强弱，鼓励生育，鼓励适龄男女婚配，应该提高到国家战略的高度。在这样的时代背景下，桑林注定将成为怀春少男少女们的天堂。

一支带有华尔兹节奏的圆舞曲，势必将从桑林中奏响。

隰桑有阿，其叶有难。既见君子，其乐如何。
隰桑有阿，其叶有沃。既见君子，云何不乐。
隰桑有阿，其叶有幽。既见君子，德音孔胶。
心乎爱矣，遐不谓矣？心中藏之，何日忘之。

——《诗·小雅·隰桑》

潮湿低洼的土地上，一片美丽的桑林枝繁叶茂，生机昂扬。清风吹过，桑叶沙沙作响，鸟儿欢快地鸣唱，空气中满是青草的芳香。这样美好的地方，正是幽会的上佳之地。一向娇羞的姑娘，在情郎绵绵的情话中融化了，她一改往日的羞涩，禁不住向多情的人儿表达心曲："见到我的好郎君，教我心中好快活。""思念之情藏心底，每日每夜不能忘。"

在魏国境内汾水岸边的台地上，一位采桑的姑娘正在思念自己的情郎。他们是上次桑林之会相识的，那些华盖宝车的达官贵人，怎比得了我的人儿丰神俊朗！她幽幽地唱道：

彼汾一方，言采其桑。彼其之子，美如英。美如英，殊异乎公行。

——《诗·魏风·汾沮洳》

《诗·鄘风·桑中》是一首意境和美、语调舒缓的情诗，一位多情的少年幽幽地念叨和回味着自己的恋爱和约会。可能他正坐在一片长满青草的山坡上，和暖而轻柔的风吹拂着身旁的桑叶林哗哗作响，不经意间碰触到他那颗敏感而脆弱的心。他幽幽地唱道：

爰采唐矣？沬之乡矣。云谁之思？美孟姜矣。期我乎桑中，要我乎上宫，送我乎淇之上矣。

爰采麦矣？沬之北矣。云谁之思？美孟弋矣。期我乎桑中，要我乎上宫，送我乎淇之上矣。

爰采葑矣？沬之东矣。云谁之思？美孟庸矣。期我乎桑中，要我乎上宫，送我乎淇之上矣。

当然，在任何时代，有青春男女的幸福约会，也就有土豪劣绅的强取豪夺，给本是阳光明媚的桑林交响添上一组不和谐的音符。

《诗·豳风·七月》中，就有弱小女子的无奈呻吟："春日载阳，有鸣仓庚。女执懿筐，遵彼微行，爰求柔桑。春日迟迟，采蘩祁祁。女心伤悲，殆及公子同归。"

现实社会中的桑林之乐，也必然投射到当时的艺术创作中。20世纪60年代，在成都市百花潭公园出土了一件战国早期的青铜壶，铜壶上有两组完全相同的采桑图。图中有11个人物，女性梳着长辫，男人头上裹着帻巾。从图中可见，在树上采桑的人，有男有女，有妇女顶着提笼站立于两树之间，仿佛在承接树上扔下的桑叶。树右侧一男子拽着女子双手欲拖向

成都百花潭公园出土的战国青铜壶上的采桑图

桑林深处，女子身躯微微后仰，看似在用力挣扎，却有一种半推半迎的意味。少女也许正对男子说："解我裙衣是何企，别碰腰带对不起。莫使狗儿叫不已，少女今生跟定你。"（舒而脱脱兮，无感我帨兮，无使尨也吠。——《诗·召南·野有死麕》）

在山西省襄汾县南贾镇大张村出土了一批战国墓葬，其中二号墓出土了一件战国青铜壶，壶上的采桑图与成都百花潭采桑图极为相似。树上采桑者男女相对而坐，默契配合，浓情蜜意的劳作神态呼之欲出。右侧树下同样有一男子手扯女子向旁边拖拽，而女子正用左手使劲掰着男子的手腕。此器出土的地点，正是诞生《魏风·汾沮洳》的地域，也许图中出现的画面，正是那位魏国的采桑少女经历的场面——彼其之子，美如英，美如英，教我如何挣脱君！

同样的主题还出现在山西侯马的战国铸铜遗址中，这里出土了一批战国早期的铸铜泥范，泥范上的采桑图中，也有男子拖拽女子的场面。

这种大胆露骨的求爱举动，在《诗经》里并无过多表现。"《诗经》的抒情诗，在表现个人感情时，总体上比较克制因而显得平和……至于表现个人的失意、从军中的厌战思乡之情，乃至男女爱情，一般没有强烈的悲愤和强烈的欢乐。由此带来必然的结果是：《诗经》的抒情较常见的是忧伤的感情。"（复旦版《中国文学史》）我认为，我们一衣带水的邻邦日本文学中的"物哀"情结，与《诗经》有颇多相通处，这大概与东方婉约柔美的审美意趣有关。

当然，《诗经》里偶尔也会表现出一些大胆举动，如《诗·郑风·溱洧》就是这样一篇作品。

溱水与洧水，是郑国境内的两条河流。按郑国风俗，三月上巳日这天，人们要在河水中洗去宿垢，祓除不祥，祈求幸福和安宁。男女青年临河沐浴，本身就带有绮丽风情的意味，这样的时机怎可错过？这首诗歌记录下他们的欢娱和调情嬉戏。

溱与洧，方涣涣兮。士与女，方秉蕳兮。女曰"观乎？"士曰"既且。""且往观乎！"洧之外，洵訏且乐。维士与女，伊其相谑，赠之以勺药。

溱与洧，浏其清矣。士与女，殷其盈兮。女曰"观乎？"士曰"既且。""且往观乎！"洧之外，洵訏且乐。维士与女，伊其将谑，赠之以勺药。

如果将它粗译为现代汉语，就是——溱水流，洧水淌，三月冰融水流畅。哥哥妹妹来春会，手秉兰草驱不祥。妹说："咱们去瞧瞧？"哥说："我已去一趟。""陪我走走又何妨！"洧水外，河岸旁，确实好玩更难忘。哥哥妹妹相戏谑，送枝芍药情意长；溱水流，洧水淌，三月冰融清又凉。哥哥妹妹来春会，人头攒动如海洋。妹说："咱们去瞧瞧？"哥说："我已去一趟。""陪我走走又何妨！"洧水外，河岸旁，确实好玩更难忘。哥哥妹妹相戏谑，送枝芍药情意长。

在这里，女子比男子更加主动大胆。男子还比较羞涩，甚至表现得不解风情，而女子则拉住男子的手说：再陪我走走又怎么了？这样的镜头，比起出土的采桑图来又是另一番旖旎风光。

这些桑林中的人性张扬，正是青春期的华夏文明展示给世界的生命原动力，她奏响的是一曲活泼欢快的桑林之舞。

第二乐章：沉郁的慢板，桑林之抑

随着一声低郁的大提琴弦音从桑林中响起，拉开了第二乐章的序幕。

列国纷争、天下动荡的战国时代，在秦始皇隆隆的战车声中归于一统，而短暂的秦王朝，很快又被一个长达300多年肌腱更为强壮的王朝所取代，新的历史时代来临了。

那么，在大时代面前，桑林的交响又该如何演奏下去呢？

统一，专制，强大，似乎是烙在大汉王朝肌肤上的深深印记。

儒家之兴起，为子学时代之开端；儒家之独尊，为子学时代之结局……及汉之初叶，政治上既开以前所未有之大一统之局，而社会及经济各方面之变动，开始自春秋时代者，至此亦渐成立新秩序；故此后思想之亦渐归统一，乃自然之趋势。秦皇、李斯行统一思想之政策于前，汉武、董仲舒行统一思想之政策于后，盖皆代表一种自然之趋势，非只推行一二人之理想也。

——冯友兰《中国哲学史》

政治上行高度专制的中央集权，思想上则罢黜百家，独尊儒术。新的社会秩序建立起来，礼教无处不在，并束缚着社会方方面面。关于礼，冯友兰先生解释道："言礼，则注重社会规范对于个人之制裁。"那么，对于桑林间的男女之情，礼教更有严格的规范和制裁，先秦时代自由活泼的儿女恋情顿成浮云远逝。

在秦皇、李斯时期，对男女间进行严格的礼教束缚就已经开始。冯先生在《中国哲学史》中引顾亭林的话说："秦始皇刻石凡六……在泰山则云：'男女礼顺，慎遵职事，昭隔内外，靡不清净。'在碣石则云：'男乐其畴，女修其业。'如此而已。唯会稽一刻，其辞曰：'饰省宣义，有子而嫁，倍死不贞。防隔内外，禁止淫佚，男女洁诚。'"

其实，这种礼教的束缚，早在战国末期即已盛行。贪淫好色，与君子的形象不合，至少是上不得台面的。楚国的宋玉，人才一表，体貌闲丽，为此受到大夫登徒子的诬陷。宋玉采取的办法，就是后来元人王冕赞美自己画的墨梅时所采用的：不要人夸颜色好，只留清气满乾坤。为此，他专门写了一篇《登徒子好色赋》来向楚襄王表明心迹，解释自己一点不好色。

他说，我家东邻有女，增之一分则太长，减之一分则太短，著粉则太白，施朱则太赤，简直美若天仙。然而就是此女，天天爬我家墙头偷看我，至今已有三年了，我依然没给她任何承诺。大王你说我能叫好色吗？由此可见，在正式场所，一说到好色，大家都恨不得推之于千里之外。

这时，秦章华大夫正好待在楚王身边，忙站出来为宋玉打圆场，说大王，臣自认为是老实守德之人，其实都不及宋玉呵。他说出一番话来，涉及了桑林中的采桑女：

臣少曾远游，周览九土，足历五都。出咸阳、熙邯郸，从容郑、卫、溱、洧之间。是时向春之末，迎夏之阳，鸧鹒喈喈，群女出桑。此郊之姝，华色含光，体美容冶，不待饰装……目欲其颜，心顾其义，扬《诗》守礼，终不过差，故足称也。

话题绕了半天，最后依然忘不了表扬与自我表扬——你看，虽然爱美之心人皆有之，但我心中有大义，腹中知礼节，最终并未出轨，我也不是一个好色之人呵！

在这里，秦章华大夫特意将采桑女拿来作比衬，可见得桑中之女，尤其是郑、卫女子（其代表者就是郑之溱水、洧水，卫之淇水），已经成为了一个代表淫欲的符号形象了。

另一位极力表白自己不好色的人，是西汉初期的司马相如。他曾作过一篇《美人赋》，用了两个故事向梁孝王表白自己的心正礼端。这篇赋文明显受到宋玉《登徒子好色赋》的影响，连全赋的结构都如此雷同。

司马相如也是堂堂仪表，英俊潇洒。他曾去拜访梁孝王，因为长相美好受到邹阳的诬谤，说他妖丽不忠，还试图染指后宫。这个诽谤就有些恶毒了，宋玉被谤，充其量被逐出宫墙，而司马相如受此谤，则可能掉脑袋，所以，当梁孝王询问他是否好色时，他必须站出来为自己辩护。

司马相如用了两个故事，向梁孝王表白自己不好色。第一个故事依然是东邻之女，如何如何漂亮，爬墙头三年仍被拒绝，这个故事与宋玉编造的故事如出一辙。第二个故事，司马相如更是把自己打扮成了坐怀不乱的柳下惠，他讲述了自己赴梁途中的一起艳遇，在馆驿之中，如何如何受到一位绝色女子的诱惑，最终却能"脉定于内，心正于怀。信誓旦旦，秉志不回。翻然高举，与彼长辞"。

可是，这位"不好色"的司马郎君，却用了连好色之徒也难以望其项背的浓艳暧昧的文字来自证清白：

臣排其户而造其室，芳香芬烈，黼帐高张。有女独处，婉然在床。奇葩逸丽，淑质艳光……玉钗挂臣冠，罗袖拂臣衣。时日西夕，玄阴晦冥，流风惨冽，素雪飘零，闲房寂谧，不闻人声。于是寝具既陈，服玩珍奇，金鉔薰香，黼帐低垂，祵褥重陈，角枕横施。女乃驰其上服，表其亵衣。皓体呈露，弱骨丰肌。时来亲臣，柔滑如脂。

最具讽刺的是，这两个竭力标榜"不好色"的旷世才子，却分别以巫山的云雨和当垆的酒香香艳了中国两千多年的岁月。看来人之天性，一如治水工程，利疏导不利封堵。在这样一个时代，好色与否，已然成为一个人人品是否高洁的象征，时代真的变了。

汉武帝时，罢黜百家，独尊儒术，设五经博士，专授儒家经典，礼教与伦理道德便如同包裹粽子的粽叶，把社会的方方面面全部包裹进去。作为已被打上淫欲和亡国之音标签的桑林之女，又该如何来适应社会的需求呢？

不用担心，在长期专制体制压抑下的中国文人，早已练就了一套神行百变的防身之术。汉成帝时，刘向整理国库典籍，不失时机地写出了一部流传千古的《列女传》，颂扬了一系列可作为礼仪典范的前代女子形象，以作为社会的标准。

《列女传》中，有关采桑女的故事共有三个，都是在礼教的懿范中可以旌表万世的节烈女子。

第一个，陈国辩女。话说晋大夫居甫出使宋国，途经陈国的一片桑林，陈国辩女正在采桑劳作。居甫停下脚步，于桑下调戏之。居甫仰头说道："兀那女子，你且为我欢歌一曲，我便放过你。"辩女于是唱道："墓门长满带刺枣，斤斧挥挥就除掉。你那昏庸无良人，举国上下谁不晓。知晓继续行祸端，罪孽深重哪天少。"居甫说："嗯，小女子唱得不错，且再为我歌唱一曲。"辩女又唱道："墓门挂满酸子梅，夜鸮日日把命催。你那昏庸无良人，我唱民谣唤你回。我唱我来听不进，倒台才知有后悔。"居甫道："嗯，梅子倒是现存，但夜鸮在哪儿呢？"

木刻版画《陈国辩女》

辩女说："我们陈国是个小国，夹在大国之间。如今你们大国封锁使我们饥寒，兵戈相加致我们灾难，人都不在了，哪还有夜鸮的安身处？"居甫没想到一个采桑的柔弱女子，居然也能如此深明大义，深为叹服，揖手而去。

第二个，齐宿瘤女。这个故事较长，大意为，齐国东郭有个采桑女，脖子上长了个很大的肿瘤，称宿瘤，其形象自然丑陋不堪。一天，齐闵王出游来到东郭，田野中劳作的人们纷纷放下手中的工具争相观睹，唯有此宿瘤女仍然采桑不止。齐闵王很奇怪，就召来询问，结果宿瘤女子一番大义凛然的言语令齐王震撼，便命她上车随自己回宫。宿瘤女宁死不从，自言未得父母之命不敢遵从。齐王回宫后命人持重金往聘，终得将宿瘤女迎娶回宫。由于此女相貌奇丑，惹得后宫嫔妃们耻笑不已，宿瘤女又有一番大义凛然的言辞，让诸嫔妃自惭形秽，齐王遂纳以为妃。宿瘤娘娘帮助齐王治理后宫并兼及国事，并且化行邻国，令诸侯景仰前来齐国朝见，齐国由是兵入三晋，让秦国和楚国都感到畏惧。由于宿瘤娘娘的德行与才干，

- 271 -

死后被尊为"后"名。这个故事大违人性,荒谬之处不值一驳。

第三个故事就是人们都很熟悉的秋胡戏妻,这个故事虽然后世广为传播,却最能彰显礼教对人性的灭杀。话说鲁国人秋胡,娶妻婚后五日,便辞家游宦于陈国,五年后才回家。途中,见到路旁有一美妇在采桑,便停下来调戏她。秋胡对美妇说:"你这样辛辛苦苦地劳作,还不如嫁与一个公卿豪戚的富贵殷实人家。我这里颇有金银,现在全都交予你,你就跟了我吧。"美妇正色地对秋胡说:"我采桑劳作,纺织布匹,固然很辛苦,但我的双亲因我而得衣食,我的儿子因我而得成长,我的夫君也因我而能安心外出。请收回你的金银吧,也请你收回自己的非分之想,我也不会有非分之思。"秋胡见没了意思,也便悻悻然离开了。回到家中,秋胡将赚得的金银交予母亲,母亲忙唤正在厨房忙碌的儿媳快来见过丈夫。儿媳从外屋进来,秋胡抬眼一看,霎时惊住了:进来的女子正是自己刚才在桑荫下调戏的采桑女。结果可想而知,秋胡之妻更是泪流满面,她哽咽着说道:

子束发修身,辞亲往仕,五年乃还,当所悦驰骤,扬尘疾至。今也乃悦路傍妇人,下子之装,以金予之,是忘母也。忘母不孝,好色淫泆,是污行也,污行不义。夫事亲不孝,则事君不忠。处家不义,则治官不理。孝义并亡,必不遂矣。妾不忍见,子改娶矣,妾亦不嫁。

说完之后,她掩面而出,疾步奔向房屋东侧的大河,投河自尽。

木刻版画《秋胡戏妻》

从以上故事可见，刘向正是从儒家"正礼乐"的角度，有意识地通过《列女传》，来对"不雅"的民间习俗进行匡正。他通过三个采桑女的故事，对先秦采桑女的意象加以改造，使其成为有德妇女的懿范。桑女的形象，通过刘向之笔，顺应了时代的要求，完成了从桑林之舞到桑林之抑的转变。

秋胡妻的举动，诠释了礼教伦理赋予贞节烈女的最高道德理想，因此秋胡戏妻这一主题，受到后世不断发扬光大。西晋文学家傅玄以40行诗句的规模作《秋胡行》；元代戏曲家石君宝将其改编为元代杂剧《秋胡戏妻》；《桑园会》成为马派京剧的传统剧目之一……

同样是在礼教严规的冰寒环境中，却催生了一朵艺术水准极高的蓓蕾——汉乐府《陌上桑》。

《陌上桑》又名《艳歌罗敷行》，是一首颇富浪漫情节又很智慧的叙事诗。它讲述了一个叫秦罗敷的采桑女的故事。美女秦罗敷采桑于城南隅，人人见了她都爱慕不已，原因是罗敷女太漂亮了。然而诗歌没有正面描写罗敷女的容貌，而是通过见到她的人一系列失态的举动，来间接表现桑女的美貌："行者见罗敷，下担捋髭须。少年见罗敷，脱帽著帩头。耕者忘其犁，锄者忘其锄。来归相怨怒，但坐观罗敷。"此时正巧有位"使君"路过此地，见了秦罗敷，双足就迈不动了，打发小厮前来询问，"二十尚不足，十五颇有余"。这样的年龄也教使君怦然心动，便发出"宁可共载不"的邀请。与秋胡一样，使君理所当然地遭到拒绝，然而罗敷女的聪明机智远胜秋胡之妻，她的回绝充满了智慧和诙谐。虽然她首先挑明了"使君自有妇，罗敷自有夫"的现实，然而她并未给求爱者正面的难堪，而是转身夸耀起自己的老公来：

东方千余骑，夫婿居上头。何用识夫婿？白马从骊驹，青丝系马尾，黄金络马头；腰中鹿卢剑，可值千万余。十五府小吏，二十朝大夫，三十侍中郎，四十专城居。为人洁白皙，鬑鬑颇有须。盈盈公府步，冉冉府中趋。坐中数千人，皆言夫婿殊。

我的个天啦，这都是个什么人，财产，地位，容貌，风度，才干，哪样都是人中龙凤，真是天上少有，人间独步。罗敷女自夸丈夫，越夸越来劲，假的都成真的了，只恨人间美好的辞藻太过稀少，怎么堆砌都不为过；可是作为听者的使君呢，却是越听越扫兴，越听越狼狈，额上冷汗涔涔，还不赶紧走路留此作甚！

这篇作品虽然描写了美女和浪漫的故事，但并不过度渲染，而是收放有度，克制而冷静，以顺应正统的价值观，符合礼教的规范。

陕北地区出土的东汉画像砖桑林之下

经过礼教道德浇灌的汉代社会，桑女贞节图大量出现在东汉的画像石和画像砖墓中，它是两汉社会现实的反映。

然而，人性的河流奔腾不息，用专制的手法压抑的人性，会时不时地从另一些渠道流泻出来，形成与正统道德相反的属性。与桑林贞女图相并行，在东汉画像砖石墓中，出现了另一类流变，那就是桑林野合图。这些图像，往往与人物车马出行图、歌舞杂伎宴乐图、田猎弋射农耕图等相并列，看来在某些地区，也是得到社会认同的。

对这类图像的理解，许多学者曾作过探索，如北大俞伟超教授认为是上古"高禖图"的遗风，出现在墓葬中具有"压胜"的作用。

生殖，永远是生物界生生不息的追求，也许这些桑林野合图，真的是上古生殖仪式的延续，但从人性的角度看，被压抑太久的人性势必会走向礼教的反动。一旦稳定的社会秩序被打破，人性的激流必将冲破束缚，奔流向前。

远方的地平线上，新乐章的弦音正隐隐奏响。

第三乐章：如歌的行板，桑林之思

黯然销魂者，唯别而已矣！况秦吴兮绝国，复燕赵兮千里。或春苔兮始生，乍秋风兮踅起。是以行子肠断，百感凄恻。风萧萧而异响，云漫漫而奇色。舟凝滞于水滨，车逶迟于山侧。棹容与而讵前，马寒鸣而不息。掩金觞而谁御，横玉柱而沾轼。居人愁卧，怳若有亡。日下壁而沉彩，月上轩而飞光。见红兰之受露，望青楸之离霜。巡层楹而空掩，抚锦幕而虚凉。知离梦之踯躅，意别魂之飞扬……又若君居淄右，妾家河阳，同琼珮之晨照，共金炉之夕香。君结绶兮千里，惜瑶草之徒芳。惭幽闺之琴瑟，晦高台之流黄。春宫闼此青苔色，秋帐含此明月光，夏簟清兮昼不暮，冬釭凝兮夜何长！织锦曲兮泣已尽，回文诗兮影独伤……

江淹在"才尽"之前，留下的这篇辞藻华美才气纵横的《别赋》，写尽了人间的离愁别恨。相思与离愁，是个人情感的纯天然性抒发，是纯粹的个人内心独白，它代表着一个新时代的社会风尚——个人意识的复苏，李泽厚先生称为"人的觉醒"。

魏晋南北朝，在中国历史上，是继先秦诸子百家之后，又一个社会大变革时代，整个意识形态，包括哲学、宗教、文学、艺术等各方面，都出现了明显的转折和变化，其表现形式，是以占据统治地位的两汉经学的崩溃为特征的。

有趣的是，正是两汉时期高度的政治专制和严酷的思想禁锢，催生了这次人性大解放。从东汉中后期开始，外戚、宦官交替擅权，以庄园经济为特征的士族门阀势力强势崛起，形成了与皇权相抗衡的力量，促使强有力的君主专制开始瓦解，社会处于激烈混乱与动荡之中。如此一来，维护君主专制的精神支柱——官方正统的儒学就失去了号召力，也失去了对社会人心的控制。礼教的束缚开始被冲破，人的个体意识从中觉醒，人性的洪流将冲破两百多年的压抑和壅堵，一泄之势雷霆万钧。

东汉后期，仲长统在描绘自己的人生理想时就写道：

弹南风之雅操，发清商之妙曲。消摇一世之上，睥睨天地之间。不受当时之责，永保性命之期。如是，则可以陵霄汉，出宇宙之外矣！岂羡夫入帝王之门哉！

——《后汉书·仲长统传》

在这里，已经体现出士人与政权的疏离，体现出国家意识的淡薄和个人意识的强化。

魏晋时期，经历了三国时代的社会大动荡，统一的中央集权分崩离析，司马氏虽然有过短暂的统一，但政治腐败，各种社会矛盾交织，反传统反礼教已成风尚，士人们大都采取了与政权不合作的态度，放浪形骸，独立特行，出现了所谓的建安名士和正始名士。其中，又以正始名士最具代表性。

正始名士的代表，正是中国历史中那群最放浪形骸的人物——竹林七贤，他们更是把传统礼教踩在脚下。

七贤中的刘伶，嗜酒如命，全无礼法，甚至有悖常伦。《世说新语·任诞》中记录了他的一桩醉事。一天，刘伶在家把自己灌得酩酊大醉，觉得浑身发热，便把自己剥得精赤条条地坐在地板上。他的一个朋友来访，见状惊愕不已。刘伶把怪眼一翻："天地是我的住房，屋舍是我的底裤。你他娘的有事无事钻到我裤裆里来干啥？"

七贤中的阮籍，写过一篇《大人先生传》，他假托"大人先生"之口，对所谓礼法的虚伪性进行了最辛辣的讽刺。他说：那些所谓的"君子"们，卖萌邀誉，博取美名，不过是想图谋高官厚禄而已。说穿了，那些躬行礼法的君子，就像寄生在裤裆中的虱子，爬来爬去也爬不出人家的裤裆，饿了就咬人一嘴，还自以为找到了什么风水吉宅。当天地大火，焚都灭邑，死在裤裆中就是这群虱子的宿命罢了。

七贤中的嵇康，字叔夜，更是那个时代的代表人物。嵇康这小伙长得很帅气，与阮籍堪称仲伯。他的朋友山涛曾形容说："叔夜之为人也，岩岩若孤松之独立。其醉也，傀俄若玉山之将崩。"可是这个帅小伙却选择了一个任何人都想象不到的职业——打铁。他自己打铁也罢了，他的另一个朋友，也是竹林七贤中一位才华横溢的名士，叫向秀，也来到他身边，用铁钳默默夹上一块烧红的烙铁。嵇康望了他一眼，一言不发，抡起铁锤就敲打起来。这对铁匠搭档，可谓是人类历史上最豪华、最奢侈的一双打铁组合。这真是一个不能用常规来理解的社会。可事情来了，那位称赞过他的朋友山涛，明显是想帮他一把，就把嵇康推荐给司马氏，让他入朝做官。这下把嵇康惹毛了，就发表了一篇历史上最有名的绝交书——《与山巨源绝交书》，还把它公诸天下。

这是一封很长的信，信中嵇康公然地"非汤、武而薄周、孔"。他说，哥们儿，你我前世无仇，近世无恨，你不坑别人，干吗这样坑我？他还比喻道："此犹禽鹿，少见驯育，则服从教制；长而见羁，则狂顾顿缨，赴蹈汤火；虽饰以金镳，飨以嘉肴，愈思长林而志在丰草也。"最后他说道：我刚失去父母，意常凄切，一双儿女女儿13岁，儿子才8岁，都未成人，本想着居守陋巷，教养子孙，弹琴一曲，浊酒一杯，过两天安生日子，你何苦总把我往茅坑中驱赶？今天当着天下人的面，与你割袍绝交，永不往来。

山涛见信，也只是淡淡一笑。后来，嵇康被杀后，山涛默默地承担起抚育那一双儿女的责任，直至其成年。

这就是魏晋风度，这种不拘礼法，追求个人意识和个性自由的精神，正是魏晋思想最显著的特色。

正是在这种冲破礼教樊笼，释放个性自由的思想大解放浪潮中，人们从两汉的礼教束缚中解脱出来，把目光更多地投向了自我的精神世界和人性的自由奔放，友情、离别、相思、怀乡、行役、命运等等题材成为了一个时代的主弦音，一种人生苦短、命运无常、欢乐少有、悲伤长多的喟叹弥漫在魏晋南北朝的时空中，由此，又催生出南朝时期艳情诗、宫体诗的盛行。因为光阴易逝，命途多舛，谁都无法掌握那诡谲无常的命运，那么必须及时行乐,恣意人生,"昼短苦夜长,何不秉烛游!"就成为士人们追求的生活态度。可以说,从东汉末期的《古诗十九首》开始,这种主基调就一直绵延不绝。

那么,在这样的历史大背景下,采桑女的形象也必然打上时代的烙印。一曲如歌的行板,缓缓地从桑林中响起。

汉乐府诗中,保留着一首东汉晚期宋子侯所作的《董娇娆》,借路旁桃李花儿与一位采桑少女的对话,将大自然的无穷循环生生不息,与人生短暂青春易逝相对比,道出了人生的悲哀与无奈:

洛阳城东路,桃李生路旁。花花自相对,叶叶自相当。春风东北起,花叶正低昂。不知谁家子,提笼行采桑。纤手折其枝,花落何飘飏。"请谢彼姝子,何为见损伤?""高秋八九月,白露变为霜。终年会飘堕,安得久馨香?""秋时自零落,春月复芬芳。何时盛年去,欢爱永相忘。"吾欲竟此曲,此曲愁人肠。归来酌美酒,挟瑟上高堂。

花季的少女提篮采桑,道旁春风拂枝桃李芬芳,爱美的少女伸出手来,花儿簌簌落地纷扬。"美丽的妹子啊为何把我伤?""八九月到秋高气爽,露珠儿点点化为白霜。你们终将在霜露中凋零,哪儿去寻找永恒的馨香?""大雁南归百花零落,燕子飞来我们复又芬芳。青春的年华流水漂逝,今日的欢爱啊永远相忘。"像这种提篮采桑、伤春叹逝的美丽女子形象,成为东汉以后魏晋六朝文人辞赋及民间歌谣中反复咏叹的主题。

在这种青春易老、韶华易逝的喟叹中,是桑女们对分离的苦苦相思之情:

袅袅陌上桑,荫荫复垂塘。长条映白日,细叶隐鹂黄。蚕饥妾复思,拭泪且提筐。故人宁如此,离恨煎人肠。

——吴均《陌上桑》

贱妾思不堪，采桑渭城南。带减连枝绣，发乱凤凰簪。花舞依长薄，蛾飞爱绿潭。无由报君信，流涕向春蚕。

——吴均《采桑》

"带减连枝绣，发乱凤凰簪。"饱尝相思之苦的采桑女，形容憔悴，衣带因消瘦而速减，她是古诗十九首《行行重行行》中"相去日已远，衣带日已缓"的延续，她是柳永"衣带渐宽终不悔，为伊消得人憔悴"的源流。

人之有别于动物，是因为人类是有情感的动物。相思怀人，本是人类最质朴的一种情感，对爱情、亲情、乡情的歌咏，发自内心而歌乎音嗓，这样的主题恒久绵长，《诗经》中就飘满了这样的愁情。"采采卷耳，不盈顷筐。嗟我怀人，寘彼周行。"（《周南·卷耳》）越是战乱颇仍，男人们执戈疆场的时代，这样的咏叹就越发执着和热烈。东汉以后，随着人的意识的觉醒，这样的主题咏叹就来得更加猛烈，《古诗十九首》中，大部分都是这类伤春怀人的内容，"盈盈一水间，脉脉不得语"的相守相望，已经在朝着《诗经》的原始本质回归。本文开篇所引的江淹的《别赋》，把人类的相思情结作了一个总结，他列举的多类型的相思，用华美的文辞表达出来，是"人的觉醒"的最好体现。初唐张若虚的《春江花月夜》，有"孤篇压全唐"的说法，它将人生易老思春怀人的绵绵愁绪，植入春、江、花、月、夜这五种大自然的绝美馈赠中，完成了对东方美学意蕴的一次完美诠释。这样的题材，最后发展到对故国、故乡、故土的深切怀望，形成了所谓的"乡愁"文化，是它的又一次升华。我们回到采桑女，看啊，在春和景明的桑园中，采桑女子手攀柔条，眼望浮云，心飞远方。望着旷野风中那么一位娇弱瘦小的身影及她所折射出的美学意象，怎不教人怦然心动！

是的，过去宣扬的那套伦理道德规范、标准、价值都是虚的，只有人要死亡是真实的，短促的人生中充满了那么多的生离死别哀伤不幸是真实的。既然如此，为什么不抓紧时间，尽情享乐当下的生活呢！女性，在任何国度任何时代都是男人眼中的主题，也是享乐的主题。因此，在魏晋六朝的诗歌里，女人作为一种纯粹的审美对象被反复歌咏，艳情诗、宫体诗大行其道，它充分迎合了士族子弟对声色享乐的普遍需求，由此构成了采桑女形象的又一元素。采桑女独特的文化风貌，她们那风情万种、娇媚迷人的形象特征，以及桑林所蕴含的情色意义，都给人以无尽的遐想。桑女本是农家女子，田野美人，她们或热烈奔放，或自然率真，或柔媚多情，或多愁善感，文人们可以按照他们的审美标准和理想要求去恣意塑造。因此，在公子哥儿的笔下，有些桑女形象已发生改变，她们穿金戴银，挂玉镶钿，俨然已是贵妇人装扮，曹植《美女篇》就是这样的作品：

美女妖且闲，采桑歧路间。柔条纷冉冉，叶落何翩翩。攘袖见素手，皓腕约金环。头上金爵钗，腰佩翠琅玕。明珠交玉体，珊瑚间木难。罗衣何飘飘，轻裾随风还。顾盼遗光彩，长啸气若兰。行徒用息驾，休者以忘餐……

甚至，采桑女的形象，还被改编成歌舞，在华堂之上供士人们欣赏。《采桑渡》，是南朝乐府民歌清商曲词中的西曲歌，以前由16人起舞表演，萧梁时改为8人。《采桑渡》有七首，描写了春天蚕桑茂盛的情景，少女们唱着春歌来采桑，一幅春天的繁荣景象：

蚕生春三月，春桑正含绿。女儿采春桑，歌吹当春曲。
冶游采桑女，尽有芳春色。姿容应春媚，粉黛不加饰。
系条采春桑，采叶何纷纷。采桑不装钩，牵坏紫罗裙。
语欢稍养蚕，一头养百㑩。奈当黑瘦尽，桑叶常不周。
春月采桑时，林下与欢俱。养蚕不满百，那得罗绣襦。
采桑盛阳月，绿叶何翩翩。攀条上树表，牵坏紫罗裙。
伪蚕化作茧，烂熳不成丝。徒劳无所获，养蚕持底为？

我们看到，诗中的采桑女既美且媚，她们素面朝天，却有一番天然去雕饰的无穷韵味，是有着珠光宝气的宫廷女子和豪门贵妇所不具备的自然之美。她们灵动活泼，浪漫而热情，充满青春的朝气，更充满田野的幻想。她们是美艳的，也是情欲的，已经向《诗经》的时代靠近了。然而，在这里，她们是男人刻意塑造的，她们依然是男人的艳想对象。

来自六朝的气息，也影响着初唐甚至盛唐诗人的创作，在他们笔下，采桑女依然美丽窈窕，楚楚怜人，心中郁结着对远方良人无穷无尽的思怨，或者相遇了白衣白马的五陵少年时一颗春心的萌动。这些采桑女形象，同样凝结着男人主观的欣赏意趣，我认为，它已失去了《诗经》的率真与真诚。

杨柳送行人，青青西入秦。谁家采桑女，楼上不胜春。盈盈灞水曲，步步春芳绿。红脸耀明珠，绛唇含白玉。回首渭桥东，遥怜春色同。青丝娇落日，缃绮弄春风。携笼长叹息，逶迟恋春色。看花若有情，倚树疑无力。薄暮思悠悠，使君南陌头。相逢不相识，归去梦青楼。

——刘希夷《采桑》

鸟鸣桑叶间，叶绿条复柔。攀看去手近，放下长长钩。黄花盖野田，白马少年游。所念岂回顾，良人在高楼。

——王建《相和歌辞·采桑》

甚至连惯入胡姬酒肆中的李白，也抵挡不住这股来自田野的清新气息，他忍不住提笔写下了一首与汉乐府同名的《陌上桑》：

美女渭桥东，春还事蚕作。五马如飞龙，青丝结金络。不知谁家子，调笑来相谑。妾本秦罗敷，玉颜艳名都。绿条映素手，采桑向城隅。使君且不顾，况复论秋胡。寒螀爱碧草，鸣凤栖青梧。托心自有处，但怪旁人愚。徒令白日暮，高驾空踟蹰。

这个时期的采桑女形象，不仅没有逃出六朝的窠臼，而且已坠入本乐章的末流。是改变的时候了。"渔阳鼙鼓动地来，惊破霓裳羽衣曲"，随着中国北方那一声战鼓的擂响，一曲新的乐音将从桑林中飘起。

第四乐章：负重的柔板，桑林之殇

安禄山的铁蹄，踏碎了大唐世界的盛世春梦。

安史之乱，是大唐王朝的转折点，也是中国历史的转折点，它是中国封建社会由前期向后期转化的分野。乱军马蹄踏过之处，尸殍盈野，百姓流离失所，给大唐社会留下一片焦土，盛唐时代的豪情与浪漫，在硝烟与兵戈声里雨零星散。这个时期，文人个体加强了与时事政治的联系，增强了对国家的依附性，同时也伴随着儒家文学观念的回归。我们看到，正是在这个时期，杜甫的《兵车行》取代了《丽人行》，"三吏""三别"等系列反映民间疾苦的现实主义作品横空出世。这种背负责任、深入社会、关注民生、重视写实创作的倾向，虽然只是后来唐诗百花园地中的一种类型，但它的影响却很深远。

到了唐宪宗元和年间，由白居易和他的好友元稹牵头，掀起了一场"新乐府运动"。他们主张仿效前代，采诗以补察时政，从中可以观国风之盛衰，察王政之得失。白居易在《新乐府序》中，提出诗歌应该"为君为臣为民为物为事而作，不为文而作"；在《与元九书》中，他更是公然倡导"文章合为时而著，歌诗合为事而作"。为此，他创作了《秦中吟》和标注为"讽谕"诗的《新乐府》五十首，其中的《卖炭翁》《新丰断臂翁》等已是家喻户晓。元稹也不甘示弱，他创作的《连昌宫词》《上阳白发人》等也成名篇。

在这种时代风气的引领下，采桑女的形象也出现了一个重大转折。她们已不再是供贵族子弟玩赏猎艳的对象，也不再是文人墨客们寄寓伤春悲秋情怀的符号，尽管她们依然美丽着，可她们已失去了情色的成分，她们已从高高的天上掉落凡尘，回归于现实的苦难之中。

这种转变，从大历贞元间的诗人李彦远的《采桑》就开始了。

采桑畏日高，不待春眠足。攀条有余态，哪矜貌如玉。千金岂不赠，五马空踟蹰。何以变真性，幽篁雪中绿。

为了采桑啊起个大早，忙里忙外啊终日劬劳。貌美如花啊哪顾及得到，巧遇公子啊也不敢轻佻。如何转性啊你如问我，皑皑积雪啊已覆盖竹梢。可以说，这里几乎没有了情色浪漫，有的只是严酷现实。

如果说在中唐的李彦远那里，采桑女还存有那么一丁点儿情色的余绪，到了晚唐的刘驾手中，这点残余的情色烟雾也已消散一空了。刘驾在《采桑》中写道：

墙下桑叶尽，春蚕半未老。城南路迢迢，今日起更早。四邻无去伴，醉卧青楼晓。妾颜不如谁，所贵守妇道。一春常在树，自觉身如鸟。归来见小姑，新妆弄百草。

在中唐的新乐府思潮中，出现了一批写纺织女苦难的作品，如王建的《当窗织》和元稹的《织妇词》。诗中虽然写的是织女的苦难，可在中国传统的农桑社会中，以家庭为单位的个体经济是社会经济的基本细胞，纺织女与蚕桑女其实就是同一个群体。元稹在《织妇词》中写道：

织夫何太忙，蚕经三卧行欲老。蚕神女圣早成丝，今年丝税抽征早。早征非是官人恶，去岁官家事戎索。征人战苦束刀疮，主将勋高换罗幕。缫丝织帛犹努力，变缉撩机苦难织。东家头白双女儿，为解挑纹嫁不得。檐前袅袅游丝上，上有蜘蛛巧来往。羡他虫豸解缘天，能向虚空织罗网。

这首诗的最末六句最让人喟叹。村东头一对头发花白的纺织女，因为独有的挑花技术而无法出嫁。在繁忙的间隙抬起头来，望着檐前结网的蛛儿心生羡叹：它们多自由美好啊，可以向着天空随心所愿地织成罗纹。短短数语，力透纸背。

而最让我惊心的，还是晚唐诗人杜荀鹤那首《山中寡妇》：

> 夫因兵死守蓬茅，麻苎衣衫鬓发焦。
> 桑柘废来犹纳税，田园荒后尚征苗。
> 时挑野菜和根煮，旋斫生柴带叶烧。
> 任是深山更深处，也应无计避征徭。

这是一位年迈的采桑女，她也有过"桑者闲闲兮"那样楚楚动人的青春岁月，也曾"春月采桑时，林下与欢俱"那样与情人幽会，甚至也会攀着柔弱的桑条"带减连枝绣，发乱凤凰簪"作苦苦相思。然而今天，她老了，丈夫已为国家捐躯，她失去了唯一的依靠，只能一个人独居深山苦苦熬日。诗中没有提到她的儿女，也许儿子同父亲一起战死沙场了吧，反正她就孤苦一人，头发蓬乱焦黄，粗麻布的衣衫盖满补丁，挖得的野菜连根咽下，捡来的湿柴带烟燃烧。就这样还不能被官府放过，每年的捐税田赋，不会因身在深山、桑柘废弃、田土荒芜而获得减免。这位"山中寡妇"，真的就是那个时代大多数采桑女子的最终归宿吗？

某晚读诗，读至此，我就再也读不下去了。默默一人，沉坐深宵……

宋代，采桑女的现实主题没有发生变化，仍然沿着这条主线往下发展。宋初梅尧臣的《伤桑》堪为代表：

> 柔条初变绿，春野忽飞霜。田妇搔蓬首，冰蚕绝茧肠。名翚依麦雏，戴胜绕枝翔。不见罗敷骑，金钩自挂墙。

《呈寇公二首》，是寇准的侍妾蒨桃的组诗作品。寇准是宋代初年宋太宗时的宰相，为人清正，是中国历史上有名的忠臣良相。然而，就是这位良相家中，也是如此奢华无度。寇准喜欢听曲，就让歌女来家中演唱，一曲欢歌的报酬，就是一束绫罗绸缎，这让他的侍妾蒨桃都看不下去了，写了一组诗呈现，其中一首写道：

一曲清歌一束绫，美人犹自意嫌轻。
不知织女萤窗下，几度抛梭织得成。

一首欢歌，就可抵下纺织女们多少个寒窗夜露下的苦苦劳作啊！如果细思下去，还有采桑女们多少个起早贪黑的桑间忙碌，多少个熬更守夜的桑蚕喂养……

这样的描写，其实在中唐王建的《当窗织》中就已经有了："当窗却羡青楼倡，十指不动衣盈箱。"

北宋的文同在《采桑》诗中写道：

溪桥接桑畦，钩笼晓群过。今朝去何早，向晚蚕恐卧。家家五十日，谁敢一日情。未言给私用，且以应官课。

起早贪黑的辛苦，风里雨里的忙碌，不敢有分毫懈怠，可最终，未能有一丝一缕可为己用，全部上缴以为官课。

南宋光宗绍熙二年（公元1191年）岁末，除夕之夜，诗人姜夔离开范成大的石湖庄园，乘一艘小舟，沿着江南的迢迢水路赶回吴兴家中与家人团聚。他的除夕之夜其实就在舟中度过，一路行来，他记录下了自己在舟中的所见所思，留下了《除夜自石湖归苕溪十首》。其中有曰：

桑间篝火却宜蚕，风土相传我未谙。
但得明年少行役，只栽白苎作春衫。

小舟缘着曲曲弯弯的水路继续向着家的方向漂去，在黑黝黝的莽原上，一点灯火明灭不定，那是桑间的灯烛，辛劳一岁的农人尚在为蚕桑忙碌，连家家团圆的除夕之夜也不得歇息。

这就是采桑女的现实生存状况。

到了明代，桑女的现实苦难并没有到头，杨基的《陌上桑》记录下这种场面：

青青陌上桑，叶叶带春雨。已有催丝人，呶呶桑下语。

还在采桑时，树下已有讨债的人在呶呶不休地催丝了，那辛勤采下的桑叶，离织成绸缎还有无数道工序，可就在眼下，它已经不属于自己了。在杨基的笔下，哪里还有采桑女青春的飞扬和春心的萌动？

明人胡应麟在《少室山房集》中，收录了《采桑渡》二首：

不采陌上桑，蚕在筐中饥。欲采陌上桑，使君道傍嬉。
采桑作罗绮，总为他人忙。不见长干娼，一曲衣盈箱。

虽说这里也采用了《采桑渡》的形式，可它同南朝《采桑渡》的曲风已不是一个调门。

文徵明也曾作《采桑》诗云：

茜裙青袂谁家女，结伴墙东采桑去。
采桑日暮怕归迟，室中箔寒蚕苦饥。
只愁墙下桑叶稀，不知墙头花乱飞。
一春辛苦只自知，百年能着几罗衣。

但是，到了这个时期，采桑女的诗篇已入末音，采桑女的故事也渐行渐远，唯有那清亮的嗓音在西下的夕阳中随风飘来，如梦如幻，似有还无。

终究是曲终人散场，留一片苍茫大地落叶飞扬……

尾声：从采桑女说开去

向前进！向前进！战士的责任重，妇女的冤仇深……

小时候，我能看到听到的，就只有那八个样板戏，所以对每出戏都记忆深刻。这部现代芭蕾舞剧《红色娘子军》，我不知看过多少遍，当然，幼小的我们还无法对它保持严肃态度，于是根据其曲调改编了好多乱七八糟的歌词用于传唱：如"烟杆还来烟杆还来，不要开玩笑，不要开玩笑……"

其实，这部宣扬闹红的革命舞剧，触及了一个沉重的主题，就是它的主题歌所唱的：妇女的冤仇深！

在先秦时代，虽有相对开放的男女自由交往的态度，但随着礼制的发达，仲春会男女欢戏的古俗便逐渐失去了。两汉时代，对人性的压抑前文已有交待，而这种压抑和制裁，对女性尤为突出。东汉末开始的人性解放运动，虽然使采桑女的主调一变再变，可对妇女三从四德的规范一直没有放松，六朝如此，唐代如此，宋代依然如此。从宋代兴起的理学思潮，到明代得到进一步发展，随着专制制度的强化，宋明理学成为压制人性的一条思想锁链。清代，当君臣关系转变为主子和奴才的关系后，人的尊严已荡然无存。

我们看到，正是在这个时期，女人的脚被缠裹成"三寸金莲"，而妇女的贞节牌坊则像森林一样矗立在中华的大地之上。

2017年，我去四川隆昌旅行，特意去参观了已被打造为传统文化旅游景区的牌坊一条街。我看到，隆昌县把境内各乡镇保存较好的石牌坊搬迁到城区，在主街区重新树立起来，成为一道蔚为壮观的风景。石牌坊雕工精美，字迹斐然，游人们兴高采烈地穿行其间，摆着各种各样的姿势拍照。

步行在从牌坊中央穿过的石板路上，我的步履却显得有些沉重。忠孝

节烈,一座牌坊压死一个人,何况这重重叠叠密密麻麻的牌坊群,它压制的则是一个民族的母亲。在一面面"万世旌表"和"巾帼流芳"的牌匾背后,在一方方浸润着青苔痕迹的描龙画凤

四川隆昌牌坊一条街

之下,有几多无助的灵魂在凄恻中呻吟,又有多少个鲜活的生命在那漫漫无尽的长夜里,于无数昏红的火苗下苦苦煎熬油尽灯枯……道德压顶重如山啊!

这样的礼教压制,成为妇女们必须遵循的圭臬。我曾去潼南区双江古镇观访了清末民居杨氏庄园。杨家的长媳陶香九女士工于诗词,被胡适先生誉为"当代李清照"。香九女士在60岁时,精选诗词194首,以《绣余草》为名在上海商务印书馆结集出版,胡适先生亲笔作序。看来这位长媳颇为只有贡生学历的公公所骄傲,那位成功的商人公公,特意为儿媳在庄园里辟出一间书房,取名"花厅",在占地面积近五千平方米的杨氏庄园中,除了杨氏老爷(即那位公公),就只有长媳香九女士有此殊荣了。我在"花厅"中久久徘徊,遥想着香九女士当年月下吟哦时的风采。猛然抬头,见"花厅"前书有一联:

诵万卷诗书远眺巴蜀千峰绿
秉四知操守近观田野一片蓝

呵呵，看来这位既能诗书盈怀，又能"秉四知操守"的女士，理所当然会成为杨氏家族甚至一个时代可以傲人的理想形象了。

为什么采桑女的形象会在明代以后日渐式微？它是与政治专制的日益加深、礼教压迫的日益沉重相一致的。

试着设想一下，裹着尖尖小脚的少女们，还能踩出"桑者泄泄兮"那样轻快的步点吗？头顶压着"巾帼流芳"的妇女们，还能绽放出"笑从双脸生"那样天真无邪的笑靥吗？枷锁于三从四德中的采桑女们，还能唱出"攀条上树表，牵坏紫罗裙"那样欢快的歌谣吗？

在工业社会高度发达的今天，由农耕个体经济催生的采桑女文化，注定了已是一道历史的风景线。在漫长的三千多年历史长河中，她们的欢笑，她们的相思，她们的哭泣，共同交织成一组桑园交响曲，袅袅余音，绵绵不息。

重庆潼南区双江古镇清末民居杨氏庄园的后花园区

辋川情梦

辋川山谷，位于今陕西省蓝田县西南十余公里处，是一处集山水林湖之胜的绝佳天然风景区。

大约在唐玄宗天宝三年（公元744年），王维来到辋川山谷，一眼便相中了这里的山光湖影。这里是武则天朝侍臣宋之问的庄园，王维将庄园买下，在宋园基础上重新翻修营建，依其山川泉石植物生态，逐一命名20处胜景，使其山貌水态、林姿泉色更加活色生香，并相其地理空间，筑馆搭亭，可憩，可观，可借景，可哦吟，遂成具备王维气质的独特山水，成为中国历史上最著名的既富自然之情趣，又擅诗画之气韵的山水园林。

辋川山庄，让后来历代文人雅士变成了追星一族，凡有山水可心处，便常以辋川比附。如扬州西岑草堂，时人有诗云："竹篱茅舍隔晴湖，日落空山碧草铺。若把西岑描入画，分明一幅辋川图"；又如扬州止园，有诗谓"辋川风景如亲见，试放扁舟忆隐伦"。南京的随园，园中景点排布，一一参照"辋川"而设。随园主人袁枚在其《随园四记》中，就曾得意地写道："宜为文纪成功，而分疏名目，以效辋川云。"

辋川，亦成为历代画家孜孜不倦追求的一个主题。

据说，王维在辋川静谧清幽的栖隐生活中，便以辋川的山山水水，创作了其山水画之代表作《辋川图卷》。该画卷早已湮没在历史的尘烟里，但据张彦远《历代名画记》记载，此画卷绘制于长安清源寺的壁上，这里曾经是王维在长安的故宅，"清源寺壁上画辋川，笔力雄壮"。唐武宗会昌年间，朱景玄在《唐朝名画录》中，对这幅画作了更进一步描述：辋川园景图"山谷郁盘，云水飞动，意出尘外，怪生笔端"。唐人耿沣还在壁上题诗云：

儒墨兼宗道，云泉隐旧庐。
孟城今寂寞，辋水自纡馀。
内学销多累，西林易故居。
深房春竹老，细雨夜钟疏。
陈迹留金地，遗文在石渠。
不知登座客，谁得蔡邕书。

后来，《辋川图卷》随着清源寺的焚毁而消亡，幸有五代郭忠恕临王维《辋川图》，遂成《王摩诘辋川图》摹本，为后世存了一份拷贝文件。以后诸贤在此摹本基础上，或再临摹，或生新意，为后世留下了可以追寻的遗踪。

"辋川"成为后世画家争相创作的题材，自郭忠恕摹本后，相传元代赵孟頫绘《摹王维辋川诸胜图》、王蒙绘《摹王维辋川图》，明代仇英绘《辋川十景图》、沈周绘《辋川图卷》，这些都是据绘者自己心中的辋川图景来创作；清代王原祁绘《辋川图卷》、沈源与曹夔音绘《王维辋川二十景诗意图》等等，可见辋川山水在文人心中的分量。

辋川山谷地处秦岭北坡，来自太平洋的湿热气流被阻挡于山南，致使此地干燥少雨，相对于南方地区水灵灵的灵秀山水，此地并无优势。况且粗通中国园林发展史者都明白，中国园林艺术成熟于明清时代，唐代乃是发展期，难擅胜场。可为什么，辋川山水，竟得到后世文人的顶礼膜拜？

梦得公有言：山不在高，有仙则名；水不在深，有龙则灵。辋川的胜景，说穿了，是"地以人传""园以人胜"，它们终是沾了王维的光。

王维其人其事，诸君耳熟能详；王维在艺术上的成就，苏东坡的话最得其妙："味摩诘之诗，诗中有画；观摩诘之画，画中有诗。"而且王维兼通音律，善书法篆刻，是艺术史中少有的全能冠军。正是基于他在艺术中的崇高地位和非凡成就，以及艺术通感的交互创作，赢得了人们的无比尊崇，他所创设的山水草木，也沾溉了禅意袅袅的无上灵气。

然而，最使辋川山水熠熠生辉的，莫过于王维那本《辋川集》。

《辋川集》是一本诗集，由王维与他那位形同闺蜜的忘年交裴迪秀才一同创作。

这位裴迪秀才，名不见史书，甚至连《唐才子传》亦无其传，但是，在同时期的一些大诗人作品中，时能见到他的影子，可见，这是一位情商极高的翩翩佳公子，而且颇有才情，周旋于同时代很潮的文化圈中。

王维对此子可谓一见钟情，他曾在写给裴迪的诗中这样说："不相见，不相见来久。日日泉水头，常忆同携手。携手本同心，复叹忽分襟。相忆今如此，相思深不深。"（《赠裴迪》）简直就像一对同性恋人。

就是这位裴迪秀才，当王维辋川别业改建工程完工以后，第一个想到的人就是他，希望他能立即前来，与自己共同分享这份喜悦。

于是，坐在新建的还散发着淡淡木漆味的新居中，王维就迫不及待地给裴迪写了一封《山中与裴秀才迪书》的邀请函，并为他在新建的山庄里永远开了一个房间。虽知此时裴秀才正在温书准备大考，王维也反复忍耐不去打搅他，但今天在感配寺同僧人吃过晚饭独自一人踏月归来，心中就是忍不住地想他。这封书信字字珠玑，充满热情，极尽诱惑。坦率地说，能抵御住如此热情洋溢邀请的人实在不多，起码一千二百多年后的我，读到这封书信时便已坐卧不宁了，探问有无飞往时间异域的机票。好在虽是中古时代的文字，对今天的人也并不难懂，兹将全信内容抄录如下：

山中与裴秀才迪书

近腊月下，景气和畅，故山殊可过。足下方温经，猥不敢相烦，辄便往山中，憩感配寺，与山僧饭讫而去。

北涉玄灞，清月映郭。夜登华子冈，辋水沦涟，与月上下。寒山远火，明灭林外。深巷寒犬，吠声如豹。村墟夜舂，复与疏钟相间。此时独坐，僮仆静默，多思曩昔，携手赋诗，步仄径，临清流也。

当待春中，草木蔓发，春山可望，轻鯈出水，白鸥矫翼，露湿青皋，麦陇朝雊，斯之不远，倘能从我游乎？非子天机清妙者，岂能以此不急之务相邀。然是中有深趣矣！无忽。因驮黄檗人往，不一。山中人王维白。

裴迪终究没能扛住诱惑，交了这么个"衰友"又这样贪玩，勿怪乎只能以秀才终老。不过也正是交了这么个"衰友"，才使得"裴秀才迪"得以青史留名。

裴迪来到终南山麓的辋川山庄，与王维共度了也许是他俩一生中最惬意的时光。

每一天，王维携手裴迪，在辋川山谷中闲云野鹤地漫游。他们的足迹踏遍了山谷中的山山岭岭，他们的目光抚遍了山野间的花花草草；天上云飞鸟鸣，林间鹿饮兔腾；阳光透过密密的树冠返照青苔，芙蓉映着潺潺的流泉自发红萼；竹篁里时而飘来悠长的琴韵，芦浦边不时送去欸乃的橹声……

在这样的日子里，王维突发奇想，他要为辋川的20个胜景各取一个景名，他要为每一个景点各写一首诗歌。同时，他邀请裴迪一起参与创作，同一景点两个人一人一首，不许赊账。在这里，没有一个人是旁观者，这片清幽的山水不但属于王维，也应该属于一起游乐的裴迪。于是，日出日落，云卷云舒，一系列数不清的月夕烟朝雨晴寒暑交替下来，一本20个景点40首诗的集子便告完成。王维为这本诗集亲写序言，自编成册，于是，一本馨香袅袅的诗集诞生了，辋川的山水烟林，从此镀上了一层禅光的温润。

王维为诗集定名为《辋川集》，亲写序言如下：

辋川集·序

余别业在辋川山谷，其游止有孟城坳、华子冈、文杏馆、斤竹岭、鹿柴、木兰柴、茱萸沜、宫槐陌、临湖亭、南垞、欹湖、柳浪、栾家濑、金屑泉、白石滩、北垞、竹里馆、辛夷坞、漆园、椒园等，与裴迪闲暇，各赋绝句云尔。

其文辞清幽简朴至极，一如集中的诗句，大道至简。

序中将辋川山谷的20个景点逐一罗列，这种即景命名，即景赋诗的方式，将诗人的心境投射于现时的自然景观，感受到光影强弱的瞬间变化从而引来诗人情绪的瞬间变化，真是教人百读不厌，思绪绵长，吟咏处口角噙香。

一百人读王维，能品出一百种滋味，因为摩诘之诗，字句简朴，意境悠远，飘浮着淡淡禅意，翻涌起层层象征。不揣冒昧，以自己的浅见陋识，参考前贤观点，拟对每首王诗略加解析，以成一言之趣。自知谬失之处尚多，料想往来君子，必不屑与一废柴计较，微微一哂，口边轻风自生耳。

孟城坳

王维：

> 新家孟城口，古木余衰柳。
> 来者复为谁，空悲昔人有。

裴迪：

> 结庐古城下，时登古城上。
> 古城非畴昔，今人自来往。

面对着既无起点、也无终点的一去不回头的滔滔时间，人会自然生出孑然无依的无助感来。江畔何人初见月，江月何年初照人，这样的人生惘然，张若虚有之，王维有之，你我他依然有之。

人们总把江流的逝者如斯，比喻为时间的一去不返，而在时间经过的岸边，春秋代序，寒暑交加，每一个风景都在无常地变幻着。走着走着，人从少年的华发，走向了鬓毛如霜，这绝不是一句"多情应笑我"简单的自嘲能够化解的。

诗人站在孟城口边，但见得古木疏落，杨柳枯萎，这里曾经繁华一时啊。南朝刘裕征讨关中，在此辋谷要道建筑城关，如今不见城根起，空闻孟城名；武则天的宠臣宋之问，在此修筑馆舍，雅集风流，也仅是眨眼前的事，可如今，当年的繁华光景，随着主人二度流放客死异乡，也渐渐衰朽了。前程往事，如梦如烟！今天，我在这里安下新家，谁知道我的身后，在后来者眼中，又将变成何等光景！伫立风中的王维，感受着无常的人生，孤寂与萧索笼罩全身。

华子岗

王维：

飞鸟去不穷，连山复秋色。
上下华子岗，惆怅情何极。

裴迪：

日落松风起，还家草露晞。
云光侵履迹，山翠拂人衣。

如果说《孟城坳》是对无始无终的时间的感慨，那么《华子岗》就是对无际无涯的空间的惘然。

飞鸟不断从头顶掠过，在眼界的正前方一点一点变小，最终消失在茫茫无边的天尽头。层层叠叠的秋色铺满了无数的山岗，层林尽染，西风萧瑟。伫立在无边的秋色里，诗人感觉自己就像天地中的一芥，渺小得无地自容。此情此景，不由得让人升起"念天地之悠悠，独怆然而泣下"的茫然感。

每当遭遇俗世的烦扰，我便喜欢举首望天，那满天的星星总能让我释怀。人在大地中，苍天如盖，笼罩四野。我站立的这颗星球，在太阳系中不过是普通的一粒，太阳系在银河系中也不过是沧海一粟，无数个银河系构成一个银河群，无数个银河群组成一个银河团，无数的银河团组构成一个更大的组团，最终形成我们的宇宙世界。而据说，我们的宇宙，也仅仅是一个更大的宇宙系中渺小的一粒……我们的这点烦恼，在苍茫宇宙中占据了什么位置？我的脑海一片空白。

由此，我似乎明白了摩诘先生那"惆怅情何极"的源头。

文杏馆

王维：

> 文杏裁为梁，香茅结为宇。
> 不知栋里云，去作人间雨。

裴迪：

> 迢迢文杏馆，跻攀日已屡。
> 南岭与北湖，前看复回顾。

了解本诗，需先明了诗句中几个词义。文杏，指有精美木纹的好木材，司马相如《长门赋》中有"饰文杏以为梁"的句子；香茅，一种香草，又名菁茅。用文杏为梁，以香茅搭檐，比喻一座精美的建筑。

《文杏馆》是一首充满仙家气息却未用仙家术语的作品，这份隐逸仙气，又与禅理相通。它的象征意味，都隐藏在一个典故意象里。东晋郭璞《游仙诗》其二中写道："青溪千余仞，中有一道士。云生梁栋间，风出窗户里。借问此何谁，云是鬼谷子。"一个人静静地坐在屋宇中，仰头可见梁间山云生栋，举袂可感窗外松风拂衣。那梁间的云，是天上的云，也是胸次的云；那入窗的风，是自然的风，又是心中的风。足不出户，胸中自有白云浮荡；身不离床，心头不乏清风拂煦。

这是王维辋川栖隐的感悟写真，然而自己领悟到的这份心境，能否化作甘霖去润泽那些仍在名利场中纷争不息的人呢？王维此心，已从自渡延及渡人了。

斤竹岭

王维：

> 檀栾映空曲，青翠漾涟漪。
> 暗入商山路，樵人不可知。

裴迪：

> 明流纡且直，绿筱密复深。

> 一径通山路，行歌望旧岑。

比较起来，《斤竹岭》需解的词更多。

斤竹，谢灵运有诗名《从斤竹涧越岭溪行》，王维大概借用了此名来命名这片多竹的山地；檀栾，形容词，美好貌，多形容竹的姿态，枚乘《梁王菟园赋》中云，"修竹檀栾夹池水"；空曲，空旷僻静的山野；商山路，高人贤士隐居的深山。秦代末年，东园公唐秉、夏黄公崔广、绮里季吴实、甪（lù）里先生周术，是秦始皇70博士官位中4位信奉黄老之术的博士，因秦末汉初战乱隐居于陕西商山，史称"商山四皓"，商山便成为栖隐高士的代称，象征着高洁的地方。明人高启《梅花》诗中，形容梅花的高洁无瑕，便有了"雪满山中高士卧，月明林下美人来"的妙句。

《斤竹岭》一诗，描写了斤竹岭的美好环境。行走山中，一片竹林浮来眼底，风乍起处，竹枝摇曳，翠浪翻涌，沙沙有声，正对着一片寂静山野，这是一种以动托静的手法，寓示了诗人心中的淡远忘机。诗人由竹的高洁联想到人的高洁：不经意间走进了高士闲卧的清幽之地，连樵夫也迷失了方位。用俚俗的话讲，如此高洁的圣地，一身世俗味的樵夫是浮不住的。

鹿柴

王维：
> 空山不见人，但闻人语响。
> 返景入深林，复照青苔上。

裴迪：
> 日夕见寒山，便为独往客。
> 不知深林事，但有麏麚迹。

恐怕只要是中国人，这首小诗便可冲口而出。对这首诗，人们讲得最多的就是空和寂，它是王维最喜爱的境界。空是视觉效果，寂是听觉效果，作为诗中有画、画中有诗的王维，对这类效果的运用可谓登峰造极。

空旷的山野中，万籁俱寂。以我的经验，最静寂的效果，是倾耳聆听，听了半晌，结果只听到自己嗡嗡的耳鸣；最空旷无物的空间，是在没有月光没有星光更没有灯光的大山里，双目圆睁，望了半天，结果只看见自己眼睛里的金星。

这种没有任何参照物的寂和空，还算不得至寂和至空，那么什么是至寂至空呢，王维在这里给出了答案：

空阔的山中阒无人迹，却突然传来一声人语，之后又是漫漫无边的死寂。日本俳谐大师松尾芭蕉有一首俳句《古池》，也描写了这样的静寂。"古池や蛙飛びこむ水の音（ふるいけやかはずとびこむみずのおと）"，用汉语译过来就是："古池塘，蛙儿跳入水声响。"一只青蛙跃入古池，在这一刹那，四周死寂的静与青蛙跃入的动被完美地结合起来。青蛙跳跃之前，一切是死一样的静寂；青蛙跳跃之后，随着水纹的平复，一切又将恢复死一样的静寂。我估计，松尾芭蕉的《古池》，一定受到了王维的影响；无边无际的幽暗的森林中，从暗青色的树叶到暗青色的苔藓，世界虽然不是黑白色，却也是单色调的暗和空。突然，一抹落日的余晖从树隙间漏下，照在湿漉漉的青苔上，给单色世界凭空投出一片暗红，这暗红色在转瞬间便如烟淡去，森林中又恢复了单色的永恒幽暗。

我以为，王维这四句小诗，已拥有了现代意义上的声光电效果，勾勒出一幅远古即在的永恒暗寂。

木兰柴

王维：

秋山敛余照，飞鸟逐前侣。
彩翠时分明，夕岚无处所。

裴迪：

苍苍落日时，鸟声乱溪水。
缘溪路转深，幽兴何时已。

在画家眼中，最能挑动神经敏感度的无疑是光与影。阳光从日出到日落，其明暗的变化无时不在，并在地球上创造了斑斓的视觉影像。印象派画家更是将这种光和色的美感及瞬间变化揣摩到极致，他们追求着以思维来揣摩光与色的变化，并将瞬间的光感，依照自己脑海中的处理点染到画布之上。

然而，这样敏锐的光感处理，如果仅用文字是否也能表现出来呢？我们来看看王维的这首《木兰柴》。

落日的余晖平稳地涂抹到秋林之表，山峦的轮廓层次分明。伴随红日的西下，那光辉由浅红转入深红，从山形起伏的树冠上平滑而过，最后收敛起晖尾，给峰峦留下一片桃红色的背景。在斜日的徐徐降落中，暮鸟啾啁，相互追逐着投入林中，悦目的色彩中添加了悦耳的声音，给山野注入了几分生气。彩翠，指秋林中红黄紫翠斑斓的色彩纷呈，这是天然混交林的自然色调，也是生命灵光的迸发，禅思瞬间的顿悟。落日的余晖与秋木的色彩交相融会，这时，从秋林中冉冉吐出乳白色的夕暮的烟岚。

山光绚烂，岚影明灭，禅意缥缈，这就是一幅充满色调的画，这也是一支蓄满生机的歌。音、诗、画三绝的王维，用直朴的文字，简明的构架，把各类艺术元素调动起来，形成通感效应，不仅让我们饱了眼福和耳福，更让我们的灵魂享受了一次禅宗的洗礼。因此，清代沈德潜才在《唐诗别裁》里说：其"佳处不在语言，与陶公'采菊东篱下，悠然见南山'同"。

茱萸沜

王维：

> 结实红且绿，复如花更开。
> 山中傥留客，置此芙蓉杯。

裴迪：

> 飘香乱椒桂，布叶间檀栾。
> 云日虽回照，森沉犹自寒。

一生当中，写过无数花花草草，但茱萸似乎与王维最有缘分，还在16岁的时候，他就写下过"遥知兄弟登高处，遍插茱萸少一人"这样深植人心的诗句。

茱萸，一种落叶小乔木，可长到4~10米高，开黄色的小花，结椭圆形的果，是一种中药材。按中国古代风俗，九月九日重阳节爬山登高时，手臂上要佩戴插有茱萸的布袋，称茱萸囊，王维的诗句写的就是这个。在辣椒从南美洲引入中国之前，中国美食中的辛辣味，就靠茱萸果来提取。

似乎在辋川山谷中，有一片种植着大量茱萸树的山间池沼，现在已经弄不清是当年宋之问种下的，还是王维新接手庄园后植下的，可以想见的是，王维对这里充满感情，欣然为其命名为茱萸沜。沜，同"畔"，水岸的意思。

为何说王维对这里充满感情，读读这首《茱萸沜》就清楚了。每当秋风吹起，茱萸树上就结满了青色的和红色的果子，当这些变了色的果子挂满树梢，仿佛又回到了春天花放满枝的情景。这是视觉上的效果。然后王维笔锋一转，转到了盛情邀客的抒情的场面上来：倘若你想把客人留在山中，那就用精美的芙蓉杯，把满盛着圆圆润润的茱萸果端上来吧！这样的假设句，把王维对茱萸的喜悦之情活灵活现地表达出来。

宫槐陌

王维：

　　　　仄径荫宫槐，幽阴多绿苔。
　　　　应门但迎扫，畏有山僧来。

裴迪：

　　　　门前宫槐陌，是向欹湖道。
　　　　秋来山雨多，落日无人扫。

宫槐，就是槐树，据《周礼》，周室宫庭中要植三棵槐树，以象征三公之位，所以后来皇宫中皆植槐树，故名宫槐。槐树是一种高大型的树种，冠盖茂盛，遮阴效果极佳，适于在道路旁栽种，在暑热的夏季，能给行人带来旅途的丝丝凉意。

在辋川山谷中，就有这么一条笼盖在阴阴槐树冠下的道路，王维命名为宫槐陌，就像我们今天常常见到的梧桐道一样，这是一条山中槐荫道。它的起点是辋川山庄大门，向着山间伸延，经过茱萸沜，通往山下的欹湖。所以，裴迪在同题诗中写道："门前宫槐陌，是向欹湖道。"这条槐荫森森的山间石级步道，把欹湖与山庄连接在一起。

看起来宫槐陌应该是一处景物优美的地方，所以王维把它作为了辋川二十景中的一景，还留下了这首《宫槐陌》诗。我们来看看王维是怎样描述这条林荫小路的。

仄径，就是狭窄而弯曲的小路；应门，据《周礼》就是天子行走的正门，这里指辋川山庄的大门。弯弯曲曲的小路上槐树森森，难见天光的石级中绿苔漫生。迎客的大门却不敢像小路那样怠慢，我总是勤勤地洒扫，深恐山中的僧友，随时都会沿着这条小路乞茶登门。可见得，这条林荫小道，是连通王维心路的通道。

同时我们也能看到，同样是幽居迎客，杜甫的态度是"花径不曾缘客扫"，而王维却是"应门但迎扫"，这是两种不同的生活态度，盖由于杜甫幽居成都是一种被动性的幽栖，而王维隐身辋川则属于主动行为，这种被动与主动，皆因二人的经济基础不同。这再次证明了那个真理：有恒产者有恒心。

临湖亭

王维：

轻舸迎上客，悠悠湖上来。
当轩对尊酒，四面芙蓉开。

裴迪：

当轩弥潋漾，孤月正裴回。
谷口猿声发，风传入户来。

- 301 -

走过那条槐荫覆盖的小路，就来到欹湖南岸的水边，隔着蓝莹莹的一湖水波，就能看到伫立在欹湖北岸的临湖亭了。

在辋川别墅的脚下，有一条如带环山的小河，借用耿湋那首《题清源寺（即王右丞故宅）》诗中所言："孟城今寂寞，辋水自纡徐"，我就姑且称它为辋水。辋水在临湖亭一带，形成一个天然湖泊，王维命名为欹湖，临湖亭就坐落在欹湖北岸的水边，应该是王维迎客喝酒弹琴饮茶的休闲场所。

在这里，亭立水边，山傍澜起，临午则风声过柳，入夜则月影沉波，拈棋指凉，抚弦涛生，有僧则共话，无客则发呆，真是一个惬意的去处。

与王维清寂淡远的一贯风格不同，这首《临湖亭》欢畅秾丽，展示了其盎然的情趣。你看，有佳客来访，诗人迈着轻快的步子登上一艘小船到水面迎客，那"小舸"如同自己的心情一样在水面轻漾。舸，是吴楚江湘一带的方言，听起来就自带吴侬软语的娇音，那样地圆润而飘逸。良辰佳景，美酒高朋，何其人生快意！最后一句堪为点睛之笔：当宾主围坐在临湖亭中开怀畅饮时，四面的芙蓉花正娇艳地开放。何等亮丽的场面啊！"四面"二字，有如神助，道尽了景物开阔、心胸敞亮之情状，以花之嫣然，映客之欢然，景物明丽而欢畅。

南垞

王维：

    轻舟南垞去，北垞淼难即。

    隔浦望人家，遥遥不相识。

裴迪：

    孤舟信一泊，南垞湖水岸。

    落日下崦嵫，清波殊淼漫。

这是一首有关水的诗，灵动的流水载着王维，一点一点航向禅境。

垞，本意是小土山。南垞，应该是欹湖南岸辋水边的一处建筑物，与它相对的欹湖北岸辋水边，还有一个北垞。

诗人从南垞上船，撑着一叶扁舟航向江心，但彼岸的北垞却遥不可及。隔在扁舟与北垞之间的，是一川浩渺的江水。我们可以判断，这样的描写并非实写，而是一种艺术性的想象，因为现实中任何一条大江，都是能够看到彼岸的，何况只是辋川别墅下的一条小河。诗人把自己放逐到这样一片渺渺的水域中，并没有"纵一苇之所如，凌万顷之茫然"那样的苏氏体验。从诗的后面两句可以看到，诗人并没有无依无助的恐慌感，而是淡定地隔着水岸向着那边的人家瞭望。那么，诗人的自我放逐到底为了什么？

《大般涅槃经》说："若是行者生灭法，譬如水泡速起速灭，往来流转犹如车轮，一切诸行亦复如是。"生命就是永恒运动的水中的水泡，速起又速灭，短暂而又无常。王维让自己寄身孤舟，随浪漂泊，任它速起又速灭，我只坚持自己的生命状态。

在能够望见的水岸的后面，那里有袅袅的炊烟，有柴门的犬吠，有桑巅的鸡鸣，可那一切又与我何干？王维之所以栖隐辋川，不就是求得一个与俗世保持一定距离的清净灵魂吗？

这是王维的处世哲学，也是王维的立世原则。

欹湖

王维：

> 吹箫凌极浦，日暮送夫君。
> 湖上一回首，青山卷白云。

裴迪：

> 空阔湖水广，青荧天色同。
> 舣舟一长啸，四面来清风。

欹湖，在《王摩诘辋川图》中，是与辋水相接环绕临湖亭的一个小湖，在《临湖亭》一诗中，那些"四面"盛开的芙蓉花，就生长于斯。

正是日暮时分，西下的夕阳在湖中心翻出一道瑟瑟的红浪。尚未踏入欹湖的范围，一曲箫音便随风入耳，如丝如缕，如泣如诉，传向远方。湖畔柳影萧疏，白鸟轻翔。一个瘦长的身影，长裾飘飘，伫立水涯，望着遥远的山影持箫自吹。这就是《欹湖》传递给我们的画面。

唐汝询在《唐诗解》中解读此诗时说："此盖送客欹湖而吹箫以别，回首山云，有怅望意。"

是的，这是一首送别诗。洞箫声远，长天日暮，朋友的身影，正在苍茫的暮色中渐行渐远。在这里，虽然没有孤帆远影长江天际的磅礴与壮阔，但渺渺的波光郁郁的离情却是相同的，那袅袅的箫声所传达出的萧瑟意味也是相同的。

当朋友的背影消失在渺茫水天，吹箫人抬起头来，极目远眺，只有漫漫的水波，静静的青山，飞动的白云。

风凉了，掀起一片衣角。

柳浪

王维：

分行接绮树，倒影入清漪。
不学御沟上，春风伤别离。

裴迪：

映池同一色，逐吹散如丝。
结阴既得地，何谢陶家时。

风拂翠柳，碧丝摇曳。柳树，通常都是临湖而立，映水而春。我不知道西子湖畔的柳浪闻莺，是不是摘取了欹湖畔这个地名作为头冠，但我能够想象出王维在欹湖畔柳荫中散步时的那份惬意。

水滨的碧柳，毵毵成行，与湖岸的佳木相映成趣。绿色的湖波，绿色的柳浪，绿色的山谷，一直绿入诗人的心里。临水而观，万条碧绿的丝绦拂动水面，诱来鱼儿的唼喋，冲出一圈圈水纹。

柳，因为与"留"字谐音，从汉代起，便被人们用作送别的信物，被攀来折去，伤痕累累。

御沟，流经皇宫的河道，泛指一切水滨，这里正是柳树集中生长的地方，也是离人经常分手的地方，因而也成为柳树最受伤害的地方。

也许是欹湖上那一曲满是离愁的箫音还久久未散，诗人不愿这些带着"留"音的枝条，继续被人折来折去，再次唤起离别的伤痛。因此，那一声"不学御沟上，春风伤别离"的心声，便自然地流溢出来。

栾家濑

王维：

飒飒秋风中，浅浅石溜泻。
跳波自相溅，白鹭惊复下。

裴迪：

濑声喧极浦，沿涉向南津。
泛泛鸥凫渡，时时欲近人。

在王维的精神世界中，清幽与静寂始终是他的主题，但在表现这种意象的时候，却常常欲吐而不露，欲彰而暗隐，营造出暗香浮动月雾朦胧的景象，而且善于用惊鸿一瞥的反衬手法来增强表现力度，如《鹿柴》中那一抹夕照的余晖和密林深处那一声人语的惊动。

《栾家濑》同样突出了这样的特色。

濑，激速的水流。《论衡》中说："溪谷之深，流者安详；浅多沙石，激扬为濑。"正符合本诗中"浅浅石溜泻"的语境。连日来，山中的秋雨下个不停，小溪水涨，激流从浅浅的沙石上奔流而下。一只白鹭独立溪畔，寻找着藏身石隙间的小鱼小虾。突然一个浪头撞击石块，发出轰然鸣响，水珠四溅，受惊的白鹭振翅而起，很快，当它明白是一场虚惊后，便又飞下落在原地。

通览全诗，王维用一系列蒙太奇的镜头，精准地描绘出一幅秋山秋雨溪鹭动态图，每一帧画面都是动态的。我们可以想象出，除了物象的动，还有音响的动，水流湍激的溪声，碎沫飞溅的撞击声，翅羽振动的摩擦声，还有风雨撩动森林的飒飒声……然而，在这一系列的动态后面，却是永恒的静寂，那是心的静寂，那是禅的静寂。

为了营造这种静寂，那只白鹭"惊复下"的一连串连贯性动作，既是诗人的刻意导演，也是自然世界中的真实再现。王维用这种极强的动感画面，来反衬栾家濑的静穆与安宁：这里没有任何潜在的威胁，可以让自然的生命形态恣意生长。

这才是真正的自由。

金屑泉

王维：

日饮金屑泉，少当千余岁。
翠凤翊文螭，羽节朝玉帝。

裴迪：

萦渟澹不流，金碧如可拾。
迎晨含素华，独往事朝汲。

这金屑泉的得名，便有些争议。

在释家眼中，金屑是指佛经中的只言片语，佛法中的一知半解。晚唐时期，唐代云门宗的开创者匡真禅师（俗家名文偃）有一偈子曰："金屑眼中翳，衣珠法上尘。已灵犹不重，佛祖为何人。"大意是说，金子的碎屑虽然值钱，但吹入眼中却遮住你的视野，还能成疾；珍珠虽然名贵，可在追求道法的人看来，只是一粒埃尘。你已具备了灵性却不看重，反而重视这些世俗之物，那么你将把佛祖置于何地？

匡真和尚比王维小一百多岁，王维当然读不到这首偈子，然而同样通晓佛理的王维，当然也不会不明白佛语中金屑的含意。

可是纵览全诗，翠凤、文螭、羽节、玉帝，尽是中国本土文化符号，在《楚辞》里,在汉魏南北朝的壁画墓中,都是最常见的仙道元素,因此有人将金屑解读为道家的炼金术。参照同景裴迪的诗句"金碧如可拾",此解当有一定合理性。

太阳的辉芒倒映溪泉呵,跃越的金辉恰似仙家炼出的黄金。日日饮用这泉中的水呵,当能让我不老长生。我乘着翠羽饰旗的凤辇腾云而上呵,浑身花纹的螭龙为我导行。我手持羽节登上大殿呵,去聆听天帝的玉音。

这样的读法,已经不是王维,而是屈原了。

落笔于此,不禁莞尔。

白石滩

王维:

> 清浅白石滩,绿蒲向堪把。
> 家住水东西,浣纱明月下。

裴迪:

> 跂石复临水,弄波情未极。
> 日下川上寒,浮云澹无色。

欹湖北岸的重重山岭中,有无数溪涧瀑流奔腾而下汇入辋水。其中,一条溪流在汇入辋水之前,有一片由白色的石子铺底的浅滩,王维命名为白石滩。

白色的石子,清澈的水流,构成了辋川二十景中独特的一道景观。如此色彩明丽的风景,只有在月下观赏,才可品出其韵味来。

《白石滩》一诗,写尽了月下观景的妙处。前面已反复说明,王维是一位把控光与色、静与动的大师,那么,月光下的白石滩,他又将为我们呈现怎样的妙处呢?

在夜色的笼罩下,要看清水底的物事,必须要有光源。这里的光源是什么?月儿!

我们看到了,缓缓流淌的溪水下,粒粒石子闪着皓洁的白光,石子间的蒲草肥嫩而厚实，就像徐志摩说的那样，油油地在水底招摇，足堪伸手一握。如此清晰的视觉，反衬着月光的皎洁，溪水的清澈。明媚的月光，澄澈的溪流，洁白的石子，青绿的蒲草，加上流水的潺潺，夜鸟的啾唧，构成了舒伯特小夜曲中抒情的弦音，在静静的辋水畔轻轻拉响。

就在这美好的月光里，一声清亮的嗓音冲破了夜的寂静，家住溪东的姑嫂，家住溪西的妯娌，仿佛有约似的一齐会聚到白石滩前，她们端着木盆，握着砧板，要趁着这皎洁的月光浣洗裙衣。这样的场景，不由得教人忆起"竹喧归浣女，莲动下渔舟"一样的生机勃现。溪水边，石滩旁，青春的气息在月色中飞扬。

《白石滩》一诗，前两句写静景，后两句写动态，无论是静景还是动态，都洒满了一片银色的月光。

这应该是属于王维的小夜曲。

北垞

王维：

> 北垞湖水北，杂树映朱阑。
> 逶迤南川水，明灭青林端。

裴迪：

> 南山北垞下，结宇临欹湖。
> 每欲采樵去，扁舟出菰蒲。

在欹湖北岸辋水畔，与南垞遥相对应的，是一组叫北垞的建筑物。

从《王摩诘辋川图》所见，辋水北岸的大片山野中，零星分布着一些馆舍。

因此，从北垞隔着欹湖的部分湖水向北眺望，可望见密密重重的山林间，依稀透出馆舍的碧瓦朱栏，犹似那一缕照进森林的夕阳的余晖，这一抹楼阁的朱红色调，在满眼的暗绿中熠熠生辉。全诗这两句摆明了方位，写得很实，但色彩秾丽，画面感很强。

如果转身回首，把目光投向南方，只见到一条亮晶晶的川流，向着幽暗阴晦的森林逶迤而去，在淡淡的烟岚中波光浮动，犹如梦幻世界。"明灭青林端"，此句真乃神来之笔，蜿蜒远去的江水，在视野的尽头，仿佛飘上了绿森森的林表，忽明忽暗，闪烁不定，虚无又缥缈。全诗后两句写得很虚。

诗人将眼中的景观，用一实一虚两条线索编织起来，编出了一个如梦如幻的天地。

到底是蝴蝶梦我，还是我梦见蝴蝶？

竹里馆

王维：

> 独坐幽篁里，弹琴复长啸。
> 深林人不知，明月来相照。

裴迪：

> 来过竹里馆，日与道相亲。
> 出入唯山鸟，幽深无世人。

竹里馆，绝对是一个清幽的所在。

在丛丛的翠竹林中，搭建起这样一座简朴的馆舍，这里只属于王维，属于他那一颗清寂高洁的心。

竹，是岁寒三友之一，它不饰装扮，不屑张扬，春不开花，秋不结果，长岁葱绿，不茂不凋，月上移影，风来自摇，天生劲节，孤洁自傲。这份情怀，与王维的精神世界颇多泯合。在这样的环境中立馆筑舍，本身就是王维的诗意一笔。

在如此朴实无华的竹里馆中，写出的诗句自然也是简朴无饰的，是充满自然生气的。

诗中四个句子，分拆开来细看，既无动人景语，也无动人情语，既无华丽辞藻，也无深奥典故，写景写人全都平实无奇。然而，把两段平实质朴的句子拼合起来，则由实而空，诗的境界一下飘腾起来，教人不得不为它自出的意境和自成的妙谛而倾倒。

诗人独自坐在幽深茂密的竹林中，一会儿开心地弹琴，一会儿忧郁地长啸（噘口吹出口哨），弹琴是为了抒怀，长啸是为了泄郁。诗人完全沉浸在自己的世界里，不受外界的任何打扰，仿佛进入亘古即在的涅槃一样的静寂中。这组分镜头展开了一种平常的生活状态，并无特别动人处。然而，随着下一组分镜头的进入，其境界就兀然高举：这片竹林是如此幽深而静僻，人迹罕至，只有一轮高高的明月相伴头顶，用水纹一样的清辉无声照耀。至此，诗人高雅闲淡、超拔脱俗的精神气质便跃然而出。

大道至简，大智若拙，于自然中见至味，于平淡里出高韵。

幽林月上，人寂山空，碧色如洗，全诗突显的，依然是王维偏爱的艺术境界。

辛夷坞

王维：

木末芙蓉花，山中发红萼。
涧户寂无人，纷纷开且落。

裴迪：

绿堤春草合，王孙自留玩。
况有辛夷花，色与芙蓉乱。

辛夷花开的地方，一定是芬芳四溢。

辛夷花，又名紫玉兰、木笔、木兰、望春等，其花体开在每一株枝条的最末梢，形如毛笔，故有木笔之称。辛夷花开，紫色的花瓣向上俏立，形似玉兰，其色又与芙蓉相似，故此裴迪才在同题诗中说"色与芙蓉乱"。所谓坞，是指四周高起而中间低下的地方。

辋水过欹湖向北流淌，在竹里馆拐了个弯向东蜿蜒而去，把辛夷坞所在的山体隔开。辛夷坞就在辋水北岸的山头上，那里是一个中间微凹的地方，遍种辛夷，与竹里馆隔江相望。

当料峭的春风吹遍山崖，辛夷坞上云蒸霞蔚。早早地赶来寻春的诗人，正站在高高的山岗上，放眼望去，一片片紫色的云霞尽收眼底。突然，他把目光聚焦于眼前的一株花枝，在那里，一朵辛夷花儿俏丽地绽放于枝杪，煞是喜人。"木末芙蓉花，山中发红萼"，这是脱口而出的由衷赞叹，这是发自心底的无上喜悦。

一阵欣喜后，诗人抬起头，让目光掠过眼前这一片绯红的彩霞，投落到远山的云影上。他仿佛望到了暮春的辛夷坞，花瓣如雨簌簌而下，花树之下一地残红。伤春悲秋，本是闺中女儿以及文人墨客常见的一种情怀，但王维似乎从中跳脱出来：寂静的山涧人去舍空，花开花落我自春秋。

在这里，辛夷花成了诗人心中的一种寄寓：它自开自落，顺应着自然的本性；它自我满足，无求于他人的欣赏。山谷中那亘古寂静的"涧户"，正是王维空寂禅心观照世界的意象，而辛夷花那绚丽的色彩，又在空寂中跳动着生命的脉象。

所以，清代刘宏煦在《唐诗真趣编》中说："摩诘深于禅，此是心无挂碍境界。虽在世中，脱然世外，令人动海上三山之想。"

漆园

王维：

> 古人非傲吏，自阙经世务。
> 偶寄一微官，婆娑数株树。

裴迪：

> 好闲早成性，果此谐宿诺。
> 今日漆园游，还同庄叟乐。

这是一首搭建在故事上的小诗。

中国著名的山水诗人，在描写辋川二十景的山水组诗里，竟然有了这一首不写景但言事的明志作品，多少给了我们一点惊讶的感觉。

从《王摩诘辋川图》所见，辛夷坞向北，下了一道坡梁后，出现一个山坳，漆园便在山坳中。

王维开篇就讲："古人非傲吏"，他针对的，是东晋郭璞在《游仙诗》其一中所说的"漆园有傲吏"。

漆园傲吏，讲的是庄子的故事。《史记·老庄申韩列传》记载，庄周有贤名，藏身在漆园做了一个小吏。正在招贤强国的楚威王找到了他的踪迹，便派遣使者携带重金前往，欲聘其到楚国为相。面对刚刚灭了越国名震天下的楚威王的使者，庄周毫不客气地说："子亟去，无污我。我宁游戏污渎之中自快，无为有国者所羁，终身不仕，以快吾志焉。"因此，郭璞对庄周极为称赏，称其为漆园傲吏。

王维在这里反其意地说，庄周不是一个傲吏，他之所以不求仕进，是因为他没有经国济世的才能。郭璞的庄周傲吏是称颂，王维的庄周非傲吏其实也是称颂，不过是转换了一个角度的称颂。在此，王维以庄周自喻：我之所以隐居辋川，只是因为我没有经世致用的才能罢了，那么，我为何要做漆园的傲吏呢！这种思想，王维后来在《酬张少府》一诗中也表现过："晚年惟好静，万事不关心。自顾无长策，空知返旧林。"

后两句是明志。王维说，我之所以在漆园做了这么个微不足道的小吏，不过是"偶寄"形迹而已，我正可借了漆园这方风水宝地，镇日间只做"婆娑数株树"这种闲雅自适的小事。婆娑，本意指树木繁茂、枝叶纷披的样子，在此为逍遥而闲散自得貌。郭璞在《客傲》一文中曾说："若乃庄周偃蹇于漆园，老莱婆娑于林窟。"老莱子是春秋战国时期道家的代表人物，楚国的思想家，其一生放浪山林，纵情自恣，"婆娑"于世间。所以，王维表明了以"婆娑数株树"为精神寄托，栖身山野，终老林泉。

这个漆园，真的不简单。

椒园

王维：

桂尊迎帝子，杜若赠佳人。

　　　　椒浆奠瑶席，欲下云中君。

裴迪：

　　　　丹刺胃人衣，芳香留过客。
　　　　幸堪调鼎用，愿君垂采摘。

《辋川集》的最后一篇，王维把我们带入到香草美人的世界里。

没错，这是屈原的世界，是《楚辞》的世界。

椒园与漆园相邻，位于漆园的北侧。从《王摩诘辋川图》看，辋水从竹里馆东去以后，辋水北侧这个被分割出来的山谷，成为了王维规划的花园区，这里分别安置了辛夷坞、漆园和椒园三座花园。

椒，一种香木，即申椒，常与兰、蕙、桂等香草（木）并列。在《楚辞》系统中，香草（木）与美人，都具有强烈的象征意义，她们是君子，是品节高尚的人，是不与世俗同污而洁身自好的士子。在屈子的世界中，这样的比拟可谓俯拾即是，试举《离骚》中的一段："昔三后之纯粹兮，固众芳之所在。杂申椒与菌桂兮，岂惟纫夫蕙茝……余既滋兰之九畹兮，又树蕙之百亩。畦留夷与揭车兮，杂杜衡与芳芷。冀枝叶之峻茂兮，愿俟时乎吾将刈……朝饮木兰之坠露兮，夕餐秋菊之落英。苟余情其信姱以练要兮，长顑颔亦何伤。擥木根以结茝兮，贯薜荔之落蕊。矫菌桂以纫蕙兮，索胡绳之纚纚。"仅就这短短的一段话中，香草（木）名就占了14个，它们分别是申椒、菌桂、蕙、茝、兰、留夷、揭车、杜衡、芳芷、木兰、秋菊、木根（木兰根）、薜荔、胡绳。这就是一个众香雅集的国度。

王维规划的这片花园区里，遍植香草（木），如辛夷（木兰），椒（申椒），不难看出，王维是特意营造出一个楚辞的世界，他想把屈原高洁而美好的理想，在自己栖隐的辋川中留住，《椒园》一诗，不过是把这种理想抖落出来罢了。

前两句说，我以香桂酿出美酒，来把湘夫人恭迎；我用杜若编织成花环，来向美人馈赠。桂尊，装着桂花酿的酒樽。帝子，指湘夫人，她是帝尧的女儿，故称帝子，《九歌·湘夫人》曰："帝子降兮北渚，目眇眇兮愁予……搴汀洲兮杜若，将以遗兮远者。"湘夫人从云端冉冉而下，把一坛新酿的桂花酒和一只杜若编织成的花环殷勤捧上，这是多么美好的寄寓啊！

后两句讲，我把玉润的凉席铺上，陈放新烤的椒酿；我想教天上的云中君，嗅到我邀请的酒香。椒浆，一种用申椒秘制的美酒，浆，一种薄酒。云中君，即云神，天上飘逸的云彩引发了人们美好的联想，所以云中君的形象简直就是美男子的化身，《九歌·云中君》是这样描写他的："浴兰汤兮沐芳，华采衣兮若英。灵连蜷兮既留，烂昭昭兮未央。"就是说，沐浴着兰草泡制的香汤，配服着鲜花一样的衣裳，举手投足间如舞蹈般姿态轻扬，神采奕奕容光辉耀四方。椒浆，瑶席，云中君，如此美好的形象，集中在短短的十个字中，不难看出，一向用字不尚瑰丽的王维真是下足了血本，极尽了自己最美好的咏叹。

诗人把最美好的祝福与歌咏放在了《辋川集》的末章，也就等于把自己高洁的灵魂和美好的理想挽上一个美丽的蝴蝶结，好让这份馨香长留在辋川的山山水水中，历久弥香。

辋川圆梦

端坐汲清斋，冲上一杯新磨的咖啡，翻着摩诘先生《辋川集》的书页，阅着古代大师们为辋川所绘制的画图，一篇名曰《辋川情梦》的文章便诞生了。然而，这个"梦"却一直萦回在心坎中，久久不能释怀。什么时候，能真正地走入梦境，走进终南山中，用自己的双足去踩一踩那浸润着月光的滩上白石，用自己的指纹去触一触那返照着夕阳的林中青苔，用自己的双眼去抚一抚那飘逸着箫声的欹湖碧波，又成为一个新的梦想，与旧梦一起交织萦绕，绵密不散。

2023年十月长假，我终于瞅准一个机会，走进辋川，走近心中的那个绮梦。

多日的阴雨突然放晴，湛蓝色的天空笼盖了八百里秦川。这一定是受我的虔诚所感，老天爷特意为我放出了这万里晴空。

我们自驾的小车从西安市区的五路口出发，经灞桥区进入沪陕高速，约50分钟后来到蓝田县城附近转入G70福银高速。此时，在一马平川的关中平原前方，一列青翠的大山迎面而起，大山之巅立有一塔，分外醒目。指示牌上显示，这里是蓝关。

蓝关，尚未进入王维的世界之前，另一个大诗人的名字突然闯进我的世界——从这里远远望出去，一列更大的山系高高地矗立在白云间。此时正值金秋，天空没有一片雪花飘落，四野一片澄澈，但秦岭上空既然云已横过，蓝关古道自然马蹄踯躅不肯向前。这是韩愈的约定，谁能更改，谁敢更改！

小车穿过一条隧洞，把挡在眼前的大山抛在身后，我们便进入一片起伏连绵的青青的山色里。终南山的秀色大大出乎我的预料，作为一个南方人，我总是固执地认为北方的山系定然比较荒芜，随处可见大片裸露于野的地表，没想到辋川的山水如此钟灵毓秀。

绝对要相信王维的眼光！

小车蜿蜒行走在绿水青山间，不一会儿就下了高速拐入乡间公路。我们已进入辋川镇地界，这里是王维的地盘。我只好把韩愈暂时放下，将全部身心都投放到王维的世界中来。

穿过一座小桥后，小车驶入了一条很窄的仅有两车道的水泥公路。公路沿着一条小河的北岸向前伸展，两侧有一些平房，南侧的房舍遮住了投向小河的视线，但不时会出现一些缺口，缺口处都有一条乡间小道弯弯曲曲地通向河边。我在一个缺口处还见到一块白色的小木牌，上面写着"白石滩"三个字。

哇噻，心中鼎鼎大名的"白石滩"就藏在这个不起眼的小缺口中？

小车继续沿着临河的水泥公路向前驶去，路旁的屋舍变得稀疏起来，从车窗可直望到小河中晶亮的河水。小河的对岸，一座座青翠的山峦层层叠起，天空湛蓝一色，朵朵洁白的云片飘在蓝色的背景中，舒展而又轻盈。不时有一座水泥桥横在小河之上，把两岸连接起来，可以供汽车通行。

我对驾车的郭哥说，一直向前走吧，看能否找到地图上标的那个"王维山居"，那里应该可以找到中午填肚子的地方。

小车就这样一直前行，道旁的屋舍越来越稀少。转过一道弯，我们终于在几间平房后见到了一堵院墙，墙中央的大门却紧闭着，大门上方赫然写着"王维山居"，旁边有一块小牌子，写着餐饮住宿一类文字，看来因为没有游客，主人也歇业度假去了。

这里标识为辋川镇白家坪村。

环顾周围环境，公路从这里开始离开小河上行入山了。我们决定停止前行，在这里解决了午餐后顺着来路寻找王维的辋川景点。

下车后，我就直接下坡往小河边走，郭哥则自去那几间平房寻找饭店。

小河从眼前的青山脚下转过身来，望不见山背后的来处。我把目光投向两岸，只见山体高大伟岸，山崖上绿树繁茂，青山仿佛从我眼前拔地而起。因为天刚放晴，连日的山雨水涨使河水显得有些浑浊，哗哗地奔向不远处的视野尽头。这条小河，应该就是《辋川集》中的辋水。蓝天白云，青山绿水，真是个绝佳的栖息地。

"这哥们，可真会找地儿。"我禁不住一声叹息。

小河向下不远处的视线尽头，响起一片瀑布的轰鸣声。我爬上公路向那河流的断头处走去，水的轰鸣越来越响，果不其然，河流在这里突然断裂，形成一处20多米的落差三级连跳。辋水喷着白沫从此处一头栽下去，发出巨大的轰鸣，望着望着有些摄人心魄。山口缺处，露出蓝色的天空和白色的浮云，伴随眼前的阵阵瀑鸣，静和动如此完美地相互映照，心中的诗情画意真是忍不住地往外喷涌。

我们在郭哥订好的"王维山庄"里填饱了肚子，一人一碗油泼刀削，真太给力了。然后我们驱车沿着来路慢慢行驶，仔细寻找有无写着景点的指示牌。

驶出好一段路，道旁出现了一尊王维的白色塑像，塑像后还有凉亭一间，郭哥立即停车。

王维右手握书一卷，恬淡地俯视着脚下的民居，萧疏而清远，恰如《辋川集》中的诗句。他的身后左下方，立有辋

辋水天上来

- 317 -

川游览示意图一面,图中标示出辋川二十景的位置。我们看到,目前立足处并无景点,但塑像左前方有一条通往河边的小路。

我们沿着小路往下走去,道两旁栽满了青葱的松树苗,绿阴的深处藏着一间农家小院。小院收拾得干净整洁,能看出主人的勤劳与修为。舍旁有几棵柿子树,那红红的柿果挂满枝头,分外可爱诱人,一种浓郁的关中风情扑面而来。

大诗人脚下的农家小院,依然沾溉着诗佛的灵性。

我们流连了好一会儿,才一起返回车中,继续后面的寻找。

行出不远,公路北侧山壁上出现一堵人工砌出的红色崖面,上面刻有王维的《辋川别业》诗行。崖面之下,立有几个白色的大字——"辋川·王维诗画小廊","廊"字已经坏掉了。

我们立即下车,发现南边临河处,建有一间木质长廊,长廊前端是一座兀立而起的小山包,山包上绿荫蓊郁,峰顶隐隐透出一座山亭来。从长廊向上仰视,山亭上白云悠悠,草虫轻鸣。

从游览图指示的方位看,这里仿佛是"竹里馆"。

我们顺着陡峭的石级登上亭去,视野一下变得开阔。哗哗流淌的辋水在

这里会是"竹里馆"?

我们脚下漂过，从青青的山色里漂来，又漂进青青的山色中。

如果这里是"竹里馆"，那可完全颠覆了人们的认知。坐在亭中抚琴长啸，非但没有"深林人不知"的感觉，人在高处，明月当空，清风拂面，完全是一种"居高声自远，非是藉秋风"的孤高。

所以我觉得，与其说这里是"竹里馆"，还不如说是"临湖亭"更靠谱。"当轩对尊酒，四面芙蓉开"，假如辋水在脚下凝聚成欹湖，那湖中遍开的芙蓉花，从亭中俯瞰下去不正是"四面"绽放吗？"四面"所展示的寥廓视野，在山亭中得到完美诠释——哈哈！

然而我知道，"临湖亭"不可能出现在这里，它应该与"宫槐陌"相连接，而"宫槐陌"还在下游较远的地方。

小车继续下行，驶过了房屋相对稠密的辋川镇政府所在地后，南侧的屋舍逐渐变得稀少起来。当我们驶进官上村的地界，公路旁的景物变得萧疏开朗，已没有了屋舍的遮拦，那里长满了各种各样青青的灌木。一条可以行走汽车的泥石公路从主道上向南分出，我们的小车沿土路而下，直接泊车于辋水河岸。这里修筑了一条堤坝，堤上建有石栏，阻挡了行人下行到水边。

从堤坝望出去，地势在此处一下变得平坦寥廓，辋水静静地流淌着。但这里的河床是不平的，中间高凸，两侧深凹，所以河水在河的两侧流速反而加快成为急湍，发出哗哗的流水声。

不平的河床，这不正是"欹"吗？"欹湖"——这个念头一下从脑海中闪出。

围绕着从镇政府到官上村一带的沿河两岸，密集分布着二十景中的八个景点。我们立足的北岸这一侧，有"宫槐陌""孟城坳"和"临湖亭"；而小河的南岸，则分布着"南垞""木兰柴""栾家濑""欹湖"和"柳浪"。

这里地势平坦，山形优美，流水汤汤，看来真是王维在辋川活动的中心区域。

我在《辋川情梦》一文中，据郭忠恕临王维《辋川图卷》的摹本绘画

辋水流到此处，渐渐平息下来。这里应是王维的主要活动区域

推测，王维建在孟城坳的"辋川别业"，通过"宫槐陌"，途经"茱萸泮"一直连通到"欹湖"北岸水边，这里临湖矗立着"临湖亭"，它是王维待客饮酒抚琴烹茶的地方，一条小舟专供王维往返于"临湖亭"和南岸的"木兰柴""南垞""栾家濑"之间，方便快捷，它就是那一条"轻舸迎上客"的"轻舸"。从"临湖亭"中出来，辋水北岸的沿湖地带，栽植着一列临水的柳树，毵毵的柳丝拂着水面，煞是喜人，王维将其命名为"柳浪"，其位置大概就是今天的这一条堤坝。王维经常在亭中曲终席散之后，一个人沿着"柳浪"散步。今天仔细对照那幅指示图，除了减去"茱萸泮"，"柳浪"标在了南岸那一侧外，其余几个景点都能对上号。我估计，沿湖栽柳的地域不只北岸，南岸临水处亦广植垂柳，因此将"柳浪"标识在南岸也不算有误。

我们的小车重新回到水泥公路，下行一百多米，出现了横跨辋水的最大一座桥梁。这里已经进入河口村地界。

在北桥头的崖壁上，用黄色的金属条镶拼出一幅巨大的王维坐像，图的左上方还有两个斗大的红色文字——欹湖。

看起来巨像所面对的，是欹湖的主要区域。

我徒步走向桥的中心，两侧桥栏上镶嵌着《辋川集》中王维的诗句。桥的正下方，没有清泠泠的湖水，而是一大片绿森森的茂密的松树林。山里的风顺着河谷吹来，松林中发出沙沙的鸣响。假如这里真的是"吹箫凌极浦"的欹湖，那么它也早已干涸了，湖底的泥土牢牢地抓住成千上万株松树的根。

我平视着林冠涌起的层层松浪陷入沉思。沧海桑田的变迁其实等不了那么久，要到此地回味"湖上一回首，青山卷白云"的潇洒，还不如享受"明月松间照，清泉石上流"的宁静更加靠谱。

懂得随遇而安，才是自由人生。

离开大桥继续下行，我们终于来到写着"白石滩"的那个地方，这里叫闫家村。

王维巨幅坐像的对面，应该是当时的欹湖，现在是一片松林

穿过两房夹成的一条小巷，一座不大的桥梁连接着我们脚下的路。辋水流到这里，河床不断抬升而使水流变浅，河水冲击着河床上的石头发出阵阵怪响。由于乱石的干扰，河面翻腾起层层雪浪，犹如千百条鱼儿在浅浅的水湾中跳跃。

"白石滩"，是王维在《辋川集》中最浪漫的一首，也是我此行最向往的一处景点，我想看看它到底长什么模样。

我在《辋川情梦》一文中，是这样来解读"白石滩"的：

在夜色的笼罩下，要看清水底的物事，必须要有光源。这里的光源是什么？月儿！

我们看到了，缓缓流淌的泉水下，粒粒石子闪着皓洁的白光，石子间的蒲草肥嫩而厚实，就像徐志摩说的那样，油油地在水底招摇，足堪伸手一握。如此清晰的视觉，反衬着月光的皎洁，溪水的清澈。明媚的月光，

"白石滩"上雪浪滔滔。今日涨水，大片白石滩被淹在水下

澄澈的溪流，洁白的石子，青绿的蒲草，加上流水的潺湲，夜鸟的鸣啭，构成了舒伯特小夜曲中抒情的弦音，在静静的辋水畔轻轻拉响。

就在这美好的月光里，一阵清亮的嗓音冲破了夜的寂静，家住溪东的姑嫂，家住溪西的妯娌，仿佛有约似的一齐会聚到白石滩前，她们端着木盆，握着砧板，要趁着这皎净的月光浣洗裙衣。这样的场景，不由得教人忆起"竹喧归浣女，莲动下渔舟"一样的生机勃现。溪水边，石滩旁，青春的气息在月色中飞扬。

《白石滩》一诗，前两句写静景，后两句写动态，无论是静景还是动态，都洒满了一片银色的月光。

这应该是属于王维的小夜曲。

月光，溪流，白石，绿蒲，女声的嬉闹，飞溅的水花，青春的悸动，王维把众多元素调动起来，一起铺设了白石滩的妙曼与浪漫。

虽然没有月光下闪着白光的石子，却有石头掀起的成百上千尾雪浪，望着这一河跳动的水波，我知足了。

这也是此次辋川圆梦行的落幕。

这里已到了辋川的边界，前行不远就是福银高速的入口。

夕照满天，我们也该返程了。

驶入烟水茫茫的爱之扁舟

多少年来，一直对《越人歌》情有独钟。

那是一个飘飘茫茫的雾河世界，放到时空的坐标点上，既无来踪，亦无去迹，只有一点模糊的舟影，缓缓游移于缈缈虚虚的江雾中，划出一道历史的烟水痕迹，消失在时空深处。

从望不见底的迷雾中心，轻轻飘来那带有芝兰气息的女声轻唱：

今夕何夕兮，搴舟中流。

今日何日兮，得与王子同舟。

蒙羞被好兮，不訾诟耻。

心几烦而不绝兮，得知王子。

山有木兮木有枝，心悦君兮君不知。

这个凄美的故事，最早见于西汉刘向的《说苑·善说》。刘向说，楚国的王子（楚王母弟）鄂君子皙游玩河中，为他摇桨的是一位裙裾翩翩的越人女子。游河休息间，越人女子手抱双桨，眼望苍穹，缓慢而低声地唱出了一支曲调哀婉忧伤的越人小调。子皙为那小曲的调子深深地打动，却听不懂越女的唱词，便叫懂越语的人译成楚语，便是这首《越人歌》。歌词哀婉动听，唱出了越女对子皙深沉真挚的爱慕之情。

本来，故事到这里留一串省略符号是最好的结束，可刘向继续写道："于是鄂君子皙乃揄修袂，行而拥之，举绣被而覆之。"行文至此，颇觉了无趣味了，后世更有好事者对子皙进行一番考证，一说他是春秋时代楚共王之子黑肱，一说他是战国时代楚怀王之弟启，把一桩流芳天地的人间大美考释得锈迹斑斑。

　　人之情感，尤其儿女间之情愫，是一种可意会而不可言喻的精神境界，落不得实处，由此可以明白，为什么西人童话中，总是以"她与王子从此过上了幸福生活"而戛然终止，它留给人们的，是一缕永无休止的绵绵不绝的美学意境。

　　舟头王子临风伫立，舟尾越女抱桨凝思，江波潋潋，江雾茫茫。"山有木兮木有枝，心悦君兮君不知"，那一份发自心底最柔软最不设防处的绵绵情思，是人类最原始本能的最质朴流露，它没有起点，也寻找不到终点。

　　情的故事没有结尾！

　　台湾女诗人席慕蓉，用她女人的诗性感悟，无限怅然地写道：

> 当灯火逐盏熄灭　歌声停歇
> 在黑暗的河流上被你所遗落了的一切
> 终于　只能成为
> 星空下被多少人静静传诵着的
> 你的昔日　我的昨夜
>
> ——《在黑暗的河流上：读〈越人歌〉》

　　是呵，越江上那一叶渐行渐远的木兰舟，早已飘逝在浩渺的时空深处，只有爱长留天地间，喃喃述说着你的昨夕，我的今朝。

绥绥狐影

在西方文化里，狐狸更偏向于它的自然属性。狡诈、多疑、贪婪、自私等等，这大概源于古希腊时代就奠基起来的科学主义精神的滋养。

在诸多自然属性基础上，西方那些童话大师，通过拟人化的想象，塑造出一个个造型生动的狐狸形象，反反复复地向西方儿童灌输，于是，狐狸的形象就在他们幼稚的心灵里扎了根，在西方文化中安营扎寨。

在东方文化中，狐狸则更高地走向了抒情的精神层面，甚至有一种被宠物化的趋向。这大概源于从《诗经》起就形成的以抒情而非叙事为主调的审美意识，因此狐狸的外在形象就格外突出地被纳入中国人的审美中。

看哪，那光洁柔亮的毛茸茸的皮、那黑白分明的泪汪汪的眼，都给人以无限的怜爱和遐想，为抒情留下了富裕的收纳空间。

在中国的文字里，"媚"是对狐狸用得最多的一个词，而媚又恰好同女性联系起来，所以"狐狸精"就成了中国文化里一个令男人折腰的独具魅力的符号。在此符号中，虽然也有如九尾狐妲己这样的不良记录，但更多的却是善解人意、千娇百媚的妖界女子形象，尤其通过意淫大师蒲松龄的着意渲染，这样的形象早已植入中国人的血脉。

女人也比较喜欢把自己幻想成一只狐狸，而且总是一只很悲情的狐狸，一只在情感上很受伤的狐狸。前些日子，在华夏大地上传唱着一支叫《白狐》的歌，那悠扬的曲调，那自怜自伤的歌词，都令世俗的红男绿女们趋之若鹜。

这种自艾自怜的自我弹唱，充分展示了现代女子的心态，尤其是在20世纪80年代以后成长起来的独生子女，在以自我为中心的环境中长大成人，一切都"我"化了，包括情。

女人似乎总是为情而生的，然而在同传统女性的比较中，我们则不难发现一个分水岭——

在无边的落叶与渐渐西沉的夕阳中，一只狐狸踽踽来到淇水边。它停下脚步，带着怯意望了望眼前湍急的江流，试探着用前足试了试水温，犹豫片刻，便毅然扑身水中。经过一番奋力泅渡，它终于踏上了彼岸坚实的大地。它用力甩了甩沾在皮毛上的水滴，孤独的身影，消失在西风残照的茫茫荒原……

这样的镜像，落入一个正好在江边浣衣的年轻寡妇眼中，刹那间让她浮想联翩。她想到了战死疆场的丈夫，想到自己孑然无依的孤苦生活，想象着这只孤独的狐狸正是自己重新渴望的爱人。她无限深情而又忧伤地唱道：

有狐绥绥，在彼淇梁。心之忧矣，之子无裳。
有狐绥绥，在彼淇厉。心之忧矣，之子无带。
有狐绥绥，在彼淇侧。心之忧矣，之子无服。

——《卫风·有狐》

春秋战国时代，大概是一个专门制造寡妇的年代。由于频繁的战争，许多新婚的丈夫，都在妻子泪眼婆娑的执手相送中走向战场。有的人一去经年，音讯渺茫，在空旷的原野中，留下娇妻单薄的背影驻足瞭望，脚下是一只装了半筐野菜的篮子（《周南·卷耳》）；有的妻子，曾为夫君的壮举热血沸腾，但热闹的出征仪式后，等待她的是漫漫无尽的长夜，和食不甘味、慵不梳妆的孤苦时光（《卫风·伯兮》）；喓喓的草虫教人忧心忡忡（《召南·草虫》），殷殷的雷鸣引起归哉的呼唤（《召南·殷其雷》）；然而还有更多年轻的妻子，像这位淇水边的浣衣女一样，可怜无定河边骨，犹是春闺梦里人。

有学者说，这首诗是讽刺卫国的统治者不鼓励孤寡重新婚配的政策，但诗中那动人心魄的情愫，让大多数人都无法接受这冷冰冰的说教，转而认为这是一个年轻的寡妇，在重新遇到心仪的人儿时，借物喻情来表达自己的深情。

可是我更乐意相信，这是一个渴望爱情的女子托物空寄情怀的咏叹之作，她心中的所思所想是：我那未知的人儿啊，你孤寂地行走在这乱世一方，你今晚可有一碗暖心的热粥除饥祛寒，你明朝可有一件蔽体的衣衫挡风遮阳？那满腔的关爱跃然纸面，这是一份向外辐射的爱，没有自艾自怨，没有总是"我"被辜负了的楚楚怜人，甚至她心中根本就装不下自己。这样的爱已经上升到伟大的境界。

我们看到，也正因为这份伟大的爱，才有无数热血男儿击鼓其镗，修我戈矛，他们甘愿前仆后继、义无反顾地奔向铁血沙场，他们要捍卫的，正是这一份刻骨铭心的关爱，他们要呵护的，正是这一种牵肠挂肚的思念。

远去了深情的目光，也远去了那绥绥的狐影。在这夜阑人寂之时，当白若溪的歌声穿透重重的时间铅幕，把这一曲犹带青铜凉味的远古余音重新投射到现实世界，它所触动的，是人们心中早已沉睡千年的古老基因。

哦，绥绥狐影！

烟波上的乡愁

只有凭栏高台，才算明白什么是"晴川历历汉阳树"；只有极目楚天，才算清楚什么叫"烟波江上使人愁"。

我站在长江北岸汉阳区龟山脚下的晴川阁畔，放眼望着长长的江桥一直穿入迷茫的烟雾中。而那烟云际会什么也望不见的另一端，正是武昌区的蛇山，黄鹤楼就矗立在那里，遥遥眺望着同样什么也望不见的我。我的身侧，柳树毿毿迎风起舞，晴朗日，从黄鹤楼上望来，正是历历可数；而眼前，这闭目蒙心的半江烟雾，使人不知身在何处——来无可来，去无可去，只剩下那虚无缥缈的日暮乡关，让人蓦然愁生。

雾失江桥

美国人约翰·汤姆逊于1871年拍摄的黄鹤楼，此楼建于同治七年（公元1868年）

前些日子，彼岸的余光中先生驾鹤西去了，那只承载着先生的灵物，是不是从对岸的江楼上出发，我不得而知，可屏上刷爆的话题，正是他的那缕"乡愁"。

其实说到"乡愁"，真正打动我的，并不是余先生的那枚"邮票"，也不是谪仙在月下井栏边那历史性的一"低头"，而恰恰是眼前的这一江烟波。也难怪，连当年一向恃才傲物的诗中仙子，也只能挥挥衣袖，铩羽而去。

"乡愁"，于我而言，实在有些虚伪。"但使主人能醉客，不知何处是他乡"，打从高中毕业后，我就怀揣着一腔狼心狗肺的执着漂泊了半生。越是漂泊得久了，就越觉得外面的世界远比故乡的精彩，也就越发不想回头了。偶尔，心梢总会无端飘起一丝愁绪，于是就跟着别人，大言不惭地嚷嚷起"乡愁"来，很有些理直气壮。

都说落叶要归根，可根是回不去了。13万年前，自第一拨编队从非洲出发以来，人类就再没回到那片与狮共舞的大草原。但如果问问我们那些黑皮肤的兄弟：你们也有乡愁吗？他们的回答一定掷地有声：Yes！可见得在大多数人心中，乡愁并不是邻家一起玩大的二刁蛋，不是村口那株听惯了故事的歪脖树，甚至

宋人绘画中的宋代黄鹤楼

也不是外婆的童谣妈妈的乳香；那是经过奈何桥时，一次次藏进鞋底缝入衣衫蒙混过关的一丝一缕的前世记忆。

我们的乡关究系何方？我时常驻足呆想：是200万年前，塞伦盖蒂草原上那棵孤零零的面包树，还是140亿年前，那一粒高密度的炽热微尘？

万里江涛阔，一波烟水生，那霏霏茫茫的江雾，融入了我的无际迷惘，也融进了我的前世今生。

我想摇一只竹筏，直浮向银河的深处……

千古寂寞七里滩

七里滩进入我的视野，是因为子曰秋野演唱的那支摇滚《过七里滩》。

子曰秋野的演唱，嗓音苍凉、空寂，还略带枯涩，有人说他唱出了富春江美丽的峡谷风光，水汽氤氲，江山如画；有人说他的声音能把人带入一个空明、含有时空苍凉的境界。但是，我从那微微嘶哑的嗓音里，只听到了寂寞，置身天地间万象空寂人渺如芥的千古寂寞。

浙江一省的得名，来自于穿境而过的浙江（后称钱塘江）。钱塘江的中段，从建德市梅城镇下至萧山区闻家堰段又称富春江，元代画家黄公望的《富春山居图》便取自于此地风光。它流经建德、桐庐、富阳境内，江水澄澈，山谷清幽。南朝梁代吴均《与朱元思书》对富春江有过诗意般的描绘：

风烟俱净，天山共色。从流飘荡，任意东西。自富阳至桐庐一百许里，奇山异水，天下独绝。水皆缥碧，千丈见底。游鱼细石，直视无碍。急湍甚箭，猛浪若奔。夹岸高山，皆生寒树，负势竞上，互相轩邈，争高直指，千百成峰。泉水激石，泠泠作响；好鸟相鸣，嘤嘤成韵。蝉则千转不穷，猿则百叫无绝。鸢飞戾天者，望峰息心；经纶世务者，窥谷忘反。横柯上蔽，在昼犹昏；疏条交映，有时见日。

坦率地说，我从未到过富春江，但仅凭了这一段描写及黄公望的画轴，富春江便已深深印入我的心底。

七里滩就位于富春江桐江段的峡谷中。准确地说，它处在桐庐县南三十里泷口至建德市东乌石滩一带严陵山西的七里泷峡谷中。这里两岸山峦夹峙，水流湍急，连绵七里，故又名七里濑。濑，即沙石上淌过的急流。宋代《淳熙严州图经》卷二"建德县"条云，七里滩"在城东四十里，山峡之中。谚云：'有风七里，无风七十里'，因以名之"。而宋代《太平寰宇记》对七里滩作了具体的描写："两山耸起壁立，连亘七里，水驶如箭。"

七里滩不仅自然风光绝美，人文风景也颇负盛名。七里滩东侧的严陵山，便因东汉严子陵在此隐居而独领风骚，至今，严子陵钓台仍是国家著名风景区。

严子陵，名光，字子陵，会稽余姚人，青年时是刘秀太学中的同学，关系很铁。刘秀称帝后，曾多次邀请严哥们入朝为官，都被他一一谢绝。后来，刘秀说既然你不愿为官，就来宫中少住些日子吧，以慰我对你的思念。当今皇上的这个要求，严子陵实在不能再拒绝了，于是便入宫面圣。刘秀没把老同学当外人，当晚就在同一张床上就寝。谁想严子陵睡觉不老实，一翻身腿便压在了当今皇上的肚子上。为了让老同学睡得安稳，刘秀硬是忍着一夜没敢动弹，这份友情今天读来都让人感动。第二天，太史急吼吼地入朝觐见，奏报说不得了啦，昨晚有客星冲犯了帝座。光武帝微微一笑说，不碍事，昨晚我的老同学严光先生同我睡在一张床上呢。后来，为了防止刘秀一而再再而三地相扰，严子陵便来到了富春江畔桐庐县境的严陵山中隐居起来，日日以垂钓为乐，终老山林。

严子陵，成为中国隐士中一位典型的代表人物而名留青史，因此，严陵山下的七里滩，又有了一个名字叫严陵濑。

我之所以对这个从未踏足过的地方如此上心，是因为拙著《张浚大传》中，我曾追随我的传主张魏公来到这里参谒。

那是宋孝宗隆兴二年（公元1164年），68岁的张浚已是重病缠身，风烛残年，无力国事了，上书乞致仕。终于，四月二十二日诏下，张浚以少师、保信军节度使、判福州的身份罢去相位。张浚在两个儿子的陪同下沿富春江而上，准备取道江西返还潭州（长沙）家中颐养天年。在途经桐庐县时，张浚在两个儿子的搀扶下登上了严子陵钓台，凭吊这位古代有名的隐者。徘徊在清幽的山水之间，这位一生为抗金事业奔波，终身不主和议的老人，第一次产生了去做一个渔樵的想法，面对那位隔空的隐者，他留下了二首《过严子陵钓台》：

其一

古木笼烟半锁空，高台隐隐翠微中。
身安不羡三公贵，宁与渔樵卒岁同。

其二

中兴自是还明主，访旧胡为属老臣。
从古风云由际会，归欤聊复养吾真。

那一腔壮志未酬的遗恨，与身体日渐衰朽的无奈，在暮春初夏的纷纷落花里，应和的只有一片江声。

在严子陵钓台下不远处，不舍昼夜奔腾不息的七里滩，哗哗的江声亘古不绝，千帆过尽，留下了数不清的人事苍茫。

中唐的刘长卿来到滩前，为好友严维送行：

秋江渺渺水空波，越客孤舟欲榜歌。
手折衰杨悲老大，故人零落已无多。

——《七里滩送严维》

晚唐的方干（公元836—888年）泊舟台下，浮想联翩：

一瞬即七里，箭驰犹是滩。
樯边走岚翠，枕底失风湍。
但讶猿鸟定，不知霜月寒。
前贤竟何益，此地误垂竿。

——《暮发七里滩夜泊严光台下》

苏东坡也乘舟穿行于七里滩中，那是宋神宗熙宁六年（公元1073年），苏轼在杭州任通判，为访民情奔走于浙江两岸。36岁的东坡先生，青春的气息犹在，满腔的热血未冷，七里滩在他的眼中江山如画轴，生机满乾坤：

一叶舟轻，双桨鸿惊。水天清，影湛波平。鱼翻藻鉴，鹭点烟汀。过沙溪急，霜溪冷，月溪明。

重重似画，曲曲如屏。算当年，虚老严陵。君臣一梦，今古空名。但远山长，云山乱，晓山青。

——《行香子·过七里濑》

然而，到了当代的"一代词宗"夏承焘先生（公元1900—1986年）这里，七里滩早已驶过了青春的年华，那汤汤的滩声绵绵不息，流响着百年孤独，千古寂寞：

万象挂空明，秋欲三更。短篷摇梦过江城。可惜层楼无铁笛，负我诗成。

杯酒劝长庚，高咏谁听？当头河汉任纵横。一雁不飞钟未动，只有滩声。

——《浪淘沙·过七里滩》

夏承焘先生此词创作于1927年，那一年他才27岁。然而心灵的沧桑有时候似乎与年龄无关，36岁的苏东坡依然能够"一叶舟轻，双桨鸿惊"地翩然驶过七里滩，那样的意气风发；27岁的夏承焘已经"杯酒劝长庚，高咏谁听？"举酒对着满天星河，层楼中那些个吹奏铁笛的高士至今安在哉，空负我一腔抱负，一腔诗情。这份千古的寂寞，欲向陈子昂在幽州台上的怆然独啸遥相呼应，但应和的只有那亘古不息的涛声。这是一份沉入心底深处暗不见人的孤寂，无人唱和，无人响应，无人喝彩。

滩濑虽无知,却作多情应答声。

虽然,27岁的青年尚有"当头河汉任纵横"的豪情,但到了晚年,夏先生复改作了"此间无地著浮名",更趋于禅悟的岑寂了。

应和者,除了滩声,还是滩声。

秋野是摇滚界的老炮儿,他率领的子曰乐队,从20世纪90年代一直活跃至今天。这首由秋野创作并演唱的《浪淘沙·过七里滩》,唱出了人世苍茫的千年孤独。

曲调中,含有大量"伊呀儿啦,伊呀儿啦,伊呀儿啦——哞嗯,哞呀儿嘿嘛哩哞嗯,哞嘛哩嘿呀儿哞嗯"的反复低声哼唱,那是低徊在寂寞空境里的游魂在吟唱,像没头的苍蝇般四处碰撞,希望能在沉沉暗夜里撞开一道微透曦光的缺口,好探首向外吸一口清鲜的空气,这份抑郁,这份憋屈,压抑得让人喘不过气来,想哭,想大声嚎啕。然后,一声高亢的"万象挂空明"则冲腔而出,那是冲破幽冥射向星空的一束光,似乎乾坤瞬间通透无比,可以大口大口地奢侈地喘息。然而,瞬间的通透转而化为一片岑寂。秋夜三更,万籁俱息,唯有摇橹的水声轻轻泛起,小舟一叶,缓缓摇近灯火阑珊的水边江城。在这里,夜是静的,也是黑的,江城若明若暗的灯火,恰似江湖夜雨中那盏孤独的寒灯,给人孤寂,也给人希望。可这份希望没能维持住,江岸上那些灯火幽微的高楼静悄悄地耸立在暗夜中,想象中高人异士吹奏起的可穿云能裂石的铁笛声并未响起,这世界没有发生改变,依旧一片暗寂,而就在这悄无声息的暗寂中,小舟已经轻轻滑过灯火阑珊的江城,再次飘入永恒的黑暗中。自己满怀希冀捧出的那一颗诗心,也在黑暗中渐渐冷却下来,唯有滔滔江声回响耳畔。这千古的寂寞啊漫漫无际……

"伊呀儿啦,伊呀儿啦,伊呀儿呀——哞嗯",低沉忧郁的哼唱声再次响起,流浪的心,继续在暗寂的大海中漂泊……

下阕歌声里,突出的是世界的静,一种近乎凝固的静寂。像李白那样高举酒杯独向满天的繁星,想要高声吟唱抒发胸臆,可满目的世界能有谁倾听?此时的舟者,我觉得更像是须发皓白的屈原,仰首向星空发出种种疑问。此时，一雁不起，钟声凝滞，万象空寂，回答自己的，只有永恒的滩声……

最后，两声爆破音吼出了"过七里滩哟"的强音，那是从心底发出的孤独到想死的无奈的呐喊：七里滩，我来了！

这是告慰自己的孤独而吼给自己的声音，也是对回应自己的滩声的酬谢。

雪

"轮台东门送君去，去时雪满天山路""燕山雪花大如席，片片吹落轩辕台"。雪，在北方是常见之物，每个冬季都能与它如约相逢，而南方则大不一样，尤其巴蜀的城市区，一生都难见几回玉碾冰砌的世界。成都地区有蜀犬吠日的谚语，重庆市区何尝没有巴犬狂雪的现象，我就亲眼目睹一只黑白斑点的小狗在雪地里撒着欢儿的兴奋劲。

狗犹如此，人何如之！记得上小学的时候，有一年早晨起来，只见得满世界的银装素裹，我背着书包早早地出了门，可方向并不是学校。这是我小学五年唯一的一次"无故"逃学，事后竟没有被老师追究。说不定那天老师都放了飞鸽！事后，我捂住怦怦跳的心这样想过。大学时一个寒假，我与傅傅及他表弟一起上峨眉山看雪，置身一片银白世界中，都不知该如何去爱它，唯一的选择就剩下吃了。我专拣积攒在叶片上最干净的绒雪，从万年寺一直吃到洗象祠。不得了，喉头开始发炎了，待登上金顶，连声也发不出来，惹来同伴好一阵哂笑。

描写雪的文字很多，但最早给我留下最深印象的，是《封神演义》第二十六回中有关朝歌城的一场大雪，那些字句，当时我可以张口即出：

空中银珠乱洒，半天柳絮交加。行人拂袖舞梨花，满树千枝银压。公子围炉酌酒，仙翁扫雪烹茶，夜来朔风透窗纱，也不知是雪是梅花。飕飕冷气惊人，片片六花盖地，瓦楞鸳鸯轻拂粉，炉焚兰麝可添锦。云迷四野催妆晚，暖客红炉玉影偏。此雪似梨花，似杨花，似梅花，似琼花：似梨花白；似杨花细；似梅花无香；似琼花珍贵。此雪有声，有色，有气，有味：有声者如蚕食叶；有气者冷浸心骨；有色者比美玉无瑕；有味者能识来年禾稼。团团如滚珠，碎剪如玉屑，一片似凤耳，两片似鹅毛，三片攒三，四片攒四，五片似梅花，六片如六萼。此雪下到稠密处，只见江河一道青。此雪有富，有贵，有贫，有贱：富贵者红炉添寿炭，暖阁饮羊羔；贫贱者厨中无米，灶下无柴。非是老天传教旨，分明降下杀人刀。凛凛寒威雾气棼，国家祥瑞落纷纭。须臾四野难分辨，顷刻千山尽是云。银世界，玉乾坤，空中隐跃自为群。此雪落到三更后，尽道丰年已十分。

看看，有声，有色，有气，有味，雪是活的，就活在我们的联想中。

而对雪的意境，我最欣赏的，除了"独钓寒江雪"的万象空寂和"雪满山中高士卧"的高洁无瑕，还有黄承彦雪中访诸葛所唱的那一曲，静美妙曼，别是一番情趣，据说出自孔明的《梁父吟》：

> 一夜北风寒，万里彤云厚。
> 长空雪乱飘，改尽江山旧。
> 仰面观太虚，疑是玉龙斗。
> 纷纷鳞甲飞，顷刻遍宇宙。
> 骑驴过小桥，独叹梅花瘦。

然而，对白雪细致入微的描写，意得神传的刻画，我以为，首推的还是谢惠连的《雪赋》。

《雪赋》的结构，依然设置了一组历史人物，通过人物间的问答铺陈来完成。主人梁孝王刘武，是西汉景帝刘启的胞弟，据守睢阳拱卫京师。此君有二好，一好建园林，兔园便是其中之一；二好延揽人才，本文中的司马相如、邹阳、枚乘，都是一时之大文学家，这些人凑到一起，其风雅之事有得一瞧的。

话说岁末的一天，寒风呼啸，愁云密布，梁王郁郁不乐，来兔园散心。他先是自诵了几篇《诗经》中有关雪的吟咏，颇觉无趣，便又邀请了三位当世的文学大师前来助兴。

这天空先是下起了淅淅沥沥的小雪粒——霰，不一会儿又飘起了纷纷扬扬的鹅毛大雪。这样的景致岂可无赋？梁王递上一册竹简，请司马先生先来上几段："抽子秘思，骋子研辞，俟色揣称，为寡人赋之。"这个"抽"字用得极妙，把你幽微的思维像蚕茧抽丝一样细细绵绵地抽出来，让你脑子里那些秾词艳字像天马行空一样驰骋起来，比照眼前的美景对等地码好文句，为我来一篇绝美的雪赋吧。

司马相如何许人也！就愁找不到机会显摆自己的才华，面对梁王的主动邀请，岂能有片刻犹豫！于是我们看到他避席而起，逡巡而揖，那副踌躇满志的神态呼之欲出。

他首先讲了几段古人与雪的典故，然后正式引出白雪来，从宏观、微观、声色、动静等多重角度，对雪进行了铺陈描摹，极尽雪的形态、神态及象征寓意。

首先铺陈大雪来临前的冰寒世界。溪流已经干涸，大河失去滔滔，火井烟焰熄灭，温泉热浪不涌，炽风悄然掩息，江海云汽弥漫，大漠飞沙扬尘，云雾隐翳日光。小雪粒淅淅沥沥从天而下，大雪片纷纷扬扬撒满乾坤。

然后就进入主题，正式开始了对雪的形态的描摹："其为状也，散漫交错，氛氲萧索。蔼蔼浮浮，瀌瀌弈弈。联翩飞洒，徘徊委积。始缘甍而冒栋，终开帘而入隙。初便娟于墀庑，末萦盈于帷席。既因方而为圭，亦遇圆而成璧。眄隰则万顷同缟，瞻山则千岩俱白。于是台如重璧，逵似连璐。庭列瑶阶，林挺琼树，皓鹤夺鲜，白鹇失素，纨袖惭冶，玉颜掩姱。"你看那雪花交错飞舞，盈空遍野，时而分散，时而聚集，飘飘浮浮，扬扬纷纷，漫无际涯。它们翩跹地舞蹈着漫空飞撒，徘徊地拥挤着伏地堆积。初时沿着栋梁慢慢伸延而覆盖了屋顶，后来穿过帘幕凛凛侵袭而寒盈了堂奥。开始轻盈地飞舞回旋于阶除，最终妙曼地飘飞萦绕于帷席。它们触及方形便凝聚为玉圭，碰到圆物就堆砌成玉璧。俯看低平的原野则万顷缟素，仰视高峻的山峦则千峰银甲。楼台望去如同垒起层层玉璧，道路看来好似串成条条玉髓。庭前铺设着琼琚砌就的台阶，林中挺立着琼瑶凝结的枝叶。莹洁的白鹤被夺去往日的光彩,俏丽的白鹇也消失了畴昔的素颜。美丽的娇娘深惭自己的妖冶,俊俏的玉容掩去曾经的光鲜。

读到这里,禁不住想起徐志摩《雪花的快乐》中的句子来:"在半空里娟娟地飞舞,认明了那清幽的去处,等着她来花园里探望。飞扬,飞扬,啊,她身上有朱砂梅的清香!"

听罢司马相如的歌咏,该邹阳出场了。"邹阳闻之,懑然心服",这个"懑"字,使邹阳的心态昭然若揭。如此美妙的辞句,服则服矣,何来"懑然"?懑者,烦也,闷也,总之,心中郁闷,又不得不服,他娘的,既生瑜,何生亮?当然他还不知道瑜亮的故事哈。

这个邹阳确实有才,也确实心胸狭小,嫉贤妒能。他向梁王诬谤司马相如,说他妖丽不忠,好色成性,甚至还试企染指梁王的后宫。常言道,身怀利器,杀心必起,尤其利用男人的醋意,这份杀心可是够浓的。邹阳这是要把人往死里整啊!司马知道后,后背都湿透了,赶紧上了一篇《美人赋》,向梁王辩白自己的无辜。这也许只是为写赋而作的一个假设,但显然司马相如对邹阳不是太上眼。刘宋时代的谢惠连显然对这桩公案了然于胸,这才用上了"懑然"二字。不得不服的春秋笔法啊!

回到正题,在司马的锦绣文章后,邹阳"懑然"地作了《积雪之歌》和《白雪之歌》。最后,让最为老成持重的枚乘作总结,即所谓的"乱"。

枚乘总结说,白色的羽毛虽然素,质地飘萧轻浮;白色的琼琚虽然白,徒劳守着坚贞。怎比得这眼前的白雪啊,知晓应时而兴灭。沉沉夜色难掩其纯净,煌煌日光难固其气节。气节非我的美名,纯净岂我的坚贞,我借着云彩升降啊,跟着风儿飘零,触物以化成其像,因地以化成其形。洁白本是随机遇立,玷污也是偶然染成。只要心儿皓然洁净,何须深虑,何须经营。

不愧是写过《七发》的枚乘,那浓郁的黄老思想无处不在。在他的阐释下,白雪拥有了生命的灵性,处世的智慧,哲学的高度。"凭云升降,从风飘零。值物赋象,任地班形。素因遇立,污随染成。纵心皓然,何虑何营?"何其逍遥自如,洒脱不羁!这不正是《道德经》中水的智慧与品性吗？

然而这一切，都要归功于谢惠连。枚乘的思想，司马相如的文藻与才思，都凭着那颗聪慧通透的心任其摆布，这位谢灵运的族弟委实不简单。

雪落在汉家的土地上，映入刘宋谢郎的眼眸中，诵在21世纪梅林的口舌间。是的，成渝人稀罕白雪，但此时此刻，这场已飘了两千多年的大雪，早已积满巴蜀大地。

洒空深巷静，积素广庭闲。

月　色

无论是"月出皎兮，佼人僚兮"，还是"海上明月共潮生"，我最爱的，终是苏子与客泛舟游于赤壁下的那片月色。

"少焉，月出于东山之上，徘徊于斗牛之间。白露横江，水光接天。纵一苇之所如，凌万顷之茫然。"苏子这样写道，似乎把满空的皎洁都引到了赤壁下这条小艇的周边，放眼四望，却是一派茫然。

月本自然天体，无情无欲，奈何人的情感欲望太过炽烈，无心化有心，月便成了最能寄寓人类心事与情感的托物，古今中外，概莫能免。

谢庄的《月赋》，对月的叙说可谓丰满，对月的寄寓可谓深情。它巧妙地虚构了一个曹植与王粲间的故事，把月的传说，月的神态，月的寄情，月的寓示等等，借王粲之口说了个通透；望月，赏月，说月，写月，哀月，怀月，叹月……尽在其中，堪为大成者，无怪乎历代都将这篇《月赋》，与宋玉《风赋》、谢惠连《雪赋》并列。

这其中，最令我心仪的是这一段对月的描写："若夫气雾地表，云敛天末，洞庭始波，木叶微脱。菊散芳于山椒，雁流哀于江濑；升清质之悠悠，降澄辉之蔼蔼。列宿掩缛，长河韬映；柔祇雪凝，圆灵水镜；连观霜缟，周除冰净。"

从"气雾地表"到"雁流哀于江濑"，对月出前的场景作了宏大的铺垫。舞台已经搭好，布景已经齐备，人们万首齐仰，等候着主角登场。于是，一轮冰魄在人们的期待中冉冉升起，光照四方。"升清质之悠悠，降澄辉之蔼蔼"。清光如水满溢乾坤，却仿佛又自带一层薄薄的轻纱，显得有些朦胧失真，如梦如幻。

所谓"月明星稀，乌鹊南飞"，月光一洒，天上诸般物色都黯然隐退，于是"列宿掩缛，长河韬映"，天上的星光都黯淡了眼波，耿耿的天河也藏匿了身姿。韬，隐匿也，所谓韬光养晦者是也。柔祇，指大地；圆灵，指天空。于是，我们看到，在月色的浸润中，大地已是千里霜凝万里雪封，天空化为一面溢银泄水的宝镜，层层的楼阁台榭都披上一袭素缟，目力所及的宫楼台阶都冰碾玉砌，皓魄所向，净洁如洗。如此月色，如此凉夜，岂能不教古往今来的中外人士心驰神往？

这片色月，来到赤壁之下，映入苏子眼眸，如何不可凌万顷之茫然，如何不能羽化而登仙？

今夜是中秋，中秋就是月的世界。天尚明，日未黯，不知今夜的树梢有月无月，我都预谋手持竹杖打上几竿……

鹤之舞

鹤鸣九皋，声闻于天。鹤，在我心中，总与泽与天相参，与云与松为伴，食则餐英啜露，衣则披霜襟雪，出入神仙府邸，徜徉烟雨莲台。这些都同高贵同神圣相关联，同纯洁同优雅来结伴，不染紫陌纤尘，不食人间烟火，她，就是我们心中的"神仙姐姐"。

鲍明远在《舞鹤赋》中，写尽了鹤的高洁品性，展示了只有艺术中方可见到的鹤的形象。他说：鹤儿秉持着超迈旷远的美质，怀揣着清静空廓的明心。每天清晨，朝着蓬莱、方壶的东方振翅，望向昆仑、阆苑的西方高鸣。环绕天界翱翔飞驰，穷尽天涯展翼萦回。在天国涉足辽远，在灵台积寿千年。

在抒写了一番鹤的高洁生活后，鲍照笔锋一转，又描绘起鹤的形象来：鹤瞳红灿如星曜，鹤顶凝紫似烟华。引吭高歌清婉纤丽，张腿踏步身姿妖娆。收敛霜羽临水弄影，振奋玉翮入霞呈态。清晨戏玩于昆仑的芝田，黄昏饮露于瑶池的水滩。这是何等地逍遥，何等地自在！

然而，如此高洁自由的"神仙姐姐"却蒙难了。为什么呢？因为她"厌江海而游泽，掩云罗而见羁。去帝乡之岑寂，归人寰之喧卑"。说白了，身在幸福中并没有幸福的滋味，江海虽然辽阔总有厌倦的一天，身外那片陌生的荒野似乎更有诱惑力，那里好像还有一湾晶亮的小湖，世界那么大当然要去看看。过惯安逸的日子当然不知晓世道的险恶，那小湖边早已有人搭弓张网等候多时。从此啊，天国已是那么遥远高寂，人世却充满卑湿与嚷喧。

天上人间的差异，在年关将近的寒冬时节尤其痛刻入心。正是一岁将终雪凛冰寒的日子，凛冽的寒风吹动着岁月，凝滞的层云覆盖着乾坤。黄沙弥漫飞卷原野，朔风如割呼啸天空。惨惨的冷雾笼盖大地，凛凛的寒泉久冻不流。长河失滔添加了冰盖，群山褪绿改换了雪衣。年关将近最是游子思乡的时刻哦，而被拘的鹤儿却不知还有没有回家的那一天。

望着漫漫无边的霜雾冰原，想着遥遥无期的刑徒生涯，悲怆的鹤儿突然舒展双翅起舞翩翩。

这段寒月之下的鹤之舞蹈，把这篇赋文一下推向了高潮：面临萧瑟的惊风，眼望流泻的月光，在丹墀前清音长鸣，在金殿间舞影翩跹。始嫋嫋而起恰似凤腾，后急急而转有如龙跃。瞻之在前忽焉在后，一飞冲天一折陨地。跳踯如飘蓬，举翅似飞雪。乍分而乍合，或弃而或依，将赴而又止，如去而却还。并列高翔频频顾盼，舒缓退步尽显雍容。展翅高飞扬尘在后，举翼疾驰山河在前。飞行合乎节奏，步踏皆中规矩。风姿忽展留余韵，情貌乍变存风流。赴节停拍而动静皆宜，左瞻右顾而分合成列。扬雪翅而风姿婷婷，拢霜羽而清音连连。轻盈的舞迹杂而不乱，支离的浮影错而有交，姿态变化繁而不复，队形参差密而又疏。旋转中烟环雾绕若无毛羽，停顿处风去雨来唯见月光。

这是绝望中的舞蹈，这是命运中的挣扎，我认为，这一段寒月下的鹤之舞蹈，直接将此赋涂上了古希腊的悲剧色彩，直接把斯文举上了美学中的崇高境界！这一幕，让我突然想到《天鹅湖》第四幕的情景。王子奇格弗里德冲破风暴来到天鹅湖边，找到了美丽的白天鹅奥杰塔公主。在双双跳进冰冷的湖水之前，二人在月光下的天鹅湖畔翩翩起舞，在柴可夫斯基那哀婉凄绝的乐声中，那份绝望的凄美永远留驻心间。

让我们牢记这绝望的鹤舞之灵吧，让我们铭刻这生命的闪电之光吧。把无尽的悲怆化为一片无与伦比的美呈示在人们眼前，这份心灵的震响经久不息。

山·水·云

什么样的山是最美的山？秦少游说，山抹微云。那一片晶亮洁白的云，是"我"用拇指蘸上云彩，一捺一撇给抹上去的，于是，自然的山，便有了主观的性格，有了"我"的温度。

什么样的水是最美的水？翁灵舒说，闲上山来看野水，忽于水底见青山。山从岸上跳下，潜入水中，给一潭澄碧的肌肤纹上山的造型。"我"登上山来，本想一展望眼，看看那一泊静美的水湾，却从那泠泠的水色中望见了山，望见了云，望见了山顶的自己。刹那间，自然的水，便有了心通的灵犀。

重庆市渝北区铜锣山矿坑公园

  金黄色的乌云

  在静息着的大地上飘扬；

  寥阔无声的田野，

  闪耀着露珠的光芒；

  小溪在峡谷的阴暗处潺潺流淌——

  春天的雷声在遥远的地方震响……

——［俄］屠格涅夫《春天的黄昏》

  踏着春天的脚步声，带着花儿的馨香，鸟儿的啁啾，天上的云，一步一步地，走近山，走近水，走近我。

  于是，自然的山，自然的水，自然的云，已然融入我身。我的身体，坦然生长出苔藓，生长出枝叶；而自然，也有了我的心跳。

  我是天空里的一片云，

  偶尔投影在你的波心，

  你不必讶异，

  更无须欢喜，

  在转瞬间消灭了踪影。

——徐志摩《偶然》

  自是人生长恨水长东，云生云灭，潮起潮落，山晦山明，哪儿寻得个地久天长。

  倦鳞潜渊，暮羽投林，稍待，我也归去。

  群峰一片

  沉寂

  树梢微风

  敛迹

林中栖鸟

缄默

稍待你也

安息

——［德］歌德《浪游者的夜歌》

矿坑公园一隅

念天地之悠悠

(代后记)

作为一种文学题材,诸家对散文的论述不可谓不多矣。我作为一个非中文系专业的毕业生,只想从专业的角度谈一点自己行文风格的形成。

考古学,在以前大多数院校里,都被归分于历史系。然而,当你真正进入具体的学习阶段才明白,考古学在理论基础、认知方法、思维模式以及科研手段等方面,都与中国传统的历史学研究差距甚大。因为考古学,它不是传统的金石学和考据学的升华,它是一门全新的、建立在自然科学基础上的、通过对田野实践和物质遗存进而深入人类学全方位的考察和探索。它是一门诞生自西方、在20世纪初叶才传入中国的全新科学。

因此,考古学对我个人的影响,不仅意味着增加了许多具体知识,而且是一个认识论和方法论的变化过程,而这一切,都受益于我所在学校的师承风格。

我们的师祖冯汉骥先生,是1931年的庚款教授,在美国哈佛大学和宾夕法尼亚大学受到过严格的文化人类学训练,是中国考古学的奠基者之一,也是中国西南考古的奠基人。我的恩师童恩正先生是冯先生的得意弟子,曾先后受聘于美国加州大学、宾州大学、华盛顿州立大学、匹兹堡大学、威斯里安大学从事科研与教学工作,又长期在哈佛大学访学,与哈佛大学张光直教授、匹兹堡大学许倬云教授等成为挚友。我的另一个恩师成恩元先生,是燕京大学裴文中教授的得意门生,他的教学方式,使我们仿佛一步跨进了民国的讲堂。我虽不才,不能习得先生们智识与知识之万一,却也受到了一定程度的文化人类学认识论和方法论的熏陶,这对我以后文风的形成及文章视点的搜入产生了很大影响。

所以,本书中自选的所谓"散文",可能很多并不适合文学性"散文"

的规范，而是对一些带有一定学术性命题的通俗化和自我思索、自我表达。

我从事出版工作多年，一直有一个宿愿，就是要将象牙塔中的学术问题通俗化，让象牙塔中的社会科学走向大众，由此，我曾作过一些尝试，如我策划并编辑的《追访逝去的世界丛书》《博古架丛书》等，从编辑的角度进行了大量的结构调整甚至改写，尽力将作者们的学术表达文学化，以达到普通读者能阅读能接受的程度。近年来，我又与同仁一起策划了《三桅帆书系》，引进了一系列国外优秀大众社科读物，以大航海时代三桅帆对未知世界探索的精神，对一些人们熟知的社会问题进行改换视角的观察。这样的思维方式是文化人类学的。

我对于地理学有着偏执的爱好，自然的地理地貌、气象物候对一个区域文化的形成有着非同一般的意义。竺可桢先生《中国近五千年来气候变迁的初步研究》和《地理对于人生之影响》两文，对我影响很大。在后一篇文章里，竺先生将世界地形划分为山岭、平原、河流和海洋四大类别，并分别论述了四大类别对人类文明类型形成的至关重要意义，使我深受启发。所以在我的文章里，有着大量的对地理物候环境的阐释，这也应该成为我文章的特色之一吧。

童师曾对我们说，一个合格的学者，应该熟练运用多种文体进行写作。童师是一个著名的学者，同时又是那个年代著名的科幻小说作家，被当时的日本人评为中国科幻小说"四大天王"之一。他的言传身教对我们影响至大。在我的班上，善思能写者大有其人，令我仰慕，同学间的交流及对我文章的中肯点评让我颇受教益。其中有一个观点，认为我文章的风格带有一定悲情的浮泛，或者说缺少了一点积极向上的阳光成色，我认为非常到位。

不知为何，在读高中的时候，我就对古人诗词及绘画作品中的隐逸生活产生了一种向往。从后来的不断学习中我意识到，这是东方美学的一大特色。

前不久，我在昆明与同学相会，与会者还有同学身边一些朋友，他们都是当地的文化人士。在座中，他们谈及了一个有趣的话题。孙髯翁撰写的大观楼长联，无疑应该是昆明文宣中一张最亮眼的文化名片，然而谈到最后，他们无不唏嘘再三：可惜了！

我颇为好奇，无论文采风流还是篇幅内容都无愧于天下第一名联的绝世名篇，为何不能宣传？最终我才明白，它不符合"时代"的精神。

上联中气势如虹，喜茫茫空阔无边的五百里滇池，蟹屿螺州、风鬟雾鬓、萍天苇地、翠羽丹霞，好一派锦绣江山；然而到了下联，汉帝唐宗、宋祖元雄，一番伟业丰功，都付与了断碣残碑和苍烟落照，剩下的只有几杵疏钟、半江渔火、两行秋雁、一枕清霜。

我默然了。

其实，在东方哲学思想中，悲，是一种普遍的审美意象。中国人的"悲"，不同于人类心理单纯的喜怒哀乐中的悲，它是与天、地、人合拍的一种大悲情。这种悲态，是一种偏离的悲，是一种感觉到人与宇宙、人与社会相对立时的悲，是带有询问式的哲学高度的悲。

庄子在《齐物论》中讲，人类"一受其成形，不亡以待尽。与物相刃相靡，其行尽如驰而莫之能止，不亦悲夫？终身役役而不见其成功，苶然疲役而不知其所归，可不哀邪！"其大意是说，人类一旦受孕胚胎成形，父母给了我们这个身体，就只能静静地等待，等待着死亡的光顾。我们不断经历着刀风剑雨的摧残，向着生命的终点一路狂奔，却没有任何力量能够阻止，可不是悲吗？我们终生忙忙碌碌却见不到成功，一生精疲力竭，做别人的奴隶、做物质的奴隶、做自己身体的奴隶，却不知归宿是何方，可不是哀吗！

如果你由此来判断这是一种小悲情，那就太小瞧了庄子。庄子只是在论述形而下的"不齐"，而在形而上的层面，人要追求自己的最高理想，即所谓的"得道"，那么万物皆"齐"。到那个境界，"旁日月，挟宇宙，为其胭合，置其滑涽，以隶相尊。众人役役，圣人愚芚，参万岁而一成纯，万物尽然，而以是相蕴"。其大意是说，"得道"后的圣人与日月同辉，怀抱宇宙，与天地万物混合为一体，任其淆乱纷杂而不顾，把世俗上的尊卑贵贱看作一样的。众人忙忙碌碌，圣人则大智若愚，糅合古今事物为一体却精纯不杂。万物都是如此，而互相蕴含着归于精纯浑朴之中。你能说，庄子的"悲"和"哀"，不是一种人生的大境界吗？

老庄思想，是东方哲学思想的重要组成部分，可以讲它已深深植根于中国人的心灵，也深刻影响了中国哲学思想和文学潮流的走向。对生与死的理解，对人生与宇宙的思索，贯穿于中国文学的终始。兴起于东汉末年的《古诗十九首》中，像"人生天地间，忽如远行客""人生寄一世，奄忽若飙尘"的句子俯拾即是，正如王羲之在《兰亭集序》中所言："向之所欣，俯仰之间，已为陈迹，犹不能不以之兴怀，况修短随化，终期于尽！古人云：'死生亦大矣。'岂不痛哉！"

修仙习道的李白，对人生的理解可谓深刻。他在《春夜宴从弟桃花园序》中讲得明白，"夫天地者万物之逆旅也；光阴者百代之过客也。而浮生若梦，为欢几何？古人秉烛夜游，良有以也。"他在《拟古》中更直接写道："生者为过客，死者为归人。天地一逆旅，同悲万古尘。"把天地山川作为人生暂时寄身的旅舍，万事万物都是时间流程中的一叶扁舟，所以说生者如寄，死者如归。

这种山川永恒，人如过客的思想，放到更为广阔的时空背景中，王朝更替的时空转化，沧海桑田的日月轮回，短促而渺小的个体，面对着如此宏大寥廓的宇宙世界和历史叙事，不由得你不发出陈子昂那样苍凉的呼喊：念天地之悠悠，独怆然而涕下！

梅林
2024年3月1日于汲清斋

图书在版编目(CIP)数据

坐忘山河 / 刘嘉著. —重庆：重庆出版社, 2024.9
ISBN 978-7-229-18739-2

Ⅰ.①坐…　Ⅱ.①刘…　Ⅲ.①散文集—中国—当代
Ⅳ.①I267

中国版本图书馆CIP数据核字(2024)第102972号

坐忘山河
ZUOWANG SHANHE

刘　嘉　著

责任编辑：何　晶
责任校对：杨　婧
装帧设计：刘沂鑫

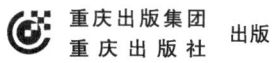

重庆出版集团
重庆出版社　出版
重庆市南岸区南滨路162号1幢　邮编：400061　http://www.cqph.com
重庆出版社艺术设计有限公司制版
重庆市国丰印务有限责任公司印刷
重庆出版集团图书发行有限公司发行
E-MAIL:fxchu@cqph.com　邮购电话：023-61520678
全国新华书店经销

开本：710mm×1000mm　1/16　印张：22.75　字数：400千
2024年9月第1版　2024年9月第1次印刷
ISBN 978-7-229-18739-2
定价：69.80元

如有印装质量问题，请向本集团图书发行有限公司调换：023-61520678

版权所有　侵权必究